KB261770

한국 현대시와 웃음 시학

Poetics of the Humor in the Korean Modern Poetry

이순욱(李淳旭)

1968년 경남 밀양에서 나서 부산대학교 국어국문학과를 졸업하고, 같은 학교 대학원에서 문학박사 학위를 받았다. 현재 부산대학교와 한국해양대학교에 출강하고 있다. 함께 낸 책으로는 『한국 현대시와 패러디』, 『한국 서술시의 시학』, 『한국 현대문학의 성과 매춘 연구』가 있으며, 「지역문학과 문학현장」, 「1950년대 밀양 지역문학과 매체 발간의 전통」, 「습작기 요산 김정한의 시 연구」, 「카프의 매체 투쟁과 프롤레타리아 동요집 『불별』」 들의 논문을 내놓았다.

청동거울 문화점검 34

한국 현대시와 웃음 시학

2004년 8월 20일 1판 1쇄 인쇄 / 2004년 9월 1일 1판 1쇄 발행

지은이 이순욱 / 펴낸이 임은주 / 펴낸곳 도서출판 청동거울 / 출판등록 1998년 5월 14일 제13-532호
주소 (137-070) 서울 서초구 서초동 1359-4 능영빌딩 / 선화 02)584-9886~7
팩스 02)584-9882 / 전자우편 cheong21@freechal.com

주간 조태림 / 편집디자인 하은애 / 영업관리 김형열

필름 출력 (주)딕스 / 표지 인쇄 금성문화사
본문 인쇄 이산문화사 / 제책 새마음제책

값 20,000원

청동거울 문화점검 34

Poetics of the Humor in the Korean·Modern Poetry

한국 현대시와 웃음 시학

이순욱 지음

첫 연구서를 내놓습니다. 학문마당에 처음 들어서 줄곧 한국문학과 웃음의 상관 관계를 탐색하는 일에 큰 눈길을 주어 왔습니다. 웃음의 다양한 역장을 살피기 위해 철학과 미학, 심리학, 사회학을 이저리 걸치면서 얻었던 생각들과 텍스트에 대한 이해가 아직까지 성글고 잘 여물지 않았습니다.

그러나 문학사의 넓은 이랑과 고랑을 살피는 가운데 지녔던 그즈음의 생각들을 정리하는 학문적 매듭이 필요하다고 여겨 책을 묶습니다. 무학과 웃음, 나아가 예술과 웃음의 상관 관계는 인문학의 오랜 관심 대상이었으며, 그 눈길은 오늘날에도 한결같다고 여깁니다. 그만큼 웃음은 한국문학의 큰 전통이자 현대문화의 본질을 해명하는 주요한 틀거리라 생각합니다. 분명하게 기여할 몫이 있다고 믿는 까닭에 부끄러움을 무릅씁니다. 앞으로 현대 사회에서 웃음의 가치와 의의가 여전하다고 여기는 관심 있는 이들이 생각의 깊이를 더해 줄 것이라 믿습니다.

제1부에서는 「한국 현대시와 웃음의 시학」이라는 제목으로 쓴 박사학위논문을 실었습니다. 유머, 웃음, 코믹, 희극이라는 다양한 용어의 상동성을 해명함으로써 웃음 시학의 체계를 정립하고, 현대시에 나타난 웃음의 다양한 양상과 의의를 살펴 본 글입니다. 웃음 시학은 현실 비판의 강

한 흐름을 형성하고 있을 뿐만 아니라 시적 진지성의 실체를 의심하면서 감행된 유희정신에 바탕을 두고 있습니다. 광복기 이후의 시를 대상으로 웃음의 양상을 크게 풍자, 유머, 넌센스로 나누어 현대시에 나타난 웃음의 맥락을 통시적으로 점검하였습니다. 웃음이 소재의 확대와 시형식의 실험을 통해 시개념의 변화를 적극적으로 유도하고 있을 뿐만 아니라 언어 의식면에서 욕설이나 비속어를 자유롭게 구사함으로써 언어의 고상한 취미에 갇힌 전통적인 미문주의에 대한 철저한 거부와 반성을 실현하고 있다는 점을 밝혔습니다. 이러한 다양성이 시사적 전환의 중요한 계기로 작용할 것이라 보았습니다.

학문마당에 들어서 줄곧 일차문헌과 텍스트를 읽고 갈무리하며 문학사의 맥락을 살피는 일에 공력을 기울였습니다. 전영경과 한무학의 시를 읽으면서 얻은 충격은 작품의 높낮이를 살피는 잣대와 전통적인 시개념에 대한 생각의 변화, 교양주의의 해체와 생활시로의 변화, 이론과 실제의 영역에서 웃음의 논리를 해명하려는 노력으로 이어졌습니다. 처음에 마련했던 틀이 큰 진폭으로 변화되는 과정을 흔치 않게 겪었습니다. 석사학위논문인 「1950년대 한국 풍자시 연구」에 이은 「한국 현대시와 웃음의 시학」은 이러한 속내를 껴안은 채 문학사의 흐름 속에서 웃음의 존재 방식을 탐구한 글이라 하겠습니다. 짧지 않은 세월, 문학과 삶의 관계를 해명하고자 노력한 결과로 여겨 주었으면 합니다.

제2부는 시의 웃음에 관한 개별 논문을 덧붙였습니다. 이 논문들은 이론과 실제의 두 측면에서 웃음이 한국문학사에서 큰 흐름을 형성하고 있다는 가능성을 모색하면서 쓴 글들이었습니다. 이러한 가능성을 예감하는 자리에서 방법론적 모색을 거듭했던 글도 함께 모았습니다. 몇몇 글들에서 작가론의 방법을 택한 까닭은 우리 문학사에서 웃음의 역장을 다재롭게 펼친 시인의 개성을 드러내고 싶었기 때문입니다. 웃음 시학이라는 큰 틀에서 살필 때, 당대 현실과 주류 문학담론에 대한 날카로운 비판과 통찰을 담고 있는 시인들을 드물지 않게 만날 수 있었습니다.

학문살이든 생활이든 앞날을 쉬이 가늠할 수 없는 어둡고 두려운 시절을 살아냅니다. 여전히 공력을 쏟을 일 많지만, 속정 깊은 이들과 함께 해야 할 일들이라 생각하니 두려움이 앞서지는 않습니다. 언제나 한결같은 가족의 의미를 생각합니다. 학문의 동반자로서 학문 바깥의 일로 서성이던 남편의 불안한 심사를 다스려주던 정갈한 아내와 씩씩한 아들 영근이는 제 삶의 큰 언덕이라 하겠습니다. 영근이의 세 돌에 첫 연구서를 묶어 내는 감회가 남다른 까닭입니다. 학문의 텃밭을 환하게 일굴 수 있도록 속정 아낌없이 베풀어 주신 밀양과 진해의 부모님들께도 거듭 고마운 인사를 올립니다. 문학마당에서 고민을 함께 나누는 가까운 동학들과 여러 선생님들께도 인사를 여쭙습니다. 학문의 넓은 텃밭을 일굴 쟁깃날을 벼리어 앞서거니 뒤서거니 밀며 끌며 함께 쟁기질하는 각별한 사람들입니다. 이들 또한 가족 못지 않게 살가운 마음을 아끼지 않았고 늘 새로운 일깨움을 주었습니다. 두루 고마움을 전합니다.

이제껏 학문의 유곡에 깃들어 살면서 세상을 헤아려 살필 만한 일을 제대로 감당하지 못했습니다. 학문 바깥의 일로 마음 다치는 일 또한 적지 않았습니다. 그러나 모든 일을 과정이라 여기며 학문살이를 단단하게 다지는 일에 더욱 힘쓸 일입니다. 앞으로 큰소리치며 제 이름 하나 세상에 올리는 일보다는 세상을 헤아려 살필 만한 일에 몸과 마음이 앞서는 큰 공부를 하겠습니다.

2004년 7월 6일
낙동정맥의 끝자락 금정산 기슭에서
이순욱

제1부
현대시와
웃음의 체험

들머리

1. 연구 목적

이 글의 목적은 웃음이라는 관점에서 한국 현대시의 양상과 의미를 정리하여 한국 현대시사를 새롭게 조망하려는 데 있다. 그동안 한국 문학과 웃음의 상관관계나 웃음의 시학적 특성[1], 시에 나타난 웃음의

---

1) 대표적인 논의를 들면 다음과 같다. 곽종원, 「한국현대문학에 나타난 해학의 제양상」, 『월간문학』 1970년 5월호; 구상, 「한국의 해학」, 『한국청소년』 1984년 봄·여름호(한국청소년연맹, 1984); 김동욱, 「한국문학에 있어서의 해학」, 『월간문학』 1970년 여름호; 김열규, 「한국문학에 있어서의 해학」, 『국어국문학』 제51호(국어국문학회, 1971); 김영수, 「한국의 골계문학」, 『현대문학』 1962년 5월호; 김영수, 「해학비교론」, 『현대문학』 1970년 7월호; 김우종, 「예술과 해학」, 『예술계』 1970년 여름호; 김종우, 「해학과 문학」, 『경남공론』 제46호(경상남도 공보과, 1957); 김진만, 「동서문학의 해학과 그 가치」, 『월간중앙』 1970년 4월호; 김진악, 「한국골계문학형성론」, 『국어교육』 제44·45합병호(한국국어교육연구회, 1983); 백철, 「해학의 이것과 저것」, 『월간문학』 1970년 5월호; 원명수, 「골계의 개념과 체계에 대한 고찰」, 『한국학논집』 제25집(계명대 한국학연구소, 1998); 이병주, 「유모어론 서설」, 『신동아』 1970년 7월호; 이어령, 「해학의 미적범주」, 『사상계』 1958년 11월호; 이주홍, 「해학속의 한국문학」, 『월간문학』 1970년 5월호; 장덕순, 「한국의 해학」, 『동양학』 제4집(단국대 동양학연구소, 1974); 정병호, 「한과 해학의 이중 구조」, 『문학사상』 1981년 10월호; 정인섭, 「해학의 사상적 배경과 수사학」, 『월간문학』 1970년 5월호; 조동일, 「미적 범주」, 『한국사상대계』 I (성균관대 대동문화연구원, 1972); 최일수, 「우리의 익살과 서구의 풍자」, 『월간문학』 1970년 5월호; 최일운, 「해학미의 생리」, 『현대문학』 1974년 12월호.

변모 과정을 통시적으로 살핀 연구[2]는 나름대로 독자성을 지니면서 일정한 연구성과를 축적해 왔다.[3] 대체로 미학적 측면에서 웃음 이론에 논의를 집중하거나, 웃음의 여러 양태 가운데서 풍자와 유머(해학)[4]에 초점을 맞추어 우리 시의 전개과정이나 특징을 통시적으로 살핀 경우가 많은 편이다. 연구사를 볼 때 웃음의 이론을 정립하는 한편, 웃음의 특정한 범주를 통시적으로 살피는 데 힘썼음을 알 수 있다. 그러나 이들 연구는 희극(골계)의 하위범주와 그것의 관계에 대한 이론을 제시하고 있지만 용어의 모호성과 분류의 혼란, 유형 설정 기준의 혼란을 부분적으로 지니고 있다.[5]

이러한 용어 사용의 불명확성과 연구의 편향성을 넘어서기 위해서는 웃음[6]이라는 큰 틀로 우리 시를 바라보는 종합적인 시각이 필요하

---

2) 신진숙, 「전후시의 諷刺 연구 – 송욱과 전영경을 중심으로」(경희대 석사학위논문, 1994. 2); 박지영, 「1950년대 후기시 연구 – 전영경, 박봉우, 민재식을 중심으로」(성균관대 석사학위논문, 1994. 12); 이순욱, 「1950년대 한국 현대 풍자시 연구 – 송욱·전영경·민재식을 중심으로」(부산대 석사학위논문, 1995. 2); 이승하, 「한국 현대시에 나타난 풍자성 연구 – 송욱·전영경·신동문·김지하를 중심으로」(중앙대 박사학위논문, 1995. 12); 유병관, 「韓國 現代詩의 諷刺性 硏究」(성균관대 박사학위논문, 1997. 11); 남송김영수박사화갑기념논문집간행위원회 엮음, 『韓國文學의 滑稽 硏究』(태학사, 1993) 들이 있다.

3) 소설 쪽의 시정도 마찬가지이다. 개별 작품론이나 작가론을 제외하고는 조신성, 『한국현대 골계소설 연구』(문학예술사, 1985)와 강태근, 『한국현대소설의 풍자』(삼지원, 1992)가 눈에 띤다. 소설 쪽 어느 연구에서도 '유머'라는 용어를 사용한 일이 없었는데, 1930년대 신문 잡지 매체에 "유우머 소설, 울다웃을 이야기, 폭소소설, 골계소설, 해학소설, 명랑소설"이라는 이름으로 발표된 유모어 소설을 대상으로 유머 소설의 문학사적 의의와 자리를 살핀 임선애의 연구가 눈길을 끈다. 「유모어 소설의 성격과 의의」, 『영남어문학』 제26집(영남어문학회, 1994) 시 쪽에서는 '喜歌'(東廊피生, 「호쩍曲」, 『麗光』 1920년 4월호)라는 용어 이외에 유머시라는 명칭으로 발표된 경우를 아직 찾지 못했다. 喜歌 혹은 戱歌는 어디까지나 장난삼아 쓴 시이므로 진지하거나 엄격한 비평적 기준으로 평가해서는 곤란하며, 특히 금기시된 성을 전면에 내세우는 경우는 윤리적 잣대로 재단해서는 안 될 것이다. 어떻든 동시대 만담에서 시형식으로 활용된 경우를 포함해 다양한 매체에 발표된 시의 웃음을 확인하는 일이 뒤따라야 하겠다.

4) 서양의 유머(humor)를 해학으로 옮겨 사용하는 일은 우리의 문학 연구에서는 오랜 관습이다. 하지만 동서양의 문화적 전통을 볼 때, 서양의 유머와 우리의 해학이 동일한 의미를 지닌다고 볼 수 없다. 오히려 서양에서는 확장적인 의미로 웃음 자체를 유머로 규정하기도 한다. 우리의 경우, 풍자와 견주어 '해학'의 의미를 규정하는 시각이 우세한 편이다. 결국 해학이라는 용어를 부려씀으로써 유머의 의미망을 축소시켜 온 기존의 연구 경향이 우리 시의 영역과 자리를 넓히는 데 큰 도움을 주지 못하는 셈이다. 이 글에서는 유머를 가장 효과적으로 드러낼 수 있는 우리말을 찾을 수 없어 '유머'라는 용어를 그대로 쓰기로 한다.

5) 해학과 풍자의 이론사에 대해서는 김준오, 「국문학 연구에 있어서의 골계론」, 『한국현대장르 비평론』(문학과지성사, 1990), 249~296쪽을 참고할 것.

다. 넓게 보아 유머(humor)를 '웃음'으로 규정해도 무방하다. 그러나 유머라는 관점에 설 때 풍자와의 교섭 양상을 무시할 수 없고, 다른 범주와의 관계를 설정하기 어렵다. 이러한 점이 웃음 시학의 체계를 정립하는 데 뚜렷한 난관인 셈이다. 따라서 이 글에서는 용어의 상동성에 매몰되지 않고, 거듭되는 혼란을 극복하기 위하여 '웃음'이라는 큰 범주에서 접근함으로써 생산적인 논의에 이르고자 한다. 유머와 경계선상에 있는 풍자와 아이러니, 위트 들을 웃음의 한 현상으로 전제하고 이들 세부 항목의 상호 교섭관계를 고찰한다면 웃음 시학의 체계를 정립할 수 있을 것이다.

그동안 한국시가 엄숙주의와 숭문주의의 전통을 고수해 온 문학사적 사실을 감안할 때, 웃음을 우리 시의 영역으로 수용하는 일은 큰 의의를 지닌다. 이는 우리 시의 오랜 전통인 웃음의 역사적 맥락을 검토하는 문제이기도 하다.

웃음은 우리 문학의 전통적인 자질 가운데 하나이다. 전통 구비문학이나 기록문학, 그리고 판소리, 민속극 들의 연희문화에서 두루 발견할 수 있듯이, 웃음은 한국문학의 근원적인 요소임에 틀림없다. 민중의 감정과 관습을 표출하고 있는 민요나 상대의 한국신화와 설화, 향가, 고려가요에서 웃음의 면모를 발견하기란 어렵지 않다. 특히 서민문학이 주류화된 조선후기의 사설시조, 판소리, 민속극이나 김삿갓의 한시 들은 한결같이 웃음을 주요한 문학적 방법으로 채택하고 있다.[7] 국권회복기의 대한매일신보에 수록된 시들이나 단형서사체의 바탕도 바로 희극정신이다. 그만큼 웃음은 한국문학의 역사적 전개

---

6) 물론 희극(comic), 희극성, 희극적인 것, 웃음, 골계, 유머, 익살 들의 다양하게 사용되는 용어의 혼란을 피하기는 어렵다. 김대행은 그간 학계에서 통용되는 용어 가운데서 "滑稽, 諧謔, 유머, 喜劇(美), 웃음" 들을 웃음과 상관성을 가지는 용어로 보고, 이것들을 아우르는 개념으로 '웃음'이라는 용어를 사용하였다. 김대행, 『詩歌詩學硏究』(이화여대출판부, 1991), 353~443쪽을 참고할 것.

과정과 맥락을 이해하는 주요한 단서가 된다. 따라서 웃음이라는 관점에서 우리 시사의 흐름을 고찰할 때, 전통의 재발견이라는 의의뿐만 아니라 현대문학에서 웃음의 단절 현상을 극복하고 문학사의 연속성을 확보하는 유용한 시각을 얻을 수 있을 것이다.

그런데 근대 이후 우리 시사의 넓은 마당에서 웃음의 시학적 자리를 마련하는 데는 몇 가지 어려움이 뒤따른다.

첫째, 웃음의 특징을 점검할 수 있는 일차 문학사료가 부족하다는 점이다. 한국시사에서 웃음 시학의 전통과 특성을 설득력 있게 주장할 수 있는 근거를 마련하기 위해서는 웃음의 성격을 다각도로 규명할 수 있는 다양한 시편들을 찾아야 할 것이다. 시와 소설, 희곡 들의 문학작품에서 나아가 만화, 만담, 우스갯소리까지 영역을 확장하여 웃음의 다양한 역장을 살필 수 있는 일차문헌을 추스르고 갈무리할 필요가 있다.

웃음의 문학적 수용은 언제나 단선적인 양상으로 드러나지 않는다. 그것은 역사와 현실, 개인과 사회의 역학 관계에서 보다 다양한 방식으로 드러난다. 대체로 한국 현대시에서 웃음은 풍자와 비판이라는 적극적인 대응방식을 취해 왔으며, 희극정신에 충실한 순수한 유머나 단순히 웃기 위한 시, 내부구조만으로 웃음을 제기하는 넌센스를 찾아보기가 쉽지 않다. 그만큼 국권회복기부터 1980년대에 이르기까

---

7) 대표적인 논저로 「시가의 해학 연구」라는 부제를 단 신윤상의 『한국의 유모어』(영진사, 1963) 가 있다. 이 책에서 저자는 우선 해학, 아이러니, 풍자, 기지를 비교하여 해학의 범주를 설정한 뒤, 향가, 고려가요, 시조, 한시, 구전민요로 나누어 시가의 해학성(유머성)을 살폈다. 그러다가 1970년 6월 28일에서 7월 3일까지 「동서문학의 해학」이라는 주제로 학술대회를 개최함으로써 웃음에 관한 학문적 관심을 고취시켰다. 이후 발표회의록을 『동서문학의 해학』(국제 P.E.N 한국본부, 1970)으로 엮어 출판했다. 같은 해 국제문화재단에서 고대소설과 민요, 전통극 들에 나타난 한국 해학의 본질을 살핀 논문을 묶어 『한국문학과 해학』을 내었다. 이러한 일련의 기획들이 가지는 공통점은 한국문화의 전통과 특성으로 웃음을 지적하고 있다는 사실이다. 이후 김지원이 단군신화와 민담, 고시가, 고전소설과 현대소설을 중심으로 해학과 풍자의 양상을 개괄적으로 살피기도 했다. 김지원, 『해학과 풍자의 문학』(문장사, 1983)

지 시에 들앉은 웃음은 풍자가 주류를 이루고 있는 셈이다. 역사적 상황이 풍자를 형성할 수밖에 없었다 해도 정치적 긴장 관계를 다양한 웃음의 방식으로 풀어내는 시를 찾아보기 어려운 실정이다. 그것은 정치적 사회적 억압으로부터 벗어나 웃음 자체의 해방감을 주는 순수한 유머를 생산할 만한 여유를 지닐 수 없었던 사정과 깊은 관련이 있을 것이다.

둘째, 시 속에서 웃음의 경험이 지나치게 주관적이라는 점이다. 따라서 웃음이 서로 다른 미학적 욕구와 문화 코드에서 경험된다고 보아 웃음과 독자의 문제를 논의에서 제외할 수밖에 없었다. 다만 산업화에 상응하는 사회 경제적인 변화로 평균적인 문화적 교양과 지식을 갖춘 문학 텍스트의 수취인 집단을 독자로 상정하여 시에서 웃음 유발 요인과 양상을 고찰하고자 한다. 전문적인 지식을 갖춘 독서대중에 한정한다면, 시의 웃음이 소수의 문학집단 내에서 존재하는 특정한 의사소통의 담화형식이 될 수밖에 없기 때문이다.

셋째, 풍자나 욕설, 악담, 비속어나 일상어의 시적 수용이 웃음 시학의 위상을 바로 잡는 데 편견으로 작용한다는 점이다.[8] 미문주의에 입각한 전통적인 시관념이 웃음을 문학사의 변방으로 밀어내는 데 암묵적으로 작용했다는 점을 염두에 둘 때, 일반 대중의 생활과 풍속을 반영한 웃음의 시적 수용은 시의 영역을 확장했다는 의의를 지닌다. 시의 웃음은 미문적인 시 관습에 대한 근본적인 문제제기이자 시적 영역을 확장하려는 시도라 하겠다. 웃음의 의의와 가치를 낮추어 평가할 수 없는 까닭이다.

---

8) 최근 바보이야기나 성, 욕설과 관련된 연구는 부분적이기는 하지만 웃음의 문학적 수용이라는 측면에서 눈여겨 볼 필요가 있다. 이강엽, 『바보이야기, 그 웃음의 참뜻』(평민사, 1998); 비교민속학회 엮음, 『한국의 민속과 성』(지식산업사, 1997); 김선풍 외 여럿 지음, 『한국육담의 세계관』(국학자료원, 1997); 김열규, 『욕, 그 카타르시스의 미학』(사계절출판사, 1997); 광주민학회 엮음, 『욕, 욕을 살립시다』(전국 욕대회 자료집, 광주민학회, 1996. 10)

　이러한 입장을 고려하여 이 글에서는 웃음 시학의 체계를 정립하여 한국 현대시에 나타난 웃음의 양상을 통시적으로 살피고자 한다. 웃음은 우리 삶의 내면과 풍경을 살필 수 있는 척도이자 문화적 성숙도를 가늠하는 잣대이고, 무엇보다도 한국시의 역사적 전개과정과 맥락을 이해하는 주요한 단서가 된다. 시의 웃음에 대한 객관적인 인식과 문학사적 가치평가를 내리는 일은 우리 문학사에서 큰 의의를 지닌다고 본다.

2. 연구 방법과 범위

　이 글은 한국전쟁이라는 수난의 역사를 체험하면서 사회의 모순과 부조리에 대한 시인의 비판적 태도가 웃음을 통해 표출되어 있는 1950년대 이후부터 1980년대까지의 시를 주된 연구대상으로 삼았다. 웃음의 유형과 전략을 효과적으로 설명하기 위해 1990년대의 시들도 더러 논의의 대상에 포함시켰다. 다만 구조적인 차원에서 웃음을 동반하지 않고 단순히 작품상에서 웃음이라는 어휘가 드러난 시들은 연구대상에서 제외하였다. 웃음이 표현에 그치는 것이 아니라 사회적·미적 현상이기 때문이다. 따라서 이 글에서 다루는 연구 대상은 웃음의 목표, 전략, 구조, 효과, 웃음의 수용 양상과 전개 과정을 효과적으로 드러내 줄 것이라 예상하는 바, 연구목적에 잘 부합한다고 본다.

　특히 1980년대 중반부터 1990년대에 걸친 대중시들을 연구 범주에 수용한 이유는 문화사적인 전환이라는 측면에서 시의 자리가 넓어졌다는 사실을 반영한 것이며, 현대시에 나타난 웃음의 다양한 양상을 살피기 위해서는 어느 한 작품이라도 소홀하게 취급할 수 없었기 때문이다.[9] 무엇보다도 웃음 자체가 해방감을 주는 순수한 유머와 넌센스를 포괄하기 위해서이다.

한국시를 크게 비극과 희극이라는 체험의 다양한 변주로 보더라도, 웃음의 시적 수용이 언제나 동일한 양상으로 드러나지 않는다. 다양한 방식을 취해 왔으나, 풍자가 지배적이고 유머나 넌센스, 위트를 발견하기 쉽지 않다. 이러한 경향은 대중사회로 진입하기 직전까지 우리 시의 뚜렷하고도 지배적인 흐름이었다. 대중사회로 들어서면서 웃음의 양상이 세분화되었으며 전략도 한층 다양해졌다. 물론 말놀이를 통한 소극적 대응 양상을 보이는가 하면 조소나 현실불만의 배설에 그치는 경우도 적지 않다.

그러나 시의 웃음을 전반적으로 살필 때에는 지배적인 경향인 풍자 이외에 유머, 넌센스, 패러디 들이 형성되는 배경과 특성을 고려해야 할 것이다. 이러한 점에서 김영승의 시와 몇몇 대중시들은 웃음의 수용과 변천과정을 드러내는 중요한 작품이라 할 만하다. 이들 자료는 웃음 시학의 양상과 변화를 설명하는 텍스트로 활용할 것이다.

이와 같은 연구를 진행하기 위해 형식주의적 방법 이외에 문학사회학과 역사주의적 방법을 병행하고자 한다. 시에서 웃음의 채용이 당대의 사회 역사적 현실과 밀접한 관련이 있으며, 시인의 현실인식, 작품과 창작기반의 관련성, 형상화 방법의 특성을 복합적으로 고려해야 하기 때문이다. 이를 통해 시인이 문학과 현실의 긴장관계를 어떻게 파악하고 있으며 웃음 효과를 드러내기 위해 어떠한 전략과 구조를 사용하고 있는가를 밝히고자 한다.

이러한 연구 방법에 따라 연구의 논의 순서를 밝히면 다음과 같다.

---

9) 나아가 아마추어 대중시의 경향을 살피고, 고급문학과 대중문학의 경계가 무너지고 있는 상황과 관련하여 시의 대중화 문제, 독자층의 변화, 대중시가 제도문학 안쪽에 끼친 영향을 확인하는 일이 뒤따라야 하겠다.

제2장에서는 웃음 시학의 체계를 정립하고자 한다. 먼저 웃음의 개념과 특성을 살핀 뒤, 대상에 대한 주체의 태도, 주체와 객체의 관계, 목적성 여부 들을 고려하여 웃음을 유발하는 전략적 장치, 웃음의 구조, 웃음의 유형을 세세하게 짚을 것이다. 이러한 유형화에 따라 웃음의 성격과 사회적 의미를 명확하게 밝혀낼 수 있을 것이라 기대한다.

제3장과 제4장, 제5장에서는 주로 1950년대부터 1980년대까지 발표된 시를 대상으로 현대시의 웃음 양상을 크게 셋으로 나누어 각 유형별 웃음의 변천과정과 특성을 점검하고자 한다. 크게 풍자와 공격의 시학, 유머와 화해의 시학, 넌센스와 유희의 시학으로 분류하여 우리 시의 웃음 수용 양상과 그 의미를 살필 것이다. 더 세분화시켜 논의할 수도 있지만 시에서 웃음의 범주를 셋으로 확정한 까닭은 이러한 유형이 우리 시에서 지배적인 현실태이고 또한 가능태이기 때문이다. 오랜 정치적 억압을 겪다가 탈정치적인 상황이 대두하면서 풍자에서 유머로의 변화의 길을 모색했으리라 본다.

제6장에서는 한국 현대시에 나타난 웃음의 시학적 의의를 밝히고자 한다. 현대시에서 웃음의 문학사적 의의가 무엇이며 동시에 어떠한 한계를 드러내고 있는가를 통시적인 맥락에서 점검할 것이다. 이때 전통문학과의 지속성을 밝혀 웃음을 우리 시의 뚜렷한 흐름으로 자리매김할 수 있는 바탕을 마련하겠다.

마지막으로 제7장에서는 앞선 논의를 정리하여 21세기 시의 웃음이 지녀야 할 현실적 조건과 전망을 제시하면서 논의를 마무리하고자 한다.

제2장

웃음 시학의 체계

1. 웃음의 개념과 특성

연구사를 검토해 보면 웃음만큼 포괄적으로 사용되는 용어도 없다. 웃음에 관해서 쓰고자 하는 유혹보다 더 위험한 문학적 증상은 없으며 그것이 완전한 상실을 지시한다고 말할 만큼[1], 웃음은 여전히 교묘하고, 그 자체로 불완전하고 순환적인 정의를 수없이 만들어낸다. 이러한 혼란은 무엇보다도 웃음과 친족관계를 형성하고 있는 인접 용어들이 수없이 많다는 사실에서 연유한 바 크다. 대체로 유머(humor), 웃음(laughter), 희극(the comic) 혹은 희극적인 것, 우스꽝스러움(the ludicrous), 재미(the funny), 농담(joke), 기지(wit)와 같은 유사한 용어들이 바로 그것이다. 웃음에 대한 논의의 역사가 짧지 않

---

1) Victor Raskin, *Semantic Mechanisms of Humor*(D.Reidel Publishing Company, Dordrecht, Holland, 1985), p.7.

고, 풍자를 포함한 넓은 의미의 유머는 정의할 수 없다는 주장[2]을 염
두에 둘 때, 제시한 분류체계를 구별한다는 일은 불가능할지도 모른
다.

그러나 용어를 완전하게 일치시켜 사용할 수 없다 하더라도 웃음의
의미를 제한적으로 확정할 필요가 있다.[3] 이것은 웃음의 맥락에서 혼
용되고 있는 용어들을 재검토하고, 나아가 웃음의 개념을 정립함으
로써 시의 웃음을 이해하는 데 도움이 되기 때문이다. 이 글에서는
제한된 의미 안에서 희극(the comic)과 상호 교환 가능한 용어로 웃음
을 규정하고자 한다. 영어의 희극을 대체로 골계로 번역하고, 더욱이
미적 범주의 한 양상으로서 다루는 태도는 학계의 일반적인 현상이
다. 따라서 웃음은 희극이나 희극성, 희극적인 것과 유사한 개념으로
보아도 좋다.

두루 알다시피 웃음[4]은 보통 활기나 기쁨, 쾌활함 들의 일반적인

---

2) 김진악, 「해학 연구 서설」, 『배재대 논문집』 제3집(배재대 국어국문학과, 1982), 8쪽.
3) 웃음과 상호 보족적으로 사용하는 용어에는 골계, 해학, 익살, 위트, 기지 들이 있다. 그러나
이들의 관계나 의미를 구별하는 일은 무척 어렵다. 서양에서 웃음의 경계를 짓는 일에 골몰한
것처럼, 우리의 경우에도 이들 비슷한 용어들을 구별하려고 노력한 흔적이 뚜렷하다. 『표준국
어대사전』(국립국어연구원)에 수록된 용어 해설을 보이도 충분한 해명이 되지 않는다. 골계
(滑稽, 익살을 부리는 가운데 어떤 교훈을 주는 일), 해학(諧謔, 익살스럽고도 품위가 있는 말
이나 행동, 배회(俳) 혹은 호해, 회해(諧)와 비슷한 말), 익살(남을 웃기려고 일부러 하는
말이나 몸짓, 개그와 비슷한 말), 유머(humor, 남을 웃기는 말이나 행동으로 우스개, 익살,
해학으로 순화 가능한 말), 위트(wit, 말이나 글을 즐겁고 재치 있고 능란하게 구사하는 능력
으로 기지, 재치로 순화 가능한 말), 기지(機智, 경우에 따라 재치 있게 대응하는 지혜를 일컫
는 말로 돈재(頓才, 때에 따라 사정과 형편을 보아 적절하게 대응하는 재능), 돈지(頓智, 때에
따라 재빠르게 나오는 지혜나 재치와 비슷한 말). 이처럼 어느 연구자의 골계는 다른 연구자
의 해학이나 유머로 사용되는 일이 많다.
4) 웃음을 표현하는 용어는 수없이 많다. 크게 의도적이냐 변칙적이냐에 따라 나누어 설명할 수
있겠다. 의도적인 웃음을 표현하는 말은 열등성과 우월성의 기준으로, 변칙적인 웃음을 표현
하는 말은 내면과 외면의 어긋남에 따라 세분할 수 있다. 의도적인 웃음 중에서 열등성을 내
포한 웃음에는 劍笑(원한감), 諂笑(아첨), 奸訴(간사함), 媚笑(아양부림), 엉너리침〔선웃음,
賣笑, 目笑(눈웃음)〕 들이 있고, 우월성을 내포한 웃음에는   笑(놀림), 嘲笑〔비웃음, 暗笑,
苦笑(쓴웃음), 鼻笑(코웃음), 欺笑, 冷笑(찬웃음), 嗤笑〕, 輕笑·一笑(가볍게 여김), 憫笑(민망
히 여김), 非笑(비난함), 誹笑·譏笑(비방함) 들이 있다. 반면에 변칙적인 웃음 중에서 내면적
어긋남을 드러내는 것에는 失笑(의외성), 假笑(허위성), 濕笑(가식성), 헛웃음(공허성) 들이,
외면의 어긋남을 드러내는 것은 怪笑·狂笑(소리), 癡笑·嚬笑(양태변화) 들이 있다.
이러한 고민은 영어 문화권에서도 동시에 발견된다. 영어에서 웃음을 표현하는 용어를 살펴
보면 다음과 같다. laugh(쾌활하게 소리내어 웃는 웃음을 가리키는 일반적인 말),

감각에 의해서 표현되고 발견되는 현상이다. 우스꽝스러운 상황이나 재미있는 이야기는 우리 삶의 곳곳에서 보편적으로 발견할 수 있다. 비록 웃음의 정확한 뜻이 상황마다 다르고 문화권에 따라 차이를 지닌다 하더라도, 사람들은 연령이나 성(sexuality), 사회적 경제적 지위, 문화, 시대상황과는 무관하게 희극적인 것을 보고 웃는다.

그러나 웃음은 여러 가지 모습을 가지고 있어 상황에 따라 표출방식이 다르다. 진심에서 우러나오는 웃음, 악의에 찬 웃음, 공격의 수단으로서의 웃음, 각 개인의 어떤 성격을 나타내는 웃음, 사회적인 현상으로서의 웃음이 바로 그것이다. 그러므로 생리적 현상으로서의 웃음과 가장이나 위장, 그리고 심각한 사실을 우습게 변형시키는 데서 오는 희극적 웃음을 구분하지 않는다면 또다른 용어상의 혼란을 초래할 우려가 크다. 따라서 희극과 관련된 웃음을 기쁨의 웃음과 혼돈해서는 곤란하다[5]는 점을 분명히 인식할 필요가 있다.

그렇다면 웃음의 종류에는 어떤 것이 있는지를 검토해 보자. 웃음을 희극적인 것과 유사한 용어로 부려 쓸 때, 웃음의 외연은 한층 넓어진다. 웃음의 종류를 분류하는 일은 웃음의 효용과도 밀접한 관련이 있다. 대체로 웃음은 우월감, 긴장의 완화, 기대와 현실의 불일치에서 유발된다고 한다. 이러한 웃음의 종류를 기술하는 용어들 또한

---

laughter(laugh보다 오래 계속되는 웃음으로 웃는 행위에 초점을 맞춘 말), chuckle(가락이 낮은 부드러운 laugh로, 간지럽게 재미있는 일이나 은근한 만족을 암시함), giggle(급하고 소리 높은 가락이기는 하나 반쯤 억제한 웃음으로, 주로 당황·어리석음을 드러냄), titter(giggle보다 점잔을 빼고 온건하며 억누른 웃음), snicker(남의 당황·음담 따위에 대한 반쯤 억누른 비굴한 웃음), guffaw(소리높은 상스러운 웃음 소리), smile(보통 선의의 – 간혹 악의의 – 기쁨이나 즐거움을 나타내는 소리 없는 웃음), grin(이가 드러나 보일 정도의 큰 smile로, 쾌활, 짓궂음, 어리석음 따위를 암시하는 웃음), simper(얼빠진 웃음, 헛웃음 또는 수줍어하는 smile), smirk(잘난 체 혹은 아는 체하여 히죽히죽 웃는 웃음) 들이 있다. 이처럼 웃음은 사람의 마음을 표정 변화나 소리로 나타내는 방식의 하나로, 그것의 양태와 무늬는 매우 다양하다. 따라서 일관성 있는 잣대로 웃음의 양태를 분류하는 일은 큰 어려움이 뒤따르는 셈이다.
5) Victor Raskin, 앞의 책, p.20.

매우 다양하다. 하지만 신체적 자극에 의한 억지 웃음과 기쁨이나 만족감에 의한 즐거움의 웃음, 가식적인 연기의 웃음, 풍자나 유머에 의한 희극적인 웃음은 분명 구별되는 것이다. 가장 근본적인 웃음이라고 할 수 있는 생리적인 웃음과 희극적인 웃음은 상호 공존하는 경향이 있지만 의도와 효과 면에서 본질적으로 다르다.

웃음을 분류하는 잣대나 종류 또한 학자들마다 차이가 있다. 일본의 구와야마 겐노수케(桑山善之助)는 웃음을 생리적 웃음, 이상한 웃음, 윤리적 웃음의 세 종류로 분류하고 그것의 차이를 밝히고 있는데,[6] 웃음의 경계가 분명하지 않다는 점에서 다분히 도식적인 분류로 보인다. 또한 자연스럽고 무작위적인 생리적 웃음과는 달리, "이상한 웃음은 다분히 기술적이며, 윤리적 웃음은 결정적으로 작위적이다"는 분류 기준 또한 주관적이고 추상적이어서 설득력이 부족하다. 웃음의 전문가인 일본학자 케이지자(桂枝雀)의 분류 또한 같은 맥락에서 이해할 수 있겠다.[7] 그만큼 웃음을 유형화하는 일은 힘들고, 실패를 전제로 한 시도에 그칠 우려가 크다.

웃음에는 은근하고 악의가 없는 웃음뿐만 아니라 풍자처럼 적의에 찬 조롱섞인 웃음이 있다. 우리 문학사를 조망하더라도 시의 웃음은 많은 부분 풍자적 색채가 농후하고 효과적인 사회 비판의 방법으로

---

6) 木下榮藏(설영환 옮김), 『웃음의 과학』(하남출판사, 1989), 166~167쪽 재인용. 기노시타 에조(木下榮藏)에 따르면 생리적 웃음은 즐거운 웃음, 승리의 웃음, 성취·성공·획득의 웃음으로, 무목적이며 무의식성이 강하다. 이상한 웃음은 논리적 웃음, 유머·익살·희극에 의한 웃음으로, 무의식성이 강하다. 반면, 윤리적 웃음은 실용적 웃음, 사회 생활 중 대인관계에서 특정한 상대에게 어떤 효과를 주기 위한 도구로서 사용되는 웃음으로 의식적이다. 그러나 이상한 웃음과 윤리적 웃음의 성격이 불분명하여 웃음의 경계를 짓기가 어렵다. 연구자가 연구대상으로 삼은 웃음의 양태는 생리적인 웃음과는 분명하게 구별되는 희극적인 웃음이므로 기노시타 에조가 분류한 이상한 웃음과 윤리적 웃음을 포괄하는 개념으로 보아야 하겠다.
7) 케이지자는 웃음을 지적인 웃음인 '난처함', 정적인 웃음인 '다른 사람의 약간의 난처함', 생리적 웃음인 '긴장의 완화', 사회적 도덕적인 웃음인 '타인이 몹시 싫어하는 것' 또는 '에러에 걸려 있는 것'으로 나누었다. 그의 이론적 출발은 웃음이 긴장의 완화에서 발생한다는 데 있다. 木下榮藏(설영환 옮김), 앞의 책, 169~170쪽 재인용.

채택되고 있다. 그래서 웃음이 "쓰디 쓴 맛"이라는 말은 삶의 고통과 절망에 대한 인식에서 웃음이 경험된다는 사실을 지적한 것이다. 따라서 증오와 적의적 기원은 모든 유형의 웃음에서 발견되는 공통적인 자질인 셈이다.[8]

이상에서 살펴보았듯이 제한된 의미 안에서 희극(the comic)과 상호 교환 가능한 용어로 웃음이라는 용어를 규정하였다. 즉 생리적이고 심리적 현상으로서의 웃음과 가장이나 위장 그리고 심각한 사실을 우습게 변형시키는 데서 오는 희극적 웃음을 구분하여, 웃음을 희극성이나 희극적인 것과 유사한 개념으로 확정하였다. 이를 통해 웃음 시학의 체계를 정립할 수 있는 기초를 마련한 셈이다.

이러한 논의를 바탕으로 이 글에서는 풍자나 유머, 패러디, 넌센스, 아이러니, 위트, 말놀이, 욕설 들의 다양한 웃음 기제로서 희극정신을 구현한 시를 대상으로 삼아 현대시에 나타난 웃음을 연구하고자 한다. 이때 희극정신은 모든 불합리에 맞서는 비판정신이자 삶의 긴장과 불안을 해소시켜 주는 화해와 유희의 정신을 아우르는 개념이다.[9]

---

8) Victor Raskin, 앞의 책, p.10. 유머(혹은 웃음)의 진화는 인류 유머의 진화와 잠정적으로 비교된다. 유머 진화에 가장 인기 있는 이론은 유머를 고대 행동의 어떤 형식의 후속물로 간주하는 것이다. 많은 연구자들이 인간의 유머 능력이 종(species)의 생존을 위한 중요한 본능이었다고 생각한다. 유머를 싸움, 철저한 공격, 정복과 패배의 형식으로서, 문명화가 진행될 때 직접성과 육체성을 잃어버린 형식으로서 다루었다. 고대의 정글 결투에서 승자의 함성은 웃음이었고, 이러한 승리의 함성 단계에 뒤이어 유머의 형식으로 전이되었다. 처음에는 비웃음이었지만 시간이 흐르면서 형식을 거쳐 위트로 넘어가고, 마지막으로 '억압(억제) 웃음' (suppression laughter)이 된다고 본다. 다시 말하면 현대의 유머는 유머의 고대적인 형태였던 선천적 적의성과 비웃음을 버리지 않았다고 볼 수 있다. Victor Raskin, 앞의 책, pp.21~23.
9) 윌리엄 콜이 엮은 유머시 선집에 수록된 내용을 보아도 시의 웃음이 적의성과 함께 단순한 즐거움과 재미를 준다는 사실을 알 수 있다. William Cole, *The Fireside Book of Humorous Poetry*(Simon and Schuster, New York, 1959). 차례를 이루고 있는 내용들은 다른 동물들, 편협한 사람과 개인주의자들, 위트의 영혼, 개연성이 없는 이야기들, 따분함과 어리석음, 종족과 지역, 방언들, 패러디와 극적 속임수, 사랑의 찬양과 비판, 장난끼 그리고 교묘함, 삶의 고통에 대한 철학적 고찰을 담고 있는 세계의 방식 들을 담고 있어 웃음의 성격을 단적으로 규정하기는 어렵다.

2. 웃음의 전략

　시에서 웃음은 왜곡, 이탈, 도덕적 결함이나 악덕, 허위, 지식이나 기술의 부족, 질서나 규칙의 위반, 외설, 말놀이나 우스갯소리, 욕설, 비속어, 패러디, 풍자와 유머 들의 요소 중 적어도 어느 하나를 작품의 구성요소로 수용해야 한다. 이것은 웃음이 형성되기 위한 최소한의 요건이다. 그러나 실제로 이 요소들은 개별 시인에 따라 선별되고, 요소의 몇몇은 특별한 종류의 웃음을 생산하는 방식이 된다.

　웃음은 분명히 보편적인 인간 습성을 다룬다. 사람에 따라 유머 감각의 차이가 있다 하더라도 웃음을 감상하고 즐길 수 있는 능력은 보편적이어서 모든 사람이 공유하고 있다. 그러나 웃음이 특정한 사회와 특정한 문화에서 이루어지는 의사소통의 한 방식이라면, 사회적 가치나 기준은 웃음을 훨씬 효과적으로 만든다. 특히 개인의 삶의 경험은 웃음을 야기시키는 중요한 요소로 작용한다. 그것도 화자와 청자가 공유한 경험일 때 웃음의 자극은 훨씬 강하다. 따라서 웃음에 공감하는 정도는 독자대중이 사회적 배경을 공유한 만큼 직접적으로 달라질 수 있는 셈이다.

　웃음의 대상은 광범위하게 편재되어 있는데, 시에서 웃음을 유발하는 목록을 제시하면 다음과 같다.

　　어이없는 부조리성과 왜곡성, 기이함, 재미있는 이야기, 대조성, 때 지난 유행, 실정성을 상실한 대상, 공감할 수 없는 무의미성, 터무니없음, 부질없는 말다툼이나 주장, 악의나 질투, 무지의 은폐, 가장, 어색함, 위선적인 것들

　이러한 대상들이 독자 대중을 재미있게 자극하기 위해서는 특정한

발화의 방식이 필요하다. 이를 기법과 구조, 소재 선택의 측면에서 찾을 수 있다. 우선 기법에는 풍자(satire), 패러디(parody), 유머(humor), 넌센스(nonsense), 말놀이(wit), 우화(fable), 환상(fantasy), 욕설(invective), 반어(irony), 농담(joke), 전도, 비틀어 말하기, 깎아내리기(격하, 축소), 부풀리기(과장) 들이 있다. 시에서는 이러한 기법을 다양한 방식으로 활용하여 웃음을 유발시킨다. 구조는 주로 예상과 반전, 긴장과 이완의 구조를 취한다. 소재적인 측면에서는 인간을 둘러싸고 있는 사회 전체가 대상이 될 수 있지만, 특히 금기시된 소재를 다룸으로써 웃음이 배가된다.

우선 가장 두드러지게 채용되는 웃음 지표인 풍자와 패러디[10]를 살펴보자. 전통적으로 풍자는 다양한 장르와 형식들을 두루 활용해 왔기 때문에 그것을 문학적으로 유형화하는 일은 매우 어렵다. 풍자를 문학의 기교뿐만 아니라 어조, 희극미의 하위유형, 장르 들로 다양하게 논의해 왔던 기존의 연구 관점이 이를 뒷받침한다.

풍자는 표면적으로 인간의 우행과 위선, 사회의 악덕과 부조리를 폭로하는 데 주력하지만, 그것의 궁극적인 목적은 부정적인 대상과 가치를 개선하고 도덕적인 이상을 실현하는 데 있다. 대부분의 풍자가 세상이 잘 되기를 바라고 진리·정의·개혁을 추구한다는 점에서 근본정신은 인간적이라 할 만하다.

풍자는 현상과 본질의 단순한 대립 구도를 즐겨 사용한다. 초창기의 풍자가 단순한 '명제와 대립'의 구조를 취한 것과 마찬가지로 기교를 중시하는 현대시의 풍자에서도 선악의 단순 대립 구도가 지배적이다. 이러한 단순성이 오히려 다양한 효과를 자아내는 셈이다. 풍자

---

10) 풍자와 패러디의 관계에 대해서는 이순욱, 「풍자와 패러디」, 『한국 현대시와 패러디』(김준오 외 여럿, 현대미학사, 1996), 183~205쪽을 참고할 것.

가는 풍자 목적을 달성하기 위해 어떤 형식도 마다하지 않는다. 위트, 아이러니, 야유, 욕설, 패러디, 역설, 부풀리기, 깎아내리기 들의 가능한 한 다양한 기교나 어조를 사용함으로써 풍자 효과를 달성한다. 때문에 풍자는 장르변화의 주요한 요인으로 여겨진다.

다음으로 패러디를 살펴보자. 두루 알다시피 웃음은 널리 알려져 있는 형식의 전도를 통해서 가장 잘 드러난다. 현대시에서 가장 널리 이용되는 웃음의 전략 가운데 하나가 바로 패러디다. 패러디는 원전이나 그 대상 장르에 과도하게 의존할 뿐만 아니라 다른 공식적 장르의 한 변종으로서 풍자적 목적을 가장 효과적으로 창출하는 전략이다.

허천은 풍자와 패러디를 구분하는 근거를 그것의 '목표'에 두고 풍자를 사회적 도덕적 기준을 가진 권외적 형태로, 패러디를 심미적 기준을 가진 권내적 형태로 구별하였다.[11] 그러나 패러디는 다양한 방식으로 규정할 수 있을 만큼 복합적인 의미망을 지니고 있다. 창조와 모방이 상호 유기적으로 결합되어 있는 패러디에서 모방의 정당성 혹은 창작적 개념으로서의 패러디를 뒷받침해 주는 근거가 바로 아이러니이다. 그만큼 패러디의 생산과 수용에서 아이러니의 역할이 지배적인 셈이다. 왜냐하면 아이러니는 패러디뿐만 아니라 풍자에 사용되는 주요한 수사적 책략인 까닭이다.[12]

패러디는 원전을 풍자적으로 개작함으로써 원전과 패러디시, 그리고 그것의 목표물이라는 삼중 구조나 세 개의 텍스트 혹은 두 개의 텍스트와 비문학적 목표를 포함한다. 이때 패러디는 원전과 패러디스트, 원전과 독자라는 두 가지의 의사소통 모델을 전제로 한다. 텍

---

11) Linda Hutcheon(김상구·윤여복 옮김), 『패로디 이론』(문예출판사, 1992), 44쪽, 73쪽을 참조할 것.
12) Linda Hutcheon, 위의 책, 43쪽.

스트의 생산과 수용이라는 측면에서 볼 때, 풍자와 달리 패러디는 독자에게 비평적 독법을 요구하는 셈이다. 패러디는 작가와 텍스트의 관계를 독자와 텍스트 사이의 관계로 대치시키는 까닭에[13] 수용시학이 필수적으로 요청된다.

　이러한 풍자와 패러디 이외에도 넌센스나 유머, 전도, 비교, 반복, 말놀이, 부풀리기, 깎아내리기 들의 다양한 웃음지표를 이용한다. 시에서 웃음을 유발하는 주요한 기제로 넌센스를 빼놓을 수 없다. 일반적으로 넌센스는 우리의 상식이나 이성에 배치되거나 일상적인 경험으로 도저히 이해할 수 없는 것을 가리킨다. 그러나 넌센스는 단순히 일탈이나 비정상성, 무의미를 지칭하는 것이 아니라 통념의 파괴를 통한 새로운 의미 창출을 목표로 삼는다. 때로 기존의 질서 체계를 풍자하거나 비판하는 목적으로 사용되기도 하지만, 넌센스는 시에서 유쾌한 웃음을 유발하는 주요한 전략이다.

　넌센스(nonsence)는 의미로부터 실수할 지도 모르는 몇몇 글쓰기를 일컫는 개념이다. 이러한 넌센스는 세 가지 의미망을 지닌다.[14] 첫째, 고의가 아닌 부주의한 실수로 남겨진 발화의 무리를 지칭한다. 이때 감각기관조차도 이러한 사실을 인식하지 못하는 경우가 대부분이다. 둘째, 뜻이 통하도록 의도되지 않은 제재를 지칭한다. 기호들의 논쟁과 같은 인쇄상의 디자인, 농담, 별남, 기발한 말, 라블레식의 야비하고 우스꽝스러운 표현들이 여기에 해당한다. 셋째, 긍정적인 의미에서의 넌센스, 곧 뜻이 통하지 않도록 의도된 제재를 지칭한다. 이때 진정한 넌센스는 논리적으로 부조리의 패턴을 따르는 경우가 많다. 그러므로 이러한 경우 순차적이고 어느 정도 논리적인 삶의 문제와

---

13) Linda Hutcheon, *A Poetics of Postmodernism*(Routledge, 1988), p.126.
14) J.T.Shipley, *Dictionary of World Literary Terms*(Boston Publishers, 1970), p.214.

는 별 관계가 없다.

넌센스의 유형에는 여섯 가지가 있다. 사실에 반대되는 말, 기대되는 문맥을 벗어나 수행되는 말이나 행동들, "카테고리 착오"로 알려진 것을 포함하는 말, 곧 통사적으로 정확한 문장이 적합하지 않은 술어를 주어에 붙이거나 그 반대의 경우로서 의미론적 규칙을 위반하는 언어사용, 다소 현실적인 단어들이 부족한 줄로 구성된 말, "어휘 넌센스" 또는 식별할 수 있는 통사론을 가지는 말, 완전히 횡설수설하는 말들이 그것이다.[15] 이러한 넌센스의 유형은 크게 단어 넌센스, 상황 넌센스 그리고 문맥 넌센스로 정리 가능하다. 물론 이러한 유형은 한 편의 시에서 하나 혹은 그 이상 적용될 수 있다.

복합적이고 다면적으로 파악되는 풍자나 유머와는 달리 무엇보다도 넌센스는 표면 구조 자체에서 엉뚱함과 낯설음을 표출함으로써 유희성을 갖는다. 유희는 본질적으로 긴장 해소와 진지성의 무화를 전제로 성립되지만 그것은 삶의 논리와 밀접한 관련을 갖는다. 따라서 넌센스는 논리의 이탈이나 상식의 파괴를 통해 독자들에게 즐거움을 유발하는 동시에 새로운 의미를 제시한다. 의미의 파괴를 통한 새로운 의미의 창출이라는 이율배반을 통해 웃음을 유발하는 것이다. 그만큼 넌센스는 의미가 없는 것이 아니라 파편적인 의미나 새로운 의미를 창출하기 때문에 다른 어떤 시보다도 고도의 언어 능력을 이용하거나 요구하는 웃음의 전략으로 볼 수 있겠다.[16]

그러나 넌센스는 의미의 붕괴 내지는 의미의 불확정성으로 인해 시 장르로의 편입이 가능한가라는 논란을 안고 있다. 또한 우리 시가 지나치게 엄숙주의나 숭문주의에 매달려 왔던 사정을 감안할 때, 넌센스를 우리 시의 영역에 수용하는 일은 쉽지 않다. 그렇지만 민요에서

---

15) Alison Rieke, *The Senses of Nonsense*(The University of Iowa Press, 1992), p.7.
16) Alex Preminger·T.V.F.Brogan(co-ed.), 「Nonsense Verse」, 앞의 책, pp.839~840.

엿볼 수 있는 것처럼 넌센스는 우리 시에서 웃음을 유발하는 뚜렷한 전략이라 할 만하다.

유머 또한 풍자나 패러디만큼 여전히 정의하기 어려운 웃음의 전략이다. 유머도 풍자와 마찬가지로 증오와 적의성을 담고 있다. 하지만 공격성을 사회적으로 용인시킬 수 있는 방식으로 해소시킨다는 측면에서 유머는 유희정신의 산물이라 할 수 있다. 풍자와 달리 유머는 화해구조를 취하고 있는 셈이다.

전도는 예상과 다른 엉뚱한 결과를 초래하는 방법으로 상황이나 역할, 가치의 전도뿐만 아니라 말의 전도까지도 포함한다. 주로 구조적으로 작동한다는 점에서 웃음의 한 이론인 대조론을 뒷받침하는 방법이라 하겠다. 이러한 전도는 현실에 터박은 전도이어야 웃음을 제공할 수 있다. 독자대중의 경험과 상식을 벗어난 상상을 초월한 전도일 때는 결코 웃음을 유발할 수 없다.

부풀리기는 대상의 외양이나 성격, 행동, 말, 상황 들을 확대함으로써 독자대중에게 우월감을 고취시켜 웃음을 유발한다. 이것은 주체가 대상보다 우월한 위치에 설 때 웃음이 발생한다는 우월론의 발생적 기반을 보여준다. 깎아내리기와 함께 웃음의 전략 중에서 가장 익숙한 방법이다.

말놀이는 시에서 주도적으로 채용하는 특별한 장치이다. 발음이 동일하거나 유사하지만 뜻이 다른 말을 사용하여 작품 곳곳에서 독특한 기능을 발휘하게 한다. 이것은 대상을 비틀어 말하거나 중의적으로 표현하기도 하며, 희화화시킴으로써 독자대중을 은유적 확장으로 이끌어 가는 방식이다.

반복은 언어적 맥락에서 누적 효과를 노린다. 단어나 어절을 지속적으로 반복함으로써 독자들이 내용을 효과적으로 이해하도록 만든다. 그러나 독자 대중의 기대지평을 충족시키기 위해서는 너무 길면

곤란하다.

  이상에서 시인이 독자 대중을 재미있게 자극하기 위해 사용하는 특
정한 발화의 방식, 즉 웃음의 다양한 전략을 살펴보았다. 그것을 기
법과 소재 선택의 측면에서 찾을 수 있었다. 우선 기법에는 풍자, 패
러디, 넌센스, 유머, 말놀이, 우화, 환상, 욕설, 아이러니, 농담, 전도,
비틀어 말하기, 깎아내리기, 부풀리기 들이 있었다. 이 가운데 시인
은 웃음을 창출하기 위해 풍자와 패러디, 유머, 아이러니, 말놀이의
기법을 가장 두드러지게 채용하고, 전도나 비교, 반복, 말놀이, 부풀
리기, 깎아내리기 들의 사용 가능한 모든 웃음기제를 효과적으로 구
사한다. 물론 웃음의 전략들은 한 작품 내에서 단일하게 구사되는 것
이 아니라 상호보완적으로 사용된다. 가령, 특정 상황의 전도를 과도
하게 부풀리거나 인물을 지나치게 희화화시켜 깎아내릴 수 있는 것
이다. 소재적인 측면에서는 인간을 둘러싸고 있는 사회 전체가 대상
이 될 수 있다. 하지만 금기시된 소재를 주류화함으로써 웃음이 배가
된다.

3. 웃음의 구조와 유형

1) 웃음의 구조

  웃음에 관한 이론적 고찰에서 웃음의 구조를 체계적으로 설명한 시
도는 거의 없었다. 웃음의 구조 모형을 제시하는 일이 그만큼 어려운
까닭이다. 그러나 웃음의 구조는 웃음의 정의 속에서 해명의 근거를
얼마든지 마련할 수 있다.
  전통적인 웃음 이론 가운데서 불일치 중심 이론은 웃음의 구조를

설명하는 한 근거를 제시해 준다. 불일치론은 대립되는 대상을 폭력적으로 결합시킴으로써 희극적인 웃음이 유발된다고 보는 관점이다. 이때 대립항으로 상정할 수 있는 자질은 고상한 것과 사소한 것, 우아한 것과 우아하지 못한 것, 비슷한 것과 다른 것, 상식적인 것과 비상식적인 것, 부조리와 논리, 실재적인 것과 이상적인 것들이다.

불일치의 구조를 형성하고 있는 이러한 대립성은 주로 판단의 오류나 가장, 행동의 혼란, 잘못된 추론, 언어연상으로 인한 오류나 말의 혼란, 인식과 해석의 자동화, 경구 들에 의해 창조된다.

이 불일치가 노리는 바는 언제나 "새로움, 돌발성, 놀람"에 집중된다. 여기서 돌발성은 이스트만(Eastman)이 말한 희극 기술의 십계 가운데 한 항목이다.[17] 급작스러워야 한다는 것은 웃음의 효과와 직결된다. 그리고 놀람은 대립항의 예기치 못한 결합에 따른 결과이고 새로움은 놀람에서 유발된 새로운 가치 인식의 문제이다.

전형적인 웃음은 대체로 보편적인 인식을 가설로 삼아 독자들에게 그럴 것이라는 당연한 과정을 예상하게 하나, 기대에 어긋나는 결과를 드러내는 구조를 지닌다. 따라서 시에서 웃음의 구조는 가설의 설정과 터무니 없는 결론이라는 기대 배반의 구조를 취한다고 볼 수 있다. 독자의 기대지평을 여지없이 배반함으로써 희극적 웃음을 유발하는 것이다. 그러나 우스갯소리나 서사물과는 달리 대부분의 시에서는 이러한 구조가 논리적이거나 순차적으로 경험되지는 않는다

이러한 불일치는 우선 자기해소라는 효과를 지닌다. 모순과 왜곡,

---

17) 이스트만은 '희극 기술의 십계'를 설명하는 데 많은 지면을 할애하였다. ①흥미로워라, ②감정에 동하지 말아라, ③힘들어하지 말아라, ④아주 좋은 실제적 농담과 우스꽝스러운 인상을 전달하는 것 사이의 차이를 기억하라, ⑤그럴 듯해야 한다, ⑥급작스러워야 한다, ⑦단정해야 한다, ⑧당신의 타이밍에 맞아야 한다, ⑨진지한 만족의 좋은 척도를 제공하라, ⑩모든 실망스러운 것을 건져내라. 이러한 희극 기술의 십계는 웃음의 중요한 조건이 된다. Victor Raskin, 앞의 책, p.19.

불합리가 오래 머무르면 혼란과 불만이 일어나게 되고 그것들이 모순되는 것에 부딪쳐서 타파될 때 비로소 긴장이 풀린다. 그리고 이 긴장이 갑자기 풀릴 때 우리는 그것을 희극이라고 느끼게 되는 것이다.[18] 모든 부조리의 해소가 우스운 것이 아니라 오직 허무하거나 모순적인 것을 중요한 가치로 여기다가 그것이 갑자기 허망한 것으로 해소되는, 오직 이러한 부조리의 해소만이 희극적인 웃음을 유발할 수 있는 셈이다.

이것은 또 유머의 이완(release) 이론으로 설명할 수 있다. 이 이론의 기본 원리는 웃음이 정신적, 신경적, 정신적 에너지에 안도감을 제공한다는 것이다.[19] 안도감은 다툼이나 긴장, 격렬함이 지난 후 삶의 항상성을 유지시켜 준다. 프로이트는 유머 감각이 인식적, 관습적, 논리적, 언어적, 도덕적 체계의 연결 고리로부터 우리를 자유롭게 한다고 보았다. 따라서 이완이나 안도, 그리고 그것들로부터 도출된 즐거움은 곧 웃음의 주요한 효과이다. 이러한 웃음은 해방감의 표출이자 자유정신의 구현이기도 하다.

이처럼 시에서 웃음의 구조는 논리적인 구조라기보다는 인식적인 구조라 보아야 하겠다. 왜냐하면 웃음이 문화적 역사적 현상으로서 단순히 내용만의 문제가 아니라 형태, 문체, 구조, 관습과 같은 요소들을 통해 가치, 신념, 관심사를 드러내기 때문이다.

이상에서 전통적인 웃음 이론 가운데 불일치 중심 이론을 원용하여 웃음의 구조를 밝혀 보았다. 시에서 웃음의 구조는 가설의 설정과 터무니 없는 결론의 도출이라는 기대 배반의 구조를 취한다고 보았다. 이러한 전복성을 통해 독자들은 새로움, 놀람, 돌발성을 경험하게 되고, 희극적 웃음이 노리는 바를 깨닫게 되는 셈이다. 따라서 웃음의

---

18) 김주완, 『아름다움의 가치와 시의 철학』(형설출판사, 1998), 121쪽.
19) Victor Raskin, 앞의 책, p.38.

구조는 논리적이라기보다는 인식적인 구조이다.

2) 웃음의 유형

대부분의 유형화가 그렇듯 웃음을 유형화하는 일은 분류 잣대가 명확하지 않아 어려움을 겪을 수밖에 없다. 주제와 기법은 연구자들이 즐겨 채택하는 원리이다. 물론 웃음의 성질이나 대상, 구조에 따른 분류도 가능하다.

웃음의 분류를 시도한 전통적인 견해가 있기는 하지만[20] 시의 웃음을 분류하는 데는 큰 도움을 주지 못한다. 이 글에서는 시에서 웃음의 유형을 효과적으로 해명할 수 있는 두 가지 기준, 그러니까 내용과 기법에 따른 분류 방식을 취하고자 한다. 구조에 따른 분류는 TV 코미디나 극, 소설을 비롯한 서사물에서 뚜렷하게 적용시킬 수 있기 때문이다.

주도적으로 사용되는 기법을 원리로 삼아 웃음을 유형화하는 일은 웃음의 다양한 전략과 웃음이 지닌 당대성과 사회성을 살피는 데 효과적이다. 풍자, 패러디, 넌센스, 유머, 아이러니, 위트 들이 바로 그것이다. 기법을 분류하는 일이 힘들기는 하지만, 기법에 따른 주제

---

20) 몬로(Monro)는 주제와 관련시켜 유머를 열 가지 유형으로 나누었다. ①사건의 일상적인 질서를 깨뜨리는 것, ②사건의 일상적인 질서의 금지된 깨뜨림, ③추잡한 행위, ④다른 것에 속하는 하나의 상황에 들어가는 것, ⑤무엇이 아닌 것으로 가장하는 어떤 것, ⑥말놀이, ⑦넌센스, ⑧작은 불운, ⑨지식이나 기술의 결핍, ⑩숨겨진 모욕이 그것이다. 그러나 이 분류는 잣대가 일관성이 없어 수용하는 데 큰 어려움이 있다. 무엇보다도 ⑥과 ⑦은 기법이므로 제외해야 할 것이다.
반면에 오보우인(Aubouin)은 유머를 ①말의 희극성, ②생각의 희극성, ③추론의 희극성, ④상황의 희극성, ⑤시청각적인 희극, ⑥행동의 희극성, ⑦혼합된 희극의 쓸모없는 범주들로 나누었다. Victor Raskin, 앞의 책, p.30. ①은 기법이며, ③도 과학적 추론을 패러디한다는 점에서 기법으로 볼 수 있다. ④는 분류기준을 알 수 없을 정도로 일반적이고 막연하다. ⑤는 매체에 따른 분류이며, 마찬가지로 나머지 항목도 분류 잣대를 명확히 파악할 수 없다. 오보우인의 절충적 분류에서도 알 수 있듯이 유머를 분류하는 일은 상당한 어려움이 뒤따른다 하겠다.

분류를 병행한다면 웃음의 사회적 조건과 의의를 살피는 데 도움이 될 것이다. 가령, 1980년대 이후 우리 시에서 패러디를 주요한 기법으로 삼는 것은 문화적 경험에 힘입은 바 크다. 삶의 조건이 탈정치화되면서 풍자성이 약화되고, 시의 놀이성과 유희성이 강화되는 방향으로 나아갔기 때문이다. 시의 대중화와 맞물려 웃음 자체의 즐거움을 추구하는 웃기는 시, 웃기 위한 시를 다수 발견할 수 있다. 이것은 전통적인 시 개념의 의미심장한 변화를 반영하는 징후라 하겠다.

주제에 따른 웃음의 전통적인 세 범주에는 성적 웃음, 민족 특유의 웃음, 정치적 웃음이 있다. 정치와 성은 동서양의 보편적인 현상이지만, 민족 특유의 웃음은 국가 간의 문화적 경계가 뚜렷한 웃음 유형이다.[21] 웃음이 특정 문화의 산물이라고 볼 때, 현대시에서 민족 특유의 웃음을 확정하는 일은 매우 어렵다.

이 글에서는 한국 현대시에 들앉은 웃음의 양상을 크게 풍자, 유머, 넌센스로 나누어 고찰하고자 한다. 넌센스의 경우 흔한 유형은 아니지만, 현대시사에서 독특한 자리를 형성하고 있다고 보아 유형에 편입시켰다. 우리 시의 새로운 가능태로서, 시의 웃음을 효과적으로 설명하는 방식이라 여겼기 때문이다.

오늘날 우리 삶의 모든 조건들은 웃음의 세례를 받는다. 웃음을 이끌어내는 방법의 다양성 못지 않게 정치적 억압에서 자유로울 수 없었던 시대와는 달리 웃음의 주제와 내용도 자기 반영적인 것에서부터 정치문제에 이르기까지 매우 다양해졌다. 이러한 웃음이 현대시

---

21) 잡지에 소개되었거나 단행본으로 엮어 번역 소개된 각종 우스갯소리집을 보더라도 웃음이 특정 사회의 문화적 기반에 기대고 있음을 알 수 있다. 그만큼 웃음에는 국가적인 경계가 뚜렷한 셈이다. 최정순 엮어 옮김, 『世界유모어文學全集』 1~5권(정음사, 1969); 김성한 엮음, 『東西유머選集』, 『여성동아』 1971년 7월호 별책부록; Salcia Landmann(하재기 옮김), 『탈무드의 웃음』(태종출판사, 1979); Marvin Tokyer(이도형 옮김), 『유태人의 웃음』(범서출판사, 1981) 들에서 이러한 경계 현상을 확인할 수 있다.

의 집단적 저류를 형성하고 있다는 사실 또한 분명하다. 이것이 웃음이라는 관점에서 우리 문학사의 넓은 이랑과 고랑을 살펴야 하는 까닭이다.

이상에서 시에 나타난 웃음을 내용과 기법에 따라 유형화하였다. 기법을 구분 원리로 삼아 웃음을 풍자, 넌센스, 유머, 패러디 들로 유형화하는 일은 웃음의 당대성과 사회성을 살피는 데 효과적인 방식이라 보았다. 주제에 따른 웃음의 전통적인 세 범주로는 성적 웃음, 민족 특유의 웃음, 정치적 웃음이 있었다. 정치적·성적 웃음은 동서양에 두루 편재되어 있는 보편적인 유형이지만, 민족 특유의 웃음은 국가 간의 문화적 경계가 뚜렷하여 우리 시의 웃음을 해명하는 데 큰 도움이 되지 못한다.

제3장

풍자와 공격의 시학

웃음의 존재 방식은 시대적 상황에 따라 뚜렷한 차이가 있다. 국권회복기와 나라잃은시대에는 웃음이 다양한 색채를 상실하고 일면논리인 풍자로 고착되는 양상을 띤다. 이러한 경향은 광복기나 한국전쟁 이후 정치적 억압이 극심했던 권위주의 정치체제가 지속되었던 1980년대 중반까지 한결같이 지속된다.

이 장에서는 한국 현대시에서 엿볼 수 있는 웃음의 다양한 양상 가운데 풍자를 중심으로 한국 현대시의 흐름을 통시적으로 고찰하고자 한다. 그것은 간접적인 공격성을 본질로 하는 풍자가 나라잃은시대와 권위적 독재로 이어지는 역사적 조건에서 효과적인 시적 전략이었고 또한 지배적인 양상이었기 때문이다. 풍자의 양상을 정치 풍자와 세태 풍자, 성적 풍자로 나누어 살필 것이다.

1. 이데올로기 비판으로서의 정치 풍자

풍자를 유형화할 때 수식어가 지시하는 의미의 경계는 명확하지 않다. 그런 만큼 '정치적/비정치적', '정치적/세태적/민족적/종교적/성적' 풍자를 뚜렷하게 구분하여 용어를 부려 쓰기에는 어려움이 뒤따른다. 그러나 각 수식어의 변별성을 주제적인 차이에서 찾을 수는 있을 것이다. 이 경우 정치 풍자의 주제는 국가적인 것이나 정치적인 것이어야 하며, 적어도 정치 제도의 특징으로서 사회 전반적인 영역을 다루어야만 한다.[1] 대체로 시의 정치적 양상은 당대적 현상으로 현대시사에서는 참여문학의 범주에 속하는 것이다.

정치 풍자는 주로 정치 지도자와 직업 정치가, 선출된 대표뿐만 아니라 정치 기관이나 단체, 정당들을 대상으로 삼는다. 나아가 정치적 통치 아래에서의 정치적 사고와 사회 전반의 삶도 정치 풍자의 주요한 목표가 될 수 있다.[2] 정치 풍자에도 대립성이 형성되는데, 지배적으로 선악(적절성/비적절성, 정당성/부당성)의 갈등 구조를 취한다. 이때 풍자 주체가 우월감을 가지고 대상을 공격하기 때문에 유머와는 달리 상당히 무겁고 어두운 웃음을 유발한다.

이러한 정치 풍자는 두 가지 세부 유형을 상정할 수 있다. 첫째 유형은 정치인이나 정치 단체, 사상을 모욕하는 것이고, 둘째 유형은 전반적으로는 정치 권력에 집중되고, 아직 널리 알려지지 않은 사건이나 여러 일련의 사건들, 그리고 정권에 의해 억압되는 것을 폭로하

---

1) Viktor Zmegac · Dieter Borchmeyer, 「정치시」, 『현대 문학의 근본 개념 사전』(류종영 외 여럿 옮김, 솔출판사, 1996), 431~441쪽 참조. 정치제도나 이데올로기를 풍자한 시들은 대체로 정치시의 범주에 속한다. 물론 정치 풍자는 전체 정치의 일부분으로서 개별 고통의 경험을 다룬 일상 세태와 종교 세태를 주제로 하는 세태 풍자와는 일정한 차이를 갖는다. 종교나 일상의 여러 현상들이 권력의 문제와 결부되어 있기는 하지만, 글쓴이는 풍자 중에서도 지배적인 경향인 정치 풍자와 구분하여 세태 풍자를 다루고자 한다.
2) Victor Raskin, *Semantic Mechanisms of Humor*(D.Reidel Publishing Company, Dordrecht, Holland, 1985), pp.222~223.

는 것이다. 전자가 모욕의 정치 풍자라면 후자는 폭로의 정치 풍자이다. 모욕의 정치 풍자가 정치 현상이나 정치 집단, 정치 제도, 정치적 이상이나 슬로건을 부정하는 데 초점을 맞춘다면, 폭로의 정치 풍자는 국가적 습성이나 정치적 표현, 결점, 특별한 정치적 상황을 폭로하는 데 주안점을 둔다. 물론 이러한 유형 설정이 편의를 위한 것이지만, 실제로 폭로는 모욕 속에서 나타나며 폭로의 목적은 대개 모욕이 된다. 두 유형 모두 모욕과 폭로를 통하여 강력한 비판을 수행하는 데 목적이 있다.

대체로 정치 풍자는 고통과 위기의 경험을 배경으로 하기 때문에, 종종 역사 현실에 대해 체념적이거나 냉소적인 적개심을 과도하게 표출하는 경향이 있다. 그러나 지극히 주관적인 개인의 불평을 담은 시는 정치 풍자로 볼 수 없다. 따라서 정치 풍자는 개인에게 무조건적인 순응을 강요하는 정치제도와 집단, 이데올로기를 주요한 표적으로 삼아야 하며, 사회적인 것을 포함하는 총체성으로서의 정치적인 것, 가령 국가의 전제성에서 비롯된 지배를 합법화하는 정치적 폭력이나 군국주의를 겨냥하거나 적어도 이러한 정치적인 것의 특징을 묘사해야만 한다.

1) 정치제도와 지배 이데올로기 비판

시의 언어에 대한 본질주의적 관점은 대체로 시의 존재양식과 시를 바라보는 세계관과 관련 있다. 1930년대 이상이 감행한 과감한 언어해체와 실험 이후, 1950년대는 우리 시의 아어주의(雅語主義)를 전면적으로 부정하면서 언어 실험과 함께 욕설이나 은어, 비속어를 시의 문맥에 채용한 시어의 혁명기라 불러도 좋을 만한 시기이다. 송욱과 전영경이 주도적으로 시도한 언어실험과 시어의 확장 노력은 풍자적인 성향이 농후하다. 웃음을 유발하는 기제가 언어표현에 있다는 점에서 이들은 전통적인 시관념에 대한 숙명적인 반란을 시도하고 있는 셈이다.

　말놀이의 근본정신은 동질성의 회복이나 현실 재편성의 욕구에 있다.[3] 송욱은 당대의 시적 발상과 방법에 실험적인 도전을 하면서 언어 실험을 지속적으로 감행하였다. 그는 언어와 지성의 긴밀한 유대를 꾀함으로써 역사적 현실을 통찰하는 시적 성취를 보여준 시인이다. 송욱의 언어 실험이 재치에 떨어지지 않는 문명비평이며, 시 형태상의 배려가 이 땅의 자유시에 대한 저항이고 비판이라 평가한 김춘수의 지[4]은 송욱의 시세계를 통찰하고 있는 셈이다.

　송욱 시의 출발을 허무와의 대결에서 찾을 때, 말놀이는 허무의식의 극복하기 위한 수단이자 세계의 모순에 대한 비판의식을 드러내는 방법적 장치이다. 말놀이를 활용하는 풍자는 대체로 당대의 부정적인 역사적 현실을 공격하는 데 초점이 맞추어져 있다.[5] 그의 대표작인 「何如之鄕」 연작시편은 이러한 태도와 맞닿아 있다.

　　그렇다
　　〈얄타〉에서 海印寺까지
　　어처구니없는 말을
　　아무렇지 않게 믿으며,
　　맛없는 意味를 달게 마셔도

---

3) 윤정룡, 「1950년대 한국 모더니즘시 연구」(서울대 박사학위논문, 1992), 127쪽.
4) 김춘수, 「형태의식과 생명긍정 및 우주감각」, 『金春洙全集』 2권(문장사, 1982), 535~536쪽.
5) 말놀이를 통한 풍자에 대해서는 이순욱, 「1950년대 한국 풍자시 연구 — 송욱 · 전영경 · 민재식을 중심으로」(부산대 석사학위논문, 1995), 27~44쪽을 참고할 것. 이외에 진순애, 「宋稶 詩의 隱喩 硏究」(성균관대 석사학위논문, 1993); 이승하, 「韓國 現代詩에 나타난 諷刺性 硏究 — 宋稶 · 全榮慶 · 辛東門 · 金芝河를 중심으로」(중앙대 박사학위논문, 1995); 박종석, 「宋稶 文學 硏究」(동아대 박사학위논문, 1998) 들을 참고할 수 있다.

나는 난데

才談과 肉談과 私談을 하다

感傷과 中傷과 外上을 거쳐

資本을 빌려 타고 가고 싶은데

當分間 今明間이 꼭 붙잡고

〔…줄임…〕

목숨은 목숨대로!

꼬꼬대

잠꼬대

〈아뿌레〉가 아뿔사 遲刻을 한다.

民主

主義(칠!)

내일은 정녕 얼떨떨하고

歷史보다 野談을

사랑하는

사랑하는 그대만

진정 아름다워?

〔…줄임…〕

바람 바람 달

덜덜 떨리는 보람을

逆說이 逆情한다.

오면 올수록 멀어지는 집이면,

金삿갓

李箱

돌아

서

갓!

帽子처럼

頭蓋骨을 흔들며

— 송욱, 「何如之鄕 · 六」 가운데서[6)]

말놀이는 어느 한 단어의 이중적인 의미나 뜻이 다른 두 개의 단어와 어군(語群)의 동음 혹은 유음을 이용하는 방법이다. 이러한 재치 있는 말놀이는 『何如之鄕』에서 세계 비판의 주요한 방법적 장치로 활용되고 있는데, 이것은 긴장을 완화시킴으로써 웃음을 유발하는 효과를 지닌다.

인용시에서 "才談 – 肉談 – 私談, 感傷 – 中傷 – 外上, 當分間 – 今明間"들은 유음중첩형 말놀이다. 특히 "外上"은 앞 단어의 傷에 유의한다면 外傷이어야 하지만 다음 행의 "資本"과 결합 가능한 이중적인 통사구조를 가짐으로써 의미의 다양화에 기여하고 있다. "外上"을 外傷으로 읽게 되면 개인 단위의 感傷과 민족 단위의 中傷, 한국전쟁이 남긴 重傷을 포괄하는 의미로 해석할 수 있다. 그리고 "外上"을 "資本"과 결부시키면 원조경제에 의존한 천민자본주의의 병폐를 우회적으로 드러낸 것이라 볼 수 있다.

"歷史보다 野談을 사랑하는" 일이 "진정 아름다워?"라는 반문은 자유당 정권의 정치적 억압이 야기한 상황에 대한 역설이다. 당면한 역사적 문제보다는 야담으로 상징되는 일상적 삶에만 탐닉하는 행위는 쉽게 현실도피나 체제순응으로 연결된다. 물론 상처와 정치적 무관심을 야기한 주된 원인은 국가권력에 있다. 자유당 독재를 가능하게 했을 만큼 국가권력의 압제는 심각한 것이어서 시인은 이 땅의 민

---

6) 『何如之鄕』(일조각, 1961), 158~162쪽.

주주의를 허위의식으로 파악한다. 이처럼 비판의지를 직접적으로 표출할 수 없었던 억압상황이 말놀이를 동반한 정치 풍자를 가능하게 했던 것으로 보인다.

지배체제의 이데올로기를 허위의식으로 매도하는 일은 정치 풍자의 일반적인 주제이다. 이승만 정권이 내세웠던 표면적인 이데올로기는 자유민주주의이다. 하지만, 실제로 내용의 핵심에는 반공이데올로기가 도사리고 있다. 이 이데올로기는 어떤 가치보다 우선한다는 사고방식을 낳았으며, 자유당 독재를 구축하는 데 결정적인 역할을 하였다. 그러나 그것은 정권과 민중을 분리하는 결과를 초래하였기 때문에 허위의식에 등가되는 셈이다. 마르크스는 지배계급의 사상이 사회의 모순관계를 은폐시킬 때 이데올로기로 기능하며, 그것은 피지배계급의 허위의식으로 나타난다고 보았다.

인용시에서는 "主義(칠!)"라는 벽보를 인유하여 지배 이데올로기의 허위성을 신랄하게 조롱하고 있다. 따라서 "칠! 주의"라는 경계의 의미를 담고 있는 이승만 정권이 당대의 보편적 사상으로 제시한 지배 이데올로기는 일반 민중들의 의견을 수렴해내지 못하는 허위의식으로 인식된다. 정치제도와 이데올로기에 대한 비판은 『何如之鄕』 곳곳에서 발견할 수 있는 바, "〈데모〉하는 아아 〈데모크라시〉!"(「何如之鄕·拾壹」)라 한 표현도 같은 맥락에서 이해할 수 있다. 때문에 "金삿갓/李箱/돌아/서/갓!"이라는 문맥은 매우 의미심장하게 읽힌다. 김삿갓과 이상은 언어실험으로 독자적인 시세계를 펼친 시인이다. 그들의 언어 실험이 전통적인 언어와 형식에 대한 도전이자 세계에 대한 도전이라고 볼 때, 그들을 "帽子처럼/ 頭蓋骨을 흔들며" 가라고 하는 이유는 그러한 실험성이 용인되지 못하는 현실 상황에 말미암은 듯하다. 결국 송욱은 말놀이를 통해 무거운 현실을 우스꽝스럽게 다룸으로써 "原版처럼 검은 時代"를 풍자하고 있는 것이다.

　송욱 시의 구성원리는 말놀이다. 이것은 단순한 말장난이 아니라 비정상적인 사회 체계를 조롱하는 기능을 한다. 그의 시가 "默讀을 위한 것이 아니라 문자를 음성으로 환원시켜야 의미파악이 가능하"며, "기성질서에 대한 착란작업"이라 한 박목월의 지적[7]은 일리가 있다. 따라서 그의 시는 언어의 자유를 최대한 활용하여 소리에 힘입어 의미를 산출하는 시라고 할 수 있겠다.

　그러나 말놀이가 지니는 이러한 의의에도 불구하고 독자에게 과도한 유추 해석을 요구할 정도로 구체적인 사회현실을 추상화하고 있는 점은 문제로 남는다. 비약적인 행구분이나 유음의 폭력적인 나열이 이러한 의도를 쉽게 알아차리는 데 방해가 되기 때문이다. 비록 재미가 있다 하더라도 자칫하면 "단편적 비평"[8]의 차원으로 떨어질 위험을 안고 있다는 진단 역시 말놀이의 단조로움을 경계한 것이다.

　송욱과 더불어 언어 운용의 면에서 1950년대 시사에서 독자적인 시세계를 구축하고 있는 전영경 또한 1950~60년대 우리 시의 웃음, 특히 풍자를 논의할 때 가장 주목해야 하는 시인이다.

삼십육년만에 나라를 찾아서 십오년동안 무얼했어요

아무것도 없지

이 놈들 아무것도 없다

그러니까 우리나라 사람들은 똥 만드는 기계지 뭐예요

돈들어 충주니 나주에

비료공장 세울 필요 어딨어요

우리 모두 개개인이 비료공장인데

---

7) 박목월은 송욱의 시가 소리를 내어 읽지 않으면 "모르는 주문"이라 보았다. 박목월, 「瘦雲錄 – 1958年度 詩文學 總評」, 『사상계』 1958년 12월호, 332~333쪽.
8) 유종호, 「印象 – 八月의 詩」, 『사상계』 1958년 9월호, 330쪽.

아버지는 비료공장 일호 엄마는

이호 오빠는

삼호 너는

나는 비료공장 오호지

그런데 아저씨는 왜 비대할까

닭을 털도 뽑지 않고 먹고서는

걱정끝에

속이 썩어 비료가 되니 뚱뚱할 수밖에

돼지 돼지들

이것은 현실이다

슬픈 조국이다

오빠 우리 브라질에 이민을 가요

픽 웃어 본다

— 전영경, 「돼지-1 오빠 자유와 빵 어느 쪽이 귀중해요」 가운데서[9]

　인용시는 한국전쟁으로 인한 사회의 혼란상과 심각한 빈부격차를 해결하지 못하는 정치 제도에 대한 풍자이다. 화자의 조소만큼이나 유쾌한 웃음을 던져 주는 시는 아니다. "삼십육년만에 나라를 찾아서 십오년동안 무얼했어요"라는 질문에 권력자들은 "아무것도 없지"라고 대답한다. "이 놈들 아무것도 없다"는 말 또한 대화라기보다는 차라리 독백에 가깝다.

　위정자와는 달리 민중들은 "똥 만드는 기계"에 불과하다. 이러한 가치전도는 더 이상 수사가 아닌 엄연한 현실이다. 정상적인 존재를 격하시키고 있다는 점에서 인용시는 희극적이라기보다는 오히려 비

---

9) 『어두운 다릿목에서』(일조각, 1964), 101~103쪽.

장감을 유발한다. 차라리 지배계층을 격하시켜 부정성을 폭로했더라면 유쾌한 웃음을 던져주었을 것이다.

사회 구성원이 모두 "비료공장"으로 전락한 현실에서 이를 개선하지 못하는 정치 제도나 체제는 존립근거를 상실한 허수아비에 불과할 뿐이다. 빈부격차의 이분법적 구도에서 가진 자를 "돼지"에 비유하고 가지지 못한 자를 "똥"이나 "비료"에 비유한 것은 진부함을 무릅쓰고라도 "브라질에 이민을 가"야 할 만큼 열악한 정치 현실을 드러내는 데 부족함이 없다. 그래서 시 제목인 "오빠 자유와 빵 어느 쪽이 귀중해요"라는 질문은 "자유 아니면 빵을 달라"는 프랑스 시민혁명 때의 함성과 맞물려 자조 섞인 웃음을 공허하게 터뜨리게 한다. 갈구할 "자유"마저 "빵"에 가려 보이지 않는 시대가 바로 1960년대이기 때문이다. 그러나 송욱과 마찬가지로 일상어와 시정어를 적극적으로 수용하고 긴요하지 않은 접속사와 조사를 반복적으로 사용함으로써 의도적으로 시적 긴장을 이완시키는 전영경의 요설과 풍자 또한 여전히 단순한 욕설로 전락할 위험을 안고 있다.

김재원[10]은 시집을 낸 바 없지만 1960년대 시사에서 참여시를 거론할 때 빼놓을 수 없는 시인이다.[11] 4월혁명이 좌절된 이후에도 치열한 참여정신으로 당대의 정치 권력과 제도, 지배 이데올로기를 직접적

---

10) 김재원은 1939년 서울에서 났다. 고려대 영문과(1963)와 연세대 경영대학원을 나온 뒤, 오랫동안 잡지기자와 신문기자로 일했다. 1958년 10월 9일 문총(文總) 주최 백일장에 시 「오후 2시」가 장원으로 당선되었고, 1959년 조선일보 신춘문예에 시 「門」이 당선되어 문단에 나섰다. 이후 「現實」동인, 청년문학가협회 대표 최고 위원으로 활동하였다. 1978년 『여원』을 인수하면서 현재까지 『직장인』, 『소설문학』, 『신부』 등 4개 잡지매체의 발행인 겸 편집인으로 일하고 있으며, 수원대학 신문방송학과에 출강하기도 했다. 대중들에게는 부부학, 성공학 강사로 널리 알려져 있다. 시집을 낸 바는 없으며, 낸 책으로는 『남편은 이렇게 성공시켜라』(직장인 출판국, 1987 개정판), 『직장인 손자병법』(직장인출판국, 1987), 『뛰면서 생각하자』, 『그렇다, 아내는 만병통치약이다』(여원출판국, 1988 초판), 엮은 책으로 『크게 생각하라』, 『권모술수』, 『사람을 움직여라』, 『생각하라 그래야만 더 잘 살 수 있다』, 『흑자경영 핸드북』들이 있다. 문덕수, 『世界文藝大辭典』(교육출판공사, 1994), 269쪽; 김영삼 편저, 『韓國詩大辭典』(을지출판공사, 1988), 426~427쪽; 권영민, 『韓國現代文人大事典』上(아세아문화사, 1991), 697쪽; 원종성 엮음, 『문학인명사전』(원장문화재단, 1993), 76쪽 참조.

으로 비판한 정치 풍자에 주력하고 있기 때문이다.

剝製된 共和國을 아십니까?
憲法조차도 여기선 外來品이올시다.

祖國이 뻗어가는
지름길은 事大主義.
四色되는 思索덕에
골탕먹는 인테리.

낯선 靑春과
어색한 性慾이
푸드득 기를 쓰다
돌아 앉은 革命이고

自由를 讓步하라, 예쓰.
正義를 구슬려라,
眞理를 눈감으라, 예쓰, 예쓰,
祖國이 하라시면
나는 無條件 예쓰하는 품팔이

고기 먹다 먼산 보는

---

11) 1960년대 시 연구에서 김수영과 신동엽이 편향적으로 언급되고 있는 것과는 달리 김재원은 정당한 대접을 받지 못한 셈이다. 그러나 1963년 말 정공채가 미국에 대한 비판적 장시 「미8군의 車」를 『현대문학』지에 발표하고, 뜻하지 않게 이 작품이 일본의 『新日本文學』에 소개되면서 시인이 국가기관에 소환되는 필화를 겪을 수밖에 없었던 상황을 염두에 둔다면, 1960년대 시사에서 김재원을 거론해야 할 필연성이 있는 것이다.

뱅뱅 갇힌 호랑이,
추넘 걷어 갖다 주는
얻어 먹는 배탈이고,

滿洲
땅,
어디 갔니,
수염 꼬던 亡身이어.
뭇서방님 눈치코치
속곳 벗는 祖國이어

— 김재원, 「修身齊家」 가운데서[12]

인용시는 개발독재의 자본 증식을 통해 세계 자본주의로 편입되던 1960년대의 현실을 폭로한 작품이다. 4월혁명이 "돌아 앉은" 시점에서 "憲法조차도" "外來品"으로 전락한 상황을 비판의 표적으로 삼고 있다. "祖國이 뻗어가는/지름길은 事大主義"라 천명되는 현실이고 보면, "剝製된 共和國을 아십니까?"라는 패러디는 비분강개를 넘어 차라리 자조 어린 넋두리에 가깝다.

이러한 현실에서 자유와 정의, 진리라는 4월혁명의 이상적 가치들은 외세에 의해 강요된 허울 좋은 이데올로기에 지나지 않는다. 헌법과 마찬가지로 외래품에 불과할 뿐이다. 4연의 "예쓰", "祖國이 하라시면 나는 無條件 예쓰"라는 구절은 주체성을 상실한 개인의 정체성뿐만 아니라 국가 권력의 폭력성을 드러내는 데 매우 효과적이다. 더욱이 "뭇서방님 눈치코치" 살피느라 "속곳"까지 벗어제끼는 "祖國"

---

12) 『現實』 제2집(현실동인회, 1963.9.15), 13쪽.

의 모습에서는 더 이상 자주국가의 면모를 찾을 수 없다. 제목을 "修身齊家"라 한 것은 4월혁명의 좌절 이후 전개된 파행적 양상을 비판적으로 점검하려는 시인의 자세 가다듬기와 정체성 회복의 의지로 읽을 수 있겠다. 1960년대 우리 시가 4월혁명으로부터 자유로울 수 없다는 점에서 인용시의 문제의식은 다분히 시사적이다.

좁지 않아요 이 땅은. 교과서엔 봄 여름 가을 겨울 가장 아름답고, 저긴 선택된 인간들 특혜 받아 살찐 행복한 미소들도 풍성하고, 보일것과 혼자 볼 것의 두가지로 쓰는 참회록같은 이중장부도 그득하고, 끌려가는 공무원의, 귀여운 아들 딸 못잊는 그 슬픈 눈동자도 유리창에 비치고, 잊을 만하면 반갑다고 다가서는 개헌도 있고, 한 목숨이 3대를 이어가도 못 다 볼 일들이 그득한 이 땅은 좁지 않아요. 있는 것만 따져도 시간이 모자라 특근비를 신청하는 판인데, 없는 것까지, 더 더군다나 없어야 할 것까지 따지다 가는 자식들에겐 따지는 것만 물려줬다고 따지러 덤빌 사람이 있을 만큼 일 많은 이 땅은 좁지 않아요.
　　〔…줄임…〕

언더 디베롭트 칸추리의 하늘이라도 칭찬하는 걸 아셔야 해요. 칭찬할 것이 없어 망연자실하여 허공만 보다가 옳다꾸나 무릎치며 칭찬하는 하늘. 고등수학보다 까다롭고 구구법보다 주먹구구인 정치자금의 비율로 따져도 언더 디베롭트 칸추리의 하늘은 웃을 수 있는 거예요. 마이 홈, 마이 카에 「마이」자가 제법 늘어가는 것도 명사록에 이름 올린 사람들이 우리 근처에 생긴다는 애긴데 언더 디베롭트 칸추리라니, 하이웨이 씽씽 달려 보세요. 애국이 국시인 시국일랑은 시대의 총아들이 이끌어만 가면 되고 언더 디베롭트에서 「언더」자를 팽개치고 닐리리를 부르세요. 아 또 봄이 오네요. 등록금이 자살시킨 후배 애긴 관두시고 상품권 몇 장 사서 요인을 찾아가세요. 요직만 딴다면야 언더 디베롭트 칸추리가 파라다이스로 재주 넘는 홈 홈 스위트 홈. 노래하세요.

〔…줄임…〕

잊으세요 순서를. 계단을 오르느니 엘리베이터를 타세요. 하극상 삿대질에 순서를 잊으세요. 봄이 오네요. 겨울이었어요 당신의 젊음을. 잊으세요 순서를.

— 김재원, 「순서는 그렇게 되어있다」 가운데서

인용시에서 당대 현실을 바라보는 시인의 태도를 읽을 수 있는데, "순서"를 "잊으세요"라는 언술이 바로 풍자적 태도의 표명이다. "한 목숨이 3대를 이어가도 못 다 볼 일들이 그득한 이 땅"이 결코 "좁지 않"은 까닭은 기만적인 정치 제도에 편승하는 일이 많기 때문이다. 뒤틀린 순서는 반드시 전복되어야 한다고 보면, 순서를 잊는 일은 현실 도피나 초월이 아니라 새로운 질서의 재편을 꿈꾸는 일이 된다. 순서의 망각은 곧 순서의 부정과 청산을 의미하는 것이다. 그러나 인용시에서 보듯 '순서'는 변화의 여지없이 운명처럼 결정되어 있는 것처럼 보인다. 그래서 마지막 연에서 "계단을 오르느니 엘리베이터를 타"는 것이 더 나은 방법임을 알려주는 화자의 친절함은 냉소로 읽힐 수밖에 없다.

일반적으로 비속어를 동반한 성적 표현은 당대 지배 이데올로기에 대한 저항의 의미를 지닌다. 1950년대 전영경 시에서 두드러졌던 비속어의 시적 수용은 1960년대 김수영과 조태일, 1970년대 한무학, 김지하, 김준태, 문병란 들로 이어지면서 우리 시사에서 뚜렷한 흐름을 형성한다.

비숍女史와 연애를 하고 있는 동안에는 進步主義者와
社會主義者는 네에미 ×이다 統一도 中立도 개 ×이다
隱密도 深奧도 學究도 體面도 因習도 治安局
으로 가라 東洋拓植會社, 日本領事館, 大韓民國官吏,
아이스크림은 미국놈 ×대강이나 빨아라 그러나
요강, 망건, 장죽, 種苗商, 장전, 구리개 약방, 신전,
피혁점, 곰보, 애꾸, 애 못낳는 여자, 無識쟁이,
이 모든 無數한 反動이 좋다
이 땅에 발을 붙이기 위해서는
—第三人道橋의 물 속에 박은 鐵筋기둥도 내가 내 땅에
박는 거대한 뿌리에 비하면 좀벌레의 솜털
내가 내 땅에 박는 거대한 뿌리에 비하면

怪奇映畵의 맘모스를 연상시키는
까치도 까마귀도 응접을 못하면 시꺼먼 가지를 가진
나도 감히 想像을 못하는 거대한 뿌리에 비하면……

—김수영, 「巨大한 뿌리」 가운데서[13]

인용시는 전반적으로 제국주의에 대한 풍자적 의미가 강하지만 욕
설을 과감하게 채용함으로써 독자들의 전통적인 시관념과 인식을 통
렬하게 깨뜨린다. 그만큼 이 시에서 제기하는 웃음은 시인이 의도한
바 제국주의와 식민주의라는 권위적인 질서를 해체함으로써 민족주
의를 지향하는 풍자적 웃음에 가깝다. 무엇보다도 제도예술의 정형

---

13) 『思想界』 1964년 5월호, 306쪽. 인용시에서 '×'로 처리된 부분은 김수영 사후 간행된 시선
　　집 『거대한 뿌리』(민음사, 1974), 110~113쪽에는 "네에미 씹", "개좆", "좆대강"으로 표기되
　　어 있다.

화된 논리를 비웃는 과감한 시어의 운용에서 풍자의 성격이 한층 강화된다. 이러한 측면은 '쌍말시'라 평가받으며 현대시의 새로운 지평을 연 조태일의 「나의 處女膜」 연작 시편[14]에서 두루 확인할 수 있다.

2) 지배계층의 허위와 부정성 비판

두루 알다시피 풍자는 객체의 억압과 횡포에 대한 주체의 비판으로 이루어진다. 따라서 시인이 화자를 배열하는 일은 대단히 의식적이다. 전영경은 인물을 소재로 하여 삶의 다양한 양태들을 표현하는 데 주력한다. 그가 특정 화자를 내세운 까닭은 풍자 목표를 효과적으로 공격하려는 데 있다.[15]

> 역시 위대할 수 있었던 것은 군수, 역시 위대할 수 있었던 것은 도
> 장관이 아니면 도 참여관, 역시 위대할 수 있었던 것은
> 봄 비가 내리던 윤 사월 어느날.
> 그 공으로 표창이 되어 훈 삼등이 하사되고 중추원 참의를 거쳐어
> 마 어마하게도 각하가 되었을 때의 감격과 같은 것.
> 역시 위대할 수 있었던 것은
> 과거, 큰 기침을 하면서
> 호령 지령할 수 있었던 어제.
> 〔…줄임…〕
> 인제 쭈굴 쭈굴한 곰보딱지 영감이 다 되었어도

---

14) 『식칼論』(시인사, 1970), 70~85쪽.
15) 전영경 시에서 화자는 작품 구조 자체를 보다 효과적으로 이해하게 만드는 역할을 하는 특정한 인격체를 대변하고 있다. 시인이 아닌 어떤 특정한 인물의 입을 통해 발화되는 탈시가 많고, 탈을 쓴 일인칭 화자의 내적 독백이 주류를 이룬다. 탈시는 단순한 비난이나 욕설로 떨어질 수 있는 풍자의 위험성을 경계하고 풍자 효과를 극대화시키는 데 매우 효과적이다.

각하는 각하가 아닌가 말이다.

이 땅에서 목숨한 위인치고 혁명 투사 앤드 우국 지사 앤드 애국자

아닌 사람이 없었고, 이 땅에서

발 붙이고 엉뎅이 붙인 친구치고 도적놈 앤드 사기꾼 아닌 이웃

이 없었고, 이 땅에서 이땅에서

마시고 노래하고 돌아가면서

춤 춘 광대 치고 꼭두각시 아닌 출신이 없고 없었는데

이 놈들 이 고얀놈들 발가락만도 못한 놈들 따지고 보면 이 위인도

인생의 항로에서 명예라는 티끌을 주책없이 과부 궁뎅이 다루듯이

생각할 때마다 빠고다 공원에서

대열에 끼어 만세를 불러 볼 것을

두만강이나 압록강을 넘어나 보다가

서대문 호텔에서 두어 서너 달쯤 묵어 볼 것을

후회 막심해 보는 이 늙은이지마는

그래도 지난 날에는 빗돌이 세워졌던 이 간구 각하 올시다마는

— 전영경, 「祖國喪失者·2 - 핼로·미스타·김·어쩌구·
저쩌구·앤드·베리 나이스」 가운데서[16]

풍자는 현실과 탈, 시인의 긴장관계 속에서 형성된다. 인용시는 한 인물이 하는 일과 그 자신에 대해서 하는 말[17]에 의해 풍자를 수행하고 있다. 시인이 직접적으로 개입하여 논평하는 방식을 취하지 않고 화자의 내적 독백을 통한 자기폭로의 아이러니 형식을 취하고 있다.

---

16) 『나의 취미는 고독이다』(현문사, 1959), 32~35쪽.
17) 폴라드(A.Pollard)는 인물을 중심으로 풍자적 의미가 나타나는 네 가지 방법을 제시한다. ①한 인물이 하는 일(또는 못하는 일), ②그 인물에 대해서 딴 인물들이 하는 행위 또는 말, ③그 인물이 자신에 대해서 하는 말, ④소설에 있어서는 저자가 그 인물에 대해서 하는 말에 의한 것이다. A. Pollard, 『풍자』(서울대출판부, 1986), 34쪽.

논평적 화자가 개입하여 풍자 효과를 약화시키는 「李間九閣下·1」, 「李間九閣下·2」와 달리 자기폭로의 아이러니는 화자 스스로 자신의 우행과 위선을 폭로함으로써 풍자대상의 허위성을 풍자하는 방식이다.

인용시는 "순 삼등이 하사가 되고 중추원 참의를 거쳐 각하가 된" 화자가 "인제 쭈굴 쭈굴한 곰보딱지 영감이 다 되었어도 각하는 각하"라며 자신의 기득권을 정당화하는 말에 의해서 웃음이 배가된다. 특히 친일 위정자인 화자가 지사적 인물을 비웃는 태도에서 풍자 효과는 두드러진다. 시인은 속물근성을 가진 화자를 표면에 내세워 비판적 의도를 위장하는 한편, 그들의 부정적 행위와 반민중성을 스스로 폭로하게 함으로써 풍자 대상을 공격하고 아울러 그러한 인물이 속한 집단까지도 모욕한다. 실정성을 상실하고 현실의 정상성을 위협하는 정치인을 풍자하는 모욕의 정치 풍자인 셈이다. 광복 후 존재 근거를 상실한 이간구 각하의 자기 폭로가 곧 모욕이 되는 것이다. 따라서 인용시는 모욕과 폭로를 통하여 풍자대상을 부정하는 데 초점이 맞추어져 있다.

전영경 시에서 풍자의 대상이 되는 지배 계층은 친일 정치인이자 고리대금업자(「李間九閣下·2」, 「祖國喪失者·2」)이거나 매판자본가(「鬪牛」), 애국자를 자처하는 정치가(「아 사월 십구일」) 들이다. 다음 시는 뇌물을 바쳐 출세를 꿈꾸는 신학자 오도성 목사가 자신의 헛된 욕망을 노골적으로 폭로함으로써 웃음을 유발한다.

이 백성이 입술로는 나를 존경하되 마음은 내게서 멀도다 사람의 계명으로 교훈을 삼아 가르치니 나를 헛되이 경배 하는 도다. ……

— 마태복음 15 : 8~9

나로 말하라 할 것 같으면

내가 일찌기 미국에서

콜롬비아 대학에서 뿌라운 박사에게 명함 쪼백을 드리미니 말입
니다, 푸로펫서 오의 애매 모호 하면서도 구체적인 타이틀이 붙은
신성 불가침론을 읽고 감동 했다 했고, 내가 일찌기 푸린스톤 신학
교에서

엘리옷 총장의 각텔 파아티에 초대를 받았을 때 말입니다, 한번도
아니고 두번째의 영광을 받았을 때 말입니다.

목구멍 소제를 하느라고 죠니 워카 잔을 입술에 대는 순간 말입
니다.

이 사람인 딱타 오도성의 인격에 학문에 교양에 솔직히 말입니다
마는 경의와 절찬을 애끼지 않는다고 했고.

내가 일찌기 미국에서 아라스카 경유 도오꾜 경유.

비 내리는 김포 비행장에 감개도 무량하게

미끄러지면서 억수가 퍼붓는 서울에 입성 하면서

그리움에 지친 첫날 밤의 반도 호텔에서

이거 어데 한 대 얻어 터지고 보니 주먹에게

내가 일찌기 미국에서 교회에서 원조 물자를 수입한 때 본 기억도
새로운 구제품을 걸친 너덜 너덜한 양복쟁이에게

감지덕커녕 배은 망덕도 유분수라면서 사람을 몰라 본다면서

나는 삼천만 동포 하고 소리쳤읍니다.

그 후 정계에서 종교계에서 그후 특히 교육계에서

윗 대가리나 엄지 손가락의 비위를 척 척 맞추면서 그것을 붙잡고

느러 지면서 그것을 그것을 긁으면서

정치적 수완이 늘어서

가타부타 없이 행정적 사무적 능률이 뛰어 나서

내가 일찌기의 과거형은 쑥 들어가고, 나의 지금의 현재형이나 미래

형의 설교조나 웅변조가 아니면 팔딱 팔딱 뛰는 감정조로

자기의 모범적인 입신이나 출세나 회전의자 같은 것을 뽐내기 위해

서

종횡으로 활약이 약여한바 있어 무 자라듯이 자라서 나라에서

장 차관이 바뀔 때마다 하마평이 입버릇처럼 오르내릴 때마다, 역

시 역시 알아 준다는 말이야, 역시

피이·에잇치·디와 에잇치·피이·디를 구별한다는 말이야, 학자를

대접할 줄을 안다는 말이야 하면서

국제 정세에서부터 국내정치에 이르기까지 창세기에서부터 노아의

방주에 이르기까지 뚜루룩 현대 신학에 이르기까지

모르는 것을 빼 놓고, 아는 것만을 앗다 앗다 광범위하게 줏어 섬

기며 하는 말이 이래도 교육계에서 일류 대학의 이류 과장을 거치고.

전무 후무한 행정 조치를 취하던 삼류 학장을 지내고.

지금은 썩어서 곯아서 너털 너털 거리는 야인이지마는 줄이 닿기는

위하고 고위층 하고는 무어니 뭐니 해도 대한민국에서는 누구 보다

도 오 주책 도성 박사라면 통한다는 것을 알아 달라는 말이다.

　　　　　　　— 전영경, 「吳道成牧師 – 1 에잇치·피이·디」 가운데서[18]

　풍자적 인물은 다른 가공적 인물들보다 훨씬 더 제한된 독자성을 지닌다. 풍자적 인물이 항상 시인의 지배를 받고, 풍자 의도를 실증하는 역할을 하기 때문이다. 인용시에서 알 수 있듯이, 시인은 화자의 기만적인 발언을 강화함으로써 독자가 그들의 속물근성을 목격하고 위선과 타락상을 비판하도록 유도한다.

---

18) 『나의 취미는 고독이다』(현문사, 1959), 38~41쪽.

화자는 "대학에서 무슨 과장을 지내고 벼락 학장 감투를 거쳐 본업인 교회로 돌아"온 오도성 목사이다. 자신의 권위와 박학을 보장하는 직책을 몇 개씩 보유하고 있으며, 현재는 "썩어서 고라서 너덜 너덜 거리는 야인"으로 과거의 권위를 상실한 인물이다. 화자는 "돈이나 명예나 권력"이면 만사가 해결된다는 생각을 지니고 있다. 이를 위해 "고위층과의 줄"을 연결하는 "정치적 수단"을 마련한다. 이러한 면모는 위정자의 매국적 행각 못지 않은 것이다. 인용시 또한 화자가 자신의 삶의 내력을 스스로 폭로함으로써 모욕에 이르는 방식을 취하고 있다. 독자들은 화자보다 우월한 위치에서 화자의 위선을 인지함으로써 현대인이 상실한 종교인의 자리와 역할, 종교적 구원의 본질적 의미를 아울러 살피게 되는 것이다.

지배계층에 대한 풍자는 1970년대 김지하의 「五賊」에서 보다 전면적이고도 분명하게 나타난다. 송욱의 시에서 발견할 수 있었던 동음이의어를 활용한 풍자, 전영경의 시에서 엿볼 수 있었던 자유분방한 요설체는 판소리나 탈춤과 같은 민속예술의 전통과 맞닿아 있다.

남녘은 똥덩어리 둥둥
구정물 한강가에 동빙고동 우뚝
북녘은 털빠진 닭똥구멍 민둥
벗은 산 만장아래 성북동 수유동 뾰쪽
남북간에 오종종종 판잣집 다닥다닥
게딱지 다닥 코딱지 다닥 그위 불쑥
장충동 약수동 숫을대문 제멋대로 와장창
저 숫고 싶은 대로 숫구쳐 올라 삐까번쩍
으리으리 꽃궁궐에 밤낮으로 풍악이 질펀 떡치는 소리 쿵떡
예가 바로 狾猄, 寉獪猏猿, 跕碟功無源, 長猩, 暲猻矔이라 이름하는,

간뗑이 부어 남산만 하고 목질기기 동탁배꼽 같은

천하흉폭 五賊의 소굴이렸다.

사람마다 뱃속이 오장육보로 되었으되

이놈들의 배안에는 큰 황소불알 만한 도둑보가 곁붙어 오장칠보,

본시 한 왕초에게 도둑질을 배웠으나 재조는 각각이라

밤낮없이 도둑질만 일삼으니 그 재조 또한 神技에 이르렀겄다.

하루는 다섯놈이 모여

십년전 이맘때 우리 서로 피로써 맹세코 도둑질을 개업한뒤

날이날로 느느니 기술이요 쌓이느니 황금이라, 황금 십만근을 걸어 놓
고

그간에 일취월장 妙技를 어디 한번 서로 겨룸이 어떠한가

이렇게 뜻을 모아 盜짜 한자 크게 써 걸어 놓고 도둑시합을 벌이는데

때는 陽春佳節이라 날씨는 화창, 바람은 건 듯, 구름은 둥실

저마다 골프채 하나씩 비껴들고 꼰아잡고

행여 질세라 다투어 내달아 秘傳의 神技를 자랑해쌌는다.

— 김지하, 「五賊」 가운데서[19]

인용시에서 웃음은 우선 등장인물의 명칭에 대한 말놀이를 통하여 유발된다. 시인은 동음이의어를 활용하여 민중을 착취하는 지배계층인 오적으로 재벌, 국회의원, 고급공무원, 장성, 장치관을 설정하고 있다. 이것은 물론 국권회복기 을사오적을 패러디한 것이다. 그만큼 오적은 을사오적에 비견될 만큼 증오와 공격의 대상으로 설정되어 "미친개", "곱사등이의 원숭이", "돼지", "성성이", "병든 눈을 흘기며 다니는 형상"으로 격하됨으로써 모욕의 대상으로 묘사된다.

---

19) 『思想界』 1970년 5월호.

「五賊」은 판소리에 나타나는 유식한 문자와 상스런 말의 혼용, 반복과 병치, 과장, 말놀이를 구현하고 있으며, 구조면에서도 판소리의 "외화－내화－외화"의 구조를 적극적으로 채용하고 있다.[20] 특히 오적이 거들먹거리며 등장하는 장면에서는 판소리의 인물 등장 방식과 인물 내력 소개를 패러디하여 인물의 특징을 과장하여 폭로함으로써 웃음을 배가시키고 있다. 웃음을 창출하기 위하여 말놀이와 격하, 부풀리기 들의 전략을 다양하게 구사하고 있는 셈이다.

1970년대 지배 이데올로기는 반공주의와 권위주의, 성장주의였다. 박정희 정권은 분단을 구실로 권위적인 정치 체제를 구축하였으며, 이를 바탕으로 자본주의적 근대화를 완성하려 하였다. 1970년대 문학은 바로 이러한 이데올로기를 뒷받침하는 지배 특권층에 대한 민중의 승리를 담아내는 민중문학적 성격이 농후하다. 인용시 「五賊」의 풍자 방향은 민중이 지닌 증오의 방향에 정확하게 일치하고 있으며, 강력한 민중적 자기긍정에 토대를 둔 비판이요 폭로·규탄[21]이라 할 수 있다.

이러한 오적에 비견되는 한무학[22]의 「昌慶苑 動物共和國」은 폭로의 정치 풍자로 지배계층이 자행하는 부정부패의 실상을 희화적으로 포착한 시이다.

---

20) 고현철, 「한국 현대시의 장르 패로디 연구－담론 양상을 중심으로」(부산대 박사학위논문, 1995.8), 103~108쪽을 참고할 것.
21) 김지하, 「諷刺냐 自殺이냐」, 『민중문학론』(성민엽 엮음, 문학과지성사, 1984), 30쪽.
22) 한무학은 1926년 함경북도 학성면 성진에서 났다. 1947년 일본 와세다 대학을 졸업하고. 일본 국제 타임스사 외신부 기자(1947)를 거쳐, 경기여대(1957), 성균관대(1967)에서 강사로 일했다. 오래 전 미국에 이민 가서 살고 있다.1953년 3월 첫 시집『새로운 초(秒)의 속도』(세계평론사)』를 간행하여 등단했다. 1956년 제2시집인『地震에 떠는 氣象臺』(평문사)를, 1970년 제3시집『市民은 目下 入院中』(신조문화사)을,『北南西東』(평문사, 1975)은 제4시집이며, 1991년『강 없는 가교』(한누리미디어)를 내었다. 문덕수,『世界文藝大辭典』(교육출판공사, 1994), 1975쪽; 김영삼 편저,『韓國詩大辭典』(을지출판공사, 1988), 1904~1906쪽; 권영민,『韓國現代文人大事典』下(아세아문화사, 1991), 3153~3154쪽;『문학인명사전』(원장문화재단, 1993), 76쪽 참조.

人間證明書 한 장 펴들지 않고서도
술술 자유로이 入國할 수 있는
 우리들의 共和國

이른 아침부터
또 무슨 희안한 구경 보이려고, 이렇게
우리들 앞에 장사진 이루고 와글 와글
부풀어 있는 것인가
〔…줄임…〕

삼단같은 꼬리를
아침동산에 비끼고, 살랑살랑,
맑은 눈동자는 새색씨 모양
위아래로 가늘게 감은 양, 안 감은 양
토라진 궁둥이 휘휘,
아침 햇살에 저어가는
여우 내 모습 보고는,

고것 참, 사내간장 요리조리 다 녹힌다며,
머리채를 뺑뺑 돌려대고 있지만,

사람, 그대 나으리님들 재주엔
아직, 나는 따를 수는 없는 일

사람이고, 짐승이고 높다고만 생각되면
이리 굽신, 저리 굽신,

굽신 굽신 알랑 알랑,

기생 뺨칠 사내 대장부의 교태.

— 한무학, 「昌慶苑 動物共和國」 가운데서[23]

한무학은 지배계층에 대한 기층 민중들의 분노와 증오를 집중적으로 시화한 시인이다. 강도 높은 목소리로 정치 제도뿐만 아니라 특권층의 부정성과 위선을 폭로하였다. 인용시는 특권층의 행태를 "창경원 동물공화국"에 빗대어 풍자한 작품이다. 동물공화국은 "人間證明書 한 장 펴들지 않고서도/술술 자유로이 入國할 수 있는" 곳으로 비인간적인 논리가 용납되는 공간이다.

우선 "동물공화국"에 있는 "여우"를 묘사한 대목을 보자. "사내간장 요리조리 다 녹"일 만큼 온갖 교태스러움을 지녔지만 "나으리님들 재주엔/아직" "따를 수는 없"다. "사람이고, 짐승이고 높다고만 생각되면/이리 굽신, 저리 굽신,/굽신 굽신 알랑 알랑,/기생 뺨칠 사내 대장부의 교태" 때문이다. 권력과 명예를 위해서라면 어떠한 수단이라도 불사하는 허욕에 가득 찬 인물의 삶의 태도를 신랄하게 비판하고 있다.

공작새의 "화려한 몸단장"에 빗대어 특권층의 주변 인물의 모습과 행태를 모욕하고 있는 부분 또한 같은 맥락에서 이해할 수 있다.

사람, 그대 나으리님들 아낙네가

휘휘 감은 화려한 몸단장에는

아직, 나는 따를 수는 없는 일

---

23) 『北南西東』(평문사, 1975), 81~84쪽.

별빛도 못 따를 세라,

그 반짝이는 금, 은, 보석으로,

귀에는 귀걸이, 눈에는 눈걸이,

코에는 코걸이, 목에는 목걸이,

팔에는 팔걸이,

손가락에는 손가락걸이,

손톱에는 손톱걸이,

젖에는 젖걸이,

배꼽에는 배꼽걸이,

보 에는 보 걸이,

다리에는 다리걸이,

발에는 발걸이, 그리고

공단, 양단, 비단으로 휘휘 감고

부엌은 남자 식모,

안방은 가정부에 맡기고,

사교장, 解決場, 도박장에

꼬리 끌며 드나드는 그 아릿다운

그대들의 귀부인의 자태,

— 한무학, 「昌慶苑 動物共和國」 가운데서[24]

공작새의 화려함은 다른 동물들의 추종을 불허하지만 "나으리님들 아낙네가/휘휘 감은 화려한 몸단장에는/아직" "따를 수는 없"다. 권력층 주변 인물들의 행태를 공작새에 견주어 표현함으로써 그들이 일삼는 사치풍조와 부패의 실상을 우스꽝스럽게 폭로하고 있는 셈이

---

24) 『北南西東』(평문사, 1975), 93~95쪽.

다. 특히 귀부인의 자태를 묘사하는 부분에서는 장황한 반복과 열거, 비사실적인 과장의 방법을 통해 웃음을 유발한다. 이러한 웃음 지표는 민속극이나 전영경, 김지하의 시에서 두루 발견할 수 있는 것이다.

장황한 수사로 묘사된 귀부인 자태는 차라리 그로테스크에 가깝다. 시인은 부조리하고 비정상적인 대상을 그로테스크하게 묘사함으로써 역설적으로 내재되어 있는 정상적인 가치를 주류화시킨다. 이처럼 명료한 풍자의 도덕적인 규범에 비추어서 그로테스크한 "귀부인"의 비정상과 부조리가 측정되고 비판되는 것이다. 인용시에서 시인이 수행하는 풍자는 일종의 공격적인 아이러니라 볼 수 있다.

한편, 보다 직접적인 언사로 정치인을 공격하는 유형도 발견할 수 있다. 저항성과 비판성을 드러내는 데는 유효하지만 욕설에 기반한 풍자에서는 웃음의 요소를 발견하기가 쉽지 않다.

> 개대가리 삶아서 뜯어먹다가 놓친 것처럼 생긴 얼굴
> 자지털 불에 그슬려 끝이 말려들어간 것 같은 머리칼
> 가갸 뒷다리도 모르게 생긴 눈매
> 말코 썰어 놓은 것같이 생긴 코
> 돼지 똥구멍 말려 놓은 것 같은 입
> 씹히고 싶은 계집의 핏줄 선 보지같이 생긴 입술
>
> 내 눈에는 그대가 그렇게만 보인다
> 그렇다면 나는 참 나쁜 놈이다
> 그렇다면 나는 참 더러운 놈이다
> 그렇다면 나는 그대처럼 버림을 받았거나
> 그대보다 더 버림받은 놈이다

피와 눈물과 땀을
좆물처럼 구멍에다만 흘렸던 그대보다도
나는 더 외롭고 더 슬픈 놈이다

—김영승, 「어느 정치가」[25]

　인용시에서 정치가는 예외없이 "버림받은 놈"이면서 "외롭고 슬픈 놈"이다. 그것은 1연에서 매우 그로테스크하게 묘사된 정치인의 모습을 통해 짐작할 수 있다. 이때 정치인의 모습은 추악한 내면의 투영이다. "피와 눈물과 땀을/좆물처럼 구멍에다만 흘렸"기 때문에 정치인들은 상종 못할 인간 유형이다. 그만큼 정치인에 대한 일반 민중의 분노가 강하다는 사실을 반증하는 것이다. 그러나 노골적인 욕설은 단순한 위협과 모욕에 그칠 우려가 있기 때문에 풍자의 희미한 경계를 이루고 있다.

　어느 시기든 지배계층은 보편적인 인간의 범주를 벗어난 형상으로 묘사되어 늘 부정의 대상이 된다. 문제는 정치인에 대한 희화화가 괴물의 차원에 근접하는 까닭에 우스꽝스러울 뿐만 아니라 역겨움과 두려움의 대상으로 인식된다는 점이다. 이 두려움과 공포의 자리에서 화자는 자기풍자를 감행한다. 그러나 자기 성찰에 바탕을 두고 혁신의 방향을 모색하는 자기풍자가 아니라는 점에서 인용시는 모욕의 정치 풍자에 가까운 셈이다.

---

25) 김영승·장정일 2인 신작시집, 『심판처럼 두려운 사랑』(책나무, 1989), 34쪽.

2. 가치전도와 세태 풍자

　정치 풍자가 정치 제도와 정치 집단의 폭력을 문제삼았다면, 세태 풍자는 전체 정치의 일부분으로서 개별 고통의 경험과 불합리한 사회적 구조, 사회 문제나 편견을 시적 대상으로 삼는다. 따라서 세태 풍자의 대상은 이러한 부정성을 유발한 당대의 사회가 된다. 그런 면에서 세태 풍자는 당대성을 가장 첨예하게 반영하는 유형인 셈이다.

　세태 풍자는 주로 지금 여기의 세계와 지배층과 대비되는 소외계층의 현실을 시의 밑그림으로 삼는다. 이 유형은 정치 풍자와 밀접한 관련을 지니는데, 이때 정치 권력이 저질러온 숱한 폭력 앞에 좌절하는 평범한 인간의 모습이나 소시민의 비애, 빈부격차에서 비롯된 사회적 불평등, 인간소외를 잘 보여준다.

1) 일상 세태의 혼란과 삶의 고통

　한국전쟁 이후 인간 존재의 위기위식은 갈수록 심화되었는데, 그것은 근원적으로 전쟁으로 인한 존재조건의 황폐화와 맞물려 있다. 물론 미국의 경제원조에 힘입어 전후복구와 경제발전을 최우선 과제로 삼았던 정치 논리도 이러한 위기를 심화시킨 원인으로 볼 수 있겠다. 이 과정에서 빈부격차는 나날이 심화되었고, 소외계층의 나날살이는 피폐 그 자체였다고 해도 과언이 아니다. 송욱은 이러한 뿌리 잃은 사람들의 내면을 세세하게 살피면서 전후사회의 구조적 모순을 극복하고자 하였다.

　　N' EANT이 파랗게
　　〈네온사인〉을 붉게 타는 입술을

재고 달고 셈 ──

목 쉰 孤兒가

타라는 合乘이며,

담 넘는 도적 같은

구렁이 담 넘듯이

가는 高級車며,

그리고 諸行이며 ──

〔…줄임…〕

참혹한 살이며

인자한 뼈를

쓰고 쓸쓸하고

쓸개 같은 눈물을

棺 옆에서

孤兒가 잠재우면

별이 눈뜨고

깃드는 바다.

──송욱, 「海印戀歌·六」 가운데서[26]

　부처의 도를 바다에 비유하는 전통을 생각할 때, 「海印戀歌」는 부처의 도를 연가의 형식을 빌어 표현한 노래가 된다. 시의 제목을 「海印戀歌」라 한 까닭은 전후의 혼란스러운 세태 속에서 부처의 도를 추구하는 구도자의 자세를 견지하려는 신념의 표현으로 읽을 수 있다. 인용시에서 드러나듯이, "老人과 賣春婦와 孤兒 뿐인데/바보끼리 살아도/極樂"을 희원하는 소외계층에게 "삼백 예순 다섯 날"은

---

26) 『何如之鄕』(일조각, 1961), 224~226쪽.

"하루 같이 奇蹟"이다. 당대 사회가 쉽게 치유할 수 없는 병폐를 지니고 있으므로, 나날살이 전체가 "기적"으로 인식되는 것은 지극히 당연하다. 그만큼 전후사회는 소외계층이 겪고 있는 삶의 위기를 타개할 "법이 없"는(「何如之鄕 · 八」) "발 밑이 아득하게/靈魂을 판 時代"(「何如之鄕 · 五」)였던 셈이다.

인용시는 "合乘"을 외치는 전쟁 고아와 "고급차"를 타고 유유히 가는 지배계층을 대비시킴으로써 빈부격차가 극심한 현실에서 소외계층이 겪는 경제적 소외를 잘 드러내고 있다. "담 넘는 도적 같은/구렁이 담 넘듯이/가는 高級車"의 이중적인 비유는 지배계층이 축적한 부가 정당하지 못하다는 사실을 환기한다. 그만큼 송욱의 시가 제기하는 웃음은 검고 그늘진 웃음이다.

이처럼 전후사회의 황폐성에 대한 인식은 시대적 감성의 일부를 이루며, 시인들의 내면세계를 자조와 절망으로 착색하게 했다. 이러한 폐허의식은 한국전쟁에서 야기된 고통뿐만 아니라 인간 실존의 근원적인 황폐를 드러낸다는 점에서 문제적인 양상이다. 전영경의 『金山月女史』는 시집 한 권 17편이 하나의 연작 형태로, 창녀인 여성 화자가 작품의 전면에 나서서 전후의 황폐한 삶을 요설적으로 그려낸 시집이다.

풀 한 포기라도 뿌리를 박는 땅은 있다는데
내려 갈기는 방망이에 얻어맞으면 죽고 죽으면 땅 속이나 시궁창
에서 썩게 마련인 세상은 밤.
그 많은 밤의 거점에서
눈물과 괴로움의 누하동 셋방에서
인제 남자는 여자 앞에서 상갓집 개와 같다고 넉두리를 하다가도
고독과 영감을 안고.

수제비국과 낮짝을 뜯어 먹으며 살아 온 해사한 얼굴만이 살아

서 수작을 떨다 보면 열 한시 싸이렌은 안타까운 사정을 재촉하고.

〔…줄임…〕

열 여덟, 열 아홉, 그리고 유두 분면의 명월관 시절이나, 보따리

장수를 하던 어제나 지금이나 악착 같이 살 생각도 없었지마는

구태어 죽을 맛도 없어서

조심스럽게 초졸하게

다모토리 한 잔과

기웃기웃 흘러 다니다 보니 고집과

줏어 섬긴 교양과

애교와, 그리고 그리고 젖통을 들어 내 놓고

소위 돈깨나 있다는 것들과

소위 벼슬아치나 얻어 한다는 것들과, 소위 잘났다고 우겨대는

것들과, 소위 낫살이나 처 먹었다는 것들과, 소위 오입깨나 한다

는 것들의 환상을 더듬으며

가슴을 쓱쓱 쓸기도 하다가

사내란 동물은 함부로 부르기 쉬운 이름은 아니라고

봄 바람과 함께

뚜껑 없는 화물 열차에 몸을 싣고

꽃닢에 잘못 머믄 정거장이 설흔 하고도 일곱 살인가.

— 전영경, 「金山月女史」 가운데서[27]

전영경의 시에는 김산월 여사 이외에도 '산월族'이라 할 수 있는
미애, 리지, 애리, 이화자 들의 여성 화자가 유독 많이 등장한다. 인

---

27)『金山月女史』(신구문화사, 1958), 10~13쪽.

용시는 "유두분면의 명월관 시절"을 거쳐 온 화자가 자신의 삶을 "잘 못 딛어 온 정거장"에 빗대어 삶에 대한 반성적 인식을 표출함으로써 그러한 삶을 야기한 당대의 세태를 풍자하고 있다. 화자는 "하루 세 끼의 주식과 몸치장" 때문에 "의심 제일 주의의 처세 철학과 침도 안 바른 거짓말"로 "치마 저고리와 속치마를 훨훨 벗어 던지고 몸"을 파는 매춘여성이다. 그래서인지 화자와 고객이 벌이는 성적 장면은 다소 음란하게 여겨지기도 한다. 그러나 오히려 "젖통을 들어 내 놓"는다거나 "낯살을 처 먹었다", "오입 깨나 한다" 들의 비속어가 독자들에게 웃음을 유발하면서 화자가 처한 삶의 내면과 풍경을 총체적으로 드러내는 데 효과적으로 기여하고 있다.

물질만능주의가 판을 치는 당대 사회에서 화자는 "몸버려 마음마저 버려 금이 가고 무너져 깨어져 썩어서 남은 고깃덩이 인간 쓰레기"(「李花子·2」)라는 자조와 패배의식을 지니고 살아간다. "전쟁에서 시궁창에서 죽지 못해 사는 목숨들"(「양단 치마 저고리와도 같은 抵抗」)의 "웃음에 따르는 고통"(「루바이아트 2 - 구라파지도」)은 사회적 불평등에서 비롯되었다. 개별 고통의 경험은 그 자체로 비극적이지만 풍자의 과녁은 이러한 현상을 야기한 당대 사회에 집중된다. 세태풍자가 전체 정치의 일부분으로서 개인의 고통을 형상화함으로써 당대 민중들의 증오를 반영하고 사회의 구조적 모순을 폭로하는 데 목적이 있는 까닭이다.

이처럼 전영경은 기층 민중의 고통스러운 생활세계를 총체적으로 그리고 있다. 그가 형상화한 1950년대 서울은 오입쟁이와 술주정꾼이 넘쳐나는, 황폐의 극점을 보여주는 도시이다. 한국전쟁의 상처를 고스란히 간직하고 있는 서울은 전체 삶의 공간으로 확장된다는 점에서 보편성을 얻는다.

전영경이 제2시집 『金山月女史』와 제3시집 『나의 취미는 고독이다』에서 보여준 세태 풍자는 대체로 인간 군상들과 그를 둘러싼 사회 현실에 대한 풍자가 뒤섞여 있었다. 그러나 1960년대로 접어들면서 아주 분명하게 세태풍자로 굳어지는 경향이 강하다. 1950년대에 비해 신랄함과 공격성이 약화되지만, 김수영의 자기 풍자나 김재원의 정치 풍자와 견주어도 손색이 없다.

국물이 있는 쪽으로 무지와 민권이 있는 쪽으로 헌법과 법률 양심이 있는
쪽으로
생활에 하수도가 있는 쪽으로
된장국이 있고
김치에 깍두기에 밥에
보리밥에 밀가루떡에 군침을 흘리면서
나직이 다정스레 아니꼽게 변덕스럽게 불러보는
정말 불공평하게 불러보는 쌍통들이 산다는 서울이다
시시한 것일수록 더욱 좋다
생각만해도 가슴이 아픈 청춘을 회상하면서 꽃나무를 꺾는다
오늘 우리들은 더러운 천사들에게 둘러싸여
서울의 지붕밑에서
쓰러져가는 이 집에서
생존경쟁 이런 것들이 급속히 사회의 불평을 창조했다고 불만을 토로하다
가도
상한 기억들을 웃어넘기면서
우둔한건 체중이나 안아본다는
이것은 천하일품이 아닐까
두 연 놈의 안방의 사랑은
아교같고 사탕같고 꿀같고 연 놈의 한 몸 한 덩어리는

고기같고 물같고

언덕과 고개를 넘어서는 연과 놈은

그만 쌍통이 된다는 서울의 밤

서울에서는 돈없는 쌍통은 사람이 아니다

그렇다 서울에서는 돈없는 쌍통들은 사람이 아니다 사람이 아니다 아니

다

— 전영경, 「沙漠幻想」 가운데서[28]

전영경의 관심은 사회 정치적 모순이 여전한 1960년대의 살벌한 현실이다. 제목에서 드러나듯 인용시는 "沙漠"으로 표현되는 인간성조차도 자본의 논리로 재단되는 황금만능주의 사회를 비판한 시이다. 제4시집의 표제대로 당대는 '어두운 다릿목'인 셈이다. 그러나 1950년대와 비교해 볼 때 웃음의 전략들이 다양하게 동원되지 못해 일방적인 냉소나 조소에 그치고 있는 듯한 느낌을 준다. 그만큼 이 시기의 웃음은 자조적인 성향이 강한 편이다. 당대의 현실을 총체적으로 파악하지 못하고 새로운 소재의 발굴에 소홀했던 시적 매너리즘의 결과라 하겠다.

1960년대 이후 근대화의 과정 속에서 국가 이데올로기에 배제된 전통적인 삶의 가치가 처한 현실을 형상화함으로써 전통과 근대의 긴장관계를 탐색하는 시편들도 적지 않다. 한무학은 자본주의적 근대화의 과정에서 폐기된 전통적 가치에 대한 주체적 각성을 촉구하고 있다.

서울의 大都, 한밤 묵은

---

28) 전영경, 『어두운 다릿목에서』(일조각, 1964), 19~20쪽.

넓은 길, 새아침 쓰는

청소부의 빗자루 끝에

이리 뒹굴고 저리 뒹구는

朝鮮의 傳統을 주워다가

고깃덩이 모양, 한점 도려내서

쌍저울대에 조심조심 올려 놓으면

기웃뚱, 밑으로 처지는 소리

그것은 쇳덩이보다도 더 무거운데.

서울의 大都, 한밤을 흘러

청계천 하수 위에

썩은 나무토막처럼 둥둥 뜬

朝鮮의 貞節을 주워다가

고깃덩이 모양, 한점 도려내서

쌍저울대에 조심조심 올려 놓으면

기웃뚱, 밑으로 처지는 소리

그것은 납덩이보다도 더 무거운데.

— 한무학, 「쌍저울대에 올려 놓으면」 가운데서[29]

인용시에서 보듯 근대적 자본주의의 수탈과 억압 논리에 배제되는 가치는 "행길가/아무데나 버려져 하룻밤 짓밟힌/朝鮮의 言語"와 "이리 뒹굴고 저리 뒹구는/朝鮮의 傳統", "썩은 나무토막처럼 둥둥 뜬/朝鮮의 貞節", "쓰레기통 속에/거꾸로 처박힌/朝鮮의 淸貧"이다. 이것은 근대화의 과정 속에서 소외된 가치들이다. 시인이 문제삼는 것

---

29) 『北南西東』(평문사, 1975), 54~55쪽.

은 서구적인 가치를 맹목적으로 추종하는 시대 풍조이며, 전통적 가치의 희생을 당연시하는 근대화의 논리이다. 따라서 시인은 근대화에 대한 반성적 인식을 표출함으로써 서구와는 다른 특수성을 지닌 1970년대 한국사회를 바라보는 유연한 시각을 확보하고자 했다. 다시 말하면 근대화는 전통적 가치의 확보와 길항 관계를 맺고 있으므로, 어떠한 방식으로든지 우리의 "言語와 傳統, 貞節, 淸貧"을 근대화와 분리해서 사고해서는 안된다는 점을 강조하고 있는 셈이다. 근대화의 올바른 방향을 제시하고 있다는 점에서 큰 의의를 부여할 수 있는 작품이다.

1980년대 이후 한국사회는 대중사회의 성격을 농후하게 드러낸다. 대중사회의 기반이 확립되고 이에 따라 중산층의 지위가 한층 높아지기 시작하였다. 여기서 중산층의 개념은 대중사회의 병폐를 해명하는 데 매우 유효하다. 대중사회에서 중요한 개념은 질보다 오히려 양이고 양적인 부의 팽창에 부응하기 위하여 대중들은 허위의식에 사로잡히게 되었다. 대중의 허위의식은 인간의 정체성 부재에 따른 자연스러운 결과이다. 이러한 측면은 무거운 현실 문제를 진지한 자기 성찰이나 반성없이 풀어 나가려는 태도에서 발견할 수 있다.

김종수 80년 5월 이후 가출
소식 두절 11월 3일 입대 영장 나왔음
귀가 요 아는 분 연락 바람 누나
829 1551

이광필 광필아 모든 것을 묻지 않겠다
돌아와서 이야기하자
어머니가 위독하시다

조순혜 21세 아버지가

기다리니 집으로 속히 돌아오라

내가 잘못했다

나는 쭈그리고 앉아

똥을 눈다

—황지우, 「심인」[30]

　인용시는 대중매체 가운데 우리의 일상생활을 낱낱이 반영하는 신문 구인광고를 패러디하여 웃음을 유발하고 있다. 웃음은 아무래도 병치될 수 없는 두 대상의 대립에 기초한다. 1연에서 3연까지는 구인광고를 그대로 인용한 것으로, 구인광고의 내용은 매우 진지하고 심각한 우리 사회의 한 단면이다. 반면에 4연에서 제시된 똥누는 장면은 가벼운 행위이다. 이처럼 심각한 대상과 가벼운 대상의 병치는 웃음을 유발하는 주요한 방법 가운데 하나이다. 이 시에서 구인광고는 허위의식이 팽배한 대중사회에서 정체성을 상실한 현대인들이 본래적 자아를 찾아가는 제의의 성격을 갖는다. 시인은 양립할 수 없는 두 가치를 대립시킴으로써 현대 대중사회에서 은폐된 심각한 가치를 우스꽝스럽게 제시하고 있는 것이다.

2) 종교 세태와 신성성의 부정

　웃음이 의사소통의 중요한 형태라는 사실을 인식한다면, 우리 시가

---

30) 『새들도 세상을 뜨는구나』(문학과지성사, 1983), 29쪽.

종교적 행태나 종교 논리의 허위성, 외래 종교가 유입될 때 흔히 발생할 수 있는 전통문화와의 충돌 현상이나 신과 구원의 문제를 웃음의 대상으로 수용하는 일은 낯설지 않다. 오늘날 이 땅 곳곳에서 새로운 문화공간을 구축하고 있는 교회와 세속화된 절간, 종교적 기능을 다하지 못하는 위선적인 구도자와 승려는 충분히 웃음거리가 될 수 있다. 종교 풍자는 이러한 대상을 주요한 비판 대상으로 삼는다.

종교는 본질적으로 인간에게 구원과 자유를 주어야 한다. 이것은 한 개인이 자신에게 부과한 제약들뿐만 아니라 소속된 특정 사회로부터 부과받은 제약으로부터의 자유와 구원을 의미한다. 그런 점에서 종교는 모든 삶을 신성화해야 할 책무를 지니고 있는 셈이다. 따라서 종교 풍자는 현실 종교의 부정적인 논리를 웃음거리로 삼아 거부함으로써 종교의 바람직한 역할과 위상에 대한 성찰을 요구한다.

조선조의 야담에서 속악한 승려를 웃음의 대상으로 삼아 조롱하는 경우를 더러 발견할 수 있지만, 종교 세태를 문제삼은 작품을 발견하기란 쉽지 않다. 근대에 들어서도 마찬가지로 종교에 대한 비판적 눈길을 찾아보기란 어렵다.[31] 우리 사회가 종교적 타락상이나 종교 논리 자체에 대한 비판적 안목을 가질 만큼 문화적으로 성숙하지 못했고, 무엇보다도 당면한 정치 현실이 언제나 거대한 폭력으로 다가섰으므로 종교적 성찰의 여유가 부족했기 때문이다.

1970년대 중반 이후 민중신학이 주류 담론으로 부상하면서 비로소 종교와 삶의 통합 문제를 진지하게 고민할 수 있는 여유를 가지게 되었다. 특히 김정환, 정호승, 고정희 들의 기독교적 인식은 다분히 사

---

31) 소설 쪽의 사정은 시보다 나은 편이다. 이 부분은 김병익, 「韓國小說과 韓國基督教」, 『狀況과 想像力』(문학과지성사, 1979); 김봉군, 「한국 현대소설과 참회의 담론―「삼대」·「청동의 뱀」·「종각」을 중심으로」, 『한국 현대문학에 나타난 기독교 세계관의 토착화 양상』(2001년 한국민족문화연구소 학술세미나 자료집, 부산대 한국민족문화연구소, 2002. 12. 7)을 참고할 것.

회적이다. 종교 세태에 대한 비판정신을 구체화하고 있는 이들의 시
는 한결같이 비장하며, 무거운 풍자가 주조를 이룬다.

　그러나 현대 종교의 세속성과 무종교성을 꼬집거나 신성성을 부정
하고, 신을 희화화함으로써 웃음을 유발하는 시를 드물게 발견할 수
있다.

　　지금, 하늘에 계신다 해도

　　도와 주시지 않는 우리 아버지의 이름을

　　아버지의 나라를 우리 섣불리 믿을 수 없사오며

　　아버지의 하늘에서 이룬 뜻은 아버지 하늘의 것이고

　　땅에서 못 이룬 뜻은 우리들 땅의 것임을, 믿습니다

　　(믿습니다? 믿습니다를 일흔 번쯤 반복해서 읊어 보시오)

　　오늘날 우리에게 일용할 고통을 더욱 많이 내려 주시고

　　우리가 우리에게 미움 주는 자들을 더더욱 미워하듯이

　　우리의 더더욱 미워하는 죄를 더, 더더욱 미워하여 주시고

　　제발 이 모든 우리의 얼어 죽을 사랑을 함부로 평론ㅎ지 마시고

　　다만 우리를 언제까지고 그냥 이대로 내버려 둬, 두시겠습니까?

　　대개 나라와 권세와 영광은 이제 아버지의 것이

　　아니옵니다(를 일흔 번쯤 반복해서 읊어 보시오)

　　밤낮없이 주무시고만 계시는

　　아버지시여

　　아멘

—박남철, 「주기도문, 빌어먹을」[32]

화자는 하느님을 가장 숭고한 지점에 서 있는 전지전능한 신이 아니라 "밤낮없이 주무시고만 계시는" 무능한 존재로 격하시킴으로써 독자대중의 상식을 파괴한다. 이러한 돌발성과 놀람에서 웃음이 유발되고, 새로운 인식에 도달할 수 있는 것이다. 우리 시대 어두운 삶의 단면을 생각할 때, 이러한 격하는 신도 어찌할 수 없는, 회복 불능의 현실을 되돌아보게 한다. 기독교에 대한 시인의 비판적 인식을 엿볼 수 있는 부분이다.

신성성의 격하 못지 않게 독자들에게 웃음을 유발하는 지표는 익숙한 성경 구절을 패러디하는 형식을 취하고 있다는 점이다. 과거에는 주로 특정한 장르나 작품을 패러디하였지만, 오늘날의 패러디는 우리 삶의 배경이 다분히 문화적인 까닭에 필연적으로 삶의 재현이 아니라 문화의 재현에 기초하고 있다. 그래서 시나 소설같은 문학적 텍스트뿐만 아니라 광고나 영화, 낙서, 우스갯소리 들의 비문학적 텍스트들을 다양하게 활용하는 일이 많다. 모든 기호화된 담론이 패러디에 개방되어 있다는 주장은 벌써 패러디의 범주가 문학에만 한정될 수 없음을 의미한다. 또한 패러디의 본질적인 특성상 그 목표가 대부분 예술의 다른 작품이거나 다른 형태의 기호화된 담론으로 제한되어 있기 때문에 패러디 그 자체에서도 다양한 유형을 가질 수밖에 없다.[33] 인용시는 「주기도문」을 패러디하여 당대의 역사 현실을 부각시키는 데 초점을 맞추고 있다. 주기도문의 엄숙한 문체를 저급하게 비꼰 전형적인 종교 세태 풍자이다.[34]

박서원의 「마리아가 목수의 아들 예수에게 주는 메시지」도 성경 속의 인물인 주(主)를 "씹새끼"로, 마리아를 "창녀"로 격하함으로써 신

---

32) 『地上의 人間』(문학과지성사, 1984), 119쪽.
33) 이순욱, 「풍자와 패러디」, 『한국 현대시와 패러디』(김준오 외, 현대미학사, 1996), 195쪽.

성성을 부정하고 있다.

주(主)여
주(主)여
주(主)여
주(主)여
주(主)여
주(主)여
주(主)여
주(主)여
주(主)여
주(主)여
주(主)여
주(主)여
씹새끼

　노란 위액을 흘리며 공이 날아온다 골고다 아기무덤이 먼저 골대에 골
인한다 총을 멘 병사가 골대를 난사한다 철조망에 멍울꽃이 부서진 어린
유골들의 축제로 매음녀 막달레나로 살아난다 골대가 부활한다 붉은 노을

---

34) 중고등학생들에게 널리 알려진 원태연의 「부기도문」(『알레르기』, 영학출판사, 1994)도 「주
기도문」을 패러디함으로써 물질만능주의의 살벌한 세태를 풍자하고 있다.
　"가진 건 돈뿐이신 우리 아버지시여/숨기고 계신 땅을 계속 불리사/투기에 임하시옵고/친구
가 외제차를 수입함과 같이/제게서도 이루어지이다/오늘날 쓰다 지칠 돈을 주시옵고/제가
애인에게 다른 애인을/안 걸리듯 아버지도 어머니 눈치 좀 보시옵고/제가 무슨 짓을 해도 신
경쓰지 마시옵고/다만 법에서만 구하시옵소서/땅과 빽과 쾌락이/아버지와 제게 영원히 있
사옵니다//돈도"
　여기에서 '부'의 의미는 중요한 가치가 아닌 사소한 것에 대한 집착의 희화화이다. 이때 아
버지의 의미는 중의적이다. 「주기도문」의 절대자가 「부기도문」의 아버지로 격하되기 때문이
다. 따라서 아버지에 대한 위악적 어조가 웃음을 유발하는 기제로 작용하는 것이다.

이 살아난 막달레나를 가마니처럼 뒤덮는다 총을 든 병사는 숫자가 늘어
난다 동네방네 TV, 신문에선 두더지잡기로 입맛을 다시는데 이런, 입맛이
가셔야 입맛을 알지 외로움으로 막달레나는 붉은 노을을 뒤집고 불끈 일
어선다. 한 번 튄 공은 여전히 튀지 主여 씹새끼 막달레나는 혀도 없다 胃
도 없다 불면증으로 가려워 미치겠어. 도졌나봐. 도졌나봐. 정신병원은 철
조망이 없는 유일한 곳이야. 피부병이 생겨도 그만. 그만. 진짜 암흑이 없
는 유일한 곳이야. 피부병이 생겨도 그만. 그만. 진짜 암흑이 없는 유일한
곳이야 두더지도 없지. 독방에서 불이 나도 그만. 그만. 막달레나는 자신
을 느낀다 고독이여 영원하라 총을 든 병사는 총을 버리고 골대가 살아난
다 골대는 어린 유골을 가지고 바이올린을 켠다 막달레나는 달려간다

　　　主여主여
　　　主여主여
　　　主여主여
　　　씹새끼

　　　목소리가 들린다

　　　내 아들아, 치마폭에 휘감기어라
　　　　곤혹스러운 횃불이 북두칠성이 될 때
　　　　　에미는 창녀가 된 기쁨을 누리리니
　　　主여
　　　씹새끼　　　사탄 : 옳소
　　　　　　　　　천사 : 옳소

　　　이제까지 여기 한 말은 없었던 걸로 합시다.

사탄 : 옳소

천사 : ……

— 박서원, 「마리아가 목수의 아들 예수에게 주는 메시지」[35]

이러한 격하를 통해 박서원은 종교의 신성성에 대한 재고를 요청한
다. 순결한 인물의 격하와 더불어 비속어와 욕설의 채용, 시형식의
파괴가 동시에 작용함으로써 웃음이 유발된다. 비시적 요소들이 시
적 요소들로 편입됨으로써 갖게 되는 낯설음이 웃음 지표인 셈이다.
그러나 마지막 연에서 천사의 묵묵부답은 화자의 논리에 대한 암묵
적인 동조로서 풍자 정신의 약화를 초래한다. 따라서 "이제까지 여기
한 말은 없었던 걸로 합시다"는 화자의 제의는 천사의 무응답으로 더
욱 공허해지는 것이다.

세속적 삶과 비세속적 종교의 거리는 영원한 난제이다. 왜냐하면
융합할 수 없는 두 대상을 연결시키려는 데서 빚어지는 모순 때문이
다. 특히 종교적 직분을 방기한 성직자가 세속적인 욕망을 추구할 때
우리는 쓰디쓴 웃음을 경험할 수 있다.

아무리
둘러봐도
낯익은 얼굴이라곤 없다.

모두 어딜 갔을까
잔치집에?

---

35) 『난간 위의 고양이』(세계사, 1995), 64~66쪽.

초상집에

아직도 잠을 자고 있는 건 아닐까?

거리마다

뽐내고 서 있는

교회를 찾아 본다.

교인들 끼리 먹고 마시고 야단 법석이다.

행색이 초라해서 일까

안색이 창백해서 일까

나그네는 뒷전이다.

아무리

살펴봐도

반겨주는 사람이라곤 없다.

— 정선기, 「나그네 예수」[36]

종교 예배는 설교는 예배든 불가시적이며 영원한 것을 가시적 지상적인 말로써 표현하지 않으면 안된다. 이러한 영원적인 것을 지상적인 것으로 형상화하는 것이 설교나 예전의 의무라 할 수 있다.[37] 성직자는 이를 통해 예수의 은총을 입을 수 있는 것이다.

종교인의 진정한 책무는 아무리 "행색이 초라"하고 "안색이 창백"한 나그네일지라도 구원의 길로 인도하려 애쓰는 일에 있다. 인용시에서 보듯이 교인들은 "먹고 마시"는 일로 "야단 법석"을 떨며, 자신

---

36) 『경부선 그리고 호남선』(우리문학사, 1992), 99쪽.
37) 柳生 望(김주연 옮김), 「현대문학의 종교성」, 『현대문학과 기독교』(문학과지성사, 1984), 184쪽.

들의 욕망만을 추구하는 세속주의자로 제시된다. 신의 부재를 노래
하거나 신의 무능력을 문제삼았던 일련의 시와는 달리 종교인의 타
락상을 폭로하고 있는 셈이다.

성탄절 날 나는 하루 종일 코만 풀었다 아무 애인도
나를 불러주지 않았다 나는 아무에게나 전화했다 집에
없다는 것이었다 아무도 없어요 아무도 없어요 아무도
살지 않으니 죽음도 없어요 내 목소리가 빨간 제라늄처럼
흔들리다가……나는 아무 데도 살지 않는 애인이 보고
싶었다 그 여자의 눈 묻은 구두가 보고 싶었다 성탄절 날
나는 낮잠을 두 번 잤다 한 번은 그여자의 옷을 벗겼다
싫어요 안돼요 한 번은 그 여자의 알몸을 파묻고 있었다
흙이 떨어질 때마다 그여자는 깔깔 웃었다 멀고 먼
성탄절 나는 Pavese의 시를 읽었다 1950년Pavese
자살, 1950년? 어디서 그를 만났던가 그의 시는
정말 좋았다 죽을 정도로 좋으니 죽을 수밖에 성탄절 날
Pavese는 내 품에서 천천히 죽어 갔다 나는 살아 있었지만
지겨웠고 지겨웠고 아무 데도 살지 않는 애인이 보고 싶었다
키스! 그 여자가 내 목덜미 여러 군데 입술 자국을
남겨주길……Pavese는 내 품에서 천천히 죽어 갔다 나는
그의 고향 튜린의 창녀였고 그가 죽어 간 하숙방이었다 나는
살아 있었고 그는 죽어 갔다 아무도 태어나지 않았다

— 이성복, 「성탄절」[38]

---

38) 『뒹구는 돌은 언제 잠깨는가』(문학과지성사, 1981), 74쪽.

인용시는 종교적 차원을 철저하게 벗어나거나 무시한 삶의 문제를 제기하고 있다. 종교의 본질 가운데 하나가 구원이다. 그러나 시인은 성령이 충만한 크리스마스마저도 구원과는 무관한 지극히 일상적인 삶의 파편들을 펼쳐 보일 뿐이다. 우선 인용시는 무책임과 방기로 가득 찬 카오스적 현실인식을 보여 준다. 물론 유년시절에 품었던 꿈이나 환상을 주지 못한다 하더라도, 적어도 크리스마스는 종교적이든지 비종교적이든지 간에 하나의 축제일로서 즐길 만한 날이다. 이러한 성탄절에 화자는 "하루 종일 코만 풀었"고 "아무 애인도 불러 주지 않았"지만 "아무에게나 전화"를 한다. 소통불능의 소외 상태에서 시적 화자는 함께 하는 특별한 날마저도 죽음을 떠올릴 만큼 자학적 태도를 취하게 되는 것이다. 인용시가 환기하는 웃음은 상식적인 틀을 깨는 데서 오는 돌발성과 의아함에서 유발된다. 물론 이때의 웃음은 '그늘진' 웃음이다.

대체로 현대문학에 나타나고 있는 세계는 신이 부재하는 세계이다. 이 말은 단순히 무종교성의 세계를 지칭하지 않는다. 신의 부재에 대한 의식은, 그러니까 무종교성, 신을 향한 무관심의 배후에는 세속성에 대한 강한 불만과 반발, 부재하는 신에 대한 향수와 결핍감, 신으로부터의 소외감이 강렬하게 나타나고 있다.[39]

종교에 대해 긍정적이든 부정적이든 종교 세태 풍자는 종교 행태나 종교 논리의 허위성을 중심으로 웃음을 유발한다. 물론 종교 세태 풍자의 궁극적 의도는 부정적인 종교의 현실태를 비판하는 데 놓인다. 때로는 단순한 희화화로, 때로는 그늘진 웃음으로 종교와 인간 삶의 상호관계를 진지하게 성찰하는 것이 종교 세태 풍자의 본령이다.

---

39) 柳生 望, 앞의 글, 177쪽.

3. 탈중심화 논리와 성적 풍자

성적 웃음은 성의 장치를 웃음의 담론으로 이끌어내는 데서 출발한
다. 이때 성적 웃음은 외재적이거나 내재적으로 성적 관계를 지시하
는 내용을 담고 있는 농담까지 포함한다. 전통적으로 성적 웃음은 억
압이나 해방에 기초한 이론들을 옹호하는 연구자들이 관심을 보여
왔다. 이들은 한결같이 성을 사회·윤리적으로 수용할 만하고 적절한
방식으로 배출하기 위한 출구라고 여긴다. 이때 웃음이 이러한 기능
을 수행한다고 보았다. 이 견해에 따르면 성적 풍자에서는 성적 언어
가 성적 행위를 대체하며, 성적 웃음으로부터 얻는 쾌락은 성적 본성
의 쾌락이 된다. 따라서 섹스에 대해 드러나게 또는 은근히 언급하고
있는 것은 모두 성적 풍자의 범주에 포함된다.[40]

성적 풍자는 외재적이거나 내재적으로 성행위를 지시하는 내용을
담고 있다. 한편으로는 남녀 사이의 생물학적 또는 사회적 차이에 관
한 무지나 편견에서 비롯된 성 고정관념을 드러내기도 하고, 다른 한
편으로는 재생산이나 친족관계 그리고 세대 들의 낡은 관계에서 해
방된 탈중심화된 성을 중요한 시적 대상으로 삼기도 한다.

성적 일탈은 예나 지금이나 사람들의 관심거리이다. 조선조 유교
사회에서도 성에 대한 희화화는 은밀하게 진행되었다. 대표적인 실
례를 조선 후기 사설시조에서 두루 확인할 수 있다. 어떠한 이데올로
기가 내재하건간에 억압에 대한 해방을 꿈꾸는 일은 인간의 본성이
고 성적 일탈 역시 예외가 아닌 셈이다.

현대시에서 성적 웃음은 1960~1970년대 이상화의 시에서 특히
두드러지고 이외 이규호나 김춘수, 김영승, 함민복의 시에서도 발견

---

40) Victor Raskin, 앞의 책, p.148.

된다. 1980년대 이후 성적 억압의 해방에 기초한 성담론들이 양산되면서 성적 풍자는 우리 시의 뚜렷한 자질로서 문학사에 편입되고 있다.

1) 현실원칙과 관습적 성

성 정체성(sexual identity)은 자신의 성에 따른 지위와 역할에 대한 자기인식이다. 이러한 성 정체성은 사회적으로 개인적으로 나날살이 가운데서 성 고정관념을 갖게 한다. 여기서 성 고정관념은 남녀 사이의 생물학적, 사회학적 차이에 관한 무지나 잘못된 생각에 뿌리를 두는 경우가 대부분이다.[41] 성 고정관념을 지닐 경우, 남녀 사이의 사회적 성차를 생물학적 성차에서 찾는 경향을 보인다. 이 경우 전통적인 성별 분업이나 남성중심적 사회체계는 당연한 것으로 간주된다. 성차별적 사회체제에 그대로 갇혀 살게 되는 셈이다. 그리고 성 고정관념과 편견이 많은 사회나 개인일수록 성관계 형성에서 시행착오나 어려움을 더 겪게 된다. 말하자면 성컴플렉스에 시달릴 확률이 그만큼 크다.

이러한 성 정체성에서 비롯되는 성 고정관념은 현실원칙의 지배 아래에서 비롯되는 경우가 대부분이다. 현실원칙은 쾌락원칙의 반대 개념이다. 현실원칙에서 인간은 이성의 기능을 발전시킨다. 이성은 현실을 시험하고 선악을 구분하고 진리와 허위, 유용한 것과 해로운 것을 구별하도록 이끈다. 인간은 주의와 기억과 판단의 능력을 획득한다. 그리고 외부로부터 부과된 합리성에 의하여 조절되는 의식, 다시 말하면 생각하는 주체가 된다. 사고활동의 오직 한 가지 형태만이

---

41) 박태일, 「성과 성역할」, 『性, 읽는 문화, 보는 문화』(불휘, 2002), 28쪽.

정신과정의 새로운 조직으로부터 갈라져 나와 현실원칙의 지배를 벗어나 보존된다. 이러한 현실원칙은 성에 대한 재고의 여지를 마련하면서 성적 웃음의 한 유형으로 자리잡는다. 대표적으로 이상화의 작품을 들 수 있다.

이상화[42]는 성적 풍자를 수행한 대표적 시인으로 꼽을 만하다. 현실원칙 아래 놓인 관습적 성의 문제뿐만 아니라 성적 일탈의 영역까지 다양한 관심을 둔다. 섹스시인을 자임했던 이상화의 시세계를 이해하기 위해서는 무엇보다도 먼저 그의 성 인식을 살펴야 할 것이다. 그것은 「色素宣言文」에서 잘 드러난다.

一.「色素」는 모든 것의 「알파」요 「오메가」다.

二.「色素」는 「장·주네」다.

三.「色素」는 宗敎的 信仰이다.

四.「色素」는 性이다. 性은 「星」으로 無限히 神秘스럽고 生命的이다.

五.「色素」는 惡의 根源이다. 그러나 善을 爲한 「차, 차, 차」다.

六.「色素」는 어머니, 가장 所重하다.

---

42) 이상화는 1936년 1월 3일 충청북도 음성군 금왕면 금석리 288번지 쇠실 마을에서 태어나 1983년 12월 4일 자택에서 지병으로 돌아갔다. 경희대학교 재학시절부터 1965년까지 경희대학교 대학주보기자, 편집부장, 신문방송국 전임으로 일했다. 1963년에는 「현대시의 형이상학연구─T·S 엘리올을 중심으로」라는 논문으로 문학석사학위를 취득했다. 1966년부터 1969년까지 경희대학교 조교, 문리대 강사, 총장 비서로, 1976년~1977년 월간『법률공론』, 『현대예술』, 『소년과학』 편집부장, 월간『푸른인생』, 『약사』 편집위원, 월간『향학』 주간으로 일했다. 1978년에는 신경질환으로 46일 동안 입원하기도 했으나, 1980년 9월부터 1983년 2월까지 경희대학교『동창회보』편집장, 도서출판 사초 주간, 『경희의료원보』편집, 경희호텔경영전문대학 강사로 일했다.
1960년 박두진의 추천으로『현대문학』에 「自我告發」(1958. 10), 「石人像」(1959. 2), 「白鳥」(1960)들을 발표하면서 문단에 나섰다.『詩壇』동인, 한국문인협회, 한국현대시인협회, 경희문인회 회원으로 일했다. 1969년에는 첫 시집『늪의 寓話』(선명문화사, 1969)를 발행하였으며, 1981년에는 제2시집『여름山』(사초, 1981)을, 그가 돌아간 뒤 1984년 10월 유고시선집『石人像』(수서원, 1984)을, 1985년 12월에는 유족들이 시인의 모든 글(시, 희곡, 칼럼 등)을 모아『金石 李相和 作品과 그 生涯』(경화당, 1985)를 간행하였다. 문덕수, 『世界文藝大辭典』(교육출판공사, 1994), 1432쪽: 김영삼 편저, 『韓國詩大辭典』(을지출판공사, 1988), 1303~1305쪽:『金石 李相和 作品과 그 生涯』, 344~345쪽 참조.

七. 「色素」는 「흄」의 原罪思想위에 심어진 한폭의 「안티휴매니즘」이다.

八. 「色素」는 「金枝」인 동시에 「聖杯傳說」이다.

九. 「色素」의 墮落과 宗敎에의 이탈은 現代의 황폐의 根本原因이 되고 있다.

十. 「色素」는 「테러스」王에게 능욕 당한 후 나이팅겔로 變身한 「필로메라」다.

十一. 「色素」는 「크리오파트라」다.

十二. 「色素」는 「장기놀이」이다.

十三. 「色素」는 「짜그 짜그」이다.

十四. 「色素」는 「불의설교」다. 欲情의 불이고 설교는 伽倻山에 제자를 모으시고 인간의 五慾을 劫火에 비유한다.

十五. 「色素」는 「荒蕪地」의 딸이다. 여기엔 엔조이 만이 뒤따른다.

十六. 「色素」는 「물」로써 끌 수 있다.

十七. 「色素」는 「주라」「동정하라」「自制하라」다.

十八. 「色素」는 斷片의 綜合이요, 「歷史意識」이다.

十九. 「色素」는 秩序와 調和에 뜻을 두고 있다.

二十. 「色素」는 「샤머니즘」이다.

二十一. 「色素」는 兩面世界이다.

二十二. 「色素」는 肉體의 對話요 情神의 「에피소드」이다.

二十三. 「色素」는 「女人宿」과 「女官」에서 不倫으로 이루어진다.

二十四. 「色素」는 「구름속의 첫 걸음」이다.

二十五. 「色素」는 密會요, 요부다.

二十六. 「色素」는 敎育이다. 敎育받은 인간은 生産的이다.」

二十七. 「色素」는 各樣各色 多樣한 단풍 잎이다.

二十八. 「色素」는 三S시대의 첫째이다.

二十九. 「色素」는 엘리   이다 아울러 「흄」과 「단테」이다.

三十. 「色素」는 空間과 時間속의 영원이다.

— 「色素宣言文」 三十章(섹스宣言文)[43]

전체 30항으로 이루어진 「色素宣言文」은 비록 순차적인 해설을 요구하지는 않지만 성에 대한 시인의 통괄적인 인식을 살필 수 있는 글이다. 그의 논의는 인간의 근원적 특징으로서 성, 성의 타락과 황폐화 현상, 그리고 생산적인 성의 문제에 모아져 있다. 물론 「色素」는 섹스를 일컫는다.

우선 인간의 근원적 특징으로서 섹스는 이 세상에서 가장 소중한 존재이자, 우리가 찾아가야 할 잃어버린 신성한 것이다. 그것이 제1항에서 8항까지 언급되고 있다.[44]

이처럼 근원적이며 신성한 성은 현대사회에 들어 황폐화되어 간다. 제9항에서 16항까지, 그리고 21항, 23항, 25항, 28항, 29항에 걸쳐 언급되고 있다.[45]

시인이 현대사회에서 성의 황폐화 현상을 지적한 까닭은 성의 본래적 기능을 회복하고 생산적인 성의 방향을 모색하고자 했기 때문이다. 이는 남녀 사이의 생물학적, 사회적 차이에 관한 무지나 편견에서 비롯된 성 고정관념이나 관습화된 관계에서 해방된 탈중심화된

---

43) 이상화, 「後記」, 『늪의 寓話』(선명문화사, 1969), 182~184쪽.
44) 그에 의하면 섹스는 모든 것의 시작이자 끝이다. 선과 악 또는 반대급부의 이중적 얼굴을 지니면서 거룩한 믿음인 '별'로서 한없이 신비하기만 한 생명력의 소산이다. 또한 섹스는 세상 모든 악의 뿌리이지만 동시에 선을 위한 준비단계이자 '이기심의 발로로 인한 불순종'으로서 가장 비인간적인 것이기도 하다. 그러므로 섹스는 이 세상에서 가장 소중한 존재로서 우리가 찾아가야 할 잃어버린 신성한 것인 셈이다.
45) 그에 의하면 섹스가 그 원령에서 벗어나 타락하고 속악화된 것은 현대사회의 황폐화를 초래한 근본 원인이다. 섹스는 능욕 당해 새가 된 나이팅게일처럼 밤낮 울 수밖에 없는 비운의 감정이자 능욕에 대한 복수와 저주이다. 그리고 섹스는 유혹의 화신이자 유희이면서 사이비 감정이기도 하다. 인간의 욕정을 다스리는 힘으로서 섹스는 오로지 순간적인 쾌락만을 추구하므로 활활 타오르는 순간적인 불길이기도 하다. 그래서 물로 쉽게 진화될 만큼 지속적이지 못하다. 또한 섹스는 선과 악, 미와 추 들의 이중성을 함께 지니기도 한다. 섹스는 은밀한 공간에서 행해지는 불륜이자 은밀한 만남으로 요염함의 결정체이기도 하다. 그러므로 섹스는 현대사회에서 으뜸 가는 망각과 마비의 기능을 지니므로 원죄의식의 화신인 셈이다.

성의 구가를 비판하는 것이다. 이러한 의도는 17항에서 20항, 22항에서 24항, 26항에서 27항, 30항에 걸쳐 언급되고 있다.[46]

우선 현실원칙 아래 놓인 관습적인 성의 양태를 살펴 보면 다음과 같다.

여게
그거라면, 아예 말도 말게나.
여럿 중에 비록
하나라 할지라도
하나일 수 없고 보면
「骨백번」 지나가 보라지.
흔적없이
去來된 定價들을
설사 자네 말대로
이 깨끗한 걸레위에
쥐잡길 시킨다 해도
이러, 이러지 말게나.
드러나는건 뱃전의
「體操」, 물위로 솟은
血氣에 불과할
정도가 아닐걸세.

---

46) 섹스는 주는 것, 즉 프롬이 말한 자기 힘의 표현으로서의 사랑이자 공감이며 자율이다. 이러한 욕망의 주체로서 섹스는 화합의 정신이자 과거 · 현재 · 미래를 잇는 삶의 원리이다. 또한 질서와 조화의 정신이다. 섹스는 제의로서의 죽음 · 재생 · 부활로서 모든 행복과 영원한 생명에 대한 절대 의지이기도 하다. 육체의 대화이자 정신의 낱낱의 이야기로서 섹스는 황홀경이자 초월과 상승의 첫걸음이기도 하다. 그리고 섹스는 깨달음이다. 교육 받은 인간은 생산적이다. 곧 섹스는 재생과 부활의 능력을 전수한다. 다양한 가치의 공존이자 융합으로서 섹스는 영원불멸의 힘이자 우주 원리인 셈이다.

하나로 부터 참으로

멀어질만큼 멀어진

史實을 두고도

接木 外界로 부터

과거와 현재사이로

수 없이 內通하는

벌집 속 僞善들이

저마다 새 모습으로

우루루 몰려드는

多樣을 믿을 수 있다면

자네도, 당장 「千糖」직인 되고도 남네.

〔…줄임…〕

이러지 말게.

樹液은 흘러도

우리 할아버지쩍

무덤, 할머니 때부터의

족본 그대로

내려오고 있다네.

— 이상화, 「그야, 「漢江」에 배 지나가기지 ①」 가운데서[47]

인용시는 우선 제목부터 성차별의 인식을 담고 있다. '漢江'이 여성의 비유라면, '배'는 물론 남성의 비유이다. 당시의 은어(隱語) 관행을 기묘하게 혼합시켜 채택한 경우이다. 따라서 한강에 배 지나가는 행위는 직접적인 성 행위의 비유라 할 수 있다. 여기서 여성의 비유

---

47) 『늪의 寓話』(선명문화사, 1969), 86~89쪽.

인 강은 남성의 비유인 배에 비해서 수동적이다. 한강에 배 지나가는 행위에서 주체가 배이기 때문이다.

성차별은 생물학적 성을 지각하는 방식, 곧 남녀 각각의 성별에 적합한 행위로 사회화하는 방식에 있다. 사회화는 한 개인이 문화를 내면화하여 인성을 형성해 나가는 과정으로서 사회 구성원이 되는 데 필요한 기술과 태도, 가치를 배우는 것이다. 이것은 한 개인의 평생에 걸쳐 이루어진다. 이러한 성역할 사회화 과정에서 남자의 역할은 중요하게 여겨지는 반면, 여자의 역할은 하찮게 여겨지는 성고정관념에 갇히게 된다. 가부장제는 성고정관념을 생산하고 확대 재생산하는 핵심적인 성차별 제도이다.

위 작품은 번식적 성보다는 비번식적 성에 주목한다. 모리스(D.Moris)는 성의 기능을 크게 번식적 성과 비번식적 성으로 나누어 성활동의 10가지 범주를 제시하였다. 번식적 성에는 번식을 위한 성, 부부를 맺기 위한 성, 부부관계를 유지하기 위한 성들이 포함되고, 비번식적 성에는 생리학적인 성, 탐구적인 성, 자기보상적인 성, 활동적인 성, 진정시키기 위한 성, 상업적인 성, 지위의 성들이 포함된다.[48] 여기서 인용시는 바로 '생리학적 성'의 분출로 인해 '지위의 성'을 읽어내는 코드이다.

성인 남녀가 건강한 나날살이를 이어가기 위해서는 되풀이되는 성적 성취를 통해 생리적 욕구를 해결해야만 한다. 적어도 생리학적 성기능이 채워져야 한다고 할 때 대부분의 남성들은 '지위의 성'으로 눈길을 돌린다. 이때 지위의 성은 상징적인 권력의 확대를 보여주는 성기능이다. 지위의 성은 지배와 복종, 또는 우열의 관계를 드러내기

---

47) 『늪의 寓話』(선명문화사, 1969), 86~89쪽.
48) 자세한 내용은 Desmond Morris(송병순 옮김), 「男性과 女性의 性的 地位」, 『人間動物論』 (문음사, 1982), 93~138쪽을 참고할 것.

위한 것이지 번식과는 아무런 관련이 없다. 이것은 알게 모르게 사회생활 속에 녹아 들어 은밀하게 구현되는 것이다. 따라서 남자/여자, 숫놈/암놈 사이에서 중요한 사회적 성차를 보여준다. 이러한 지위의 성은 모든 형태의 공격자에게 나타난다. 인용시에서 "「骨백번」 한강을 지나가는 배는 이러한 지위의 성을 요약적으로 제시하고 있는 셈이다.

그러나 시인은 "과거와 현재사이로/수 없이 內通하는/벌집 속 僞善들이/저마다 새 모습으로/우르르 몰려드는/다양"성을 부정한다. 곧 제도화된 성을 면밀하게 구가하고자 한다. 이것은 "여게/그거라면, 아예 말도 말게나"나 "이러, 이러지 말게나"라는 만류적 어조에서도 확인할 수 있다. "樹液은 흘러도/ 우리 할아버지쩍/무덤, 할머니 때부터의/족본 그대로/내려오고 있다네"로 끝맺는 어조는 이러한 관습적 성을 고수하려는 단호한 태도의 표명이다. 그래서 시인의 눈길은 비번식적 성보다는 오히려 번식적 성의 엄정성에 가 있는 셈이다. 이때 번식적 성이 과대평가되거나 과소평가될 위험은 늘 도사리고 있다.

이러한 성 고정관념과 관습적 성의 문제는 다음 작품에서도 마찬가지로 확인된다.

散在하라.
散在하라.
散在하라.
「微水」 배(腹)
족보의
셋 혹은 다섯짜리
할머니 奇數를

향하여

아직은 일곱 촛대를

옮기지 말 것이다.

이거 거짓부렁

아이요.

〔…줄임…〕

노 저을수록

水深 거꾸로

서는 下半身

「二足」動物

「物件」上下를

두고, 하루 수십

한 달에 수백, 二년에

수천, 수만 척이면

누가 뭐래나.

가볍든 무겁든

중심을 後悔하는

數拾億 흥정과

「微水」배(腹)

주위로

昇天하는 강둑

그 어느쪽으로

배암을 던질까.

— 이상화, 「그야, 「漢江」에 배 지나가기지 ②」[49]

인용시는 "散在하라"는 구절의 반복을 통해 성에 대한 성찰을 시도

한다. 특히 "가볍든 무겁든/중심을 後悔하는/數拾億 흥정과/「微水」
배(腹)/주위로/昇天하는 강둑/그 어느쪽으로/배암을 던질까"라는
구절은 시인의 불분명한 성 인식을 반영하는 것이다. 따라서 인용시
는 관습적 성을 고수하려는 태도와 그것에서 벗어나 창의적 성을 구
가하려는 고민 사이에서 머뭇거리는 시라 하겠다. "「微水」배(腹)"라
든가 "「微水茶」白"이라는 고유명사의 二重字意를 통해 풍자효과를
거두고 있는 말놀이는 웃음을 유발하는 기제이다.

　　그러나 "「微水」배(腹)/족보의/셋 혹은 다섯짜리/할머니 奇數를/향
하여/아직은 일곱 촛대를/옮기지 말"라는 시인의 어조에서 성 고정
관념과 관습적 성을 고수하려는 의지를 읽을 수 있다. 이러한 성에
대한 고정관념이나 관습적 성에 대한 성찰은 성적 일탈과 만난다. 그
것은 성에 대한 깨달음의 표현이다.

2) 성적 일탈과 창의적 성

　　다양한 성 행태에 대해 세상은 도덕적 잣대를 끌어들여 무수한 가
치 판단을 내려 왔다. 이른바 정상과 비정상의 구분이 한 실례이다.
그러나 정상과 비정상의 구분은 결코 간단한 문제가 아니다. 이러한
구분에는 여러 가지 접근 방법이 있다. 도덕과 법률적 관점에서 정상
과 비정상을 가르는 방법, 당사자의 주관적 정의에 따르는 방법, 통
계적으로 정상과 비정상이라는 구분이 대다수의 사람들이 쓰고 있을
것이라고 믿어지는 방법, 사회 문화적인 관점에 따른 분별들이 그것
이다.[50]

---

49) 『늪의 寓話』(선명문화사, 1969), 90~93쪽.
50) 하재청과 여럿, 『성의 과학』(아카데미서적, 1997), 205~208쪽.

그러나 사람의 성 행태가 지니고 있는 다양성은 그 다양성만큼이나 가치 판단이 보류되어 있다. 성은 생식, 곧 번식적 본능의 실천을 벗어나 깊고 두터운 문화적 환상 속에서 성립하고, 어쩌면 그 내용이 모두 도착적이어서 정상적인 성이란 존재하지 않을지도 모르기 때문이다. 따라서 정상인가 비정상인가 하는 문제제기를 전통적인가 비전통적인가라는 물음으로 바꿔 보는 일이 성행위의 다양성을 이해하는 데 합리적일 수 있다. 흔히 적용하기 쉬운 도덕적 관점에서 벗어날 여지를 마련할 수 있기 때문이다.

비전통적인 성애를 도착증으로 보지 않고 성적 일탈이라는 용어로 보는 경향이 우세하다. 이는 대다수의 성적 존재 방식에서 볼 때 소수자의 예외적 성행위라는 보다 중립적인 자세에서 성찰한 결과이다.

이러한 성적 일탈은 긍정적인 의미에서 창의적 성(plastic sexuality)[51]을 구가하기도 한다. 창의적 성은 기든스(A.Giddens)가 현대사회의 성을 주요하게 특징짓는 개념으로서 재생산, 친족관계, 세대 들의 낡은 관계에서 해방된 탈중심화된 성을 말한다.[52] 그것은 인성적 자질로서 형성될 수 있는 만큼 자아와 본래적으로 연결되어 있다. 또한 그것은 여성의 성적 쾌락을 주장하는 데 중요한 영향을 끼쳤으며, 순수한 관계에 내포된 해방에 대해서도 중대한 의미를 갖는다. 나아가 그것은 성을 남근의 지배로부터, 즉 남성의 성적 경험에 부여된 거만함과 과장된 중요성으로부터 해방시킨다. 따라서 창의적 성은 성기 우위의 성관계나 출산으로부터 자유로운 성의 탄생인 동시에 모든 사람에게 성 해방의 가능성을 열어주는 근거가 된다.

---

51) 조형예술(plastic arts)의 용례처럼 일반적으로 plastic은 '조형적'으로 번역된다. 그러나 기든스의 이론적 입장을 생각할 때, '창의적'이라 부려쓰는 것이 훨씬 효과적이라 생각한다.
52) Anthony Giddens(배은경·황정미 옮김), 『현대사회의 성, 사랑, 에로티시즘: 친밀성의 구조변동』(새물결, 1996), 28~29쪽, 66쪽 참조.

이러한 성적 일탈과 창의적 성의 문제는 성적 웃음에서 흔히 발견할 수 있다. 앞서 살핀 성고정관념이나 관습적 성의 문제는 한정적이고 억압적인 성의 테두리를 전제해야 하는 만큼 웃음 유발의 요인이 지극히 제한적일 수밖에 없다. 그래서 작품 수가 크게 부족한 편이다. 그러나 성적 일탈과 창의적 성을 다룬 성적 웃음은 양적인 측면에서 관습적 성을 다룬 시편들과는 비교할 수 없을 정도로 많다. 사람살이의 자유로움만큼 성적 일탈과 창의적 성의 영역이 광범위하기 때문이다.

우선 성적 웃음에서 두드러진 성적 일탈의 양상을 살펴보자. 성적 일탈은 대체로 제도화된 성의 영역을 깨뜨리는 데 주력한다. 이때 성적 일탈은 사람살이의 근원적인 관계에 대한 고민에서부터 출발한다.

성적 웃음의 유형은 크게 네 가지로 정리된다. 공공연하고 불특정한 것으로서 성적인 것과 비성적인 것과의 대립, 분명하고 특정한 것으로서 성적인 것과 비성적인 것과의 대립, 노골적인 성적 웃음에서 비성적인 것과의 대립, 노골적인 성적 농담에서 특유한 성적인 것과의 대립이 그것이다.[53] 이러한 성적 웃음의 유형들은 특히 성적 일탈에 주안점을 둔 성적 풍자에서 두드러진다.

한참은
丁哥 「연재소설」을 「게라」로 보는 맛에
맏딸까지 낳았읍니다만
大新聞社 大文選部長
大池酒死 비위 맞추느라고

---

53) Victor Raskin, 앞의 책, pp.149~168.

「함경도집」 드나들다

영「망쪼」 들었읍죠. 네!

엉뚱한 것

뽑는 재미로 이 세상

살아나가지 않능교?

「도랑치고 - 가재잡고」

「뽕따고 - 님도보고」

「마당쓸고 - 돈줏고」

「재미보고 - 得男하고」

이 정돕니다요. 네!

— 이상화,「文選工 陸甲氏」가운데서[54]

　인용시에서 웃음을 자아내는 전략은 어조와 태도이다. 화자의 위악적 어조와 태도가 바로 그것이다. "엉뚱한 것/뽑는 재미로 이 세상/살아나가"는 화자의 삶의 태도가 희극적이거니와 종결어미 끝에 "네!"라는 내답 역시 웃음을 자아낸다. 이는 자문자답의 의미를 넘어 억지 대답을 강요하는 데서 발생하는 우스꽝스러운 상황 설정 덕분이다. "영「망쪼」"가 역설적인 상황은 "陸甲氏"가 자발적으로 선택한 현실이 아니다. 그러므로 "영「망쪼」"가 드는 상황이나 "엉뚱한 것/뽑는 재미로 이 세상/살아나가"는 화자의 위악적 태도는 성적 일탈에서 비롯된 삶의 자리이기에 더더욱 위악적으로 고착된다.

　여기서 웃음을 자아내는 위악적 어조와 태도는 '반복'으로 두드러진다. 가령, 비슷한 두 개의 사물은 단독으로 웃음을 자극시키지는

---

54) 『늪의 寓話』(선명문화사, 1969), 51~52쪽.

못하지만, 그것이 같이 있어 비교·대조될 때는 우리를 웃게 할 수 있다. 개별적인 존재자가 다른 존재자로부터 새로운 의미를 부여받기 때문이다. 인용시에는 두 연의 구조가 반복되고, 위악적 어조와 삶에 대한 태도 역시 위악적으로 반복된다. 기계적이고 자동화된 양태 속으로 질주하는 삶이 빗나감으로써 웃음을 유발하게 되는 것이다.

이러한 성적 일탈을 문제시한 「헐떡수캐의 日記」 연작시편을 주목할 필요가 있다.

「慾望自體는 動이고 그 自體는 좋지 못하다」 - 엘리옽

처음으로 「핏똥氏」 大先輩녀석에게
녀석 골방에서
수캐입술을 빼앗긴지
百日되던 날
저녁, 「아까징끼」월경으로
「빤쓰」는, 네번째 變心하여
꼬리친 牧師딸과
「白氏」꿈을 꾸었다.
〔…줄임…〕
왜 그 약 있잖나, 그것
먹여놓고 「레持」마다
돌아가며 「걸레」를 만든
수캐의 그저 그런 친구
휴가오는 날이 아니더라도
베루는 勃起하는
虛空을 長方形 안에

한 두번씩 감추기

시작했다.

電球는 안으로부터

의 弱한 힘에 의해

터지고, 초이튿날 가게집

둘째 딸이, 그 덕에

「맥주통事件」집 둘째 아들

두번째로 들어갔다.

구렁이 허물의 암캐

실상 열 입이 있어도

한마디 못할 정도로

갈아대는 암캐들이여.

〔…줄임…〕

오늘도 멀리선

「뜨신물」이

「肉橋」를 往來하며

손짓하고 있는 것이다.

— 이상화, 「헐떡수캐의 日記(下)」 가운데서[55]

인용시 서두에 제시한 "「慾望自體는 動이고 그 自體는 좋지 못하다」"는 엘리엇의 경구에서 연작시편의 주제를 추론할 수 있다. 그것은 욕정에 대한 지나친 선호가 성적 일탈을 불러오기 쉽다는 사실을 환기한다. 이러한 성적 일탈은 대부분 일반적인 성의 과정, 곧 성적 욕망을 창조하고 표현하는 사회적 과정을 무화시킨다. 시인은 이러

---

55) 『늪의 寓話』(선명문화사, 1969), 73~79쪽.

한 성적 일탈에 대한 경계의 의미로 엘리엇의 말을 시의 첫머리에 제
시한 셈이다.

성에 대한 본령의 인식은 앞의 「色素宣言文」에서 살핀대로 신성한
성에 초점이 놓인다. 현대사회로 접어들면서 근원적이고 신성한 성
은 타락하고 급기야 성의 황폐화를 초래하였다. 이러한 암울한 광경
은 이상화 시의 주된 배경이 된다. 약 "먹여놓고「레持」마다/돌아가
며「걸레」를 만든/수캐의 그저 그런 친구"와 "구렁이 허물의 암캐/실
상 열 입이 있어도/한마디 못할 정도로/갈아대는 암캐들", "「肉橋」를
往來하며/손짓하고 있는" "「뜨신물」"이 있는 한 성적 일탈은 항상 현
실태로 존재할 수밖에 없다.

여기서 웃음을 자아내는 태도는 노골적인 성적 웃음에서 야기되는
비성적인 것과의 대립이다.[56] 성적인 것과 비성적인 것의 대립은 농
담의 주된 소재가 노골적으로 성적이면 언제나 나타나는 현상이다.
이런 종류의 많은 농담에서 비성적인 상황은 언급되지 않는다. 그러
나 노골적으로 성적 상황을 묘사하는 바로 그 요소가 정상이고, 비성
적인 세계는 농담 내용과 반대로 나타난다. 그러나 "無色해진 어제의
決意"를 "실없이 비웃고만 있는 것은 누구 때문일까"(「헐떡수캐의 日記
(上)」)라는 물음이 성적 일탈을 벗어나려는 강렬한 의지로 읽히지 않
는 것은 질서와 조화의 정신으로서 성, 모든 행복과 영원한 생명에
대한 절대 의지로서의 성이 구체적으로 전제되지 않는 상황 탓이다.

「그야「漢江」에 배 지나가기지」 연작시편 ③, ④, ⑤, ⑥들은 성적
일탈의 문제를 담은 성적 풍자이다.

「홍콩」 갔다

---

56) Victor Raskin, 앞의 책, pp.165~170.

催眠術 걸려(?)

여러척의

돛단배 맛 보고도

우리의 大學「大砲」

「微水誤」께서

泰然하고도 自若하게

돌아오던 그 아침이

다시 오기까지는

「無識홀」 밖에서라도

步幅을 줄이고

濕潤한 숲속

「鐵毛」를 벗어든 채

키가 작거나 크거나

그거엔 상관 없다던

傳道師집 略圖를

찾아내야지. 안경을

쓰고선 불편한 점이

많거든, 그땐 코를 三時

方向으로 돌려라.「이 雜것아」

어느 부분엔가

붕대를 감고 다닌다는

校長「善牲」은

長男「微水茶」손(手)의

일이 생각났는지

「니구타사」를 훑는다.

「삼구는 十八놈」이

그걸 술잔에 넣고

휘휘 저었단 말이지.

천만, 천만에 그럴 리가

절대로 없어.

자네 눈으로 봤다고 어허 .

世上은 「末梢末」에 「細菌細」야.

어쩌면

그러구두 능준해.

「며칠후 며칠후」

「否定」한 아들의

아버지는 「鼠氏」와 「陽氏」

自宅에서 「微水茶」 손(手)과

각각 한번식 마주쳤다.

손(手)을 「虛」로 改姓한

그는 바로 「微水」 배(腹)의

繼父 許笙圓 이기도 했다.

— 이상화, 「그야 「漢江」에 배 지나가기지 ③」 가운데서[57]

성적 풍자에서는 기본적으로 성적인 것과 비성적인 것의 대립이 중요한 역할을 한다.[58] 성적 웃음과 관련된 표준적인 특성들은 의미론적 정보를 공유하는 사람들에게는 즉각적으로 이해된다. 그러므로 성적 풍자는 모든 가능한 유형의 재담들을 사용하며, 웃음을 불러일으키기 위해 외설까지도 채용한다. 이 유형의 성적 풍자에는 음담패설이나 그것에 대한 비유가 난무한다. 이때 웃음은 비유에 바탕을 두

---

57) 『늪의 寓話』(선명문화사, 1969), 97~100쪽.
58) Victor Raskin, 앞의 책, p.185.

며, 그것은 언제나 비성적인 종류의 것이다.

여성의 비유인 한강에 남성의 비유인 배가 함부로 지나가는 행위는 성의 문란을 의미한다. 그것은 "물쓰듯/不貞을 뿌려대는/「惡하고 淫亂한 세대」/「無交同」 동네애들"이 판치는 세상에서 "「否定」한 아들의/아버지는 「鼠氏」와 「陽氏」"이고 "自宅에서 「微水茶」 손(手)과/각각 한번식 마주쳤"으며, "손(手)을 「虛」로 改姓한/그는 바로 「微水」 배(腹)의/繼父 許笙圓"이라는 사실에서 확인할 수 있다.

이상화의 성적 풍자에서 웃음을 유발하는 방법은 외설적인 음담패설을 중심으로 한 말놀이가 지배적이다. 주로 동음이의어나 고유명사의 자의를 활용하는 경우가 대부분이다. 비속어와 은어의 대담한 채용도 한 몫 한다. 은밀한 이야기를 겉으로 과감하게 드러내는 방법 또한 웃음을 유발하는 뚜렷한 요인이다. "「微水」 배(腹)", "「月賦」 뒷다리", "「오를 오빠」", "「同寢할 동생」", "「微水茶」 손(手)" 등의 말놀이, "「니구타사」", "「삼구는 十八놈」"들의 비속어 채용, 그리고 난삽한 성행위의 묘사들이 그 실례이다. "犯罪한 나라요, 허물진 百姓이요, 行爲의 種子요, 行爲가 腐敗한 자식 이로다"라는 성경 「이사야 1章」의 말을 인용한 ⑤와 ⑥은 성적 일탈에서 비롯된 황폐한 삶의 질서를 드러내는 데 매우 효과적이다. 이러한 말놀이를 통한 웃음 유발의 성적 풍자는 다음 작품에서도 발견할 수 있다.

— 電話다이알소리, 이윽고 N次長「미스 아니지, 난데에」미스安, 어제 저녁일로 얼굴이 붉어지며 망설이다「네…」—

짜장면 한 그릇짜리와
연못을 파면 을마나
파겠나. 파봐야

이튿날이면 눈알만

되게 튀어나올 것을 .

볍새등쌀에

털工場 主人나으리

남의편(男便)된지

오랠터인데, 데데하게

꺼적대기 위로

셋도 되고 넷으로도

보였다는 새벽녘 별

콧등에나 차라리

앉을 일이지.

〔…줄임…〕

그건 그렇고 덩달아 체病에 걸렸

다가도 서슴치않고

덤벼들어 끝까지

후벼내고서야 자빠지는

당신은, 틀림없이

미스 아니(安)지, 그렇지?

— 이상화, 「미스 아니(安)지 ①」 가운데서[59]

섹스에 대해 드러나게 또는 은근하게 언급하고 있는 것은 성적 웃음의 범주에 포함된다. 그 중 가장 노골적으로 성적인 것은 대부분의 사람들이 느낄 수 있다. 너저분한 것들이 있는 반면, 사회적으로 수용할 만한 것도 있다. 이 두 극단적 농담은 성적 웃음의 범위를 상당

---

59) 『늪의 寓話』(선명문화사, 1969), 134~136쪽.

히 세밀하게 결정한다. 농담은 그 성격상 온건한 지점을 지향하는 경향이 있다. 왜냐하면 탈승화와 승화의 가운데 언제나 이드가 존재하고 있기 때문이다. 이때 이드는 농담을 다스리는 주체이다. 승화는 도덕이나 종교 원칙으로서 억압이나 감춤의 결과이다. 반면에 탈승화는 인간 본능의 원칙으로서 드러냄의 결과이다. 이때 에고는 감춤의 승화와 드러냄의 탈승화 사이를 조절하는 역할을 담당한다.

웃음에 대한 반응은 인간 행동과 학습된 능력 그리고 선천적인 능력이라는 세 부분에 걸쳐 나타난다. 인용시는 인간의 본능적 범주인 성에 관한 것이므로 세 번째 유형인 선천적인 능력과 관련 있다. 이때 웃음의 촉발 요인은 말놀이와 상황의 비틀림이다. 시적 대상인 "미스 안(安)"은 "미스 아니지"의 말놀이(pun)이다. "남의편(男便)된지" 오래인 "볍새등쌀에/털工場 主人나으리" 역시 말놀이의 한 극점을 보여준다. 또한 "미스 안(安)"과 유부남인 "남의편(男便)"과의 부적절한 관계 역시 성적 일탈의 보편적인 양상으로 지적할 수 있다. 이러한 상황의 어긋남에서 우리는 웃음을 발견한다.

砂金은
金이 아니라드냐.
어느 小女완
七年間 손목 한번
잡지 않았는데
어느 소녀로 부턴
七分 혹은 단 七秒만에
후려낼 것 다 후려내는
세상이라 하더라도
열세살 짜리 검팔이로부터

새나라車 잡아주다
친해진 운전수 아저씨에게
겁탈당한 이야기 듣기란
美國으로 부터 三年만에
귀국한 P敎授宅 뜰악에
消防車 세워놓기 만큼이나
쉬워졌다.
뜻이 밝아질 때까지
「수난(雄卵)의 女王」 그 자리마다
點在할
「祭物」祭氏 家門을
생각해서라도
「보링」을 자주하면 못써.
피의 얼룩진
무늬 사이로
큰 배 가벼운 배
수없이 드나들어도
남는 건 오직
고요한 물결뿐
어느쪽에 서야
과연 하늘을 제대로
볼 수 있는 것일까.

— 이상화, 「그야 「漢江」에 배 지나가기지 ④」[60]

---

60) 『늪의 寓話』(선명문화사, 1969), 101~103쪽.

"어느 소녀로 부턴/七分 혹은 단 七秒만에/후려낼 것 다 후려내는
/세상"에서 "피의 얼룩진/무늬 사이로/큰 배 가벼운 배/수없이 드나
드"는 상황은 겁탈마저 손쉬운 성의 황폐화를 희화적으로 표현한 것
이다.

시에서 성적 언어의 채용은 성적 일탈을 드러내는 한 요인이지만
무엇보다도 시적 영역을 확장시켰다는 점에서 그 의의를 찾을 수 있
다. 수치와 천박함의 소유물로 여겨왔던 성은 이상화 시에서 아무런
거리낌없이 나타난다. 성을 쉬쉬하면서 숨기는 법이 결코 없다. 때로
는 노골적인 모습으로, 때로는 과장이라는 감투를 쓰고 웃음과 재미
를 던져 준다. 하지만 이것이 성의 무조건적 개방이나 성의 무분별함
을 간과하는 태도는 아니다. 때로 성은 사람답지 않은 사람에 대한
질책과 공격의 무기로 사용되거나 잘못된 성 관계에 대한 권고와 금
기사항을 담고 있으며, 특정한 대상의 성을 통해 문화규범을 전달하
기도 한다.

이상화가 채용하는 성적 언어의 대표적인 항목은 욕설이다. 성기나
성행위 들은 혐오감과 함께 신비스러운 쾌감을 유발하기 때문에 욕
설의 수요한 대상이다. 욕설 속의 성은 과감하다. 성기나 성행위를
구체적으로 드러냄으로써 거칠고 민망스러운 경우를 종종 제공한다.
거침없이 표현되는 은어와 속어, 생긴 모양을 에둘러서 묘사되는 성
기나 성행위에 따른 쾌감, 바람기와 색기에 관한 욕설 들이 대표적
실례이다.

― 犯罪한 나라요, 허물진 百姓이요, 行爲의 種子요, 行爲가 腐敗한 자
식 이로다. ―〈이사야 1章에서 ―〉

이러지 말게

「만년필」쯤 「修理」를
要할만큼, 줄줄 새어도
그거야 상관없겠지만
「八個月 三二日만의 三億對一」
자네 지금 꼴이란
팽창할대로 팽창한
人間의 「全知全能」을
外面한 채 喪妻 五個月도
안되어 「再混」하신
「肛目四」 나으리 만큼이나
可하고도 觀일세.
部下에게
아내뺏긴 趙課長, 자식땜에
「일혼번씩 일곱번」이라도
그 아내를 용서해주고, 다시
살아야하는 時間에
「微水茶」林은, 술에 물탄듯
물에 술탄듯 형부덕을
보고 계신 처제 하숙방 앞을
아무렇지 않게 지나고 있었다.
「精神」孃에 비해
우리들 「肉體」君 주책은
날이 갈수록
말씀이 아니드군.
허지만
「微水」誤는 분명

오빠와 오르다 「오르간」을 쳤고

그 잘난 「微水茶」 銅마저

「童針」까지한 동생에게

동쪽으로 밀려난 판에

「아름다운 비밀」 따월

신주처럼 모실 時間이

있다는 게 어디 말이 되나.

〔…줄임…〕

멀리 가까이

나룻밴 나룻배대로

勝利號는 勝利號대로

얕고 깊은 데 가림없이

드나들어도

「微水」 배(腹) 船主

지난 자리마다

남는 건, 물결아래로

가라앉는 「無의 흔적」뿐,

다시, 조용해지는 건

무엇때문일까.

— 이상화, 「그야 「한강」에 배 지나가기지 ⑥」 가운데서[61]

"모든 惡이란/惡이 「色素」로부터/오고 「色素」는 결국/無識으로부터 왔느리라"(「그야 「漢江」에 배 지나가기지 ⑤」)는 말은 앞의 「色素宣言文」 제5장, "섹스는 악의 근원이다"라는 말의 다른 표현이다. "그러

나 선을 위한 「차, 차, 차」라는 뒤따르는 진술은 매우 의미심장하게 읽힌다. 성은 악의 근원이자 동시에 선을 위한 준비단계이기 때문이다.

"멀리 가까이/나룻밴 나룻배대로/勝利號는 勝利號대로/얕고 깊은 데 가림없이/드나"드는 상황은 자유로운 성을 넘어 방만한 성의 상황을 가감없이 드러낸다. 그래서 "「微水」배(腹) 船主/지난 자리마다/남는 건, 물결아래로/가라앉는 「無의 흔적」뿐"인 것은 당연하고도 허망한 사실이다. 이때 "다시, 조용해지는 건" 또 다른 방만한 성애를 위한 준비단계의 몸짓이기도 하다. 마치 금기와 위반의 동시성을 내장한 일탈의 극점을 보는 듯하다. 위반이란 금기를 제거하는 일이라기보다는 그것을 집적거리는 행위에 가깝다. 금기와 위반은 서로 대립 관계가 아니라 상호보족적인 관계이다. 그러므로 금기가 존재한다면 위반이 그 의미를 완성시켜 주는 셈이다.

「水道施設」이
썩는 소리, 아래로
오랜 참음과 아픔을
이끌고
과연 그럴까.
자네 말대로
二살짜리에게서나
「妻女」를 찾을 수
있게된 것일까.
눈을 까고 보아도
「크리닝 처녀」뿐
「여자와 집은 낡을수록

좋다」는 식의
뱃심좋은 입심만의
헛소리를 헛소리만으로
들을 수 없는 시궁창
안에 서서

언제부터
우리들은
하늘보다 땅을
더 所重히 여기며
살아온 것일까.

— 이상화, 「늪의 寓話(上)」 가운데서[62]

　제목인 「늪의 寓話」는 방탕한 성이 만연한 세태에 대한 풍자적 의도를 담고 있다. 늘 물이 고인 곳, 그래서 진흙으로 질펀한 장소인 '늪'은 "「水道施設」이/썩는 소리"가 가득한, "二살짜리에게서나/「蕘女」를 찾을" 법한 디스토피아의 공간이다. "「여자와 집은 낡을수록/좋다」는 식의/뱃심좋은 입심만의/헛소리를 헛소리만으로/들을 수 없는 시궁창/안에 서서" "눈을 까고 보아도" 이 세상에는 "「크리닝 처녀」뿐"이다. "늪의 우화"는 이러한 절망적인 상황에서 부르는 절규이다.

　『늪의 寓話』에서 성적 이미지를 주로 채용한 이유는 성의 내밀한 언어가 삶의 지표로 승화되기를 바라기 때문이다. 성적 일탈의 극단을 보여 주는 일은 잃어버린 신성한 것의 회복에 대한 역설이다. 이

---

62) 『늪의 寓話』(선명문화사, 1969), 119~120쪽.

때 웃음 지표는 자조적이고 냉소적인 화자의 어조이다. 있는 사실들을 적나라하게 다시 보여주는 것은 익숙한 것에 대한 가치의 재인식이고, 이러한 가치의 재인식은 낯설음의 환기인 셈이다. 결국 시인은 디스토피아를 가감없이 보여줌으로써 오히려 디스토피아를 뛰어넘을 수 있는 극복 가능성을 믿고 싶었던 것이다.

앵군은 그질로 천금을 받고나와

커다란 벗꽃밭에서 춘화감상회를 열었겄다.

회장감투 하나 떠억하니 돈으로 사쓰고 대갈일성

온천지 발칵 뒤집히게 아우성쳐 가로되

性개방이닷!

蕙園춘화, 플레이보이, 浮世繪, 섹스포寫眞, 뺑뺑이, 히피잡지,

루쏘춘화, 깔론따이춘화, 로렌스춘화, 마르쿠제춘화,

알록달록 도발춘화 가득히 모아다놓고 가만히 속소리로

제엔장! 개방하면 내 明月인 어느놈이 물어가게 ……

인간해방이닷!

孫文춘화, 그룬드빅춘화, 茶山춘화, 죠레스춘화,

오, 불꽃! 綠豆춘화, 아, 경건! 간디춘화

漸進漸進島山춘화, 急進急進 로베스삐엘춘화, 민족적 白凡춘화, 민중적 링컨춘화

쌓이고 쌓인 거룩춘화들속에서 쥐눈을 깜빡

제엔장! 해방하면 쌍놈들 설치는 것 눈꼴시어 어찌보게 …….

정권교체닷!

못살겠다 사일구춘화, 갈아보자 海公춘화, 청춘만세 케네디춘화,

총 안든다 평화춘화, 안굶는다 복지춘화, 피안본다 통일춘화, 공포없다 자유춘화

엄숙춘화 장엄춘화 와장창 멋들어지게 벌여놓고나서 피시시 웃으며 가로되

제엔장! 교체되면 어느 놈 좋으라고……

性개방이닷!

性개방이닷!

性개방이닷!

경향각처에 첩거느린 놈 옳소! 양귀비마누라 가진놈 옳소!

밥보다 오입 좋아하는놈, 불두덩이 유난히 더운놈, 삼대독자 대끊기게 생긴놈

참다못해 獸姦한놈! 생피붙은놈 옳소, 옳소, 옳소!

양기절륜한 중놈도 뒷전에서 슬그머니 옳소!

지척에 마누라두고 냉수만 벌컥벌컥 키든놈, 감옥가기 두려워 아예 별거하든 놈,

계집의 계짜만 들어도 피 거꾸로 도는놈, 공연히 여학교안을 기웃기웃거리는놈,

기운넘쳐 어디쓸까 불철주야 사시장철 흙구덩이만 파는놈,

사발두개 엎어놓고 왼종일 들여다 보는놈 곁에 앉아 게슴츠레 눈감는놈, 질질질 침흘리는놈, 키기킥 웃는놈, 한숨쉬는놈, 울화통터져 앵왕더러 개년쇠년 욕하는놈, 식칼들고 뛰어나갔다 맥풀려 돌아와서 흐드득 흐드득 우는놈 옳소!

多産이 愛國이여 자칭 애국자, 옳소! 자칭

性해방운동자 옳소! 자칭

사회개혁가 옳소! 자칭

사회행복론자 옳소, 옳소! 나라 잘되는 길 사랑이 첩경이다

불토하고 피토하는 비분강개 목사님도 옳소! 신부님도 옳소! 파고다派도 옳소!

포주, 팸프, 매파, 주례, 여관하다 실업자된놈, 그위에 깔짝깔짝

桃色소설쓰다 감옥갔다온 자칭 抵抗作家까지 옳소!

이놈도 옳소! 저놈도 옳소! 목청아 너 터져라, 옳소!

제엔장할 놈들! 옳긴 개콧구멍이 옳아……

性개방이닷! 性개방이닷!

사회진보는 性개방으로부터! 복지향상은 男女相悅로부터!

민주주의는 性자유로부터! 민족통일은 음양화합으로부터!

우당당 쿵탕, 옳소! 쨍그랑 째쟁쨍, 옳소!

性獨裁 분쇄하자, 옳소!

春畵개방이다, 옳소, 옳소, 곧 죽어도 옳소!

— 김지하, 「櫻賊歌」 가운데서[63]

「櫻賊歌」는 풍자를 전략으로 삼아 1970년대 성개방 풍조를 희화한 작품이다. 1961년 11월에 제정된 「윤락행위 등 방지법」은 개정·강화 되는 과정을 거치면서 성을 경제 논리로 환원 불가능한 것으로 규정 하고 있다. 매매춘이 불법행위로 간주되어 왔음에도 매매춘에 관한 한 정부는 무차별 단속 아니면 암묵적 공인이라는 이중적 태도를 취 해 왔다. 특히 1970년대는 매매춘이 외화 획득의 원천으로서 정부에 의해 장려되고 산업화되었다. 따라서 1970년대의 매매춘은 이전과는 달리 구조적 분화와 기능적 전문화의 단계를 밟는다.[64] 이때 중요한 사실은 성의 매매가 경제 논리와 결부되면서 산업화된다는 점이다. 이를 통해 여성의 성 상품화와 소외가 가속화되었으며, 여성이 성적 쾌락의 도구라는 인식을 심화시키는 계기를 마련하였다.

---

63) 『다리』 1971년 7월호(제2권 6호), 121~124쪽.
64) 박종성, 『한국의 매춘』(인간사랑, 1994), 101쪽.

　인용시에서 웃음을 유발시키는 요인은 어조와 형식에서 두드러진다. 판소리의 광대처럼 화자가 사건과 대사를 서술하는 가운데 다양한 인물의 목소리가 섞여 나오거나 인물의 위선을 왜곡·과장하는 데서 비판적 웃음이 유발된다. 이때 판소리 형식의 채용은 성개방 풍조의 부도덕성을 드러내는 데 매우 효과적으로 기여한다. 마치 말을 건네는 어투의 쓰임도 상황과 인물의 위악적 태도를 폭로하고 웃음을 끌어내는 데 적절하게 작용한다.

　오보우인은 희극성의 유형을 일곱 가지로 분류한다. 말의 희극성, 생각의 희극성, 추론의 희극성, 상황의 희극성, 시청각적인 희극, 행동의 희극성, 그리고 나머지 혼합된 희극성들이 그것이다.[65] 이 분류에서 보면 「櫻賊歌」는 위악적 어조라는 말의 희극성과 성개방 풍조에 따른 무질서한 상황의 희극성, 그리고 이러한 상황에 적절하게 처세하는 인물들의 행동의 희극성이 드러나며, 나아가 시청각을 골고루 활용한("우당당 쿵탕, 옳소! 쨍그랑 째쟁쨍, 옳소!") 시청각적 희극성을 지니고 있다.

　「櫻賊歌」는 앵자라는 성인이 앵군에게 세상 살아가는 처세술인 앵도를 전하는 것으로 시작한다. 앵도를 연마한 앵군이 시국의 상황에 따라 '사꾸라' 행각을 벌이고, 앵군은 앵왕에게 난국의 타개책으로 다변앵도와 춘화감상을 제안한다. 뒤이어 성 개방으로 인해 세상에는 큰 재앙이 들이닥친다. 이 부분이 바로 인용시 구절들이다. "사회 진보는 性개방으로부터! 복지 향상은 男女相悅로부터!/민주주의는 性자유로부터! 민족 통일은 음양 화합으로부터!"라는 슬로건은 성개방이 곧 "인간해방"으로 등식화되는 상황에 대한 희화화이다. 난국의 타개책으로서 성개방을 장려하는 1970년대 상황은 곧 3S정책이라는

---

65) Victor Raskin, 앞의 책, p.30.

우민화 정책과 맞물린다는 점에서 역시 희극적이다.

이규호[66]는 1970년대 성 개방풍조의 한 가운데서 성을 은근하면서도 거리낌없이 묘사한 시인이다. 「배따리기 謠謠抄」는 은근한 성적 웃음을 드러내고 있어 눈길을 끈다.

오, 너는 魅力이고나,

옷 벗은 매력

살갗에 어우른 그림자

솜털마다 매달린 追憶

밤비 내리듯한 이야기고나

말이고나

참 멋있어

네 앞에선 나만 남으리라.

내 手帖에는 너의 地圖

내 萬年筆에는 너의 머리칼

길가에 열려 있는 門 같은

네 입술은 나의 不安에.

오 너는 魅力이고나,

알몸을 태우는 매력

苦惱의 壁난로

달빛 쏟아지는 네 子宮의 內室

---

66) 1939년 경북 대구에서 나서 서라벌예술대 문예창작과를 졸업했다(1960). 『현대문학』에 「맨살에 배어든 빗물에」(1963.7), 「아침」, 「꽃에서」(1967.4), 「봄비 小曲」(1968.7) 들을 발표하여 서정주의 추천으로 문단에 나섰다. 삼중당 편집차장(1973)으로 일하다 뒷날 출판사를 경영하기도 했다. 『新年代』 창립동인으로 활동했다. 첫시집 『꽃집 食口의 첫 事件』(현대문학사, 1973), 제2시집 『惡魔集』(한국문학사, 1977)을 냈다. 문덕수, 『世界文藝大辭典』(교육출판공사, 1994), 1402쪽; 김영삼 편저, 『韓國詩大辭典』(을지출판공사, 1988), 1221~1222쪽; 권영민, 『韓國現代文人大事典』下(아세아문화사, 1991), 2010~2011쪽 참조.

快樂이고나, 무당 굿거리고나

춤이고나

참 멋있어

네 앞에선 나만 남으리라.

— 이규호, 「姦淫頌」[67]

「姦淫頌」은 간음을 찬송한 노래이다. 이때 비도덕적인 간음이 찬송의 대상이 될 수 없다는 인식은 상식적인 이해의 차원이다. 그러나 시인이 도리어 비도덕적인 문맥에 상당한 가치를 부여하는 순간 웃음이 유발된다. 비도덕적인 간음을 선하고 매력적인 존재로 격상시키는 부조리한 태도에서 웃음이 유발되는 것이다.

화자가 청자에게 건네는 자극은 청자에게 우스꽝스러운 반응을 불러일으키는 매우 중요한 기제이다. 간음은 청자에게 웃음을 유발할 수도 있고 그렇지 않을 수도 있다. 왜냐하면 삶의 경험이 웃음의 중요한 한 요소이기 때문이다. 그러나 시인이 간음을 "매력"이라 규정하여 간음에 대한 통념을 전복시킴으로써 웃음을 터뜨리게 되는 것이다.

또한 인용시에서 웃음을 자아내게 하는 요인으로 어조를 꼽을 수 있다. 우스꽝스러운 시인의 어조는 특이한 환경에서 발생 가능하다. 1970년대라는 시대적 상황은 성 개방풍조가 만연한 시대였고, 이러한 상황은 화자가 청자에게 가하는 성의 권유라는 자극과 맞닿을 수 있었다. 상황과 자극이 일치하는 선에서 시인은 방만한 성의 자유를 구가할 수 있었던 셈이다. 그래서 간음을 찬송하는 화자의 거리낌 없는 태도가 우스꽝스러운 분위기를 형성한다.

---

67) 『꽃집 食口의 첫 事件』(현대문학사, 1973), 22~23쪽.

성의 일탈인 간음은 시인에게 비정상적인 사랑이라기보다는 오히려 "魅力", 곧 "옷 벗은 매력"이다. 또한 "살갗에 어우른 그림자"이자 "솜털마다 매달린 追憶", "밤비 내리듯한 이야기"이기도 하다. 그래서 시인에게 간음은 "참 멋있"는 개념이다. "달빛 쏟아지는 네 子宮의 內室"에서 행해지는 간음은 이 세상 무엇도 대신할 수 없는 "快樂"이며 신명을 다해 혼을 앗는 "무당 굿거리"이기도 하다. 그러므로 "네 앞에선 나만 남으리라"는 시인의 걸어는 간음을 영원한 보루로 남겨두고 싶다는 욕망의 표출로 읽힌다. 물론 간음에 대한 시인의 깊은 속내는 자유로운 성의 구가라는 시적 의도와도 맞물린다.

처녀 시집 처녀 비행
처녀림
처녀 출항

……그렇다면
시집도 비행기도
숲도
항공모함도
처녀막이 다 찢어져 버렸넛!
꽥 소리 지르니까 고막이 터져 버린
저 뻔뻔스러운 귀머거리 여인들

처녀막 재생 수술 하며
자꾸자꾸 약해진다.

처녀막이 찢어지면 고막도 찢어지냐?

아니
밑구녁에 말뚝이 박히면 귓구멍에도 말뚝이 박히냐?

아니 글쎄
보청기처럼 거기다가도 뭘 하나 달아야 말귀를 알아듣냐?
知홉할 수 있냐? 들리낫?

어린 여인아 내 얘기는
네가 강해지라는 것이다

〔…줄임…〕

구월동 간석동
동 대항 처녀막 찢기 대회가 열렸냐?
히히
처녀막 재생 수술 해주는 의사와 간호원이 무슨
전쟁터 뛰어다니며 찢어진 데 꼬매 주는
국제 적십자사 앙리 음낭, 아니 앙리 뒤낭
나이팅게일 같다. 히히

소녀야
여자로 치면 나는 이미
씹창이 거덜난 수가성 우물가의 여인 같은 놈이지만
나는 그래도 지난 날 내 아내 생각하면
다시는……

그리고 하나님
이 시인도 이 지상에서
생존할 수 있게 해주소서.

그리고 소녀야
기도하자
아픔은 아픔이고
슬픔은 슬픔이고
그리고
기쁨은 기쁨일 수 있게
하소서.

— 김영승, 「반성 815」[68]

　「반성」 연작에서 웃음 유발 요인은 그로테스크한 발상의 화법이다. 웃음이 우선적으로 연상시키는 것은 즐거움과 재미이다.[69] 김영승의 시에서 웃음이 감추고 있는 것을 정확히 알 수는 없다. 그러나 그의 웃음은 기분을 전환시킨다. 나아가 외부세계와 대결한다는 인상을 눈에 띄지 않게 하면서 외부세계에 대처하게 해 주는 위장의 태도이기도 하다.[70] 김영승은 언뜻 보기에 즐거워 보이지만 근본적으로 슬픔에 잠긴 웃음은 무엇일까라는 질문을 「반성」 연작을 통해서 던지고 있는 듯하다. 이때 시인의 웃음을 드러내는 코드는 성이다.

　순결 콤플렉스를 말하면서도 무수한 비속어와 욕설을 사용하고, 동시에 이러한 속악한 어조를 기도문이라는 숭고한 틀에 집어 넣는 시

---

68) 『반성』(민음사, 1987), 90~94쪽.
69) 토니 메이에르, 「해학과 기지의 차이」, 『동서문학의 해학』(국제 PEN 한국본부, 1970), 54쪽.
70) 토니 메이에르, 위의 글, 55쪽.

인의 화법은 매우 그로테스크하다. 물론 이러한 그로테스크한 발상의 화법은 탈승화일 때 가능하다. 인간의 가장 근원적인 욕망인 성의 문제는 이러한 탈승화를 드러내는 데 매우 효과적이다. "아픔은 아픔이고/슬픔은 슬픔이고/그리고/기쁨은 기쁨일 수 있게" 해 달라는 마지막 부분의 기도문마저도 속악한 성의 방만한 구가를 허용해 달라는 탈승화의 어조인 셈이다.

호색적 색채가 짙은 웃음은 가장 오래된 익살의 하나이며 물론 직접 성과 문학에 관계가 있다.[71] 과거 성에 관한 한 우리는 너무나 엄숙하고 진지했다. 아니, 엄숙해야 하고 진지해야 한다고 여겼다. 호색적 웃음에는 기본적으로 추잡한 익살과 음란한 익살들이 포함된다. 그러나 우리가 추하다고 여기는 것, 곧 문학에서 외설이란 낱말은 실제로는 이면적인 것, 보지 못할 것, 사사로운 것을 의미하며 역사를 거듭해 왔다. 그러므로 섣불리 검열관의 눈길로서 성적 풍자를 재단하는 것은 대단히 위험한 일이 아닐 수 없다.

성은 희극적인 특징을 가장 잘 드러내 주는 제재이다. 성적 풍자는 다양한 기능을 취하면서 앞으로 시의 범주를 확장하는 데 적절하게 기여할 것으로 사료된다. 당대 가장 보편적인 풍속을 드러내 주는 기제 가운데 하나가 바로 성이기 때문이다. 그러므로 성은 인간 존재의 해방을 추구하는 순기능을 지닌다. 물론 성적 풍자의 의의는 이러한 존재 해방으로서의 순기능을 결코 단순치 않은 웃음의 맥락과 어떻게 결부시키느냐는 데 있다.

---

71) 포올 타보리, 「성과 해학」, 『동서문학의 해학』, 161쪽.

제4장

유머와 화해의 시학

1. 소재의 확대와 일상적 재미

　두루 알다시피 자연이 인간에게 준 모든 선물 가운데서도 웃음이야말로 최상의 선물이다. 웃음은 부조화에 대처하는 인간의 정신적 표현 방식 가운데 하나이기 때문이다. 인간의 사고라는 열차는 한 방향으로 질주하다가 갑자기 부조리를 향해 달려서 탈선하는 경우가 있다. 이때 논리 흐름의 갑작스러운 난파는 해방을 원한다. 그 육체적 반응이 바로 웃음인 것이다. 우리가 웃음으로 알고 있는 생래적 반응의 표현 수단을 발견함으로써 뇌는 자신과 논리·부조리와의 갈등을 화해시킨다. 그러므로 유머는 궁극적으로 화해의 정신을 의도하는 것이다.

　이러한 웃음의 유용성은 우선 소재의 확대와 그로 인한 일상적 재미를 불러 일으키는 데서 나타난다. 작품의 바탕이 되는 소재 선택은 시의 주제와 긴밀한 관련을 지닌다. 시인이 어떤 소재를 선택하느냐

에 따라 시적 의도를 효과적으로 발휘할 수 있기 때문이다. 문학원론
적인 측면에서 시적 소재는 어느 정도 정해져 있다. 그러나 비시적
소재들이 시적 소재로 채용됨으로써 시영역의 확대에 기여한다. 이
로써 우리 시의 자리가 일상의 자잘한 영역으로까지 확대될 수 있는
것이다.

①
달아 달아 밝은 달아
이태백이 노던 달아
이태백이 죽은 뒤엔
누구하고 놀라느냐

—「달아 달아 2」[1]

②
저게가는 저가수나
(야—미테 내종년아)
방구통통 씨지마라
조개짝짝 버러진다

저게가는 저머슴아
방구통통 씨지마라
붕알덜넝 쩌러진다[2]

---

1) 신경림 엮음, 『한국전래동요집』 1권(창작과비평사, 1991 개정판), 61쪽.
2) 김소운, 『朝鮮口傳民謠集』(제일서방, 1933), 284쪽.

  인용문은 각각 경북 영주 지역의 전래동요와 경남 고성 지역의 구
전민요이다. ①은 아동개인유희요[3]로서 어떤 현상이 구체적으로 이
루어지길 바라며 부르는 놀이 본능에서 비롯된 동요의 유형이다.[4] 달
이 뜨면 으레 이태백이 등장하는 것으로 알고 있는 아이들이 사람인
이태백이 죽으면 단순히 달이 심심해서 없어질 것이라는 순진한 사
고를 하는 데서 웃음은 유발된다. 자연물의 의미변화에 대한 아동들
의 사고가 단순히 직서적으로 드러나 있는 경우이다. 이처럼 넌센스
는 아이들의 성숙하지 못한 세계인식에서 발견되는 경우가 많다. 아
이들이 세상을 논리적으로 이해하지 못한다는 사실은 역설적으로 세
상을 새롭게 바라볼 수 있는 가능성을 지니고 있음을 환기한다.

  ②는 방구쟁이를 놀리면서 웃음을 환기하는 구전민요이다. 대상에
대한 놀림에서부터 성적 이미지를 환기함으로써 정서적 즐거움이 배
가되는 효과를 갖는다. 이러한 유머는 우리 시의 주요한 특질이다.

     브라질 리오데자네이로의 밤뒷골목의 쌈바춤은
     사람들이 그렇게 추는 게 아니라,
     하눌이 어쩌다간 한번씩
     驚風난 쏘내기 마음이 되어
     사람들 속에 숨어들어서
     지랄 야단법석을 부리시는 거라.
     더구나 그게 젊은 예편네 속에나 들어갈량이면

---

3) 어린이들이 향유층으로서, 그들의 성장과정에서 놀이를 하면서 부르는 노래가 아동유희요이
   다. 놀이의 규모에 따라서 아동개인유희요와 아동집단유희요로 분류 가능하다. 이창식, 『韓國
   의 遊戱民謠』(집문당, 1999), 183~199쪽 참조.
4) 자연물을 가지고 놀거나 쳐다보면서 노래를 부르는데, 천체기상과 그 주변의 자연상태가 변
   화하기를 기대하면서 부르거나 자연 자체가 도구로 취해지는 경우가 대부분이다. 물론 자연
   을 노래한 위 시편은 비유대상으로서 자연이 아니라 놀이의 제재화로서 아동 삶의 일부가 되
   고 있다.

陰七月에 암내낸 소보다도 훨씬 더 미치는 거라.
무지개를 뛰어 넘어 다니는
소보다도 훨씬 더 미치는 거라.

余도 지난 戊午年 늦여름밤의 리오데자네이로에서
난생 처음으로 이 쌈바춤에 말려들어 봤는데,
나의 짝 黑人예편내가 하자는대로
한참을 껑충거리다보니 두 다리에 쥐가 나버려서
픽지건히 바닥에 주저앉았드러니,
「애개애 요새끼! 머이 아따웃게 있어?」
하며, 내개 등울 두르고 돌아서서는
그녀 볼기짝 밑의 사타구니를
저의 할아버지뻘은 되는 내 코에
몽땅 바짝 들이대는데
야! 찐하기도 찐하기도 한 그 냄새의 罰이라니!

하눌도
이런 南美 리오데자네이로의 밤뒷골목 같은데 와선
이런 찐한 짓거리도 가끔은 시키며 노시는 거라.

— 서정주, 「쌈바춤에 말려서」[5]

브라질 리우의 카니발에서 생성된 쌈바춤을 시의 소재로 채용한 경우이다. 노예제도의 폐지와 맞물려 하층 계급 흑인들의 에너지를 분출시키는 쌈바춤은 그야말로 자유와 해방을 구가하는 춤이다. 그러

---

5) 『西으로 가는 달처럼…』(문학사상출판부, 1980), 88~89쪽.

므로 쌈바춤은 지극히 대중적인 춤이고 이를 시의 소재로 채용한 것
이 인용시이다. 우선, 춤이라는 문학 외적인 문맥을 끌어들였다는 데
서 의외이며, "黑人 예편내가 하자는대로/한참을 껑충거리는" 화자
의 춤사위가 웃음을 자아낸다. 그리고 원을 지워 춤을 추는 사람들이
서로 배꼽을 들어올려 부딪히는 형태인 쌈바춤을 흑인 여자가 "그녀
볼기짝 밑의 사타구니를/저의 할아버지뻘은 되는 내 코에/몽땅 바짝
들이대는" 행위에서도 질펀한 웃음을 자아낸다. 또한 "브라질 리오데
자네이로의 밤뒷골목의 쌈바춤은/사람들이 그렇게 추는 게 아니라,/
하눌이 어찌다간 한번씩/驚風난 쏘내기 마음이 되어/사람들 속에 숨
어들어서/지랄 야단법석을 부리시는" 것으로 봄으로써 성속의 경계
를 해체한 시각이 재미있다. "찐한 짓거리"도 마다 않는 "하눌"은 더
이상 신성하고 신비한 존재가 아니라 우리 삶의 일부분으로 내려앉
은 것이다.

길중은 밤늦게 돌아온 숙자
에게 핀잔을 주는데, 숙자는
하루종일 고생한 수고도 몰
라 주는 남편이 야속해 화가
났다. 혜옥은 조카 창연이
은미를 따르는 것을 보고 명
섭과 자연스럽게 이야기를 나
누게 된다. 이모는 명섭과
은미의 초라한 생활이 안스
러워…….

어느 날 나는 친구집엘 놀러

갔는데 친구는 없고 친구 누

나가 낮잠을 자고 있었다.

친구 누나의 벌어진 가랭이

를 보자 나는 자지가 꼴렸다.

그래서 나는…….

— 황지우, 「숙자는 남편이 야속해 KBS 2 TV · 산유화(하오 9시 45분)」[6]

위 작품은 1연의 경우 TV 드라마를, 2연에서 낙서를 시적 소재로 채용함으로써 시적 영역의 확대에 기여하고 있다. 나아가 TV드라마와 낙서가 시가 될 수 있다는 데서 웃음이 유발된다. 특히 2연의 낙서는 화장실에서나 볼 수 있을 법한 낙서시여서 더더욱 웃음의 효과를 증폭시킨다. 낙서도 하나의 문화이며 불온한 것이라는 의미에서 '살아 있는 문화'라 불리울 만하다.[7] 왜냐하면 낙서는 그것이 구술하고자 하는 진술로서 세태를 일정하게 반영하고 있고, 구술자가 반영하고자 하는 세태란 지금 이곳에서의 삶 가운데서 이루어지는 기쁨이라든지 슬픔, 고통, 문제, 부조리 들의 양식화이기 때문이다 때로 저급해 보이는 이런 류의 낙서들이 시적 문맥으로 수용되면서 시와 비시의 경계를 해체한다. 시에 관한 한 지나치게 교양주의를 고집해왔고 시인의 고매한 영혼을 고양시키는 것을 '시적인 것'으로 여기면서 미문주의를 고수해 온 우리의 전통적 시관념에 대한 반성적 성찰을 요구하고 있는 것이다.

이러한 시적 소재의 확대는 현대문화의 지배적 양상인 광고를 채용한 경우에서도 두드러진다.

---

6) 『새들도 세상을 뜨는구나』(문학과지성사, 1983), 85쪽.

7) 장정일, 「시와 시적인 것의 거리」, 『슬픈 우리 젊은 날』 2집(사회와 문학을 생각하는 모임 엮음, 오늘, 1988), 138쪽.

잘 벗겨지지 않아요

　— 제비(?)표 페인트

알아서 빨아줘요

　— 대우 봉(?) 세탁기

구석구석 빨아줘요

　— 삼성(?) 세탁기

빨아주고 비벼주고 말려주고

　— 금성(?) 세탁기

우리는 그이가 다 빨아줘요

잘 빨아주니 새댁은 좋겠네

　— 럭키 슈퍼타이

무엇이, 무엇을 의도적으로 빼는 이 광고에

우리는 무엇을 꼭 집어넣으라고 욕해야 할지

　　　　　— 함민복, 「내 귀가 섹스 쪽으로 타락하고 있다」[8]

　광고 문구를 직접적으로 시의 문맥으로 끌어들여 상호 이질적인 광고 문구들을 성이라는 단일한 주제 속에서 통합시키고 있는 시이다. 인용시에서 웃음 촉발 요인은 우선 광고를 시적 소재로 채용한 점이다. 시라는 성역에 광고라는 대중문화를 끌어들이는 것 자체가 기존 시문학에 대한 저항의 태도이기 때문이다. 물론 이러한 현상은 고급문화와 대중문화, 문학과 문화의 경계를 해체하며, 궁극적으로 문학의 영역을 확대함으로써 문학의 대중성에 기여하고 있다는 점에서 의의를 부여할 수 있다.

---

8) 『우울氏의 一日』(세계사, 1990), 54쪽.

다음으로, 지본주의 사회에서 광고의 상업성 탓에 광고 이미지의 90% 정도가 성적 이미지를 차용하고 있는 점에 착안하여 광고의 모든 카피를 성적 담론으로 읽어내는 화자의 어조 또한 웃음을 유발한다. 시인이 제목으로 삼은 "내 귀가 섹스 쪽으로 타락하고 있다"는 어조는 다분히 위악적이다. 이러한 위악적 어조는 현대 자본주의 문명 사회에서 현대인의 자유분방한 성의식을 반영하는 것이다.

> 광고의 나라에 살고 싶다
> 사랑하는 여자와 더불어
> 아름답고 좋은 것만 가득 찬
> 저기, 자본의 에덴동산, 자본의 무릉도원,
> 자본의 서방정토, 자본의 개벽사상 ―

인간을 먼저 생각하는 휴먼테크의 아침 역사를 듣는다, 르네상스 리모컨을 누르고 한 쪽으로 쏠리지 않는 휴먼퍼니처 라자 침대에서 일어나 우라늄으로 안전 에너지를 공급하는 에너토피아의 전등을 켜고 21세기 인간과 기술의 만남 테크노피아의 냉장고를 열어 장수의 나라 유산균 불가리~스를 마신다 인생은 한 편의 연극, 누군들 드라마의 주인공이 되고 싶지 않을까 사랑하는 여자는, 드봉 아르드포 메이컵을 하고 함께 사는 모습이 아름답다 꼼빠니아 패션을 입는다 간단한 식사 우유에 켈로그 콘프레이크를 먹고 가슴이 따뜻한 사람과 만나고 싶다는 명작 커피를 마시며 어떤 두려움이 닥쳐도 할말은 하고 쓸 말은 쓰겠다는 신문을 뒤적인다 호레이 호레이 투우의 나라 쓸기담과 비가 와도 젖지 않는 협립 우산을 챙기며 정통의 길을 걸어온 남자에게는 향기가 있다는 리갈을 트럼펫 소리에 맞춰 신을 때 사랑하는 여자는 세련된 도시감각 영에이지 심플리트를 신는다 재미로 먹는 과자 비틀즈와 고래밥 겉은 부드럽고 속은 질긴 크리넥스 티슈

가 놓여 있는, 승객의 안전을 먼저 생각하는 제3세대 승용차 엑셀을 타고
보람차고 알찬 주말을 함께 하자는 방송을 들으며 출근한다.

제1의 더톰보이가 거리를 질주하오

천만번을 변해도 나는 나

제2의 아모레 마몽드가 거리를 질주하오

나의 삶은 나의 것

제3의 비제바노가 거리를 질주하오

그 소리가 내 마음을 두드린다

제4의 비비안 팜팜브라가 거리를 질주하오

매력적인 바스트, 살아나는 실루엣

제5의 캐리어쉬크 우바가 거리를 질주하오

오늘 봄바람의 이미지를 입는다

제6의 미스빅맨이 거리를 질주하오

보여주고 싶다 새로운 느낌 새로운 경험

제7의 라무르 메이크업이 거리를 질주하오

사랑은 연두빛 유혹

제8의 주단학세랙션이 거리를 질주하오

나의 색은 내가 선택한다

제9의 캐리어가 거리를 질주하오

남자의 가슴보다 넓은 바다는 없다

제10의 마리떼프랑소와저버가 거리를 질주하오

거침없는 변혁의 몸짓

제11의 파드리느가 거리를 질주하오

지금 그 남자의 지배가 시작된다

제12의 르노와르 돈나가 거리를 질주하오

오늘, 이 도시가 그녀로 하여 흔들린다
제13의 피어리스 오베론이 거리를 질주하오
살아 있는 것은 아름답다

자연은 후손에게 물려줄 유산이 아니라 후손에게 차용한 것이라고 말하는 공익광고 협의회의 저녁 뺨에서 행굼까지 사랑이란 이름의 히트 세탁기를 돌리고 누가 끓여도 맛있는 오뚜기 라면을 끓이려다가 지방은 적고 단백질이 많은 로하이 참치를 끓인다 그리운 사람에게 사랑이란 말은 더 잘 들리는 하이폰 전화 몇 통 식후 은행잎에서 추출한 혈액순환제 징코민 한 알 미련하게 생긴 사람들이 광고하는 소화제 베아제 광고가 나오는 대우 프로비젼 티브이를 끄고 백년도 못 살면서 천년의 고민을 하는 중생들이 우습다는 소설 김삿갓 고려원을 읽다가 많은 분들께 공급하지 못해 죄송하다는 썸씽스페샬을 한잔 하고 그의 자신감은 어디서 오는가 패션의 시작 빅맨을 벗고 코스모스표콘돔을 끼고 잠자리에 든다

아아 광고의 나라에 살고 싶다
사랑하는 여자와 더불어
행복과 희망이 가득 찬
절망이 꽃피는, 광고의 나라

— 함민복, 「광고의 나라」[9]

패러디의 모방 대상은 모든 기호화된 담론이다. 특히 과거의 특정 장르나 작품을 모방하는 것은 패러디의 가장 보편적인 방식이다. 그러나 이 경우 패러디가 이미 잘 알려진 권위있는 텍스트를 이용한다

---

9) 『자본주의의 약속』(세계사, 1993), 54~57쪽.

는 점에 유의할 필요가 있다. 함민복의 시만 보더라도 3연의 경우 구조나 문체 면에서 선행 텍스트인 이상의 「烏瞰圖」와 구분이 안 될 정도로 유사하다. 이는 웃음 효과의 극대화와 밀접한 관련이 있다. 즉 웃음이라는 문화적 양식이 독자의 공감을 전제로 하기 때문에 문학사적 의의를 지닌 친숙한 텍스트들을 패러디함으로써 그 의도를 효과적으로 달성할 수 있는 것이다.

특정 장르나 작품의 패러디가 국권회복기에서 현대까지의 지배적인 방식이었다면, 영화나 광고, 사진, TV, 유행가 들의 비문학적인 텍스트의 패러디는 현대시의 뚜렷한 표징이다. 인용시는 광고에 매몰된 현대인의 일상성을 적나라하게 파헤친 작품이다. 이상의 「烏瞰圖」의 구조 위에 광고 문안을 덧씌운 광고시이다. 두루 알다시피 광고는 현대문화의 지배적인 양상이다. 인간의 자유를 상품 - 화폐관계에 기초한 자유로 보고 욕망의 충족은 바로 타인에 대한 관계를 매개하고 산출하게 되는, 허위욕망의 계속적 확산인 '자아속임의 미학'을 광고가 당당하게 떠받치고 있는 것이다. 이러한 광고 메시지를 패러디함으로써 때로는 즐기기도 하고 때로는 비판하기도 하는, 상업광고내 인사이드 아웃사이더의 이중적 현실에 접근하는 것이 바로 광고시이다.[10] 이 시의 경우에는 즐김과 비판이 동시에 내재되어 있다. 궁극적으로는 광고로 대표되는 자본주의 현실에 대한 비판을 의도하고 있지만 비판에 도달하는 방식은 유머가 지배적이다.

2연과 4연에서 보듯이, 나날살이 전체가 온통 광고로 얼룩져 있다. 독자에게 웃음을 유발하는 요인은 무엇보다도 익숙한 원전의 변용에 있다. 광고와 무관한 듯 보이는 일상적 삶이 광고의 홍수 속에서 헤

---

10) 문선영, 「패러디와 문화비평」, 『한국 현대시와 패러디』(김준오 엮음, 현대미학사, 1996), 231쪽.

어나지 못하고 있다는 사실을 환기함으로써 가벼운 웃음 뒤에 씁쓸
함을 자아내게 한다. 이러한 광고문안이 관심 없는 사람들을 열정적
으로 만들고, 일상을 상상 속에 옮겨 놓고, 소비자로 하여금 만족감
을 유도한다[11]는 점에서 다분히 문제적이라 할 만하다.

門 다 닫았어요.
바람기로 열린 치마만큼 열어놓고
다 닫았어요. 꼭 잠갔어요.
門 틈으로 새어드는
노란 노략질
貞操帶 열 두 개도
다 갈아 치웠어요.
四季의 기쁨만큼
즐거운 벌레
옷 갈아입듯
던지고 앗았어요.
몸은 열두길 깊이 깊이
자맥질하면서
당신 그
盜賊 같은 부삽에
숯불 막 일궈놨어요.

— 이규호, 「배따라기 謠謠抄」[12]

---

11) Henri Lefebvre(박정자 옮김), 『현대세계와 일상성』(세계일보사, 1990), 134쪽.
12) 『꽃집 食口의 첫 事件』(현대문학사, 1973), 28~29쪽.

서정주 시인이 평가한 대로 인용시는 "살찍한 웃음"이 두드러진다.
희극적 즐거움의 생산은 즐거워할 만한 다른 동반적인 상황에 의해
서 더해질 수 있다. "바람기로 열린 치마만큼 열어놓고" "문 다 닫았"
다는 어조는 '섬세한 은폐'로써 오히려 강한 갈망을 환기시키는 은근
한 역설의 드러냄이다.

"貞操帶 열 두 개도/다 갈아 치"울 만큼 화자는 저돌적인 욕망의 화
신이다. "몸은 열두길 깊이 깊이/자맥질하면서/당신 그/盜賊 같은 부
삽에/숯불 막 일궈" 놓을 만큼 당돌한 욕망의 소유자이다. 여기서 제
목「배따라기 謠謠抄」는 소설의 분위기를 굳이 채용하지 않더라도
'배 타고 간다'는 성 행위의 비유만으로도 성적 분위기를 충분히 환
기하고 있는 셈이다. 이러한 성에 대한 은근하면서도 솔직한 드러냄
은 성에 대한 보다 본질적인 생각을 환기시킨다. 아래 작품에서 성에
대한 근원적인 탐색의 추이를 엿볼 수 있다.

손등에 굵은 심줄 새파랗게 드러난
진땀나는 삼십대의 수녀(修女)같은 색시가
윗도리만 입은 나를 참말로 사랑해
그 무릎에 끌이안고 부채질을 해주시네.
빨아벗은 내 아랫도리 꼬치에다가
귀엽다고 더 열심히 부채질을 해주시네.

방안에는 성탄절날 수녀같은 색시들이
대여섯 명, 그 중에 한 색시가 말씀을 하네.
내 꼬치 모양이 특히 좋다고 굽어다보며
"아흐 고 꼬치에 땀 방울이 이뻐"하고
음력 초사흘날 달눈썹 아래

초롱같은 두 눈에 불을 밝혀 속삭이네.

아아 나로 말하면, 이 나로 말하면

그 말씀과 그 눈 그 눈썹을

아조 잊어버릴 수는 영원히 없을거야.

— 서정주, 「사내자식 길들이기 1」 가운데[13]

무엇보다 자서전적 요소가 유년시절의 추억을 흐뭇하게 상기시킨다. 그러나 우리에게 재미와 웃음을 주는 것은 성에 대한 인식이다. "수녀(修女)같은 색시가/윗도리만 입은 나를 참말로 사랑해/그 무릎에 끌어안고" "빨아벗은 내 아랫도리 꼬치에다가/귀엽다고 더 열심히 부채질을 해주"는 상황이 진한 미소를 자아낸다. 더욱이 이러한 상황이 "성탄절"에 벌어지고 있다. 세속적인 욕망과 거리가 먼 "수녀"와 성스러운 마음가짐의 날인 "성탄절"이 화자가 성에 눈뜨는 시기로 설정된 점도 재미있다.

사소하거나 하찮은 것들을 시적 소재로 채용함으로써 웃음을 유발하기도 한다. 아래의 경우처럼 목욕탕에 버려진 음모가 한 예이다. 하찮은 것에 섬세한 눈길을 준 데서 일차적으로 웃음이 발생하고, 하찮은 것의 가치에 대한 재인식을 담고 있어 일상성의 재발견이라는 의의를 지닌다.

누가 빠뜨리고 갔을까

이런 부끄러운 것을,

船員證도 아니고 汽車票도 아니라서

달려와 찾아갈 사람이 없다.

<hr>

13) 『팔할이 바람』(혜원출판사, 1988), 16쪽.

잠겼다 떴다 잠겼다 떴다

그가 하는 몸놀림은

파브로 피카소가 그린

透明한 幾何學的 線을 그으며

자꾸 抽象으로 還元하는데

人間의 사타구니를 떨어져 나간

그것은 汪洋한 自由라고 하는 것일까,

그의 에로티시즘은

그러나 보는 내가 민망하다.

대낮의 共同浴湯 물탱크에다

누가 빠뜨리고 갔을까,

잠겼다 떴다 잠겼다 떴다

그가 하는 몸놀림은

透明한 幾何學的 線으로

線으로 자꾸 還元하는데,

누군가의 사타구니를 떨어져 나간

한때는 人間의 것이었던

그는 그 나름으로

지금은 죽어가는 한 가닥의 터럭인데

누가 빠뜨리고 갔을까

이런 부끄러운 것을,

— 김춘수, 「打令調 13 — 共同浴湯에서 發見한 한 가닥의 陰毛」[14]

아주 사소한 것을 심각하게 말하는 방법도 웃음 유발의 요인이다.

---

14) 『金春洙 全集』 I · 詩(문장사, 1982), 244~245쪽.

공중목욕탕에서 흔히 발견할 수 있는 음모는 버려진 사물로서 하찮은 존재에 불과하다. 그러나 시인은 "대낮의 공동욕탕 물탱크" 위를 "잠겼다 떴다 잠겼다 떴다" 하는 음모를 "人間의 사타구니를 떨어져 나간" "汪洋한 自由"라고 규정한다. "그의 에로티시즘"은 "잠겼다 떴다 잠겼다 떴다" 하는 탓에 "보는 내가 민망하"기까지 하다. "한때는 人間의 것이었던" 음모가 "지금은 죽어가는 한 가닥의 터럭"에 불과하기 때문이다. 그래서 시인은 그 "부끄러운 것을" 빠뜨리고 간 사람을 책망하는 것이다.

사소한 것의 가치 확대는 웃음을 유발할 뿐만 아니라 좀더 심층적인 웃음의 의도, 곧 존재에 대한 성찰과 확인 과정을 수반한다. 나아가 가치 전도까지 드러낸다.

2. 문체의 격하와 반전의 수사학

문체란 정해진 제재에 대한 표현수단의 선택이다. 이 선택은 문맥과 제재에 좌우되며 다분히 무의식적이다. 언어 선택은 구어/문어, 전문어/일반어, 축자적/비유적, 비속어/야유 들의 언어 사용과 관련 있으며, 문체는 주로 여기에서 결정되는 것이다.

시인의 개성은 문체에서 탄생한다. 고유한 시적 문체는 이른바 고상한 문체였다. 그러나 현대시에서는 이러한 문체가 격하되는 양상을 보인다. 문체의 격하는 가치 전도라는 반전의 수사학을 유발한다.

막,
왕과 왕비의 섹스가 끝났다

왕　　: 내 정력이 어떠했는다

왕비 : 성욕이 만극하오니시다

왕　　: 짐은 후궁에 들러 한 번 더하고 오는다

왕비 : 상감마마 통좆하여 주옵소서

왕　　: 그럼 왕비와 또 한 번 하는다

왕비 : 성욕이 하해와 같사오니시다

　　봄비 갠 날 아침은
　　국민학교 일학년 교실
　　저요 저요 손드는
　　푸른 새싹들 *

귀먹지 않은 내시의 눈물에 왕조의 문턱에 젖는다

---

* 씨의 동시

— 함민복, 「궁중 섹스 약전
– 이것은단순한내시가아니라내시의심정에접근을시도한내시다」[15]

　위 작품은 궁중의 고급문체를 저급한 주제에 적용시킨 전형적인 패
러디시이다. 궁중의 고급문체는 지배계급의 공식적 생활과 사고방식
을 반영하는 관습적 언어이다. 그러나 '성은'을 '성욕'으로, '망극'을
'만극'으로, '통촉'을 '통좆'으로 기만·하락시킨 말놀이를 통해 이 고
급문체의 진정한 기반을 폭로하고 기만적 성격을 신랄하게 조롱한

---

15) 『우울氏의 一日』(세계사, 1990), 52쪽.

다. 그만큼 성적 이미지는 진지한 태도를 희극적으로 하락시키는 데 효과적이다.

이렇듯 유머는 성적 이미지를 두드러지게 채용함으로써 웃음의 장치를 마련한다. Ⅲ장에서 언급했듯이 이러한 성적 이미지의 채용은 고정관념으로 받아들여지는 관습화된 성을 드러내거나 성적 일탈과 창의적 성을 구가하는 데 유용하다.

　　──WXY 그려진 W.C 入口
　　非常口 같은 膣口
　　都市는, 아 고녀석 자지도 굵다
　　까진 데만 25cm네, 이젠, 凱旋門도
　　疥癬, 改善, 개, 個個, 砲門도 이젠
　　이젠 挿入 以前에 끝난단다, 少女야
　　찢어지지 않아서 좋겠다, 좆 컸다
　　美童들아

　　脚뜬 유방과 히프 한 사라
　　※ 사라 : dish · Ⅲ · 접시
　　200₩ 어치는 안 판다고요?

　　싱싱한 〈대음순 · 소음순 · 음핵〉 모듬膾
　　1,000원 어치도 안 판다고요?

　　그럼 陰毛 딱 한 개
　　그것도 안 팝니까?
　　그럼 코딱지는 팝니까?

여인이여

당신은 당신의 오줌이나 똥을 싸서 즉석에서

나에게 팔 수 있읍니까?

당신에겐 필요 없는 것인데.

이 밤 나는 글쎄

인천행 전철을 타고

또 서울로 간다.

공장도 가격으로

—김영승, 「반성 784」[16]

성과 관련된 비속어의 사용과 내밀한 성기를 상품화하여 팔기까지 하는 행위는 사실여부를 떠나서 폭소를 자아내기에 충분하다. "코딱지"만한 가치에 불과한 인체 각 부분은 "공장도 가격으로" 물화되어 버린다. 시제목 「반성」에서 무엇을 반성하는가의 문제는 성의 일탈과 아울러 창의적 성을 고찰함으로써 해명할 수 있다.

성적 표현은 권위적 언어에 저항한다. 권위적 담론 체제에 저항하는 저항 언술은 축제 형식을 띤 유희적 표현과 성적 표현이다.[17] 위 작품의 진술은 곧 자본주의 문화에 억압되고 도구화된 이성을 까발리고 삶의 내적 자발성이라고 할 수 있는 본능적 의식을 자유롭게 표출하는 데 의도가 있다. 이러한 반성적 언어로서 성적 표현은 그것이

---

16) 『반성』(민음사, 1987), 62~63쪽.
17) 김경복, 「한국 현대시의 성적 표현과 이데올로기」, 『한국 현대문학의 성과 매춘 연구』(태학사, 1996), 228~229쪽 참조.

갖는 놀이 속에서 현실의 질서를 형성하는 법칙과 구조에 비판적으로 적용된다. 놀이가 항상 내면적인 기쁨을 불러일으키는 이유는 그것이 자발적인 충동에 기인하고, 억압과 불평등, 부정의, 권위주의로부터의 해방을 약속하기 때문이다.

형이상학적 사고 체계가 완벽한
나는 가끔 여자의 성기를 가리키는
우리나라 말 〈보지〉를 발음했을 때의
그 전무후무한 공명을 숙고해 본다.

생각해 보았는가
아무도 몰래 묵묵히
〈보지〉를 발음해 보며
고개를 끄떡거리고 있는
불타나 예수의 모습을

그대의 아버지나
대통령이나

그대의 스승을

생각해 보았는가
마하트마 간디를.

'지 에미 속을 얼마나 쎅혔을까
대가릴 저 지랄로 해야만 글이 나오나던?

저 드러운 저 똥 콧수염 저 으······'

신문에 난 『내 잠속에 비내리는데』라는 수필집 광고에 나온
李外秀 사진을 보며 어머니는 또 그러신다 그러더니 또 별안간
'야 저 새끼 장가 갔냐?' 하신다

히히.

〈보지〉건
〈태멘〉* 이건
〈아훔〉**이건.

— 김영승, 「반성 563」[18]

---

 * 창세기 머리글 '태초에 하나님이 천지를 ······' 하신 말씀 첫자 '태'자
와 계시록 끝머리의 '모든 자에게 있을 지어다 아멘'의 '멘'자를 따서 만들
었다는 무슨 출판산가 뭔가 하는 종교단체의 이름인 모양인데 이 모임엔
가수 윤복희 소설가 김승옥 등이 관여하고 있다.
 ** 阿   a hum. 불교 용어. 〈아〉는 입을 열고 내는 소리로 字音의 시초
이고 〈훔〉은 입을 다물고 내는 자음의 끝소리로서 〈아〉는 만법 발생의 이
체를 뜻하고 〈훔〉은 만법 귀착의 지덕을 뜻한다.

인용시는 성자인 예수나 석가를 평범한 인간에도 못미치는 저급한
인간으로 격하시켜 웃음을 자아내고 있다. 고상한 가치를 저열하게

---

18) 『반성』(민음사, 1987), 95~96쪽.

표현하거나 비속한 가치를 고상하게 결합시키는 것은 웃음을 유발하는 흔한 방식이다. 여성의 성기를 묵묵히 발음하며 고개를 끄덕거리는 우스꽝스러운 상황 설정이나, 욕설을 거침없이 동원해 가며 TV속 인물을 매도하는 모자간의 대화 또한 웃음을 자아낼 만큼 이채롭다. 그러나 이러한 상스러운 표현은 서민들의 삶의 모습을 생생하게 드러낸다는 점에서는 나무랄 데 없지만 가족관계의 파탄을 드러내는 조잡한 언어라는 측면에서 독자대중이 심각한 거부감을 지닐 수도 있다.

3. 웃음 치료와 삶의 재인식

웃음은 사람의 마음을 표정변화나 소리로 나타내는 방식의 하나이다. 두루 알려진 대로 웃음은 마음의 긴장이 무너지고 즐거움이나 여유, 대상을 객관적으로 바라볼 수 있는 심리적 거리가 생길 때 나온다. 이러한 웃음은 고통에 지친 삶에 위안을 주기도 하고 보다 느긋하고 창조적인 상태를 만들어 주는 데 일조하기도 한다. 그리고 웃음은 불쾌감을 완화시키는 데 도움이 되기도 한다. 이러한 웃음이 한 사람의 인생의 전망을 밝게 하고 고통을 완화시킬 수 있다면 비정상적인 스트레스를 극복하는 데도 도움이 될 것이다.[19] 여기에 웃음의 치료 효과가 놓인다.[20]

3·1절이라고 동네 부녀회 여자들이 태극기를 달라고 야단이다.
백기처럼 나는 빤스라도 벗어 흔들며 항복해야 되겠다.

---

19) Norman Cousins(이정식 옮김), 『희망, 웃음과 치료』(범양사출판부, 1992), 171~181쪽.

　부녀회 여자들은 공산당 여맹위원장처럼 외쳐댔고 나는 꼭 반동 아새끼
처럼

　주눅이 들었다. 태극기를 찾아도 태극기는 없다. 흙 다시 만져보자

　바닷물도 춤을 춘다 기어이 보시려던 어룬님 벗님 어쩌구저쩌구

　나는 술에 취해서 꽥꽥 기념가를 불렀다. 아아, 잊으랴 어찌 우리 그날
을……그러다가

　예라, 어머니한테 숟가락으로 마빡을 한 대 빡 얻어맞았다. 쳇, 기미년
삼월 일일인데 뭐요, 나는 홍알거렸다.

— 김영승, 「반성 78」[21]

　김영승은 김수영의 세속주의에 대응하는 정신 구조와 시적 방법의
전통에서 피어난 시인들 가운데 한 사람이다. 시적인 것에 대한 거부
와 비시적 담론의 대담한 차용이 그의 주요한 시적 방법이자 전략이
다. 그는 신기할 것도 없고 새로운 것도 아니며 그 자체로 어떤 중요
한 삶의 기율이나 도덕적 의미를 보여주는 정경도 아닌 그저 낯익은
것들을 시적 소재로 채용한다.[22] 이러한 현실의 세속성에 대한 세속

---

20) 이러한 웃음 치료는 병리학에서 채용되는 경우가 대부분이다. 병리학적인 웃음은 자연스러
　　운 웃음과 외면적으로 비슷하다. 하지만 운동 유형이나 감정 경험, 사회 맥락의 적절성에서
　　비정상적인 것으로 판단된다.
　　　환자가 웃을 때 기쁨을 경험하는지 아니면 유머를 경험하는지를 확인하는 것은 아주 도전적
　　인 일이다. 병리학적인 웃음이 있는 환자는 행복한 분위기가 자동적으로 제시된다 하더라도
　　내적인 기쁨이나 유머를 필연적으로 느끼지 못한다. 그러나 지적 능력을 가지고 있는 환자
　　는 이 분류를 두드러지게 인식한다.
　　　병리학적인 웃음은 미소의 비정상성이나 얼굴 근육의 경련과 혼돈되어서는 안된다. 전자는
　　이를 갈거나 윗입술을 돌리는 것과 같은 비자발적인 얼굴 움직임을 보여주는, 스트레스 받
　　은 개인에 의해서 그 유형을 파악할 수 있다. 후자는 근육의 경련과 같은 조건에서 보여지는
　　얼굴 근육조직의 계속되는 수축으로 특징지워진다. 극도의 근육 경련은 진실한 미소와 웃음
　　의 운동 유형과 구별되는 특징적 냉소(冷笑)를 유발한다. Paul E. Mcghee and Jeffrey H.
　　Goldstein ed., *Handbook of Humor Research*(Springer‒Verlag New York Inc. 1983),
　　pp.88~93.
21) 『반성』(민음사, 1987), 45쪽.
22) 장석주, 「세속주의의 한 지평‒배설의 시학」, 『車에 실려가는 車』(우경, 1988), 103~107쪽.

주의적 시적 대응은 궁극적으로 통쾌한 웃음을 자아내는 데 손색이 없다. 현실에 대한 적절한 카타르시스 덕분이다.

인용시에서 웃음은 기미만세의거와 한국전쟁을 구분하지 못하는 화자의 비상식적인 태도와 "숟가락으로 마빡을 한 대 빡" 때림으로써 아들의 주사를 꾸짖는 어머니의 행위에서 비롯된다. 그리고 "쳇, 기미년 삼월 일일인데 뭐요"라고 홍알거리는 시적 화자의 진술에서 웃음은 더더욱 증폭된다. 화자는 기미만세의거와 한국전쟁의 구분을 끝내 거부하거나 심지어 그 구분조차 무의미함을 주장하고 있는 셈이다. 화자의 이러한 시침떼기는 철저하게 현실 방관자의 입장을 취함으로써 오히려 독자들을 객관화시킨다.

김영승의 작품들, 특히 「반성」 연작 시편을 지배하는 것은 국외자의 세계관이다. 우리 시대의 특정 계급이 공유하고 있는 관념과 가치와 열망의 구조와는 다른 기반 위에 그의 세계관이 놓여 있음을 의미한다. 따라서 그의 시들은 집단적·사회적·역사적 조건에 대한 세부적 관찰이나 능동적 관심을 표명하는 데 인색할 수밖에 없다.[23]

두엄더미가 된 빤스를 갈아입으려고
나는 바지를 벗었다.
그리고 새 빤스를 입었다.
나는 곧 바지를 다시 입고
그렇게 또 한달을 돌아다녔다.
나는 두 개의 빤스를 입고
가보지 않은 곳이 없었다.

— 김영승, 「반성 1」[24]

---

23) 장석주, 앞의 글, 105쪽.
24) 『반성』(민음사, 1987), 19쪽.

　인용시는 "두엄더미가 된 빤스"를 입고 "가보지 않은 곳"이 없는 화자를 등장시켜 지극히 내밀하고 사소한 경험이 사회적 차원의 보편적 관심을 환기하지 못하더라도 시적 소재가 될 수 있음을 보여주고 있다. 특이한 상황 설정에다 자신의 인간적 결점을 과도하게 노출하는 화자의 비정상적인 면모가 웃음을 유발하는 주요한 자질이다. 이때 시인의 고매한 영혼을 고양시키는 교양적 서정시편들을 '시적인 것'으로 인식해 왔던 사람들은 적잖은 당혹감을 느낀다.

　　당신 섹스 파트너는 솔직히
　　몇 명이었소?
　　킥킥.

　　한 부부가 염라대왕 앞에 갔단다
　　염라대왕이 부부를 각각 따로 떼어 놓고
　　자신이 몇 번 간음 했는가 절대
　　비밀로 할 테니 말하라고 했고
　　그리고 간음 한 번에 팔뚝에 한 땀씩
　　바느질을 하는 벌을 주기로 했다

　　남편은 딱 두 번이라고 고백하고
　　아얏! 두 번 꼬맸다

　　다 꼬매고 남편이 아내는 왜 아직 안 오나 몰래 보니
　　아내는 들들들 재봉틀로 누비를 당하고 있었다나

　　수가성 우물가의 여인처럼

나도 술이 솟는 우물가에 살았지만
여인아, 네가 남편이 없다는 말이
옳으니라. *

나도 아내가 없다는 말이 옳고
지금도 없고
미래도 없을 것이다 너희들도.

나도 하나님 아버지께
내 죄를 고백해야 되겠다
내가 만난 여인은 두 명
둘 다 내가 술태백이라고 떠났지만
두번째는 간음이다

아얏!
나도 몇 바늘 꼬맸다.

— 김영승, 「반성 810」 가운데서[25]

　　인용시는 간음에 대한 사례 보고서라 할 만하다. 우스갯소리집에
수록될 만한 대중적인 농담을 시에 삽입함으로써 웃음을 이끌어 낸
뒤, 간음에 관한 자기반성을 희화적으로 표현하고 있는 시이다. 이처
럼 은폐된 사실을 바깥으로 드러내는 욕망의 근저에는 탈승화의 기
제가 자리한다. 철저한 드러냄의 원리인 탈승화를 통해 인간의 근원
적인 욕망을 거침없이 드러내는 것이다.

---

25) 『반성』(민음사, 1987), 82~84쪽.

연안부두 길가에 모판을 놓고
조개 장수를 하는 아주머니가 TV에 나왔다.
전국 조개까기 경진대회에서 일등을 한 후 그 아주
머니는
하나도 기쁜 기색이 없다.
1분에 마흔 개 정도의 조개를 까는 그 아주머니
의 손에
조그맣고 날카로운 칼이 쥐어져 있었다.
때려부수듯 노점상을 철거시키는 저들에게도
그 TV에게도 일등을 한 그 아주머니는 잠깐
상품 가치가 있었다.

호텔에서 여관에서 사무실에서 조개까기 경진
대회가
열리고 있는지

조개까기?
여자들이 나를 보고 웃는다.

— 김영승, 「반성 185」[26]

　　"조개"는 여성을 비하시키는 은어이면서 여성의 환유적 표현이다.
"연안부두 길가에 모판을 놓고/조개 장수를 하는 아주머니가" "전국
조개까기 경진대회에서 일등을" 하는 장면과 "호텔에서 여관에서
사무실에서 조개까기 경진/대회가/열리고" 있는 장면을 오버랩시키

---

26) 『車에 실려가는 車』(우경, 1988).

는 시인의 태도에서 웃음이 은밀하게 유발된다. 이때 웃음을 자아내는 것은 말놀이다. 성을 노골적으로 드러냄으로써 웃음을 자아내는 시인의 태도는 성이 내밀한 것이어서 감추는 일에만 급급했던 전통 규범체계에 대한 반동의 소산이기도 하다. 일부에서 그의 시를 외설로 여기기도 하는데, 주된 이유는 작품에 내포된 의식이 아니라 비속어 때문이다. 그러나 시인이 채용한 성적 언어 또는 비속어는 권위주의 체제에 대한 방법적 파괴에서 나온 시인의 시적 태도이며, 욕망에 대해 진실하고 자신의 모든 약점을 드러내 고백하는 태도의 결과이다.

　　男兒須讀五車書 ―
　　킥킥

　　양다라에 담아 엿장수한테 내다 준
　　소주병을 생각　니

　　汗牛充棟의 에
　　말하자면 나는
　　그렇다.

　　강냉이와 엿과
　　요즘 엿장수는 왜 빨랫비누까지 주는지
　　빨랫비누 4장을 받아들고
　　연금 1,000원을 받았다

　　그게 무슨 꼬

不勞所得같아

기분 좋아 1,000원 갖고

소주 두 병 사다 또 마시고

열심히 또 모으기로 했다.

어머니가 質을 높이라고 해서

가느다란 100원짜리 소세지

두 개도 샀다.

히히.

— 김영승, 「반성 895」[27]

위 작품 역시 말놀이가 웃음을 자아내는 핵심소이다. 독자들은 "어머니가 質을 높이라고 해서/가느다란 100원짜리 소세지/두 개"를 사는 화자의 행위와 마지막 연의 "히히"라는 웃음소리에서 웃음을 터뜨린다. 시적 화자의 겸연쩍은 태도가 곧 우리의 모습이기 때문이다.

시인이 밝힌대로 '반성'의 대상은 시인 자신에서 출발하여 가족과 이웃, 국가, 그를 둘러싼 모든 환경, 운명들이다. 시인과 관계된 모든 것들이 곧 반성의 대상인 셈이다.[28] 우리 또한 예외일 수 없다.

어떻게든 풀어야 한다 解

解는 이제 人格, 法人

超人, 하나의 이름 解

---

27) 『車에 실려가는 車』(우경, 1988).
28) 김영승, 「강력한 사랑, 이타성의 시」, 『아름다운 폐인』(미학사, 1991), 106~107쪽.

解줘, 더 解줘……
더더 解줘……
아, 아아아아아아아아아악!
더 더 解줘 좋아 음……
그러다가 脫肛같은
解脫을 하든 염불 빠진 년이 되든

이 세상의 모든 이름을 姓을 '解'라고 부르면 또 어떠냐

〔…줄임…〕

저
解벌어진

×지 같은,

解解…….

—김영승, 「解」[29]

이렇듯 말놀이는 김영승의 유머시에서 지배적인 태도이자 전략이다. 성적 행위를 표상하는 동사와 "解"를 병치시킨 것은 결합을 곧 해체로(또는 해체를 곧 결합으로) 연결시키려는 화해와 통합의 세계관에서 촉발되었다.

다소 성적 상상력이 두드러지기는 하지만 「解」는 비단 성적 상상력

---

29) 『무소유보다 찬란한 극빈』(나남출판, 2001), 146~151쪽.

에만 국한되지 않는다. "'解'의 지령에 배후조정에 의해 나는 또/발광하다가 술을 마시고 또/제 정신으로 돌아오기도" 하는 것이다. 바로 이 지점이 김영승 시를 유머로 만드는 데 기여하고 있다. 모든 삶의 언저리에서 이러한 화해와 통합의 상상력이 어김없이 적용되기 때문이다. 유머가 카타르시스를 넘어서 삶을 재인식하게 하고 화해의 태도를 지향한다는 사실을 김영승의 시편들에서 확인할 수 있다.

①

'아아아아……
만약 내일 해가 안 뜨면
내가 까만 점이 되리라아 ……'

저것도 자빠졌네.

야, 망고야, 니가 지랄 안 해도 내일 아침 해는 어김없이 또 뜰 거야!
(벨 우스운 놈의 점쟁이를 다 보겠네.)

— 박남철, 「점쟁이」[30]

②

저, 친구, 연극은 이미 막 내린 지 오랜데
관객들 붙잡아 놓고 입구 막아 놓고 원맨쇼를 한창 하고 있군.
'오오, 그리운 나의 여인이여어……'

지랄하네.

---

30) 『러시아집패설』(청하, 1991), 124쪽.

자빠졌네.

— 박남철, 「多作에 대하여」[31]

　인용시 ①과 ②에서 웃음을 유발하는 요인은 비속어와 비꼬는 말투를 일삼는 편집자적 논평이다. ①에서 점쟁이라는 직업인에 대한 풍자, 곧 그럴 듯함을 가장하여 타인을 속이는 세태 풍자로 볼 수도 있지만, 이러한 상황에 의연한 편집자적 논평은 상황의 재인식을 촉구한다. ②에서는 '다작'에 대한 풍자, 그러니까 타인의 평가나 가치에 아랑곳하지 않는, 자아도취적인 발상 자체가 웃음을 유발한다.

　내 누님같이 생긴 꽃아 너는 어디로 훨훨 나돌아 다니다가 지금 되돌아와서 수줍게 수줍게 웃고 있느냐 새벽닭이 울 때마다 보고 싶었다 꽃아 순아 내 고등학교 시절 널 읽고 천만번을 미쳐 밤낮없이 널 외우고 불렀거늘 그래 지금도 피 잘 돌아가고 있느냐 잉잉거리느냐 새삼 보아하니 이젠 아조아조 늙어 있다만 그래두 내 기억 속에 깨물고 싶은 숫처녀로 남아 있는 서정주의 순아 난 잘 있다 오공과 육공 사이에서 민주와 비민주 보통과 비보통 사이에서 잘도 빠져 나가고 있단다 그럼 또 만나자 꽃나비꽃아

— 박상배, 「戲詩·3」[32]

　인용시는 서정주의 「국화 옆에서」, 「密語」, 「꽃밭의 獨白 — 娑蘇斷章」의 세 작품을 패러디하여 유쾌한 웃음을 자아내는 '戲詩'이다. 낯익은 기존 텍스트의 혼용은 독자들을 친근하게 작품으로 안내하며, "오공과 육공 사이에서 민주와 비민주 보통과 비보통 사이에서 잘도 빠져 나가고 있"는 현대인의 태도를 적절하게 변형시킨 시적 어조 또

---

31) 『러시아집패설』(청하, 1991), 121쪽.
32) 『잠언집』(세계사, 1994), 54쪽.

한 만만찮은 웃음을 유발한다. 인용시는 추억을 매개로 한, 결코 가
볍지 않은 기존 텍스트의 정조를 '戱詩'의 성격에 걸맞게 다소 익살
스럽게 변형시키고 있는 것이다. 기존의 엄숙한 문학적 발자취를 일
상속에서 쉽게 그리고 부담없이 웃음으로 만나게 한다는 점에서 「戱
詩」의 의의가 있다.

　세상은 완전하게 그려질 수 없다. 유머는 노력의 무익을 지적한다.
유머는 우리가 이성으로 붙잡고 있는 자존심을 꺾는다. 그것은 혼돈
을 사랑하고 번식시킨다. 우리가 유머에 주목해야 하는 가장 중요한
이유가 바로 여기에 있다.

제5장

넌센스와 유희의 시학

넌센스시(nonsense verse)는 예외적 발언을 당연시하면서 독자의 기대를 애초부터 배반하는 시이다. 또한 합리적이거나 우의적인 어떠한 해석도 거부하는 우스꽝스럽고 기발한 시를 말한다. 그래서 새로 만들어낸 무의미한 말들을 구사하여 공상적인 세계나 상상의 세계를 서술하는 경우가 대부분이다.

그러나 넌센스시는 의미 없는 시가 아니다. 곧 대부분의 시에서 표명하는 외연적인 의미에 골몰하지 않는 시가 넌센스시이다. 그래서 넌센스시는 잔존적이고 일관성이 없으며 분리주의적인 방법에 의해서만 의미를 산출할 수 있다. 넌센스시는 총체적으로 파악하기 힘든 시이지만 부분적으로 특정한 의미를 내장하고 있는 우리 시의 독특한 유형인 셈이다. 그러므로 넌센스시는 지금까지 알려지지 않은 예기치 않은 새로운 방법으로 시의 의미를 가져올 것이다. 이러한 넌센스시는 의미 없는 시가 아니라 파편적인 의미나 새로운 의미를 창출하는 시로서, 다른 그 어떤 시보다도 언어 능력을 이용하거나 요구하는 시

로 규정할 수 있다.[1]

복합적이고 다면적으로 파악되는 풍자나 유머와는 달리 무엇보다도 넌센스는 표면 구조 자체에서 엉뚱함과 낯설음을 표출함으로써 유희성을 갖는다. 유희는 본질적으로 긴장 해소와 진지성의 무화를 전제로 성립되지만 그것은 삶의 논리와 밀접한 관련을 갖는다. 따라서 넌센스시는 논리의 이탈이나 상식의 파괴를 통해 독자들에게 즐거움을 유발하는 동시에 새로운 의미를 제시한다. 의미의 파괴를 통한 새로운 의미의 창출이라는 이율배반을 통해 유희성을 띠는 것이다.

우리 시가 지나치게 엄숙주의나 숭문주의에 매달려 왔던 사정을 감안한다면 이러한 시형식을 우리 시의 영역에 수용하기란 매우 난감하다. 그런데도 민요에서 엿볼 수 있는 것처럼 넌센스시는 우리 시의 뚜렷한 흐름이다. 새로운 시의 가능태이자 시적 영역의 확장이라는 측면에서 넌센스시는 우리 시사의 한 부분을 차지할 충분한 가치가 있는 것이다.

1. 익살맞은 불합리와 계획된 혼란

넌센스(nonsence)는 의미로부터 실수할 지도 모르는 몇몇 글쓰기를 일컫는 개념이다. 이러한 넌센스는 세 가지 의미망을 지닌다.[2] 첫째로, 고의가 아닌 부주의한 실수로 남겨진 발화의 무리를 지칭한다. 이때 감각기관조차도 이러한 사실을 인식하지 못하는 경우가 대부분이다. 둘째, 뜻이 통하도록 의도되지 않은 제재를 지칭한다. 이때 기호

1) Alex Preminger·T.V.F.Brogan(co‑ed.), *The Princeton Encyclopedia of Poetry and Poetics*(Princeton Universty Press, 1993), pp.839~840.
2) Joseph A. Dane, *Parody*(University of Oklahoma Press, 1988), p.214.

들의 논쟁과 같은 인쇄상의 디자인, 농담, 별남, 기발한 말, 라블레식
의 야비하고 우스꽝스러운 묘한 표현들이 이에 해당한다. 셋째, 긍정
적인 의미에서의 넌센스, 곧 뜻이 통하지 않도록 의도된 제재를 지칭
한다. 이때 진정한 넌센스는 논리적으로 부조리의 패턴을 따르는 경
우가 많다. 그러므로 이러한 경우 순차적이고 논리적인 삶의 문제와
는 별 관계가 없다.

　넌센스의 유형에는 여섯 가지가 있다. 사실에 반대되는 말, 기대되
는 문맥을 벗어나 수행되는 말이나 행동들, '카테고리 착오'로 알려진
것을 포함하는 말, 곧 통사적으로 정확한 문장이 적합하지 않은 술어
를 주어에 붙이거나 그 반대의 경우로 의미론적 규칙을 위반하는 언
어사용, 다소 현실적인 단어들이 부족한 줄로 구성된 말, '어휘 넌센
스' 또는 식별할 수 있는 통사론을 가지는 말, 완전히 횡설수설하는
말들이 그것이다.[3] 이러한 넌센스의 유형은 크게 단어 넌센스, 상황
넌센스 그리고 문맥 넌센스로 정리 가능하다. 물론 이러한 유형은 한
작품에서 하나 혹은 그 이상 적용될 수 있다.

　이러한 넌센스를 주된 개념으로 하는 넌센스시는 일차적으로 사전
적 의미망을 해체한다. 이때 넌센스시와 유사한 개념으로 '무의미시'
를 떠올릴 수 있다. 의미의 붕괴라는 측면에서 넌센스시와 무의미시
는 매우 닮아 있기 때문이다. 그러나 이 글에서는 유머시의 맥락에서
무의미시보다 넌센스시를 채택한다. 무의미시의 경우 우리 시사에서
보편적인 시의 한 양상이라기보다는 김춘수 시인의 독특한 시세계를
규정짓는 자질로 굳어진 경향이 있다. 이러한 넌센스가 무의미시와
유사한 개념인 데다 외래어라는 한계가 있기는 하지만, 일상생활 담
론 내에서 비논리적인 상황들을 지칭하는 용어로 널리 부려쓰고 있는

---

3) Alison Rieke, *The Senses of Nonsense*(the University of Iowa Press, 1992), p.7.

실정이다. 이 글에서 무의미시보다 넌센스시라는 용어를 선호하는 이유가 바로 여기에 있다. 그러므로 넌센스시는 유머를 수반한 시로서 의미의 불확정성을 일차적인 시의 덕목으로 갖는다. 물론 넌센스시 자체가 의미의 붕괴 내지는 의미의 불확정성으로 인해 시 장르로의 편입이 가능한가라는 난제를 안고 있음은 사실이다. 그러나 이러한 난제는 도리어 넌센스시를 가능케 하는 중요한 특질로 자리매김될 수 있다. 유머러스한 넌센스의 세 가지 유형,[4] 곧 개연성에서 시작되는 환상적인 것, 친숙한 자료를 뒤틂으로써 부조리한 결론을 획득하는 것, 패러디나 풍자의 수단으로서 넌센스라는 결론을 이끌어 내기 위해 뒤트는 것들은 넌센스시를 확정하는 데 매우 유효한 자질들이다.

이러한 넌센스시는 의도된 불합리와 계획된 혼란의 장을 마련한다. 말놀이, 부족함이 없는 의미의 풍부함을 자극하는 언어들은 넌센스시를 구성하는 필요 조건이다. 그러나 의도된 불합리와 계획된 혼란의 장은 넌센스시의 궁극적 의도가 아니다. 의미에 대한 우리의 기대가 일반적으로 허락하는 것보다 의미를 '다르게' 만드는 네 닌센스시의 의도가 놓이는 것이다. 이러한 요소들은 선시나 민요, 사설시조에서 두루 발견할 수 있다.

선시(禪詩)는 넌센스시일 확률이 높다. 선시류의 작품들은 화두로써 깨달음을 유도하는, 그래서 일종의 선문답 식으로 시를 풀어 나가기 때문이다. 이때 선문답은 일상적인 언어의 문법을 깨뜨리는 화법이다.

①
우물밑 붉은 티끌이 일고
높은 산에 파도가 친다

---

4) Victor Raskin, *Semantic Mechanism of Humor*(D. Reidel Publishing Company, Dordrecht, Holland, 1985), 34쪽.

돌계집이 돌아기 낳고
거북의 털이 날로 자란다

—拾得, 「七」[5]

②
찻잔이
차를 마시고

차가 차를
마신다

속수무책
방이 웃는다

—박중식, 「房」[6]

　선시는 모든 형식이나 격식을 벗어나 궁극의 깨달음을 추구하는 시
노서 모든 사유를 포용한다. 이는 철학에서 논리적 사고를 제거하고
예술에서 형식과 기교를 버리는 것과 같은 맥락이다. 즉, 균정, 상칭,
조화, 논리를 떠나 조화 아닌 조화, 논리 없는 논리, 목적 없는 목적
아래 극도의 자유로운 상상을 추구하는 것이 선시이다.[7] 이러한 선시
는 철저하게 수수께끼 구조를 취함으로써 넌센스시의 의미의 붕괴와
불확정성이라는 덕목에 친밀하게 맞닿아 있다.

---

5) 井底紅塵生　高山起波浪　石女生石兒　龜毛數寸長, 『五燈會元』 二. 석지현 엮어 옮김, 『禪
　詩』(현암사, 1975).
6) 『집도 절도 주민등록증도 없이』(들꽃세상, 1992), 12쪽.
7) 한국민족문화대백과사전 편찬부, 『한국민족문화대백과사전』 제12집(한국정신문화연구원,
　1991), 262쪽.

인용시 ①은 철저하게 우리의 상식적 사고를 배반하는 데 바쳐져 있다. 우물밑에 붉은 티끌이 일 리 없고, 산에 파도가 칠 리 없다. 돌 계집이 돌아기를 낳을 리 없고, 털이 없는 거북에게 털이 날로 자랄 리 만무하다. 이러한 비상식적인 언어의 폭력적 결합이 우리의 관습적인 사고와 논리에 충격을 가하면서 의아함과 아울러 웃음을 동반한다. 깨달음의 정체가 무엇인지 모호하지만, 깨달음을 의도한 선시인 까닭에 인지의 웃음 속으로 해석의 통로를 무한히 열어 두는 것이다.

인용시 ②는 전형적인 선시의 한 유형이다. 찻잔과 차는 상호보족적인 관계이다. 차를 담기 위해서 존재하는 것이 찻잔이다. 그러나 차를 보존하고 있어야 할 찻잔이 차를 마셔 버린다. 그리고 차가 차를 마신다. 그야말로 "속수무책"인 상황에서 방은 또 빙그레 웃는다. 이러한 의인화는 물론 시인의 상상 속에서나 가능한 일이다. 이때 시의 제목과 내용 사이의 수수께끼적인 성격은 속 시원히 해결되지 않는다. 대부분 수수께끼는 하나의 물음에 대하여 하나의 답만이 성립될 수 있다. 수수께끼의 구성에서 질문은 개념을 정의하는 부분으로 보통 의문형의 문장을 취하나 상황에 따라서 생략되기도 한다. 이에 반해 해답은 주제를 드러내는 것으로 흔히 하나의 단어로 말해진다. 그러나 선시에서는 이러한 물음과 해답의 관계가 끝내 해명되지 않거나 유보되어 있다. 수수께끼의 전략이 선시에서 특히 내밀하게 작용하기 때문이다. 바로 이러한 의아함이 우리를 긴장시키면서 동시에 이완시키는 유머의 상황을 유발하는 것이다.

있을 수 없는 상황의 재현에서 우리가 선시의 세계관인 존재적 본질의 탐구라는 항목을 떠올리는 것은 지극히 관습적이고도 기계적인 반응이다. 알 수 없는 상황의 제시에서 새로운 의미를 내밀하게 드러내는 선시는 그야말로 순수한 넌센스시의 본령을 구현하는 시이다. 이때 순수한 넌센스는 전적으로 대부분의 사람들이 논리적이거나 정

상적이라고 생각하는 것을 거절하거나 완전히 다른 세계의 관습을 용
인하는 것에 의존한다.

　　듕놈은 승년의 머리털 손의 츤츤 휘감아 쥐고 승년은 듕놈의 상토를 풀
쳐 잡고
　　두스듕이 마조 잡고 이 왼고 저 왼고 작작공이 쳣는듸 뭇 소경놈이 굿보
는고나
　　어듸셔 귀먹은 벙어리는 와다 올타 ᄒ나니[8]

　　위 사설시조는 터무니없는 상황 설정과 우스꽝스러운 시적 전개가
웃음을 유발하는 넌센스시의 한 예이다. 상식적으로 보아 중에게 머
리털이 있을 수 없고, 소경이나 벙어리도 보거나 들을 수 없다. 그런
데도 "듕놈"과 "승년"이 서로 머리털을 쥐어뜯으며 싸움하는 상황이
전개된다. 이렇듯 가능한 사실과 불가능한 사실 사이의 명백한 대조
를 통해 우리는 웃음을 터뜨리는 것이다. 그리고 종교적인 지엄함을
지니고 있는 스님과 비구니를 "듕놈"과 "승년"으로 각각 비하하고 있
는 어소노 대단히 희극적이다. 때때로 비속어의 사용은 가치전도의
역할을 적절히 수행한다. 이때 통쾌한 웃음을 유발할 뿐만 아니라 사
회존립의 의미를 비판하기도 한다. 위 인용시가 의도적으로 상식과
논리를 배반하고 있기 때문에 어느 정도의 애매성과 다의성은 필연적
이다. 어쩌면 우리는 이 역설을 해결하려 하면 또 다른 역설에 도달할
지도 모를 일이다. 명백한 의미의 부정과 파괴에 의해 구성된 이 시조
가 결국 새로운 의미의 창조에 다다를 때, 비로소 넌센스시로서 생산
적일 수 있을 것이다.

---

8) 심재완, 『校本 歷代時調全書』(세종문화사, 1972), #2659.

2. 넌센스와 유희의 생산성

　넌센스시는 정상적인 체계와 관계를 가진다. 그것은 정상적인 가치나 체계를 전도시키거나 붕괴시키기 위해 계산된 의도로 체계의 일부를 재배열한다. 물론 그것이 상식적인 시스템에 의존할 수밖에 없지만, 넌센스시는 우리의 자동화된 의식을 깨뜨리는 시임에 틀림없다.

　하늘 가득히
　자작나무 꽃피고 있다.
　바다는 南太平洋에서 오고 있다.
　언젠가 아라비아사람이 흘린 눈물,
　죽으면 꽁지가 하얀 새가 되어
　날아간다고 한다.

—「리듬 I」

　물또래야 물또래야
　하늘로 가라,
　하늘에는
　쥬라紀의 네 별똥 흐르고 있다.
　물또래야 물또래야 .
　금송아지 등에 업혀
　하늘로 가라.

—「물또래」

　모과는 없고
　모과나무만 서있다.

마지막 한잎

강아지풀도 시들고

하늘 끝까지 저녁노을이 깔리고 있다.

하나님이 한분

하나님이 또 한분

이번에는 東쪽 언덕을 가고 있다.

—김춘수, 「리듬Ⅱ」[9]

인용시는 제목부터 넌센스시임을 제시하고 있다. 우리의 자동화된 의식세계 자체를 무화시키려는 시인의 의도가 처음부터 내재되어 있는 것이다. 「리듬Ⅰ」, 「물또래」, 「리듬Ⅱ」 세 편은 「넌센스 三題」로 명명되어 있는 연작 형태의 시이다. 연작은 물론 의미의 유기성을 염두에 둔 명칭이다. 그러나 이 세 편들은 넌센스라는 용어가 지칭하듯 아무런 연관성이 없다. 각각의 파편적인 단상들이 폭력적으로 나열되어 있을 뿐이다. 이러한 합리적이거나 논리적인 해석을 거부하는 기발한 착상에서 웃음이 유발되는 것이다.

「리듬Ⅰ」은 죽은 영혼이 하얀 새가 되어 하늘로 날아오르는 모습을 하늘 가득히 자작나무가 꽃피는 데 비유하고 있다. 이때 영혼인 하얀 새는 "남태평양에서 오고 있"는 바다이고, 이 바다는 "언젠가 아라비아사람이 흘린 눈물"이기도 하다. 물론 여기서 하얀 새와 자작나무, 바다와 눈물의 상관성은 전혀 없다. 우리의 논리적인 사고를 철저하게 배반함으로써 마치 초현실주의의 경지를 제시하는 듯하다. 「물또래」에서 시인은 물또래라는 곤충을 하늘로 가라고 권하고 있다. 이때 "하늘에는" 대부분의 대륙들이 매우 가깝게 붙어 있던 "쥬라紀의 네

<hr>

9) 『창작과 비평』 1975년 겨울호.

별똥 흐르고 있다." 물또래에게 "금송아지 등에 업혀/하늘로 가라"는
시인의 권고는 물또래의 연한 황갈색 날개를 맘껏 펼치라는 비유로
읽힌다. 개울가에 사는 물또래를 굳이 하늘로 가라고 한 의도가 무엇
인지, "금송아지 등에 업혀"서 도달할 하늘의 의미 또한 도대체 무엇
인지 총체적으로 파악하기 힘들다. 「넌센스Ⅱ」는 "모과는 없고/모과
나무만 서있"고, "마지막 한잎/강아지풀도 시들고", "하늘 끝까지 저
녁노을이 깔리고 있"는 절망적인 상황에서 시인은 오히려 진부하게
하나님을 등장시킨다. 구원의 상징으로서 하나님이라면 이 시가 넌센
스시일 리 없다. 시인은 하나님을 "또 한분" 등장시킨다. 절대자 내지
유일자로서 하나님의 존재를 전복시킨 대목이다. 그들이 가는 방향도
"이번에는 東쪽 언덕"이라고 지칭한 데는 파편적인 의미마저 도출하
기 힘들다.

　이렇듯 「넌센스 三題」는 표면 구조 자체에서 엉뚱함을 불사한다.
두루 알려진 대로 넌센스시는 의미 없는 시가 아니다. 기존의 낯익은
의미를 파괴하고 새로운 의미를 창출한다는 데 의의가 있다. 논리의
이탈이나 상식의 파괴 자체가 미덕일 수 없고 그 이면의 새로운 의미
도출이라는 이율배반이 웃음과 함께 새로운 자각을 환기하는 것이다.
김춘수의 「넌센스 三題」는 다층적인 의미망을 독자에게 한껏 열어놓
는 넌센스시의 전범이라 할 만하다.

　　사랑하는 나의 하나님, 당신은
　　늙은 悲哀다.
　　푸줏간에 걸린 커다란 살점이다.
　　詩人 릴케가 만난
　　슬라브 女子의 마음 속에 갈앉은
　　놋쇠 항아리다.

손바닥에 못을 박아 죽일 수도 없고 죽지도 않는
사랑하는 나의 하나님, 당신은 또
대낮에도 옷을 벗는 어리디어린
純潔이다.
三月에
젊은 느릅나무 잎새에서 이는
연둣빛 바람이다.

— 김춘수, 「나의 하나님」[10]

　김춘수의 '나의 하나님'은 우리의 상식이나 이성으로 보면 거룩하고도 신성한 존재이다. 그런데 시인은 하나님을 "늙은 悲哀"와 "푸줏간에 걸린 커다란 살점"에 비유한다. 비유는 물론 원관념과 보조관념 사이의 유사성에 근거한다. 이러한 유사성에 근거한 비유가 관습적이어서 시적 긴장의 측면에서 원관념과 보조관념 사이의 차이성에 유의하는 현대시의 비유가 낯설지만은 않다.

　그러나 「나의 하나님」의 비유는 돌연한 결합이 우세하다. 그래서 기상(奇想 conceit)이나 절연(絶緣 depaysment)의 기법이 난무한 시를 보는 듯하다. 바로 이 지점에서 우리는 첫 번째 웃음을 터뜨린다. 거룩하고도 신성한 존재인 하나님을 "늙은 비애"라든지 "푸줏간에 걸린 살점"과 같은 비속한 것과 대조한 결과이다. 이렇듯 극심한 두 대상간의 대조는 우리를 무한한 웃음으로 이끄는 것이다. 두 번째 웃음은 어조의 희화화에서 촉발된다. "늙은 비애"와 "푸줏간에 걸린 커다란 살점"으로 하나님을 명명할 때 시인은 "사랑하는"이라는 수식어를 빠뜨리지 않는다. "사랑하는 나의 하나님"이라고 말하는 것은 상황의 아이

---

10) 『打令調 · 其他』(문화출판사, 1969).

러니에 속한다. 이러한 상황의 아이러니는 우리를 웃음으로 이끄는 데 매우 효과적이다. "詩人 릴케가 만난/슬라브 女子의 마음 속에 갈앉은/놋쇠 항아리", "손바닥에 못을 박아 죽일 수도 없고 죽지도 않는" 존재, "대낮에도 옷을 벗는 어리디어린/純潔", "三月에/젊은 느릅나무 잎새에서 이는/연둣빛 바람"의 경우도 마찬가지이다.

시인의 명명은 그래서 엉뚱하다. 이러한 엉뚱하고도 폭력적인 이월은 곧 언어에 대한 전통적인 의미 만듦의 기능들을 붕괴시킨 결과이다. 곧 비밀을 지킨다는 모티브로 붕괴의 모티브들을 융화시키는 넌센스시[11]의 전형이 아닐 수 없다. 여기서 우리는 유머의 아주 오랜 이론인 불일치 중심 이론[12]을 발견한다. 뒤틀린 문장이나 황당한 문장은 유머에 포함된 불일치를 수행하는 데 효과적이다. 이러한 유머의 불일치 정신은 인습 타파적인 측면에서, 그리고 돌발성을 통한 새로운 인식의 환기라는 측면에서 의의를 지니기도 한다.

이렇듯 넌센스시의 웃음 유발 요인은 무엇보다 기대 배반이다. 자동화된 우리의 지각이나 의식을 깨뜨리고 일상적인 논리를 뒤집는 엉뚱한 소리로 웃음을 유발하는 「나의 하나님」은 한 편의 넌센스시가 되는 것이다. 여기서 폭력적인 비유와 넌센스와의 경계는 그리 명확하지 않다. 그러나 비유와 넌센스의 구분만큼 그 거리는 언제나 존재하고 있는 것이다.

문학작품에서 넌센스 언어는 숙달과 지성을 동반한다. 가끔 정교하

---

11) Alison Rieke, 앞의 책, p.11.
12) 대중적인 현대 이론은 인식과 해결이라는 불일치의 두 단계를 구분한다. Rothbart와 Pien은 불일치의 두 범주와 해결의 두 범주를 결합하는 것에서 나온 네 개의 다른 가능성을 정의하였다 첫째, 불가능한 불일치로서 현재의 세계지식으로 예상하지 못한 예측 불가능한 요소들, 둘째, 가능한 불일치로서 예상하지 못하고 개연성이 없지만 가능한 요소, 셋째, 완전한 해결로서 처음 불일치가 해결정보를 완전히 동반하는 것, 넷째, 불완전 해결로서 처음 불일치가 해결정보를 어떤 방법으로든지 동반하지만 상황이 여전히 불가능하기 때문에 완전히 의미있게 만들어지지 않는 것들이 그것이다. Victor Raskin, 앞의 책, p.33.

게 숨겨진 의미를 전달하도록 구성된 계획된 수수께끼를 위한 매체가 있다.[13) 여기서 수수께끼는 넌센스시를 이해하는 유용한 통로이다.[14)

수수께끼는 설문과 응답의 구조를 지닌, 은유로써 대상을 정의하는 언어 표현이다. 수수께끼의 특징 가운데 고의적인 오도성(誤導性)은 넌센스시와 직접적으로 맞닿아 있다. 수수께끼는 사물의 의미를 감추고, 청자의 지적 상상력을 계발시키기 위하여 의도적으로 애매한 용어들을 차용한다. 그러므로 암시가 될 만한 점은 슬쩍 피하여 듣는 사람의 관심을 다른 곳으로 돌릴 수 있도록 하는 것이다. 이러한 고의적인 오도성은 그 문항이 비합리적이거나 비상식적인 것으로 기술된다는 점에서 두드러진다.[15)

실험적인 넌센스는 수수께끼와 같은 발화로서 특권을 지닌다. 넌센스는 얼마간 의미하기 위해 그것을 야기시키는 언어의 최대의 장치를 연구하면서 스스로 특권을 지닌다. 이런 실험들은 또한 특별히 고정된 의미들을 드러내기 위해 그들이 일부러 거절하고 동시에 읽혀지는 것을 요구한다. 그 실험들은 또한 숨겨진 의미를 소유함으로써 특권을 지닌다. 그러나 숨겨진 지식과 수수께끼 같은 형태는 특권을 지닌 해석의 역할에 제재를 가하고 전복한다.[16) 그러므로 질문과 해답의 이중구조를 지니고 있는 수수께끼는 넌센스시의 주요 전략이다.

이러한 수수께끼 구조를 통한 오도성은 박남철의 시에서 효과적으로 제시된다.

---

13) Alison Rieke, 앞의 책, p.19.
14) 수수께끼를 무의미시 이해의 주요한 코드로 설정한 엄국현은 무의미시를 넌센스 퀴즈와 유사한 개념으로 잡는다. 엄국현, 「시에 있어서의 사물 인식」(부산대 박사학위 논문, 1990).
15) 한국민족문화대백과사전 편찬부, 『한국민족문화대백과사전』 제13집(한국정신문화원, 1991), 212쪽.
16) Alison Rieke, 앞의 책, p.48.

1
야간,
여상 1학년, 1학년 6반,
약간 도전적인 아이 ; 그러나
마음 속으로는 나를 사랑하는 아이,
그러나 약간 못생긴……

"선생님 수수께끼 하나 낼까요?"

'단정히'라는 세 글자가 세 개의 푸른 바탕의 동그라미로,
 '단'과 '히'는 약간 낮게 '정'은 약간 높은 배열의 그 아래로 오른쪽 위 귀
퉁이가 많이 떨어져 나간 거울 아래서

시가 내려와 모든 것이 피곤한 교탁 앞의 나를 향해 나의 응낙도 없이,
아니 차라리 저기서 또 무슨 '말씀'이 나올까 곤두세우고 있는 나를 향해 ;

"선생님, 밤에 해 보셨어요?"

어떤 아이들은 까르르 웃고, 어떤 아이들은 약간 낮게 '아니! 감히 선생
님 앞에서!' 하고……

약간 도전적인 여자 아이, 내가 아플 때 집에 전화까지 준 아이 나의 묵
살에 약간 토라져 있는 아이.

"사랑하는 나의 아가, 네 뒤에 깨진 마음의 거울이 있구나!"

2

그렇지, 어젯밤엔 과연 하긴 했었지. 근 달포 이상이나 계속 떠나지 않고 깜짝깜짝 놀라고 있는 시를 떠나 보내기 위해 새벽 네시에 돼지곱창집엘 갔다가, 문을 닫기에 석관동 네거리를 건너고 그 앞에 새로 생긴 인삼찻집 「두레박 ; '두러박'이라고 씌어있었다」에서 술을 마시다 돼지같이 못생긴 뚱뚱한 계집애는 집에 보내고 서른아홉 살 먹었다는 뭐좀 알 것 같은, 노름으로 한 밑천 다 날리고 다시 시작하고 있다는 여자와 아침까지, 의논해 보다가 옷벗는 여자를 기다리는 사이에 그만 잠이 들어 버렸었지.

열시쯤에 깨어 보니 여자가 옆에 없길래……

3

사랑하는 나의 아기들아, 너희들 전라도 · 충청도 아이들이 거의 대부분인 사랑하는 나의 하느님의 아이들아, 너희들이야말로, 너희들은 밤에 해가 없어서 이 형광등 아래서 배우고 있구나 ; 거의 7년 동안이나, 너희들이야말로 바로 하느님의 아이들임을 미처 깨닫지 못하고 있었던 이 멍청하고도 멍청한 형광등 아래서 배우고 있었구나!

4

"그래, 그 답은 뭐지?" 모른 체 물으니,

"밤에 해가 있긴 어딨어요!"였지.

그렇구나, 밤에 해가 없긴 없구나…… 나는 "나"가 너무 좋아, 어쩔 줄을 모르고 있는 아이들을 향, 해, 실로 오래간 만에 정말 오래간 만에 겁 없이 활짝 웃어 줄 수 있었지.

5

그럼 선생님도 수수께끼 하나 내볼까?

"여러 이사님들 어때요?"

"내보세요오! 조옹습니다!(   )"

어떤 부부와 아이들 둘이 우리 이젠 그만 다 같이 떨어져 죽어 버리자고
'63빌딩' 위엘 올라갔는데……

"다 알아욧!" 제비, 날나리, 비행 청, 약간 덜 떨어진 ……: 와글와글, 시
끌벅적, 쿵자자작작 삐약삐약;

원, 세상에, 원, 이렇게 벌써 소문들도 빠르다니……

조옹습니닷!(   ) 과연 민심은 천심입니닷!

그러나, 다시, 여러 이사님들 이젠 그만들 좀 조용들 해보시는 새 어어때
에요오?

"네, 조옹습니닷!"

— 박남철, 「수수께끼」[17]

제목 자체가 답이고 그 내용이 질문 형식인 수수께끼시의 유형은
아니지만 수수께끼를 주요 담론으로 채용한 유머시이다. 「수수께끼」
는 '수수께끼'의 전략을 매우 효과적으로 활용한 넌센스시의 한 예이
다. 위 시는 내용 속에 제목이 그대로 드러나 있다. 그래서 제목이 차

---

17) 『반시대적 고찰』(나경문화, 1991), 81~85쪽.

지하는 비중은 그만큼 줄어들고 있다. 마치 해답을 알려주고 질문하는 수수께끼처럼 긴장이 풀어져 있다. 이때는 내용 자체에 긴장감을 줄 어떤 요소가 있어야 한다.

「수수께끼」는 이야기시의 한 예여서 소설 만큼의 플롯 구성은 아니지만 비교적 서사단락의 구분도 가능하다. 이때 기대배반을 불러오는 넌센스 유머를 직접 시의 내용으로 채택한 기지가 마냥 웃음을 자아내는 역할을 한다. 물론 「수수께끼」라는 제목이 환기하는 만큼 시의 내용은 흥미롭게 전개된다. 1에서 4까지의 전개는 말놀음에 의한 넌센스 퀴즈의 묻고 답함이다. "밤에 해 보셨어요?"가 중의적인 의미로 해석되는 데 착안하여 시에서 넌센스 문제는 절묘하게 성립되고 있다. 이때 해호를 방해하는 장치가 지나치거나 해호를 유도하는 장치가 결여될 때 수수께끼는 단순한 넌센스 퀴즈에 한정될 우려가 있다.[18] 전자는 의미의 과잉에 의한 방법으로 불필요한 질문소가 있는 경우이고, 후자는 의미의 결핍에 의한 방법으로 필요한 질문소가 없는 경우이다. 박남철의 위 작품은 이러한 넌센스 퀴즈로 전락할 위험성을 안고 있는 것이 사실이다.

숨겨진 지식과 수수께끼 같은 형태는 특권을 지닌 해석의 역할에 제재를 가하고 전복한다. 이러한 글쓰기는 너무 많은 해석을 초래해서 독해 활동에 특별한 주의를 요구한다.

넌센스적인 모든 텍스트들은 창조적인 부정, 반대와 규칙의 붕괴를 단언한다. 그러나 그것은 창조적인 에너지를 생산하는 부정이다. 급진적인 실험이 넌센스처럼 보일지도 모르지만, 결국에 그것은 그것이 무시하는 것보다 더 많은 의미를 가진다고 함축적으로 주장한다. 문학적인 넌센스는 넌센스가 현재 유지하는 것을 전복시키고 동시에 그 반대

18) 엄국현, 앞의 논문, 54쪽.

물을 포함한다. 말하자면 강력하지만 이중적인 종류의 의미인 셈이다.

의미망이 밀폐된 시인 넌센스시는 은닉의 모티브로서 그 양상은 지극히 분열적일 수밖에 없다. 이때 넌센스시의 난제가 여전히 남는다. 의미를 붕괴하고 해체하는 넌센스가 무엇보다 일반 독자들에게(혹은 고급 독자들에게) 쉽게 읽혀지지 않는다면 이런 작가들은 과연 무엇을 얻을 것인가라는 문제가 바로 그것이다.[19] 효용론의 관점에서 넌센스시의 기능은 대단히 약화될 수밖에 없는 셈이다.

그러나 넌센스시는 익살 맞은 불합리로서 계획된 혼란의 의도를 처음부터 내장하고 있었다. 그러므로 이러한 넌센스시는 진실을 찾는 희극적 실험이다. 그것은 이미 시의 존립 여부의 문제를 넘어선다. 그리고 무한한 문학의 영역 확장으로서 진지하게 고민할 만한 터를 이미 확보하고 있다. 따라서 넌센스시는 일차적인 의미망을 깨뜨림으로써 오히려 독자 대중에게 보다 친근하게 다가갈 수 있는 흥밋거리를 내장하고 있는 셈이다.

넌센스시는 우리 시사에서 그렇게 많이 드러나지 않는다. 그러나 기대배반을 통해 확실하게 웃음을 유발한다는 측면에서 우리 시사에서 뚜렷한 전통으로 자리매김될 여지는 충분히 있다. 실험성이라는 측면에서 보다 다양한 영역 개척이 가능하고, 따라서 새로운 시의 양상으로 부각될 만한 기대치를 갖게 하는 것이다.

---

19) Alison Rieke, 앞의 책, p.22.

제6장

웃음과 한국시의 전망

한국문학의 주요한 특징으로 웃음을 거론하는 것은 더 이상 새삼스러운 일이 아니다. 그런데도 기존의 연구는 웃음의 다양한 자질들을 아우르지 못했기 때문에 분명한 한계를 노정하고 있다. 따라서 비극적 요소 못지 않게 희극적인 요소가 우리 문학사의 큰 흐름을 형성하고 있다는 사실을 인정한다면 현대시에서 웃음의 다양한 양상을 파악하는 것은 곧 문학사의 통시적 맥락을 밝힘으로써 웃음의 문화사적·사회사적 의의를 따지는 일이 된다.

웃음은 시대적 변화와 대응하여 의미망이 서로 다를 뿐더러 존재 양상 또한 뚜렷한 차이가 있다. 근대 이전 비공식문화의 장에서 공식문화를 해체하고 전복하는 통로를 열어 주었던 웃음의 의의는 대체로 대항문화의 성격을 지니고 있는 것으로 여겨진다. 그것은 늘 당대 지배 이데올로기와 대립되는 특성을 지닌다. 그래서 웃음은 지배문화에 대한 저항성을 내포하고 있을 뿐만 아니라 한 시대를 살아가는 개인과 집단의 모습을 반영하고 있는 것이다. 그것은 또한 생활에서 우러나오는 자유분방한 웃음의 내포를 지니고 있다.

국권회복기와 나라잃은시대에는 제국주의의 침략과 지배로 매국행위를 규탄하고 민족의 각성을 촉구하는 시사적이고 정치적인 풍자가 주류를 이루었다. 다양한 색채를 지녔던 웃음이 풍자라는 일면논리로 고착되는 현상이 바로 그것이다. 풍자는 웃음 그 자체만을 목적으로 삼지 않는 사회적인 문학양식이다. 물론 시 바깥쪽의 사정을 살필 때, 과장된 몸짓과 언어로 대중을 위무하는 소극이나 만담이 웃음의 한 자리를 차지하고 있었음은 분명하다. 그러나 문학 안쪽에서는 시대 상황에 맞서 정치제도의 모순과 제국주의에 대한 풍자가 성행하였다. 이러한 경향은 광복기나 한국전쟁 이후 정치적 억압이 극심했던 권위주의 정치체제가 지속되었던 1980년대 중반까지 연속되는 흐름이다.

앞서 살폈듯이, 반공 이데올로기를 내세워 자유를 억압하던 자유당 정권의 말기적 현상이 과도하게 노출되었던 1950년대를 거쳐 1960~70년대 군사정권 아래에서 풍자는 여전히 위세를 떨치면서 비판문학의 정점에 서 있었다. 풍자의 양상도 공시적으로는 어느 정도의 일관성을 유지하면서도 통시적으로는 시대의 변화와 맞물려 비판의 층위나 수준에서 차이를 지니고 있다.

풍자는 공격성을 본질로 하는 항의의 문학이다. 그러나 그 공격은 정면공격이 아니라 측면공격이라는 형태를 취한다. 나라잃은시대와 권위적 독재로 이어지는 한국적 현실에서 볼 때 이 공격의 간접성이야말로 풍자의 중요한 근거가 된다. 한국전쟁 후 이승만 정권은 전쟁에 대한 공포감과 패배주의, 허무주의 등 민중의 복합된 감정을 반공 이데올로기로 정형화시켜 정권유지의 수단으로 그것을 전체 사회에 강요하였다. 그리고 정권유지의 물리적인 수단으로서의 경찰과 군부 중심의 국가기구와 청년단체, 그리고 이승만 정권의 독단과 전횡을 보조해주는 기능을 한 자유당은 민중의 여론을 올바로 수렴해내지 못했다. 풍자의 직접적인 계기는 바로 이러한 시대 상황에서 주어졌다. 풍자가 언제나 당대적인 성격을 지니고 있기 때문에 1950년대에는 한국전쟁 후 원조에 의존해야 했던 대외의존적인 경제 구조나 권위적인 정치체제, 실정성을 상실했는데도 여전히 권력기반을 공고히 구축하고 있는 친일파 정치인의 문제, 제국주의의 지배, 지배계층의 삶과는 대비되는 소외계층의 혼란, 정체성을 상실한 지식인의 허위의식과 기만성, 자기 성찰 들을 과도한 욕설이나 말놀이, 아이러니의 방식을 통해 적극적으로 제기하였다. 송욱, 전영경, 민재식, 신동문 들은 이 시기의 대표적인 시인들이다. 대체로 이들은 시대현실에 대한 직접적 공격이나 은근한 비판을 감행함으로써 희극정신을 표출하였다. 송욱의 시에서 발견할 수 있는 은근한 유희성은 시적 언어와 형태에 새로움을 가미하면서 한국시의 외연을 넓혔다. 특히 전영경이 주도적으로 감행한 욕설과 비속어의 시적 수용은 시어의 확대와 시관념의 변화에 결정적인 영향을 끼쳤다고 볼 수 있다. 전영경의 시에서 더러 발견할 수 있는 유머감각은 민속예술, 특히 탈춤이나 판소리의 전통과 밀접한 관련성을 지닌다.

1960년대는 4월혁명과 그것의 좌절로 특징지을 수 있는 시기이다. 4월혁명 이후 김수영과 김재원이 지녔던 반외세의식의 표출이나 민족주의, 민주주의의 지향은 다분히 풍자적이었다. 비록 그것이 지식인의 패배주의나 냉소주의와 밀접한 관련을 갖는다 하더라도 시민사회에 대한 강렬한 열망을 함축하고 있었던 것으로 여겨진다. 전반기에 4월혁명의 대의가 변질되는 현실 속에서 전영경의 자기풍자로의 급격한 선회나 송욱의 풍자성의 상실은 눈여겨 볼 만한 변화라 하겠다. 아울러 김수영의 소시민성에 대한 냉소나 자기풍자 또한 시대의 핵심을 꿰뚫는 정직성의 또 다른 표현으로 주목할 만하다.

반면에 1960년대 후반기에는 조태일, 김준태, 김지하 들을 중심으로 강력한 정치 풍자가 양산되면서 1970년대 시의 사회성을 가능하게 하는 기틀을 마련하였다. 특히 전영경과 같은 맥락에서 이해할 수 있는 조태일의 쌍말시나 김지하의 걸쭉한 입담과 재담, 형식 실험은 시의 영역 확대에 결정적인 영향을 미쳤다. 이 시기 주목할 만한 시인이 바로 이상화이다. 현대시사에서 정치 풍자의 흐름이 압도적이었음을 감안한다면, 비속어와 은어의 적극적인 활용에 힘입은 이상화의 성적 풍자와 유머는 전영경에서 시작되고 김지하, 한무학으로 계승되는 우리 시의 한 흐름을 이루는 것이라 볼 수 있다. 1960년대 후반기에서 1970년대 초반기는 웃음의 기법과 효과면에서 풍자 위주로 일관하던 이전의 틀에서 벗어나 다양한 방식을 탐구하던 시기라 하겠다. 물론 우리 시에서 유머의 결핍은 이 시기에도 여전히 지속되는 문제적 현상이라 할 만하다. 이는 시대 현실을 유연하게 조망하지 못한 데도 그 원인이 있을 것이다.

1970년대는 산업화와 더불어 근대적인 자본주의가 기틀을 다져가던 시기이다. 국가 주도의 강제적인 근대화 과정에서 국가 자본에 의한 민중의 가혹한 착취와 그에 동반되는 민중들의 뿌리뽑힌 삶은 1970년대의 문제적 양상이다. 다양성을 노정해 왔던 우리 시가 지배적으로 민중시라는 집단적 저류를 형성한 시기이기도 하다. 역시 1960년대의 성과에 힘입은 바 크며, 1980년대의 시적 성취에 큰 토대를 마련했다는 시사적 의의를 부인할 수는 없을 것이다. 부정성의 정신을 표출하였던 김수영의 자기비애적인 풍자를 전면적으로 공박하면서 민속예술의 웃음 전통을 적극적으로 계승한 김지하의 정치 풍자나 조태일, 한무학의 정치 풍자, 금기시된 성을 전면에 내세우며 에로티시즘의 미학을 추구한 이상화, 이수화, 이규호가 펼쳐보인 성적 풍자는 권력 집단뿐만 아니라 민중의 삶 자체를 역사적 지평에서 폭넓게 조망한 결과로 여겨진다. 이 시기 역시 민중 지향의 시적 역할이 강조됨으로써 정치 세태 풍자가 주류를 이루었다. 다만 1960년대부터 지속되어 온 김춘수의 넌센스시는 웃음을 사회적 역사적 맥락에 의존하는 외적 웃음이 아니라 그 자체가 내적 구조에 따른 내적 웃음을 드러내고 있어 우리 시의 새로운 경지를 구축했다고 여겨진다. 웃음의 표출방식에 대한 탐구가 그만큼 다원화되고 있음을 드러내는 것이다.

1980년대는 이러한 웃음의 방법과 전략에 대한 탐구가 다원화된 시기이다. 전반기의 정치적 격동과는 별개로 점차 탈정치적인 상황을 맞으면서 공격성에 치중하는 풍자보다는 다면논리인 유머를 수용할 수 있는 여유를 지니게 되었다. 시적 소재나 시작 방법, 시어의 운용에서 이전과는 비교할 수 없을 정도의 실험이 뒤따랐으며, 교양주의의 파괴와 생활시로의 변화가 사뭇 두드러졌다. 무거운 정치 현실과 함께 자잘한 일상성들이 시의 전면으로 부각되면서 시적인 것과 비시적인 것의 경계를 해체하려는 시도 또한 적지 않았다. 이 시기 황지우, 박남철, 장정일, 김영승이 펼쳐 보인 자유분방한 상상력은 웃음을 유발하기 위한 웃기는 시, 즐기기 위한 시로 시의 자리가 넓어지고 있음을 반영하는 것이다. 특히 소재 면에서 금기시된 영역이 주류화되면서 시대적 역사적 차원의 영역에 매몰되지 않았다. 언어 운용 면에서도 아어주의와 미문주의를 파괴함으로써 독자대중에게 낯선 충격을 통한 웃음을 제공하였다.

이처럼 웃음 시학은 한국시단의 주류적 전통을 형성하면서 현실 지향성의 강한 흐름을 형성하는 한편, 시적 진지성의 실체를 의심하면서 감행된 유희정신에 바탕을 두고 있다. 그것은 시어와 소재의 확대나 시형식의 다양한 실험을 통한 시개념의 변화를 적극적으로 유도하고 있다. 이러한 다양성은 시사적 전환의 중요한 계기로 작용할 것이다.

　현대사회에서 웃음은 분명한 사회적 효용성을 지닌다. 대중문화의 여러 자리에서 웃음은 문화를 이해하는 필수적인 코드로 부각되고 있다. 특히 우스갯소리집이 양산되는 현실을 보더라도 국민생활의 모든 사건들이 웃음의 세례를 받고 있다고 해도 좋다. 웃음은 때로 투석이나 달걀 세례, 화염병 세례와 같은 효과를 지닌다. 하지만, 웃음은 사회 병리현상을 유연하게 조망하게 함으로써 삶의 여유를 주는가 하면, 정서적 장애로부터 벗어나 해방감을 주기도 한다. 문학이 삶의 자리로부터 자유로울 수 없다는 사실을 인정한다면, 우리 시는 웃음의 의의와 가치를 고양시키는 방향으로 나아가야 할 것이다.

　웃음은 정치적 억압과 모순뿐만 아니라 생활의 여러 장에서 발견되는 부조리로부터 일정한 거리를 유지하는 데서 발생한다. 텍스트 분석을 통해서 추출할 수 있는 바, 한국시에서 여전히 풍자가 지배적이라는 사실을 직시하여 웃음을 유발하는 전략의 단조로움에서 벗어날 필요가 있다. 웃음 효과의 극대화를 꾀할 수 있는 방법을 탐구하고 비판정신과 유희정신의 결속력을 강화시키는 일은 현대시의 한 과제로 남는다. 이럴 때 시의 자리와 삶의 자리는 크게 분리되지 않을 것이다.

제7장

마무리

이 글은 1950년대 이후부터 1980년대까지의 시를 주된 연구대상으로 삼아 한국 현대시에서 웃음의 양상과 의미를 밝히고자 했다. 1980~1990년대의 대중시들을 연구대상으로 삼은 이유는 문화사적인 전환이라는 측면에서 시의 자리가 넓어졌다는 사실을 반영한 것이며, 웃음 시학의 전통을 살피기 위해서 어느 한 작품이라도 소홀하게 취급할 수 없었기 때문이다. 무엇보다도 우리 시사에서 풍자가 주류를 형성해 왔던 바, 웃음 자체의 해방감을 주는 단순한 유머와 넌센스를 포괄하기 위한 의도를 담고 있는 것이다.

이러한 작품을 분석하는 주된 방법으로 문학사회학과 역사주의적 방법을 채택하였다. 시인이 당대의 사회 역사적 현실을 어떻게 인식하고 형상화하고 있는가를 규명하기 위해서 작품과 당대의 사회 역사적 상황과의 관련성, 주제와 형상화 방법의 특성을 동시에 고려해야 했기 때문이다. 아울러 유머시가 당대의 역사적 현실에 뿌리를 내리고 있는 바, 시인이 문학과 현실의 긴장관계를 어떻게 파악하고 있으며 웃음 효과를 드러내기 위해 어떠한 전략을 사용하고 있는가를 살펴보았다.

먼저, 한국 현대시에서 웃음의 양상과 의미를 해명하기 위하여 동서양에 편재되어 있는 웃음과 친족관계를 형성하고 있는 유사용어를 검토함으로써 웃음의 개념과 특징, 웃음의 전략, 웃음의 구조와 유형을 파악하고자 했다. 웃음의 이론적 범주를 제한하고 확정해야만 작품을 효과적으로 분석하는 일관성을 얻을 수 있기 때문이다.

첫째, 연구자는 제한된 의미 안에서 희극(the comic)과 상호 교환 가능한 용어로 웃음이라는 용어를 사용하였다. 물론 영어의 희극은 대체로 골계로 번역되고, 더욱이 미적 범주의 한 양상으로 보는 것은 학계의 일반적인 현상이다. 그러나 이 글에서는 웃음을 희극성이나 희극적인 것과 유사한 개념으로 확정하였다. 그리고 생리적이고 심리적 현상으로서의 웃음과 가장이나 위장 그리고 심각한 사실을 우습게 변형시키는 데서 오는 웃음을 구분하여 웃음의 개념을 정립하는 기초를 마련하였다. 이러한 논의를 바탕으로 이 연구에서는 풍자나 유머, 아이러니, 위트, 신소리(말장난), 패러디, 넌센스, 욕설 들의 다양한 웃음 기제를 수단으로 삼아 희극정신을 구현한 시를 대상으로 현대시에 나타난 웃음을 연구하고자 하였다. 이때 희극정신은 모든 불합리에 맞서는 비판정신이자 삶의 긴장과 불안을 해소시켜 주는 화해와 유희의 정신을 아우르는 개념이다.

둘째, 시인이 독자 대중을 재미있게 자극하기 위해 사용하는 특정한 발화의 방식, 그러니까 유머의 다양한 전략을 살펴보았다. 그것은 기법과 구조, 소재 선택의 측면에서 찾을 수 있었다. 우선 기법에는 말놀이, 우화, 환상, 패러디, 풍자, 욕설, 반어, 넌센스, 농담, 유머, 전도, 비틀어 말하기, 깎아내리기, 부풀리기 들이 있었다. 시에서는 이러한 기법을 다양한 방식으로 활용하여 웃음을 유발시킨다. 웃음의 구조는 예상과 반전, 긴장과 이완의 구조를 취한다. 소재적인 측면에서는 인간을 둘러싸고 있는 사회 전체가 대상이 될 수 있지만, 특히 금기시된 소재를 주류화함으로써 웃음이 배가된다. 특히 풍자와 패러디, 유머, 아이러니, 말놀이의 기법이 가장 두드러지게 채용되고, 이외에 전도나 비교, 반복, 말놀이, 부풀리기(과장), 깎아내리기(축소) 등 사용 가능한 모든 전략들을 효과적으로 사용하고 있었다.

셋째, 전통적인 웃음 이론 가운데서 불일치 중심 이론에서 웃음의 구조를 설명하는 한 근거를 찾아 웃음의 구조를 상정해 보았다. 불일치론은 대립되는 대상을 폭력적으로 결합시킴으로써 희극적인 웃음이 유발된다고 보는 이론이다. 이때 대립항으로 상정할 수 있는 자질은 고상한 것과 사소한 것, 우아한 것과 우아하지 못한 것, 비슷한 것과 다른 것, 상식적인 것과 비상식적인 것, 부조리와 논리, 실재적인 것과 이상적인 것들이다. 이 불일치가 노리는 바는 언제나 "새로움, 돌발성, 놀람"에 집중된다. 여기서 불일치의 구조를 형성하고 있는 이러한 대립성은 주로 판단의 오류나 가장, 행동의 혼란, 잘못된 추론, 언어연상으로 인한 오류나 말의 혼란, 인식과 해석의 자동화, 경구 들에 의해 창조된다.

시에서 웃음의 구조는 가설의 설정과 터무니없는 결론이라는 기대배반의 구조를 취한다고 보았다. 이러한 결론의 도출은 독자의 기대지평을 여지없이 배반함으로써 희극적 웃음을 유발한다. 그러나 우스갯소리나 서사물과는 달리 대부분의 시에서는 이러한 구조가 논리적이거나 순차적으로 경험되지는 않는다. 따라서 웃음의 구조는 논리적인 구조라기보다는 인식적인 구조라 보아야 하겠다. 왜냐하면 웃음이 문화와 역사적 현상으로서 단순히 내용만의 문제가 아니라 형태, 문체, 구조, 관습과 같은 요소들을 통해 가치, 신념, 관심사를 드러내기 때문이다.

넷째, 이 연구에서는 한국 현대 시에서의 웃음을 풍자, 유머, 넌센스로 분류하여 고찰하였다. 넌센스의 경우 흔한 유형은 아니지만, 현대시사에서 독특한 자리를 형성하고 있다고 보아 유형에 편입시켰다. 귀납적 도출의 결과, 시의 웃음을 효과적으로 설명하는 방식이라 여겼기 때문이다. 오늘날 대중 사회에서 삶의 모든 조건들이 웃음의 세례를 받는다고 보면 정치적 억압에서 자유로울 수 없었던 시대와는 달리 웃음의 내용도 자기반영적인 것에서부터 정치문제에 이르기까지 매우 다양해졌다. 따라서 이 글에서 상정한 유형적 틀은 언제든지 확대 가능하고 재편 가능한 여지가 있는 것으로 보아야 하겠다.

이러한 웃음 시학의 체계를 바탕으로 풍자와 공격의 시학, 유머와 화해의 시학, 넌센스와 유희의 시학으로 나누어 실제 작품을 분석한 결과를 종합하면 다음과 같이 요약할 수 있다.

첫째, '풍자와 공격의 시학'에서 논의한 내용을 요약하면 다음과 같다. 정치 풍자는 전체 정치의 일부분으로서 사회적 총체성의 기관으로서 국가적인 것이나 국가나 사회를 포함하는 사회적 전체성의 의미에서 정치적인 것이어야 하며, 정치 제도의 특징으로서 사회적 영역을 대상으로 한다. 이것은 고통과 위기의 경험을 배경으로 하기 때문에 종종 역사 현실에 대해 체념적이거나 냉소적인 적개심을 과도하게 표출한다. 따라서 풍자를 주된 방법으로 채용하여 개인에게 무조건적인 순응을 강요하는 정치제도와 집단, 이데올로기를 표적으로 삼는다. 따라서 지극히 주관적인 개인의 불평을 담은 시는 정치 풍자의 대상이 될 수 없으며, 정치 풍자는 사회적인 것을 포함하는 총체성으로서 정치적인 것을 겨냥하거나 적어도 이러한 정치적인 것의 특징을 묘사하는 시이다.

이러한 정치 풍자에는 두 부류가 있었는데, 사람이나, 단체, 사상, 전체 사회를 모욕하는 것과 전반적으로 정치 권력에 겨냥되고 아직 널리 소문이 퍼지지 않은 사건이나 여러 일련의 사건, 실제적으로 정권에 억압되는 것을 겨냥하고 있었다. 문학사적인 입장에서 볼 때 현대시의 웃음은 대체로 정치현실의 부정성을 풍자로 대응한 양상이 지배적이었다. 1950년대의 송욱과 전영경, 1960년대의 김재원, 1970년대 김지하의 시에서 뚜렷한 흐름을 형성하고 있었다. 이러한 전통은 대중사회로 진입하기 직전까지 우리 시의 뚜렷하고도 지배적인 흐름이었다.

세태 풍자는 정치의 일부분으로서 개별 고통의 경험과 불합리한 사회적 구조, 사회 문제나 편견을 시적 대상으로 삼고 있었다. 따라서 세태 풍자가 비꼬거나 웃음거리로 만드는 대상은 이러한 부정성을 유발한 당대의 사회가 된다.

이 글에서는 세태 풍자를 일상 세태 풍자와 종교 세태 풍자로 나누어 고찰하였다. 세태 풍자는 당대성을 가장 첨예하게 반영하는 유형이었다. 이 세태 풍자를 통해 당대만의 주요한 이슈와 문제의식을 엿볼 수 있었다. 이러한 일상 세태 풍자는 지금 여기의 세계와 지배층과 대비되는 소외계층의 현실을 시의 밑그림으로 삼는다. 이 유형은 정치 풍자와 밀접한 관련을 지니는데, 이때 정치 권력이 저질러온 숱한 폭력 앞에 좌절하는 평범한 인간의 모습이나 소시민의 비애, 빈부 격차에서 비롯된 사회적 불평등, 인간소외를 잘 보여준다. 주로 1950~1960년대의 전영경, 1970년대의 한무학, 김지하, 1980년대의 박남철과 김영승의 시에서 두루 발견되는 바, 정치 풍자와 넘나드는 특징을 공유하고 있었다.

웃음이 사회적 의사소통의 중요한 형태라는 사실을 인식한다면, 종교적 행태나 종교 논리의 허위성, 외래 종교가 유입될 때 흔히 발생할 수 있는 전통문화와의 충돌 현상이나 신과 구원의 문제를 웃음으로 수용하는 일은 낯설지 않다. 오늘날 이땅 곳곳에서 새로운 문화공간을 구축하고 있는 교회당과 세속화된 절간, 종교적 기능을 다하지 못하는 위선적인 구도자와 승려는 주요한 웃음거리가 될 수 있다. 종교 세태 풍자는 이러한 현상을 주요한 비판 대상으로 삼는다. 종교 세태 풍자의 의의는 현실 종교의 부정적인 논리를 웃음거리로 삼아 거부함으로써 종교의 바람직한 자리에 대한 성찰을 요구하는 데 있었다. 소설 쪽의 형편과는 달리 우리 시에서 종교에 대한 비판적 눈길을 찾아보기란 어려웠다. 그것은 우리 사회가 종교적 타락상이나 종교 논리 자체에 대한 비판적 안목을 가질 만큼 문화적인 성숙이 부족했고, 무엇보다도 당면한 정치 현실이 언제나 거대한 폭력으로 다가섰으므로 종교적 성찰의 여유가 부족했기 때문이다. 1970년대 이후 시기는 민중신학이 주류 담론으로 부상하면서 종교와 삶의 통합 문제를 고민한 때라고 할 수 있다. 그런데도 종교를 문제삼은 시는 강렬한 현실의식과 시대 비판정신을 구체화하여 비장감을 표출한 무거운 풍자가 주류를 형성하고 있었다. 따라서 경쾌한 종교 풍자를 발견하기란 쉽지 않다. 이 유형은 박남철, 김영승의 작품에서 두드러졌다.

성적 웃음은 성의 장치를 웃음의 담론으로 이끌어내는 데서 출발한다. 성적 웃음은 외재적이거나 내재적으로 성적 관계를 지시하는 내용을 담고 있는 농담까지 포괄하고 있었다. 이때 성은 다른 기능과 더불어 직접적이거나 있는 그대로보다는 사회·윤리적으로 수용할 만하고 적절한 방식으로 배출하기 위한 출구를 제공하는 것이었다. 외재적이거나 내재적으로 성행위를 지시하는 내용을 담고 있는 시가 성적 풍자라면, 남녀 사이의 생물학적 또는 사회적 차이에 관한 무지나 편견에서 비롯된 성 고정관념을 드러내기도 하고, 더러는 재생산이나 친족관계 그리고 세대 들의 낡은 관계에서 해방된 탈중심화된 성을 시의 중요한 대상으로 삼고 있었다. 성에 대한 무지나 편견에서 비롯된 성 고정관념의 표출은 현대시에서 찾아보기가 드물었다. 그 것은 당대 강요되었던 사회화 과정을 그대로 노래한다는 것이 체제 순응적인 발언일 우려가 다분했고 이러한 체제 순응적인 발언이 가 능한 계층은 제한되어 있었기 때문이다. 대신, 성적 일탈은 성적 풍 자의 대부분을 차지하고 있었다. 어떠한 이데올로기가 내재하건 간 에 억압에 대한 해방감을 꿈꾸는 일은 인간의 본성이고 성적 일탈 역 시 예외가 아닌 셈이다. 이러한 유형은 1960~1970년대 이상화의 시 에서 특히 두드러지고 이후 이규호나 김춘수, 김지하, 김영승, 함민 복의 시에서도 발견된다. 1970년대 산업화의 흐름에서 촉발된 성 개 방풍조는 1980년대 이후 억압이나 해방에 기초한 성담론들을 양산시 켰다.

둘째, '유머시와 화해의 시학'을 살펴보면, 유머란 말은 처음에는 사람의 기질에 대해 사용되다가 사람의 기질 자체가 희극에서 주로 유머러스하게 나타나기 때문에 오늘날의 해학에 가까운 의미로 변용 된 것이다. 유머의 본질은 익살스러움 즉 코믹함에 있다. 코믹이야말 로 웃음을 일으켜서 골계와 쉽게 통하기 때문이다. 풍자가 비판이나 공격에 초점을 맞추는 일면 논리라면, 유머는 비판성을 내장하고 있 지만 풍자처럼 심각하지 않고 대상에 자기 자신을 포함시킨다는 점 에서 다면논리에 바탕을 두고 있다. 즉, 풍자가 정치적 억압이 심한 권위주의 시대의 산물이라면, 유머는 다원주의 시대의 소산인 셈이 다. 그러므로 유머는 궁극적으로 화해의 마음자리를 의도하는 것이 다. 이러한 웃음의 유용성은 소재의 확대와 그로 인한 일상적 재미를 불러 일으키는 데서 나타나거나, 문제의 격하와 반전의 수사학, 웃음 치료와 삶의 재인식이라는 관점에서 의의를 지니고 있었다.

셋째, '넌센스와 유희의 시학'에서는 넌센스시를 예외적 발언을 당 연시하면서 독자의 기대를 애초부터 배반하는 시로 보았다. 이러한 넌센스시는 지금까지 알려지지 않은 새로운 방법으로 시의 의미를 가져올 수 있고 다른 어떤 시보다도 언어 능력을 이용하거나 요구하는 시로 자리매김될 수 있었다. 우리 시가 지나치게 엄숙주의나 숭문주의에 매달려 왔던 사정을 감안한다면 이러한 시형식을 우리 시의 영역에 수용하기란 매우 난감하다. 그런데도 민요에서 엿볼 수 있는 것처럼 넌센스시는 우리 시의 뚜렷한 흐름이다. 새로운 시의 가능태라는 측면에서 그리고 시적 영역의 확장이라는 측면에서 넌센스시는 우리 시사의 한 부분을 차지할 충분한 가치가 있는 것이다. 이러한 넌센스시는 우리 시사에서 그렇게 많이 드러나지 않는다. 그러나 기대배반을 통한 확실한 웃음 유발이라는 측면에서 유머시의 한 전통으로 뚜렷하게 자리매김할 수 있었다. 실험성이라는 측면에서 보다 다양한 영역 개척이 가능하고, 따라서 새로운 시의 양상으로 부각될 만한 기대치를 갖게 하는 것이다.

이상과 같이 한국 현대시에서 웃음의 양상과 그 의미를 살펴 보았다. 문학사적 맥락에서 볼 때, 웃음 시학은 당대의 시문법에 대한 도전적 의미를 내포하고 있었고, 시의 다양화를 위한 노력으로 평가되었다. 특히 언어 의식면에서 일상어나 비어·속어를 자유롭게 구사함으로써 언어의 고상한 취미에 갇힌 전통적인 시개념에 대한 철저한 거부와 반성을 실현하고 있었다는 점에서 주목할 만하다. 이전의 시에서는 보기 힘든 시의 다양화를 가져왔다고 할 수 있겠다. 이러한 측면은 1990년대 이후의 시편들에서도 더러 발견되는 바, 뚜렷한 시적 흐름을 형성하고 있는 것이다.

웃음 시학에서 풍자가 지배적이어서 큰 다양성을 확보하고 있지는 않았지만, 웃음이 현대시의 집단적 저류를 형성하고 있다는 사실은 분명하다. 앞으로 웃기 위한 시의 양산이 가져 올 시관념의 변화와 시의 생활화, 일상화를 조심스럽게 전망할 수 있다. 이제 문학사의 넓은 이랑과 고랑을 세세한 눈길로 살피면서 21세기 시의 위상과 역할을 점검하고, 한국시의 독특한 양태인 웃음을 문학사에 적극적으로 수렴해야 하겠다. 아울러 대중시를 아우르면서 웃음의 특징적인 자질들을 뚜렷하게 부각시키는 작업이 이루어져야 할 것이다.

제1장 풍자와 패러디 | 제2장 전영경론 | 제3장 송욱론 |
제4장 민재식론

풍자와 패러디

1. 풍자의 방법과 이데올로기

풍자는 그 어원인 라틴어 Satura[1]가 뜻하는 것처럼 다양한 요소와 내용을 지니고 있는 문학양식이다. 로마시대의 학술용어인 Satura(또는 Satira)는 이유없는 적의에서 시작해서 경솔한 어리석음과 허영에 이르기까지 모든 종류의 인간의 결점들을 폭로하기 위한 문학의 파격과 도덕적인 의무를 모두 함축하는 말[2]로 그 의미가 매우 확장적이다. 로마시대에는 정격 운문 풍자(formal verse satire)의 양식을 구체적으로 표현하는 특정 장르를 일컬었지만, 그 후 모든 장르에

---

1) Situra는 Juvenal이 mish-mash(뒤범벅), farrago(잡동사니)의 Ollapodrida(잡탕)이라고 불렀던 것처럼 요리용어일지도 모른다. 이 용어는 퀸틸리안(Quintillian)이 Lucilius에 의해 씌어진 시(6보격의 시)의 종류를 언급하기 위해 사용했으며, 후에 토운에서는 풍자적이지만 형식에서는 풍자적이지 않은 작품을 포함하는 의미로 확장되었다. J. A. Cuddon, *A Dictionary of Literary Terms and Literary Theory*(Blackwell Publishers, 1992), p.827.
2) Alex Preminger · T. V. F. Brogon(co-ed), *The New Princeton Encyclopedia of Poetry and Poetics*(Princeton University Press, 1993), p.1115.

나타나는 특유한 태도나 어조를 뜻하게 되었다.

그러나 전통적으로 풍자는 다양한 장르와 형식들을 무제한적으로 이용해 왔기 때문에 그것을 문학적으로 분류하는 일은 상당히 어렵다.[3] 그만큼 풍자는 문학의 기교나 어조, 혹은 희극미의 하위유형이나 특정 장르로서 다양하게 논의되어 왔다. 특히 아리스토텔레스(Aristotle) 이후 많은 이론가들은 풍자를 희극미의 하위유형, 즉 주관적 골계의 한 유형으로서 특별한 의미를 부여해 왔다. 이는 풍자의 본질을 규명하고 있다는 점에서 주목된다.

풍자는 예술 속에서 희극적인 것의 가장 중요한 형식 중의 하나이다. 희극적인 것의 미적 본질은 그것의 감정적 표현형태와는 상관없이 실재적인 것과 이상적인 것의 충돌 속에서 이상적인 것의 입장으로부터 실재적인 것이 부정되거나 비웃음받거나 심판되거나 폭로되거나 거부되거나 비판되는 데 있다.[4]

풍자라는 용어는 일반적인 미학적 의미로서, 즉 현실세계를 묘사하기 위하여 다양한 형식과 장르들에서 널리 쓰이는 특수한 예술적 방법으로서 사용될 것이다. 풍자는 위협적인 웃음이며, 잔인하고 냉혹한 분노로 폭발할 수 있는 웃음이다.[5]

희극미(골계미)는 숭고 · 우아 · 비장미와 마찬가지로 사회적인 미적

---

3) Francesco Sansovino가 장르의 단계 안에서 풍자를 문체(고급/저급), 주제(고급/저급), 묘사된 인물유형(고급/저급), 모방의 성질(직접/간접)에 따라 분류할 때에도 마찬가지이다. Leon Guilhamet, *Satire and Transformation of Genre*(University of Pennsylvania Press, 1989), pp.2~3.
4) Moissej Kagan(진중권 옮김), 『미학강의』 I (새길, 1989), 207쪽.
5) Avner Zis(연희원 · 김영자 옮김), 『마르크스의 미학 강좌』(녹진, 1987), 227쪽.

체험이다. 그것은 미적 현상이라는 점에서 단순히 심리적·생리적 현상인 우스운 것과는 구별된다. 즉 희극적인 것은 실재적인 것과 이상적인 것의 충돌, 즉 현실과 이상, 미추, 고상한 것과 비천한 것 사이의 모순·불일치의 결과이다. 실재와의 충돌에서 이상적인 것이 패배하면 비극적 종말로 나아가지만, 실재적인 것이 패배할 경우 희극적인 것이 된다. 즉 우리가 삶 속에서 어떤 현상을 관찰하거나 혹은 그것에 대한 예술적 묘사를 지각하게 될 때 그 현상의 추함, 비속함, 얄팍함(이상과의 모순성)을 감지해내어 그것을 보고 웃거나 혹은 우리의 웃음, 아이러니, 냉소, 미소를 통해 무화할 경우에는 이 현상이 희극적인 것이 된다.[6] 이러한 희극미의 한 유형으로서의 풍자는 위협적인 웃음이며, 잔인하고 냉혹한 분노로 폭발할 수 있는 웃음이다. 그것은 또한 하르트만(N. Hartmann)에 의하면 과분한 승인의 형식으로 신랄하게 조롱하면서 무시하는 것이다.[7]

유머·기지·아이러니는 풍자와 함께 희극미를 실현하는 방식이면서 풍자의 방법이 된다. 이것은 풍자가의 태도의 차이에 따라 구분된다. 또한 그 자체로는 풍자가 될 수 없고, 오직 풍자적 목적을 위해 사용될 때만 풍자가 된다. 그리고 바흐찐(M. Bakhtin)이 카니발의 공격무기로 사용한 '역의 위계질서'도 엄밀한 의미에서 풍자의 방법이

---

6) M.S.Kagan, 앞의 책, 206쪽.
7) 하르트만은 희극을 해명하는 점에서 유머와 유사하지만 태도 결정에서는 매우 다른 희극적인 것을 평가하기 위한 방법으로 풍자와 함께 다음 세 가지를 들고 있다. "漫然히 喜劇的인 것을 즐겨 하는 것, 喜劇의 利用만을 노리는 機智, 外面的인 自卑를 통하여 자기의 優越性을 관철하는 아이러니"가 그것이다. 아울러 그는 풍자와 아이러니가 유머와 날카롭게 대립한다고 보았다. N. Hartmann(전원배 옮김), 『美學』(을유문화사, 1989), 434~437쪽.
그리고 그는 세계관의 차이에 따라 풍자를 '靜觀的인 諷刺'와 '刺殺하는 듯한 諷刺'로 분류하였다. '정관적 풍자'는 半낙관적이고 유쾌하며 '자기도 살고 남도 살리는' 태도로, 유머가 중심이다. 반면에 '刺殺하는 듯한 풍자'(신랄한 풍자)는 인생 전반에 대한 분노에까지 극단화할 수 있는 비극적 태도로, 아이러니와 풍자가 중심이다. 그러나 '刺殺하는 듯한 풍자'는 인생관이 너무 부정적이기 때문에 훌륭한 성과를 거둘 수 없다고 보았다. N. Hartmann, 위의 책, 454쪽.

라고 할 수 있다.[8]

　따라서 풍자는 대상을 우스꽝스럽게 만들기 위해서 주관적 골계의 하위유형인 유머(해학), 기지, 아이러니뿐만 아니라 비유나 상징 들의 가능한 많은 기교를 이용하는 까닭에 기법에서 무제한적이라고 할 수 있다.[9]

　다음으로 풍자를 장르론적 측면에서 살펴보면 아리스토텔레스[10] 이후 퀸틸리안[11], 방띠겜[12], 사르트르[13], 프라이[14] 들의 많은 논자들에 의해 풍자를 장르로 파악하려는 시도가 있었다. 그러나 풍자를 하나

---

8) 역의 위계질서는 거지들과 같이 낮은 신분의 사람들이 높은 사람, 고상한 것을 낮추고 폭로하고 그 가치를 떨어뜨리거나 언어나 예술에서 모든 형태의 표현들을 낮추는 카니발의 기술이다. 그것은 왕에게 모욕을 주거나 평신도들이 수도원의 수도사들이 하는 짓을 조롱할 때처럼 격하시키는 데 목적이 있는 카니발의 기본요소이다. K. Clark · M. Holquist(이득재 · 강수영 옮김), 『바흐찐』(문학세계사, 1993), 299~300쪽. 그러나 카니발 문학이 주체가 대상에 대해서 우월감을 느끼지 않으며, 풍자대상에 자신을 포함시킨다는 점에서 풍자문학과는 차이점이 있다.
9) 민현기는 풍자의 기교를 수사적인 요소와 대상의 속성을 나타내는 내용적인 요소의 두 가지로 나누고 있다. 전자는 주로 아이러니, 위트, 조롱, 과장 들로 독자를 설득시키는 기교를 뜻하고, 후자는 대상의 선택, 표현, 표현의 내적 요소 등 구체적인 기교를 뜻한다. 민현기, 「諷刺小說의 理論」, 『한국근대 소설론』(계명대출판부, 1984), 232~233쪽.
10) 아리스토텔레스에 의하면 희극은 보통 이하의 악인을 모방한다. 여기서 보통이하의 악인은 모든 종류의 악과 관련된 것이 아니라 어떤 특정한 종류의 악, 즉 추악의 일종인 우스꽝스러운 것을 가리킨다. 그는 서사시아 비극의 관계처럼 풍자시를 희극의 선사로 본다. 그에 의하면 풍자시는 단장격 운율을 사용하며, 저속한 시인들이 비열한 자들의 행동을 모방한 풍자시를 썼다고 한다. Aristotel(천병희 옮김), 『시학』(문예출판사, 1983), 42쪽. 그러나 시인의 개성에 따라 서사시나 풍자시라는 장르가 선택된다는 그의 견해는 문제점을 안고 있다. 왜냐하면 풍자의 선택은 시인의 개성뿐만 아니라 상황의 문제를 포함하기 때문이다.
11) 로마의 수사학자인 Quintilian은 풍자를 문학장르로 정의하기 위해 정격운문풍자(formal verse satire)라 하여 독특한 시의 양식을 만들어 내었다. 그가 의도한 장르는 일단 6보격(a genre in hexameters)으로 되어 있고, 비가나 서정시, 비극, 희극, 서사시같은 다른 장르만큼 분명하게 정의내리기 힘든 것이었다. 그러나 이러한 종류의 풍자는 풍자가(혹은 풍자화자인 Persona)와 상대역(Adversarius)이 서로 합치되어 구성되는 준극시(quasi-dramatic poem)이다. Alex Preminger · T. V. F. Brogon(co-ed.), 앞의 책, p.1115.
12) 방 띠겜(P. Van Tieghem)은 장르를 독자들의 심리적 요소를 중심으로 파악하여 풍자가 독자들의 욕망에 부응하는 심리학적 장르라고 본다. Paul Hernadi(김준오 옮김), 『장르론』(문장사, 1983), 58쪽.
13) 사르트르에 의하면 풍자는 신중한 참여문학(소설)의 형태가 아니라 명백하게 편견적인 작가의 현실참여를 보여주는 장르(수필, 시사단평, 예언)이다. Paul Hernadi, 위의 책, 61쪽.
14) 프라이는 풍자이론에 원형이론을 적용하여 풍자를 독자적인 장르로 규정한다. 그는 주인공의 행동 능력에 따라서 아이러니(혹은 풍자) 양식을 설정한 다음 투쟁적인 아이러니, 위트와 유머, 풍자의 희생대상, 도덕적 기준 들을 상술하고 있다. N. Frye(임철규 옮김), 『비평의 해부』(한길사, 1991), 312~337쪽.

의 문학장르로 보려는 견해는 본질적으로 기교론에 집중되어 있음을 알 수 있다. 특히 클라크(M. Clark)와 에이브럼즈(M. H. Abrams)[15]의 풍자형식론은 풍자와 다른 문학을 변별할 수 있는 근거를 밝히고 있다는 점에서 매우 유익하다.

풍자는 항상 효과에 대한 강한 생각이 있으며 어떤 것도 목적 없이는 이루어지지 않는다. 풍자의 궁극적인 목적은 사회의 악과 인간의 우행을 폭로하여 그것을 개선하고, 도덕적인 이상을 제시하는 데 있다. 풍자가 인간의 심술궂음과 어리석음에 대한 비난이라는 존슨(Johnson)식의 다소 제한적인 초기 정의와는 달리 그것의 현대적 정의는 상당히 포괄적이다. 문학의 공리성을 중시한 동양시학에서도 『詩經』을 문학의 전범으로 삼아 시가 풍간하는 기능에 충실해야 하며, 항상 도덕적인 의미를 고려해야 한다는 점을 강조하고 있다. 이 경우 시는 도덕교육과 사회비평의 기능을 농후하게 지닌다. 따라서 풍자의 목표물도 자기 자신을 포함하여 인간 삶의 전영역에 걸쳐 있는 악덕이나 부조리로 그것의 방법만큼이나 무제한적이고 광범위하다고 할 수 있다.

두루 알다시피 풍자의 주제는 인간이 하는 일, 인간이 지향하는 모든 것이다.[16] 그리고 그 주제는 가치있는 것이어야 한다.

---

15) 에이브럼즈는 풍자를 어떤 주제를 우스꽝스럽게 만들거나 거기에 대한 재미 · 멸시 · 분노 · 냉소 들의 태도를 환기시킴으로써 그것을 격하시키는 문학적 기법으로 보았다. 그는 풍자가 아닌 많은 작품 속에서 부수적인 요소로서 나타난다고 본다. 그러나 산문이나 운문이건 간에 많은 문학작품 속에서 주제를 조소로써 격하시키려는 시도가 전체의 구성원리 역할을 하고 있는데, 이러한 작품들이 풍자의 형식상의 장르를 이루고 있다고 본다. 그는 풍자를 크게 공식적(직접적) 풍자(formal satire)와 간접적 풍자(indirect satire)로 나눈다. 전자는 풍자를 하는 목소리가 일인칭으로 발언하는 경우로 화자의 성격이나 태도에 따라 호라티우스풍의 풍자와 쥬비날풍의 풍자로 나누어진다. 후자는 풍자의 대상이 되는 인물의 생각이나 말씨, 행위에 의해 그 인물과 인물의 견해를 우스꽝스럽게 만드는 문학적 형식이다. M. H. Abrams, *A Glossary Literary Terms*(Harcour Brace Jovanovich College Publishers, Sixth Edition, 1995), pp.188~189.
16) A. Pollard(송낙헌 옮김), 『풍자』(서울대출판부, 1986), 9쪽.

풍자의 생명은 진실이다. 실제로 일어난 일은 반드시 아니더라도 무방하나 실제로 일어날 수 있는 일이 아니어서는 안 된다. 따라서 '날조'도 아니고 '중상'도 아니다. '사생활을 폭로하는' 것도 아니고 다만 사람들을 놀라게 하는 '奇聞'이나 '怪事'만을 기록하는 것도 아니다.[17]

풍자는 세상을 버리고 세상에서 버림받은 것을 결코 다루지 않는다. 풍자는 언제나 작가가 살고 있는 당대의 세계에서 발견되는 현상들을 겨냥한다. 죽음과 같은 초월적인 주제를 다루는 경우에도 삶에 대한 반성이나 생애에 대한 논평으로서 다룬다. 특히 풍자의 주요한 주제 중의 하나는 이미 그 실용가치가 없어졌는데도 여전히 존재하고 있는 삶의 현상들이다.[18] 자신의 긍정적인 내용이 이미 소모되어 그 존재 권리를 상실했는데도 본질을 가장·은폐하여 나타나는 모든 현상들은 풍자의 대상이 될 수밖에 없다. 따라서 풍자는 가장 세속적이고 사회적인 문학양식이라 할 수 있다.

여기서 우리는 자신을 일종의 사회 개혁가로 간주하면서 풍자를 수행하는 풍자가의 도덕적 자부심과 가치관에 유념할 필요가 있다. 공자가 『詩經』의 시 삼백 편을 일컬어 사악함이 없다(詩三百 一言蔽之曰 思無邪)고 했을 때 '사무사(思無邪)'는 곧 풍자가의 도덕적 정당성과 사회성을 피력한 개념이라 할 수 있다. '사무사'는 작가의 태도가 공정하다는 뜻이므로 개인적인 불평과 원망을 토로하거나 현실적인 문제를 외면하는 것은 결코 '사무사'가 될 수 없다. 따라서 풍자가는 어떤 경우든지 간에 명확한 도덕적 가치관에 입각하여 풍자를 수행하는 것이다.

---

17) 노신(한무희 옮김), 「풍자에 대하여」, 『魯迅文集』(일월서각, 1987), 108쪽; 「'풍자'란 무엇인가」, 같은 책, 135~137쪽 참조.
18) Avner Zis(연희원·김영자 옮김), 앞의 책, 214쪽.

풍자가는 표준과 이상, 진리, 도덕적 미학적 가치에 대한 自薦의 파수꾼
이다. 그는 자진해서 어리석음과 사회악을 조롱·개선하고 바람직한 규범
에서 벗어난 일탈을 경멸·조롱한다. 따라서 풍자는 악에 대한 일종의 저
항이고 승화와 세련이다. 아이안 잭(Ian Jack)은 풍자가 저항에 대한 본
능에서 기인하며, 그것은 예술화된 저항이라고 했다.[19]

풍자는 인간의 우행과 사회악의 개선, 즉 개인적 가치와 사회적 가
치라는 이중적 가치의 문학적인 실현이다. 물론 후자에 강조점이 놓
여 있다. 풍자가는 도덕적·사회적으로 유용한 임무를 수행하는 존재
로서 풍자대상에 대해서는 '공격'에, 독자들에게는 '폭로'와 '정서적
공감'에 초점을 두어 교정과 개선이라는 풍자의 동기를 실현하고자
한다. 풍자가의 공격이 아무리 잔인할지라도 악을 교정하고자 하는
확고한 가치관을 바탕으로 하는 한 그 분노는 정당하다. 그만큼 풍자
가에게는 최소한도의 함축성 있는 도덕적 관점이 요구된다. 따라서
대부분의 풍자는 세상이 잘 되기를 바라고, 풍자가는 중세의 기사처
럼 진리·정의·개혁의 선두라고 주장한다. 그러므로 풍자는 어조가
너무 심하지 않다면, 그 근본정신은 인간적이다.[20] 물론 그 공격은 단
순한 중상이나 조소, 조롱, 험담, 개인비방과는 구별되는 풍자적 방
법에 의하여 수행해야 한다. 그럴 때만이 풍자가 보편성을 획득하고
독자의 공감을 얻을 수 있는 것이다.[21] 만약 풍자가 독자의 인간주의
의 관점에서 벗어난다면 풍자는 단지 개인적인 욕설의 차원으로 떨

---

19) J.A.Cuddon, *A Dictionary of Literary Terms and Literary Theory*(Blackwell
    Publishers, 1991), pp.827~828.
20) Alex Preminger · T.V.F.Brogan(co-ed.), 앞의 책, p.1115.
21) 존슨은 일반적인 풍자와 개별적인 풍자를 구별하여 "순수한 풍자는 그 사상의 보편성에 의
    해서 특정인을 겨누는 비방과 구별된다"고 하였다. 물론 비방이 특정인에게만 적용되는 것
    이 아니라 한 인물유형으로 확대될 수도 있지만 개인에 대한 풍자는 한 시대에 국한되어서
    풍자의 보편성을 흐리게 하거나 소멸시켜 버릴 위험이 있다. A.Pollard, 앞의 책, 4~5쪽.

어지고 말 것이다. 그만큼 풍자는 공격만큼이나 해명에 관련된다고 할 수 있다. 즉, 공격이 풍자의 어조를 묘사하는 데 도움이 된다면, 해명은 그것이 사용하는 형식의 종류를 제시한다.[22]

전통적으로 풍자는 풍자적 목적을 달성하기 위해 다른 문학 형식들을 부분적으로 이용하거나 아이러닉한 도치를 즐겨 사용해 왔다. 이런 점에서 클라크의 풍자형식론은 매우 유익한 관점을 제공한다.

풍자는 우행의 폭로와 사악의 징벌이라는 두 점을 풍자의 세계의 초점으로 하여 타원형을 그리며 왕복운동을 한다. 풍자는 경박한 것과 진지한 것 사이를, 그리고 아주 사소한 것과 교훈적인 것 사이를 왕복하며, 극히 유치하고 잔인한 것으로부터 고도로 세련되고 우아한 것에 이른다. 풍자는 獨白, 對話, 書簡, 演說, 敍述, 風俗描寫, 性格描寫, 寓話, 幻想, 漫畫, burlesque, parody 및 기타 어떠한 수단이라도, 단독으로 또는 혼합시켜 사용한다. 또한 풍자는 wit(機智), ridicule(嘲弄), irony, sarcasm(비꼼), cynicism(冷笑), sardonic(嘲笑), invective(욕설), 즉 풍자의 스펙트럼帶에 있는 모든 어조를 사용함으로써 그 표면을 다양한 색상으로 변화시킨다.[23]

풍자는 어떤 형식이라도 취할 수 있는 개방성을 지닌다. 풍자 목적을 달성하기 위하여 위트, 아이러니, 야유, 욕설, 패러디나 역설, 깎아내리기(축소), 부풀리기(과장) 들의 이용 가능한 많은 기교나 어조를 사용한다. 이 때문에 풍자는 장르 변화의 주요한 요인으로 기술되기도 한다.

---

22) Ronald Paulson(김옥수 옮김), 『풍자문학론』(지평, 1992), 16쪽.
23) Arthur Pollard, 앞의 책, 6쪽.

이상에서 살펴본 것처럼 서양시학에서는 주로 풍자형식에 치중하여 풍자문학에 대한 논의를 전개하였음을 알 수 있다. 다음으로 동양시학에서는 풍자를 어떻게 인식하고 있는가를 살펴보겠다.

전통적으로 동양에서는 문학 그 자체의 가치보다도 문학의 사회학적 가치를 더 중시하는 재도적(載道的) 문학관, 곧 풍교론(風敎論)이 지배적이었다. 정통적인 유가들은 시가 근본적으로 도덕·교훈의 일종이며, 정부가 유가를 정치적 이상으로 삼는 한 시의 기능이란 사회적 정치적 사건의 논평을 포함하고 있다고 본다.[24] 물론 논자에 따라서는 유가의 문학관이 문학의 효용성을 강조하여 문학을 정치 도구화했다는 비판을 하기도 한다.

그러나 고전시학에서 풍교의 중요성을 말한 이론은 대개 미자권징지의(美刺勸懲之義)를 구현하고 성정을 순화함으로써 민풍을 교화해 나간다는 『詩經』의 전통을 고수하려는 의식을 드러내거나, 한갓 기예에 치중하기 쉬운 시의 사회적인 기능을 회복하고 확대하려는 의식을 드러낸 것이다.[25] 이런 점에서 『詩經』에 관한 공자의 지적은[26] 시의 기능과 목적에 대한 견해라는 점에서 주목할 만하다. 시의 도덕적 효용에 관한 공자의 관심은 이후 각 개인의 비평 속에서 그의 말을 전거로 인용하는 데서 알 수 있듯이 그 영향은 절대적이라고 할 수

---

24) 유약우(이장우 옮김), 『中國詩學』(명문당, 1994), 122쪽.
25) 鄭堯一·朴性奎·姜在哲, 「古典 文學批評 用語의 槪念 規定」, 『省谷論叢』 第 21輯 別冊(성곡학술문화재단, 1990), 48~50쪽.
26) 시경 삼백 편의 뜻을 한 말로 다한다면 생각에 간사한 것이 없다(詩三百 一言蔽之曰 思無邪). 주희(한상갑 옮김), 「爲政」 2, 『논어·중용』(삼성출판사, 1993), 53쪽. 공자는 '思無邪' 한 마음이 『詩經』 시 삼백 편의 뜻과 작가의 사악함이 없는 생각을 잘 반영하는 것으로 보고, 이 구절을 취해 삼백 편 시의 효용성을 평가하였다. '思無邪'는 작가의 태도를 지적한 말이다. 즉 생각에 사악함이 없다는, 작가의 태도가 공정하다는 뜻이므로, 개인적인 불평과 원망을 토로하는 것은 '思無邪'가 될 수 없다. 또한 당면한 현실을 외면하는 것도 '思無邪'와는 거리가 먼 것이라 할 수 있다. 결국 이 용어는 풍자가의 정당성과 사회성을 드러내는 것이라 할 수 있겠다. 훗날 이 구절은 시의 규범을 논하거나 시인의 시를 평하는 경우에도 보편적으로 사용되었다.

있다.

　　시에는 六義가 있으니, 첫째는 風이며, 둘째는 賦며, 셋째는 比며, 넷째
는 興이며, 다섯째는 雅이며, 여섯째는 頌이다. 이로써 위에서 아래를 風
化하며 아래에서 위를 諷刺한다. 완곡하게 다듬어진 말로써 넌지시 諫하
니, 말하는 자는 죄 받지 않으며 듣는 자는 족히 경계삼을 만하다. 그러므
로 風이라 한다.[27]

　　風에는 두 가지 의미가 있고 이에 대응하는 두 가지 음이 있으니, 그들
이 가리키는 바는 아주 달라서 서로 넘나들 수 없다. 위에서 풍으로 아래
를 교화시키려는 것은 風敎이며 風化이며 風俗이니, 그 음은 平聲이 된다.
아래에서 풍으로 위를 찌르는 것은 風諫이며 風刺요 風喩이니, 그 음은 去
聲이 된다.[28]

　　정약용의 풍시(風詩)[29]는 바른 도리가 실현되지 않는 사회에서 권력
밖에 있는 현인이 미묘한 말 속에 뜻을 의탁하여 우회적인 방법으로
정치적·사회적 비판을 행함으로써 선의 길이 드러나게 하는 시를

---

27) 故詩有六義焉 一曰風 二曰賦 三曰比 四曰興 五曰雅 六曰頌 上以風化下 下以風刺上 主文而譎
　　諫 言之者無罪 聞之者足以戒 故曰風. 卜商 撰, 『詩經大序』, 文淵閣 四庫全書, 第六九冊, 經部
　　詩類(臺灣商務印書館), 4쪽.
28) 風有二義 亦有二音 指趣迥別 不能相通 上以風化下者 風敎也 風化也 風俗也 其音爲平聲 下以
　　風刺上者 風諫也 風刺也 風喩也 其音爲去聲. 丁若鏞, 「詩經講義 補遺」, 『增補 與猶堂全書』 2
　　권(景印文化社, 1982), 461쪽.
29) 『文心雕龍』 「風骨」편에서는 風의 의미를 다음과 같이 규정한다. "詩總六義 風冠其首 斯乃化
　　感之本源 志氣之符契也"(시경에는 六義가 있어서 風이 그 첫머리를 차지한다. 風이란 사람
　　을 감화시키는 본원적인 힘이며, 작가의 사상과 감정의 기세에 대한 구체적인 표현이다). 유
　　협은 문장을 쓰는 것과 관련하여 풍골문제를 전문적으로 논술하였는데, 風은 문장 가운데서
　　예리하고 호쾌한 志氣, 즉 사상과 감정을 가리킨다고 보았다. 그는 풍골을 문장의 내용과 형
　　식의 통일미에 비유하여 논술하고 있는데, 이 용어는 이후 전문적인 학술용어로 정착된다.
　　유협(최동호 엮어옮김), 『文心雕龍』(민음사, 1994), 351~359쪽. 반면에 정약용은 風의 의
　　미를 雅(正言)와 대비하여 正言이 아닌 표현, 즉 徵喩로 보아 간접적인 표현방법으로 보았
　　다. 김흥규, 『朝鮮後期의 詩經論과 詩意識』(고려대 민족문화연구소, 1988), 202쪽.

말한다.[30] 이는 현대의 풍자 개념과 상당히 유사하며, 철저하게 사회
적 효용론의 관점에 서 있다. 유약우도 도덕교육과 사회비평으로서
의 시의 기능에 관한 논의를 종합하면서 시가 개인의 덕성에 영향을
끼치는 도구이므로, 정부에 대한 백성의 감정을 반영해야 하고 사회
악을 고발해야 한다고 본다. 이러한 목적을 달성하기 위해서 시인은
공개적으로 정부를 공격하기 보다는 풍유와 우언[31]을 사용해야 한다
고 했다. 그는 이를 풍간(諷諫)이라 하였다.[32] 따라서 시는 풍간하는
기능에 충실해야 하며, 항상 도덕적인 의미를 고려해야 한다는 데 초
점을 둔다.

　시가 풍간하는 기능을 효율적으로 수행하는 방법은 동양시학의 詩
六義 가운데서 부(賦)·비(比)·흥(興)의 수사법으로 전범화되어 있다.
부는 사물을 그대로 묘사하는 직서법이며, 비·흥은 일종의 비유법이
다. 그러나 비가 "－은 －과 같다"고 표현하는 직유라면, 흥은 "다른
물건을 말하여 읊으려는 말을 끌어 일으키는 것"이라는 점에서 상징
에 가깝다.[33] 특히 흥이 선정을 비유한 것임에 반해, 비는 현재의 실
정에 대해 직접적인 공격을 할 수 없어 유사한 사물을 취하여 말하는
수사이므로, 풍자의 간접성을 효과적으로 표현한 개념이라 하겠다.[34]
이러한 흥·비의 효과를 극대화시킨 시인으로 당대(唐代)의 실정을 풍

---

30) 김흥규, 위의 책, 202~204쪽.
31) 우언(寓言)은 이것을 빌어 저것을 일러 주며, 먼 데 것을 빌어 가까운 데 것을 일러 주고, 옛
　　날을 빌어 오늘의 일을 일러 주며, 사물을 빌어 인간사를 일러 준다. 그렇게 함으로써 추상적
　　이고 심오한 이치를 구체적이고 평이한 고사로 표현해 낸다. 결국 우언은 권유나 풍자의 의
　　미를 기탁한 각종의 고사라고 할 수 있다. 천푸칭(오수형 옮김), 『중국우언문학사』(소나무,
　　1994), 18~19쪽.
32) 유약우, 앞의 책, 124~125쪽.
33) 詩六義 가운데서 風·雅·頌은 시의 內容과 性質, 즉 장르를 말하는 것이다. 風詩는 일반서
　　민의 희노애락의 정감을 노래한 시이고, 雅詩는 조정의 연회 등 인간적인 오락과 즐거움을
　　노래한 시이며, 頌詩는 원시사회에서의 종교의식에 관한 것이다. 반면 興·比·賦는 시의 體
　　裁와 敍述方式을 말한 것이다. 김학주 옮김, 『詩經』(명문당, 1993), 22~27쪽. 동양시학에서
　　는 사물을 直敍하는 것을 옳게 여기므로 그 정도에 따라 興·比·賦의 순서로 놓인다.

자한 신악부시를 남긴 백거이를 들 수 있다.

동양시학에서 풍자의 목적이 인간의 우행과 사회악을 폭로하여 개선하는 데 있으며, 그 방법이 간접적이라는 사실은 서양시학에서도 찾아 볼 수 있는 현상이다. 그러나 방법 면에서 볼 때 동양시학에서 다만 우회적인 표현 방법이라고 언급된 사항들이 서양시학에서는 매우 세분화되어 있다는 점이 다르다. 문학의 효용성을 강조하는 측면은 동·서양시학의 공통점이라 할 수 있다. 그러나, 동양시학이 풍자정신을 강조하는 입장이라면, 서양시학은 풍자형식에 치중하고 있다.

그리고 한국의 경우, 현대문학비평사에서 풍자문학에 대해 최초로 관심을 보인 사람은 최재서였다. 그는 1930년대를 신념의 상실로 규정짓고, 문학의 위기를 극복하기 위한 타개책으로 풍자문학을 제시하였다. 그는 과도기에 놓인 작가가 취할 수 있는 최후의 태도를 비평적 태도로 보고, 풍자문학이 비평적 태도의 문학이라고 보았다.[35] 그는 비평적 태도를 다음과 같이 규정한다.

---

34) 우리의 경우 풍자의 본질이라고 한 수 있는 '간접성'에 주목하고 있는 이론가로 김윤식을 들 수 있다. 그에 의하면 풍자문학은 "작가가 현상 내부에 인식한 질서를 그것이 발생한 현상과는 별개의 질서를 가진 현상 속에 둘 때, 독자로 하여금 그 주어진 앞의 현실을 인식케 함을 예정하고 그 현실을 비판하면서 쓰여진 假託의 작품"이다. 즉 풍자적 작품은 앞의 현상과 거기서 추출된 질서와 가탁된 별개의 이야기, 이 세 조건이 동시에 충족될 때 성립한다. 그는 현상 내부에 인식한 질서를 그것이 발생한 현상과는 별개의 질서를 가진 현상 속에 배치할 때 ① 가공적인 미래소설, ② 동물이야기, ③ 假託的인 역사소설, ④ 고압적인 현실비판이나 역설적인 자기폭로의 모습을 띤다고 보았다. 김윤식, 「諷刺의 方法과 리얼리즘」, 『현대문학』 1968년 10월호, 305쪽.
35) 최재서는 작가의 태도와 기술에 중점을 두는 방법으로 문학 분류를 시도했는데, 작가는 외부 세계에 대하여 수용적 태도와, 거부적 태도, 그리고 비평적 태도를 취한다고 보았다. 수용적 태도는 문학창작에는 가장 적절한 태도이지만 현실에 대해 너무 소극적이라 보았다. 그리고 거부적 태도는 진정한 의미에 있어서 예술적 태도가 아니라고 보았다. 즉 그는 거부적 태도가 이상과 주의의 선전에는 유효하나, 진정한 문학으로서 사람의 예술적 상상에 호소하는 데는 비현실적이라는 약점이 있고, 생활태도로서도 일반 민중을 통일할 만한 태도가 아니라고 보았다. 그래서 그는 과도기에 있어 작가가 취할 수 있는 최후의 태도는 비평적 태도라고 보았다. 비평적 태도는 수용적 태도와 파괴적 태도의 중간에 위치하며, 전자에 비하면 파괴적이고 후자에 비하면 소극적이다. 그래서 그는 작가가 비평적 태도를 가질 때에 풍자가 부수한다고 보았다. 최재서, 「諷刺文學論－文壇危機의 一打開策으로서」 2·3·4, 『조선일보』 1935. 7. 18~21.

이 態度는 人生과 社會를 都賣的으로 拒否한다는 冒險을 하지 안는다. 그는 위선 立場을 現在에 둔다. 그리고 目前에 살아 잇는 사람과 制度를 拉致하야다가 批判의 俎上에 올린다. 그는 社會의 表面을 아는 同時에 裏面을 안다. 그는 將來할 理想的 社會를 그리는 것보다는, 現在에 우리가 목도하고 그리고도 認識치 못하는 모든 欠과 惡을 擴大하고 惑은 摘出하고 惑은 揶揄하고 惑은 惡罵한다.[36]

최재서는 비평적 태도가 거부적 태도에 비해 초월적이고 도피적이라는 비난이 있다고 해서 그것의 사회적 효용성은 멸살되지 않으며, 직접적으로 새로운 인생과 사회를 건설하지 못할망정 구시대의 죄악과 부패를 소제하고 소독하는 준비공장은 될 수 있다고 하였다. 그가 당대 문학위기의 타개책으로 제기한 풍자문학은 바로 비평적 태도를 표현한 문학이었다. 그의 풍자문학론이 가지는 의의는 정치적 이념 우위의 문학을 비판적으로 인식함으로써 문학의 위기를 문학의 본질면에서 정확히 통찰하고 있다는 점이다.

최재서 이후 풍자문학은 학계의 비평적 관심의 대상이 되어 다양한 연구성과가 축적되었다. 특히 풍자문학에 대한 최근 연구는 이론적 모색보다는 특정 작가의 작품을 분석함으로써 작가의식이나 문학적 특성을 규명하는 데 치중하고 있다.

결국 이러한 분류의 차이에도 불구하고 풍자의 방법이 간접적이라는 사실은 동서양을 통하여 공통적이다. 따라서 풍자는 형식이나 기교 면에서 다양하기 때문에 어떤 장르나 형식도 이용할 수 있으며, 동원하는 매체에 있어서 무제한적이라고 할 수 있다.

그러나 이러한 형식들은 그 자체로 풍자가 될 수 없고, 오직 풍자적

---

36) 최재서, 앞의 글 3, 1935년 7월 19일자.

목적을 위해 전략적으로 이용될 때만 풍자가 된다. 이 경우 풍자에 내재된 다양한 형식과 풍자의 목적을 분리해서 생각할 수 없음은 자명하다. 풍자가 도덕적 목적에 지나치게 함몰될 경우 단순한 구호로 전락될 우려가 있기 때문이다. 특히 정치나 제도를 풍자할 때 그 위험은 절대적이어서 풍자의 문학성을 의심받을 소지가 있다. 전통적으로 시를 도덕이나 교훈의 일종으로 생각한 유가의 문학관이 문학의 효용성을 지나치게 강조하여 문학을 정치 도구화했다는 비판을 받는 것도 이와 관련이 있으며, 가깝게는 1920년대의 경향시나 80년대의 정치시를 들 수 있다. 따라서 풍자는 그 의도를 실현하기 위해 효과적이고 설득력 있는 형식을 동반할 때 비로소 예술적 가치를 인정받을 수 있다.

일반적으로 풍자는 현상과 본질의 단순한 대립 구조를 취한다. 그것은 화해구조를 취하는 유머와는 달리 악을 징벌하는 갈등구조이다. 풍자 구조의 원형은 원시문화권에서 저주·보복하겠다는 위협이나 악담에 '말로써 사람을 죽여버리는 주술의 힘'이 붙어 넣어졌다고 믿었던[37] 고대인들의 태도에서 엿볼 수 있다. 에스키모인들도 적들과의 분쟁을 해결하는 방법으로 그들에게 치욕감을 주는 조롱조의 노래를 짓고 빈정대면서 싸움을 하였다. 이처럼 풍자는 실제로 벌어지는 전투에서 죽음을 부르는 흉기와 같은 기능을 담당하였다. 초창기의 풍자가 단순한 '명제와 대립'의 구조를 취하고 있는 것도 이러한 고대문화의 전통을 수용한 결과로 볼 수 있다. 기교를 중시하는 현대시의 풍자에 내재된 형식도 선과 악의 두 개의 묘사를 단순히 대립시킴으로써 다양한 풍자적 효과를 창출해 낸다. 특히 현대의 풍자시가 패러디를 전략적으로 채용하고 있는 것은 풍자적인 상상력이 얼마나

---

37) Alex Preminger · T. V. F. Brogon(co-ed), 앞의 책, p.1115.

전통과 밀접한 연관성을 지니고 있는지를 잘 보여준다.

2. 풍자와 패러디의 역학 관계

그동안 많은 이론가들이 공공연하게 패러디를 풍자의 한 수단으로 주장해 왔다. 그린데도 실제로 풍자와 패러디는 그 경계가 뚜렷하지 않다. 패러디를 풍자의 한 형식으로 보든 풍자를 패러디의 한 범주로 이해하든 간에 둘 다 문학적 분류화가 힘든 것은 마찬가지이다.

그러나 허천(L. Hutcheon)은 풍자와 패러디를 구분하는 근거를 그것의 '목표'에 두고 풍자를 사회적 도덕적 기준을 가진 권외적 형태로, 패러디를 심미적 기준을 가진 권내적 형태로 구별하고 있다.[38] 이어서 그녀는 풍자와 패러디 간의 혼동을 다음과 같이 설명하고 있다.

풍자와 패러디가 혼동되는 명백한 이유는 이 두 개의 장르가 자주 함께 사용된다는 데 있다. 풍자는 텍스트상의 상이성을 매개물로 사용하고자 할 때에는 자주 패러디적 형식을 설명적이거나 공격적인 목적에 사용한다. 풍자와 패러디는 모두 비평적 거리와 가치판단을 포함하지만 풍자는 일반적으로 이 거리를 '왜곡하고, 축소하고 상처입히기 위해서' 풍자된 것에 관한 부정적 진술을 만드는 데 사용한다. 그러나 현대 패러디에서는 그와 같은 부정적 판단이 텍스트 간의 아이러닉한 대조에 반드시 암시될 필요가 없다.[39]

---

38) Linda Hutcheon(김상구 · 윤여복 옮김), 『패로디 이론』(문예출판사, 1992), 44쪽, 73쪽을 참조할 것.
39) Linda Hutcheon, 위의 책, 73~74쪽.

한 작품 내에서의 풍자와 패러디의 상호 작용, 즉 그것의 목표의 종류가 다르다는 사실을 무시함으로써 혼동이 증폭되었다고 본다. 그러나 허천이 강조하듯이 오늘날 패러디는 하나의 형식적 총체로서, 다른 텍스트와 유사성을 지녔거나 적용할 수 있는 구조로서 생각되어질 수만은 없는 실용적 차원에서 이루어진다.[40] 오늘날의 패러디에 적합한 용법이 과거에는 모방이라 불리었던 것처럼[41] 패러디는 다양한 방식으로 규정될 수 있다. 특히 동양시학에서 모방이 원전에 대한 숭상과 아울러 예술적 성취의 완성도를 꾀하는 창작방법과 관련된 개념이므로 패러디 또한 매우 확장적인 개념임에 틀림없다.

그러나 허천의 이러한 관점은 전통적으로 풍자의 한 수단로 간주하고 있는 패러디의 관점을 더욱 혼란스럽게 하는 것이다. 물론 패러디가 풍자에만 한정될 수 없는 상당히 확장적인 개념으로서 기생물이라는 평가가 무색할 정도로 현대시에서 두루 채용되고 있음을 부정할 수 없다. 따라서 이 글에서는 패러디를 풍자적 의도를 달성하는 주요한 수단이며 풍자의 중요한 변형으로 간주하는 지극히 제한적인 개념으로 사용하고자 한다. 이러한 점에서 이 글은 패러디에 관한 최근의 비평적 논의와는 어느 정도 차별성을 갖는다. 그렇다고 해서 패러디가 함축하는 실용적인 범주로서의 지배적인 문학 현상을 부정하는 것은 아니다. 다만 패러디가 풍자의 다양한 기법 중의 하나이자 비평적 형식의 하나로 현대시에서 보편적으로 채용되고 있는 사실에 주목한 것이다.

풍자대상은 일반적으로 이해하고 있는 형식의 전도를 통해서 가장 잘 공격되어 진다. 특히 패러디는 현대시에서 가장 널리 이용되는 풍자 방법 가운데 하나이다. 물론 패러디가 언제나 대중적인 것이 되어

---

40) Linda Hutcheon, 앞의 책, 82~83쪽.
41) Linda Hutcheon, 위의 책, 23쪽.

왔으며, 그것이 현대적이라는 생각은 역시 과거에도 지속되어 온 생각이다.[42] 따라서 패러디는 원전이나 그 대상 장르에 의존해 있다고 간주될 뿐만 아니라 다른 공식적 장르의 한 변종으로서 가장 중요한 풍자성을 지니고 있는 것으로 간주된다.[43]

> 패러디는 일종의 풍자적 모방이다. 풍자의 한 분야로서 패러디의 목적은 조롱적일 뿐만 아니라 교정적이다. 〔…줄임…〕 패러디는 훌륭하게 수행되기 어렵다. 원전과의 밀접한 유사성과 그것의 주요한 특징들의 신중한 왜곡 사이에 미묘한 균형이 있어야 한다.[44]

패러디는 풍자적 목적을 실현하는 주요한 방법 중의 하나이다. 그것의 주된 동기는 현재의 어리석음과 악을 야유하기 위한 것이며, 풍자가는 원전의 형식과 문체의 균형을 왜곡함으로써 자기 주장을 관철시킨다. 패러디는 허천이 비평적 거리를 둔 반복[45]으로 정의했듯이 모방의 한 형식이다. 이 때의 비평적 거리는 풍자가의 창조성과 풍자 목표를 뚜렷하게 부각시키는 역할을 한다. 즉 패러디된 작품에 대한 풍자적 개작은 원전에 대한 풍자가의 이중적 태도를 반영하고 당대를 향한 풍자적 의도를 반영하는 것이다. 이런 점에서 패러디는 항상 패러디된 작품을 희생시키는 것이 아리라 아이러닉하게 전도시킴으로써 비평을 함축하고 있는 비평의 한 형식이기도 하다.[46]

패러디의 생산과 수용에서 아이러니의 역할은 지배적이다. 왜냐하

---

42) Joseph A. Dane, *Parody*(University of Oklahoma Press, 1988), p.6.
43) Joseph A. Dane, 위의 책, p.10.
44) J.A.Cuddon, 앞의 책, p.682.
45) Linda Hutcheon, 앞의 책, 15쪽.
46) Patricia Waugh는 이를 패러디가 지닌 창작과 비평의 기능으로 설명한다. 즉 패러디의 비평적 기능은 어떤 형식들이 어떤 내용들을 담아낼 수 있는가를 발견하고, 창조적 기능은 최근의 관심사를 표현하기 위해 그것들을 노정시킨다. Patricia Waugh(김상구 옮김), 『메타픽션』(열음사, 1989), 95쪽.

면 아이러니는 패러디에 사용되는 주요한 수사적 책략이기 때문이
다.[47] 루카치가 풍자를 '현상과 본질의 대조'라는 헤겔의 규정에 '직
접적 대조'라는 말을 덧붙였듯이 풍자와 아이러니의 유사성은 주로
형식적인 측면에서 논의되었다. 작가의 심층적 의도를 표층적 언술
에 내재시키는 이러한 이중성은 풍자와 아이러니의 본질적인 측면이
다. 물론 아이러니는 풍자보다 넓은 인식적 배경을 지니고 있다.[48] 그
러나 풍자가 악에 대한 공격과 교정이라는 명확한 도덕적 가치관을
바탕으로 하며 욕설과 같은 직접적인 공격수단을 동원한다는 점에서
아이러니에 비해 훨씬 포괄적이다. 따라서 아이러니도 패러디와 마
찬가지로 풍자의 주요한 수단 중의 하나라고 할 수 있다.

창조와 모방이 상호 유기적으로 결합되어 있는 패러디에서 모방(그
것도 패러디스트의 의도가 개입된 모방)의 정당성 혹은 창작적 개념으로서
의 패러디를 뒷받침해 주는 근거는 바로 아이러니이다. 따라서 풍자
의 광범위한 기법 중의 하나로서 패러디와 아이러니가 고려된다면
풍자와 아이러니, 풍자와 패러디의 범주에 관한 논란은 재론할 여지
가 없는 것이다. 다만 여기서 풍자가 패러디를 전략적으로 채택하는
과정에서 다른 기법들과는 달리 풍자의 구조와 독자의 수용 기능에
주목할 필요가 있다.

먼저 패러디가 풍자의 목표를 실현하는 과정에서 풍자가는 필연적
으로 의도된 효과를 내재시킨다.

---

47) Linda Hutcheon, 앞의 책, 43쪽.
48) 아이러니의 목적은 균형 잡힌 넓은 시야를 성취하는 것, 인생의 복잡성과 가치의 상대성에
대한 인식을 표현하는 것, 직설법으로서 가능한 것보다도 더욱 광범위하고 풍부한 의미를 표
현하는 것, 지나치게 단순하거나 지나치게 독단적이 되기를 피하는 것, 어떤 의견을 진술하
는 권리를 얻게 된 것은 그 의견의 잠재적으로 파괴적인 반대의 의견을 인식하고 있다는 점
을 나타냄으로써 그렇게 되었다는 것을 내보이는 것들이다. D.C.Muecke(문상득 옮김), 『아
이러니』(서울대출판부, 1986), 44쪽.

희극적 요소의 본질은 패러디 목표의 위상을 명확히 하기 때문에 중요하다. 비록 그 목표가 대개 패러디된 작품과 동일시되어 왔음에도 불구하고 몇몇 이론가들은 이견(異見)을 표명해 왔다. 예를 들어 리래브르(F. Lelievre)는 탁월한 많은 패러디들이 패러디된 작품보다는 현저하게 당대적인 다른 어떤 것을 그들의 목표로 삼고 있다는 것을 지적한다. 가령 마르키비츠(H. Marckiewicz)는 당대의 관습과 정치를 조롱하기 위해서 진지한 작품을 개작하는 17세기의 시도들을 언급한다. 허천은 포프의 던시어드가 일리어드를 비판한 것이 아니며, 모의서사시가 대개 서사시를 전혀 겨냥하지 않는다고 주장한다. 또한 프리스트만(J. Priestman)은 포프로 이어지는 패러디된 작품에 대한 조롱을 내포하고 있지 않은 18세기 패러디의 전통을 탐색한다. 그러한 경우에 패러디는 실제로 삼중 구조를 취하며, 패러디 그 자체, 원전과 목표라는 세 개의 텍스트나 두개의 텍스트와 비문학적인 목표(패러디가 풍자적 목적을 위해 사용되는 경우)를 포함하고 있다. 따라서 목표는 왜곡된다. 패러디스트는 풍자적 목적에 보다 가까운 어떤 것을 조롱하기 위하여 원전을 왜곡하며, 종종 왜곡 그 자체를 왜곡한다.[49]

풍자가가 원전을 풍자적으로 개작·왜곡함으로써 패러디는 원전(패러디된 텍스트)과 패러디시 그 자체, 그리고 그것의 목표물이라는 삼중 구조나 세 개의 텍스트 혹은 두 개의 텍스트와 비문학적 목표를 포함한다. 이 목표가 비문학적인 도덕적·사회적인 기준에 맞추어져 있음은 두말할 필요도 없다. 풍자는 패러디에 사회적 기능을 부여하는 동시에 패러디 자체가 지닌 심미적 전통에 대한 탐색까지도 풍자적으로 통합할 수도 있다. 패러디가 패러디된 작품에 대한 조롱을 내포하

---

49) Michele Hannoosh, *Parody and Decadence*(Ohio State University Press, 1989), pp.14~15.

고 있지 않은, 그러니까 원전을 우월한 기준으로 이용하는 경우에 패러디는 선악이라는 두 가지 요소들을 모두 하나의 상징 속에 끼워 넣는다.[50] 따라서 패러디가 풍자적 가치를 실현하기 위해서 사용되면 필연적으로 삼중 구조를 취하게 된다. 그리고 하누쉬(M. Hannoosh)는 패러디된 작품에 대한 조롱을 내포하고 있지 않은 패러디가 삼중 구조를 취한다고 했으나 문병란의 「가난」처럼 원전에 대한 경멸적인 태도를 내포하는 경우에도 이러한 삼중 구조는 여전히 유효하다. 이 때 풍자가가 의도하고 있는 삼중의 목소리를 감지해야 하는 독자의 역할이 무엇보다도 중요하다.

패러디는 원전과 패러디스트, 원전과 독자라는 두 가지의 의사소통 모델을 전제로 성립한다. 전자의 경우에 패러디스트는 작가와 독자의 이중적인 역할, 즉 비평적 독자로 기능한다. 문제는 원전과 패러디 그 자체를 해독해야 하는 독자의 역할이다. 허천이 주장하는 패러디의 가장 중요한 현대성의 징표이기도 한 독자의 능력에 대한 문제는 풍자의 성공 여부와 직결되는 문제이기도 하다. 왜냐하면 풍자는 필수적으로 독자의 공감을 전제로 하므로 독자가 풍자의 삼중 구조를 해독하지 못할 경우 풍자는 실패할 수밖에 없기 때문이다. 그만큼 패러디를 전략적으로 채용한 풍자에서 독자의 지적 능력은 중요하다.

패러디가 기존의 규범(canon)을 함몰시킬 의도를 지녔건, 또는 하나의 보수적 힘으로 의도되었건, 또는 패러디가 원래의 텍스트를 칭찬할 목적을 지녔건 경멸할 목적을 지녔건 어떤 경우이든 독자는 그 의도가 충분히 실현될 수 있도록 이를 패러디로서 해독해야 한다. 독자는 독자반응비평

가들이 주장하는 것보다 더 명백하고 복잡한 양상으로 패러디적 텍스트의 능동적인 공동 창조자가 된다.[51]

패러디에는 텍스트의 생산과 수용이라는 행위가 포함되어 있으므로 작가 못지 않게 독자에게도 패러디의 비평적 독법이 요구된다. 즉 독자들은 그들이 알고 있는 작품이 단지 하나의 문학작품으로서만, 다시 말해서 패러디적이지 않은 작품으로 읽혀진다 해도 패러디되는 텍스트나 전통을 알아야만 한다.[52] 패러디는 시의 역사만큼이나 오래된 문학양식이지만 쉽게 파악되지 않는다. 따라서 독자에게는 노골화된 패러디뿐만 아니라 잠재된 패러디를 파악하는 백과사전적인 지적 능력이 요구된다. 물론 이 때문에 패러디가 정예주의를 지향한다는 비판을 받기도 한다. 따라서 패러디는 작가와 텍스트의 관계를 독자와 텍스트 사이의 관계로 대치시키기 때문에[53] 수용시학은 필수적이다.

3. 패러디의 풍자 양상

패러디를 통해 본 풍자의 유형은 시나 소설 같은 문학적 텍스트뿐만 아니라 광고나 영화 들의 비문학적 텍스트들을 패러디함으로써 매우 다양한 양상을 띤다. 과거에는 특정한 장르나 작품을 패러디하는 것이 지배적이었지만 오늘날의 패러디는 대부분 문화의 재현에 바쳐져 있다. 오늘날 우리 삶의 배경이 다분히 문화적이라는 점 때문

---

51) Linda Hutcheon, 앞의 책, 152쪽.
52) Linda Hutcheon, 위의 책, 152~153쪽.
53) Linda Hutcheon, *A Poetics of Postmodernism*(Routledge, 1988), p.126.

이다. 따라서 패러디의 범주는 장르, 한 시대의 조류나 문체, 특정 예술가, 작품 들로 매우 광범위하여[54] 거의 무제한적이라고 할 수 있다. 모든 기호화된 담론이 패러디에 개방되어 있다는 주장은 벌써 패러디의 범주가 문학에만 한정될 수 없음을 의미한다. 또한 패러디의 본질적인 특성상 그 목표가 예술의 다른 작품이거나 다른 형태의 기호화된 담론으로 제한되어 있기 때문에 패러디 그 자체에서는 매우 다양한 유형을 가질 수밖에 없다.

패러디의 풍자 양상은 일차적으로 패러디스트의 원전에 대한 태도에 근거하여 나눌 수 있다. 즉 원전의 고유성과 의도를 왜곡·조롱하는 경우와 원전을 우월적인 기준으로 삼는 경우, 원전을 이용하여 당대의 사회 정치적 의미를 부각시키는 경우가 그것이다. 또한 원전에 대한 태도 여하에 따라 그 목표가 당대의 비판이냐 아니면 과거를 비판하기 위한 것인가도 고려해야 한다. 대체로 풍자가가 당대를 비판할 때는 보수주의적 입장을 지니며, 과거 비판의 경우에는 혁명적·전위적인 입장을 취한다. 또한 과거를 통해 당대를 비판하는 패러디도 생각해 볼 수 있을 것이다.

그러나 풍자가 당대의 삶의 소건을 벗어나지 않는 가상 세속적인 문학양식인 까닭에 대체로 풍자의 목표를 당대에 맞추고 있다. 또한 독자의 공감을 전제로 한다는 점에서 원전도 인기 있는 대중적인 작품이거나 인지 가능한 장르가 패러디되는 수가 많다.

살구꽃 봉실봉실 핀 밧머리에
이라이라 흐는 저 농부야

<hr>

54) Linda Hutcheon(김상구·윤여복 옮김), 앞의 책, 33쪽.

그 무슨 곡식을 시무랴고 봄밧을 가요
예주리 천자강이 시무랴고 봄밧을 가요
녹두 기장 청경츠조 식코지르기 츰기들기
동부 쥐눈이 출수수를 갈랴 흠나
그 무엇슬 스무랴 흐노

그것도 져것도 다 아니요
구곡 장진 신곡 미등홀 찐에/제일 농량이 긴흔 봄보리 가오

外史氏曰 永得好 永得好

—「耕春麥」

패러디의 본질적인 측면은 독자들에게 친숙한 텍스트를 어떤 방식
이든지 인지 가능한 방식으로 재기능화한다는 데 있다. 풍자는 시조
나 한시, 민요, 판소리, 무가 들의 장르뿐만 아니라 상소문, 일기 들
의 다양한 양식을 패러디함으로써 비평적 기능을 수행한다. 이 시는
원전인 사설시조[55]에 풍자가의 논평을 첨가함으로써 텍스트를 구성
하고 있다. 즉 농촌현실을 낭만적으로 인식하고 있는 화자의 질문과
춘궁기의 고통스런 삶을 살아야 하는 농부의 대답을 통해 농촌사회
를 바라보는 지배계층의 이상론을 정관적으로 풍자하고 있다. 그러
나 이 시는 단지 사설시조를 통해 민중의 현실적인 삶을 드러내는 데
그치지 않는다. 그것은 조선후기의 민중적 세계관에 함몰될 성질의
것이 아니라 국권회복기라는 당대적인 삶의 문제로 제기된다.
　외사(外史)는 민간에서 사사로이 역사를 기록하는 사람이나 역사기

---

55) 정재호·김흥규·전경욱 엮어지음, 『註解 樂府』(고대민족문화연구소, 1992), 701쪽.

록을 일컫는다. 따라서 원전의 우문현답에 "잘 읊었다"(永得好)는 논평의 첨가는 개화적 이상론에 치우쳐 실정을 일삼는 개화세력에 대한 비판으로 보아야 하겠다. 이는 『史記』나 『三國遺事』, 장지연의 『逸事遺事』 들에서 엿볼 수 있는 전통적인 글쓰기 방법으로 박남철의 비평시와 맞닿아 있다. 가령 신경림의 「농무」에 대하여 '목이 메이는' 경의를 표하는 「겨울밤」이나 양성우의 「淸山이 소리쳐 부르거든」에 대한 동일한 제목의 시는 원전 자체에 대한 경의를 비평으로 첨가하고 있다.

> 육공의 망초꽃 민자야
> 노른자가 너의 이름 불러주기 전에는
> 너는 다만 징그러운
> 오공의 구렁이에 지나지 않았다.
>
> 노른자가 너의 이름 불러 주었을 때
> 너는 육공에게로 가서
> 대권밀약의 신부가 되고
> 이대한 결단의 할미꽃이 되고
> 보통사람 시대의 눈물꽃이 되었다.
> 나눠먹기 나눠갖기 갈대꽃이 되었다.
>
> 그래 민자야 민자야
> 노른자가 너의 이름 불러준 것처럼
> 야권통합 흰자도 너에게로 가서
> 못살겠다 갈아보자……
> 대권밀약설 붕괴에 알맞는 최후의 이름을 준비할 수 있을까

참여 속의 변절에 걸맞는

최후의 종말을 안겨줄 수 있을까
　　　　　　　— 고정희, 「민자야 민자야 민자야 - 우리의 봄, 서울의 봄 12」[56]

　이 시는 패러디 그 자체와 패러디된 작품(김춘수의 「꽃」), 권력에 야합하는 기만적인 정치 현실에 대한 비판이라는 삼중의 구조를 취하고 있다. 풍자가는 풍자적 목적을 실현하기 위해 독자들에게 이미 인지되어 있는 작품을 패러디한다. 또한 정치권에서 상당한 발언권과 대중성을 확보하고 있는 특정 정치인의 "학실히"라는 말투를 패러디하여 "노른자"로 상징되는 권력의 중심부에 밀착하는 정치인의 부도덕성을 환기하고 있다. 고정희의 「서울 나그네」와 유하의 「공심대사」도 말놀이를 통해 정치풍자를 수행하고 있는 시이다.

　한 편의 풍자시는 다양한 풍자적 기법들의 총화이다. 원전에 대한 아이러닉한 전도와 더불어 말놀이는 풍자대상을 명확히 하는 데 기여한다. 이 시에서 말놀이는 세련화된 위트의 산물이다. 단순한 말재롱으로만 규정할 수 없는, 표준어와 사투리의 교차를 통해 독자들에게 인식의 계기를 마련해 준다. 고도로 지성화되어 가는 현대의 문화사를 감안하면 현대시에서 위트와 아이러니는 지배적인 요청사항이다. 그리고 그것은 현대사회의 특징인 복잡성을 다원적으로 파악하는 것을 반영한다. 그런데도 이 시는 관념어의 지나친 남발로 인해 비교적 아이러니가 부족한 풍자에 그치고 있다. 물론 작품의 지배적인 어조는 전적인 비난의 형태를 취하지만 풍자의 희미한 경계선들 가운데 하나이다. 확실하게도 독설은 문학작품의 형식 가운데 가장 잘 읽혀지는 형식 중의 하나이며, 그 의도 또한 명백하다.[57]

---

56) 『광주의 눈물비』(동아, 1990), 47~48쪽.
57) N. Frye(임철규 옮김), 『비평의 해부』(한길사, 1991), 314쪽.

패러디의 모방 대상은 모든 기호화된 담론이다. 특히 과거의 특정 장르나 작품을 모방하는 것은 패러디의 가장 보편적인 방식이다. 이 때 패러디가 대체로 이미 잘 알려진 권위 있는 텍스트를 이용한다는 점에 유의할 필요가 있다. 고정희의 시만 보더라도 시의 구조나 문체가 선행 텍스트와 구분이 안 될 정도로 유사하다. 이는 풍자효과의 극대화와 밀접한 관련이 있다. 즉 풍자가 독자의 공감을 전제로 하기 때문에 문학사적 의의를 지닌 친숙한 텍스트들을 패러디함으로써 풍자적 의도를 효과적으로 달성할 수 있는 것이다. 이상의 「烏瞰圖」가 신동문의 「模作烏瞰圖」, 송제홍의 「한 지붕 세 가족 이야기·3」으로, 김춘수의 「꽃」이 오규원(「꽃의 패로디」), 장정일(「라디오같이 사랑을 끄고 켤 수 있다면」), 장경린(「김춘수의 꽃」)으로, 박목월의 「나그네」를 패러디한 고정희의 「서울 나그네」는 다분히 작가의 의도가 개입된 모방으로 볼 수 있다. 성경의 패러디도 마찬가지이다. 기독교적 세계관을 전면적으로 부정하거나 신성모독을 의도로 한 경우는 상당히 드물다. 원전의 형식을 파괴하는 것이 아니라 오히려 원전을 이용함으로써 당대 현실에 대한 비판을 노정하고 있는 경우가 대부분이다. 민재식의 「속죄양」, 고정희의 「새 시대 주기도문」, 박남철의 「주기도문, 빌어먹을」, 김진경의 「제국주의를 위한 주기도문」은 대표적인 작품이다.

그러나 특정 장르나 작품의 패러디가 국권회복기에서 현대까지의 지배적인 방식이었다면, 현대시는 영화나 광고, 만화 들의 비문학적인 텍스트를 패러디하는 경향이 우세하다.

> 태양혈이 툭 불거진 녹색갑옷의 무사들이
> 요사이 강호에 잘 출두하지 않는다
> 얼마전까지만 모골이 송연한 얼굴로 호패검사를 하던
> 무림제일문의 수많은 졸개들이 단체로

어느 거대한 석실 속에서 엄청난 비전의 절학을 연성하는지

당금 무림계는 폭풍전야처럼 조용하다

불초의 최루장풍을 받아보시오 펑 으악

지랄장풍의 맛은 어떻소이까 펑 으악

껄껄 각구목 검법이다 앗, 저건 곤봉초식!

기실 무공을 모르는 무림의 그외 다수들은

그동안 사대문파를 비롯한 흑백양도의 검객들

제 잘난 맛에 휘두르는 장풍과 칼부림 속에서 얼마나 새우등 터지듯 안

녕하셨든가

내공이 삼갑자가 넘는 절정고수가 탁 손뼉을 치니 억, 진기가 격탕되어

죽고

달마대사의 금강장보다 더 독랄한 최루직격장에 산화하고

호색한 검귀의 채음보양술(採陰補陽術)에 당하고

선진무림창조라는 이름 아래 죽어난 건

언세나 몇몇 주인공 김객들이 아니라

닭잡을 힘도 없는 백면 서생들이었다

내공이 더 증진된 녹색갑옷 무사들의 재출두를 근심하는

검난지상 그외 다수의 삶

〈최루장풍은 금지되어야 한다〉 떠들썩한 기사 속에

오늘자 서간 무협일보엔 이번 무림맹주를 뽑는 영웅 대회에서

무림시대의 종식을 외치다 단 삼합에 패한 공심대사의 존영

허허, 노부를 너무 핍박하지 마시오

무림 제현들께서는 하남일존(河南一尊)과의 협공을 원했지만

어디 정도를 걷는 몸으로서 그런 비겁한 술수를 쓸 수 있겠소?

사실 일대일로 겨뤄도 대세는 결판났었소

무량수불, 노부가 진 건 그 흑도의 괴수가 암기를 날렸기 때문이오

노부는 이번 무림대회를 전면 부정할 것이며,

노부를 성원해준 중원땅 수많은 백성들을 위해 장차

더 위맹한 화염장풍과 공심겁법을 개발항 작정이오

이번엔 종식이 안됐어도 이미 대세는 결판났소

다음 기회엔 학실히……

학실히……

— 유하, 「공심대사 – 무림일기 · 3」[58]

영화와 영화비평, 광고와 무협소설 들의 비문학적 텍스트를 패러디한 유하의 시는 패러디의 다양한 범주를 포함하고 있다. 이 시의 알레고리는 독자의 시각을 무협세계를 연상하게 하는 이 땅의 불운한 정치적 현실로 이끌고 가는 풍자 방법이다. 인용시는 다분히 시사적이며 전형적인 정치 풍자시이다. 시의 제목이기도 한 ‘空心大師’는 특정 정치인을 겨냥한 전통적인 조롱조의 패러디이다. 또한 시인이 무협소설의 인물과 구조, 문체를 패러디한 것은 폭력성을 통해 우리의 역사를 허구세계와 동일화함으로써 정치의 폭력성과 권모술수를 풍자하려는 목직 때문이다. 조동일의 장르체계를 따른다면 대체로 유하는 서정, 서사 극, 교술양식을 교묘하게 패러디하고 있는 셈이다. 즉 「영화사회학」을 비롯한 일련의 영화시는 영화평을 패러디하고 있다는 점에서 교술양식을, 광고언어를 적극적으로 시의 문맥에 채용하고 있는 「수제비의 미학 – 최진실론」 들의 광고시는 극적 양식을, 무협시는 서사 양식을 패러디하여 서정양식 속에 첨가시키고 있는 것이다.

특정인물과 그러한 유형에 대한 말놀이를 활용한 패러디와 마찬가

---

58) 『武林일기』(중앙일보사, 1989), 39~40쪽.

지로 역사적 인물을 패러디함으로써 당대를 비판하는 경우도 있다.

> 석가모니 예수 공자 소크라테스 간디는 말이죠 천하에 둘도 없는 등신
> 졸장부들입니다(당연하죠！)왜냐하면 말이죠 알렉산더 네로 징기스칸 나
> 폴레옹 히틀러가 끝내주는 사내 대장부들이었거든요(당연하죠！)왜냐하
> 면 말이죠 다섯 놈은 빈털털이이고 다섯 분께선 휘황찬란한 순금장검을
> 가지고 있었거든요(당연하죠！)왜냐하면 말이죠 다섯 놈은 파리 한 마리
> 잡아 죽이지도 못하는 겁쟁이이고 다섯 분께선 파리 잡듯 사람들을 막 잡
> 아 죽였거든요[59]

아이러니는 삶의 단면만을 보지 않고 폭넓은 비판을 가능하게 하는
이중적인 기교이다. 그것은 풍자가의 의도를 간접화함으로써 독자의
적극적인 참여에 의하여 그 의도가 실현된다. 따라서 독자는 아이러
니가 내포하고 있는 이중성을 동시에 인식하여야 한다. 이 시는 역사
적 인물을 패러디함으로써 "파리 잡듯 사람들을 막 잡아 죽인" 한국
현대사에 대한 비판적 담론이다. 시인은 성인으로 숭앙되는 "석가모
니, 예수, 공자, 소크라테스, 간디"를 "빈털털이", "겁쟁이"로 격하하
는 반면 파시스트를 "끝내주는 사내대장부"로 격상시킨다. 부풀리기
와 깎아내리기도 풍자의 대표적인 방법이다. 특히 격하는 바흐찐이
카니발의 기본적인 요소로 간주한 역의 위계질서와 같이 격하시키는
데 목적이 있다. 그러나 이 시에서 격하는 성인들을 조롱하거나 모욕
을 주려는 의도가 아니라 오히려 격상된 파시스트의 허구성를 폭로
하는 역할을 한다. 이러한 극적인 대조를 통해 풍자가는 우리의 삶이
정치적 폭력 속이라는 극도의 긴장 속에 놓여 있다는 것과 세상의 허

---

59) 『집도 절도 주민등록증도 없이』(들꽃세상, 1992), 85쪽.

위를 똑바로 직시하고 평화를 이루어야 한다는 비전을 제시한다.

다음으로 원전의 고유성과 의도를 왜곡하고 조롱하는 패러디의 풍자 양상을 살펴보자. 먼저 문학적인 텍스트를 패러디한 경우를 살펴보자.

> 그대 한 송이 국화꽃을 피우기 위해
> 전 우주가 동원된다고 노래하는 동안
> 이 땅의 어느 그늘진 구석에
> 한 술 밥을 구하는 주린 입술이 있다는 것을 아는가?
> 결코 가난은 한낱 남루가 아니다
> 목숨이 농울쳐 히어드는 오후의 때
> 물끄러미 청산이나 바라보는 풍류가 아니다
> 가난은 적, 우리를 삼켜버리고
> 우리의 천성까지 먹어버리는 독충
> 옷이 아니라 살갗까지 썩혀버리는 독소
> 우리 인간의 적이다. 물리쳐야 할 악마다.
> 쪼르륵 소리가 나는 뱃속에다
> 덧없이 회충을 기르는 청빈낙도
> 도연명의 술잔을 빌어다
> 이백의 술주정을 흉내내며
> 괜찮타! 괜찮타! 그대 능청 떨지 말라
> 가난을 한 편의 시와 바꾸어
> 한 그릇 밥과 된장국물을 마시려는
> 저 주린 입을 모독하지 말라
> 오 위선의 시인이여, 민중을 잠재우는
> 자장가의 시인이여.

— 문병란, 「가난」 가운데서[60]

이 시는 표면적으로 보면 서정주의 시 「無等을 보며」[61]의 패러디로 시인은 원전의 의미를 전복시킨다. 가난을 단지 헌누더기에 지나지 않는 것으로 인식함으로써 푸른 이끼〔靑苔〕까지도 수용하는 무등산과 같은 긍정적인 삶의 자세를 거부한다. 풍자가는 가난을 "인간의 적"이며 "옷이 아니라 살갗까지 썩혀버리는 독소"로 규정함으로써 원전의 의미망을 전면적으로 부정한다. 부정이야말로 풍자의 주요한 속성 가운데 하나이다. 여기서 부정의 대상이 원전뿐만 아니라 시인의 다른 시 「국화옆에서」와 「내리는 눈발속에서는」, 심지어 서정주 시인이라는 점은 상당히 주목된다. 이 시는 삶의 갈등을 배제하고 있는 시인의 시세계와 집권층에 순응하는 문단의 비난에도 "괜찮타! 괜찮타!" 스스로 위안하는 서정주를 반민중적이고 위선적인 시인으로 비판한 '시인 비판시'이면서 원전의 세부적인 내용에 대한 패러디시이다. 이른바 순수시 계열의 시와 서정주 시인의 시세계 전반에 대한 비판을 노정하고 있는 것이다. 이와는 반대로 서정주의 팔순을 기리는 박제천의 「헌시」는 서정주의 시구를 그대로 패스티쉬하여 그를 "종교와 같은 산"으로 신격화시키고 있어 대조적이다.

우리는 부모님의 실수로
이 땅에 태어났다
── 이 실수가 그대에겐 역사적 사명이겠지
사명이어라

---

60) 『무등산』(청사, 1986), 26~28쪽.
61) 『徐廷柱詩選』(정음사, 1956). 이 시는 서정주가 1952년 봄학기부터 1953년 가을학기초까지 한 달에 보리쌀 서른 말씩의 광주 조선대학 부교수로 있는 동안 쓴 시이다. 그는 광주에 오게 된 것을 천지에 감사하면서 무등산의 의젓한 모양과 찬란한 해돋이 등을 삶의 모형으로 삼아 이 시를 썼다고 한다. 서정주, 『팔할이 바람 ─ 담시로 엮은 자서전』(혜원출판사, 1988), 173~79쪽.

풍년에도 헛배부른 농민들 위에
쌔코날로
밤을 새우는 여공들 위에
타고 앉아
기생관광 외화획득
짭짤한 포주노릇 ——
유구한 역사
—— 히히히히
불쌍한 세대여
태어나서 지금까지 2~30년
유우구우한 군부정권 아래서
그대의 일생을
차렷, 열중쉬엇, 좌우로 정열
복창소리 봐라 ——
와
전통
—— 이조 오백년이래
뻔뻔스런 물것들의 ——
을
이어받아
민족중흥
—— 모씨가 창당하려는 정당 ——
에
이바지
—— 가입 ——
할

때이다

— 김진경, 「국민교육헌장」[62]

국민의 권리를 규정하려는 목적에서 씌어진 국민교육헌장에는 지배 이데올로기가 명확히 부각되어 있다. 패러디스트는 기만적인 이 지배담론(독재적 담론)의 문체와 구조를 패러디함으로써 대항담론(민주적 담론)으로 전복시키고 대치시켜 버린다. 이러한 대치가 의도적으로 비평적 기능을 수행하는 것은 당연하다. 즉 패러디스트는 국민교육헌장과 지배정권의 허구성을 폭로함으로써 국민의 기본적인 인권과 권리가 얼마나 왜곡되어 왔고 침해되어 왔는가를 단적으로 제시한다.

4. 풍자적 전략으로서 패러디의 위상

풍자의 한 수단으로서의 패러디는 원전을 아이러닉하게 전도함으로써 풍자적 가치를 실현한다. 패러디는 비평적 차이를 둔 반복을 통해 풍자적 거리를 형성하여 독자들에게 당대 현실에 대한 비판적 시각을 제공한다. 따라서 패러디는 과거에 대한 비판적인 글쓰기이자 창조적인 글쓰기라고 할 수 있다.

창작의 독창성이 심각하게 도전받고 있는 오늘날의 상황에서 패러디는 전통적인 풍자의 한 유형으로서 한정되기를 거부하고 있는 듯하다. 그것은 현대성의 뚜렷한 징표로서 형식적 정의와 실용적 기능에 대한 재고를 초래한다. 그런데도 시대적 혼돈과 무질서를 극복하

---

62) 『우리 시대의 예수』(실천문학사, 1987), 135~136쪽.

고자 하는 풍자의 한 방편으로서 패러디가 지닌 모순의 미학은 시대적 요청사항이다. 그것은 패러디의 재정의와 실용적 범주를 최대한 확장한다 하더라도 궁극적으로는 비평적 차이를 둔 반복이라는 원론적인 정의에서 자유로울 수 없기 때문이다. 따라서 패러디가 지닌 비판과 창조의 정신은 풍자의 가장 효율적인 무기로서 그 자신의 위상을 정립하는 것이다. 그것은 또한 사회 정치적 맥락 속에 놓임으로써 단순한 모방과는 분명한 차별성을 지니며 풍자를 고무시키고 새롭게 하는 역동적인 전략인 것이다.

그러나 현대시의 지배적인 문학양식으로서 패러디는 그 쇄신의 기운을 지속적으로 이어갈 수 있을까. 패러디할 수 있는 모든 텍스트를 패러디해 버렸다는 또 다른 고갈의식에 직면하게 될 때 현대시의 행보가 주목된다.

제2장

전영경론

1. 들머리

전영경[1]은 풍자를 시의 중요한 방법으로 내세운 시인이다. 한국전쟁 이후 이승만 정권이 전쟁에 대한 공포감과 패배주의, 허무주의와

---

1) 전영경은 1930년 함경남도 북청군 거산면 성천리 880번지에서 났다. 1953년 연세대학교 국문학과를 졸업하고, 수도여자사범대학 교수(1956~1962년), 동아일보 문화부장(1962~1967년)을 거쳐 1967년부터 동덕여자대학교에서 교수로 일했다. 1955년 『조선일보』 신춘문예에 「先史時代」가 당선되면서 문단에 나섰다. 심사평에서 박종화는 「先史時代」를 발랄하고 감각적인 새로운 시풍을 취했다고 보았다. 박종화, 「심사평」, 『戰後新春文藝 당선시집』 상(조태일·김흥규 엮음, 실천문학사, 1987), 10쪽. 그러나 「先史時代」는 전쟁으로 인한 현재의 상흔과 과거에 대한 향수가 교차되어 있는 현저하게 과거 지향적인 시로 「장미사건」 들의 시와 함께 그의 시에서는 예외적인 유형이다. 1956년에는 『동아일보』 신춘문예에 이영숙이라는 가명으로 상당히 미래 지향적인 「正義와 微笑」라는 시를 투고하여 당선되기도 했다. 낸 시집으로는 『先史時代』(수문사, 1956), 『金山月女史』(신구문화사, 1958), 『나의 취미는 고독이다』(현문사, 1959.12 초판. 재판(1960.12)을 찍을 때 제2부 「이것은 도깨비 집이올시다」를 첨가함), 『어두운 다릿목에서』(일조각, 1964) 들이 있으며, 『永遠한 序章』(일조각, 1969)을 엮어 내기도 했다. 그는 스스로 1953년 還都를 전후하여 '쌍소리 시인'이라는 별명을 얻는 계기가 된 「新하므레트」 시대의 시편들을 씀으로써 현실참여의 시로 그의 시작(詩作)의 전기를 마련했다고 본다. 전영경, 「이곳에 휴지를 버리지 마세요」, 『韓國戰後問題詩集』(이어령 외 엮음, 신구문화사, 1964), 405~408쪽. 문덕수, 『世界文藝大辭典』(교육출판공사, 1994), 1570~1571쪽; 김영삼 편저, 『韓國詩大辭典』(을지출판공사, 1988), 1578~1580쪽; 권영민, 『韓國現代文人大事典』 下(아세아문화사, 1991), 2609~2610쪽 참조.

같은 민중의 복합된 감정을 반공 이데올로기로 정형화시키면서 극도의 억압 구도를 상정했을 때, 현실비판 의식을 풍자적 어조를 통해 적극적으로 드러내었다. 풍자시는 현실도피의 초월의 미학을 주조로 한 당대의 전통 서정시나 모더니즘시와는 달리 역사적 현실을 올바로 파악하려는 리얼리즘 정신의 산물이다. 이런 점에서, 1950년대 우리 시에서 전영경의 문학적 대응방식은 각별하게 여겨진다.

지금까지 전영경 시에 관한 논의는 주로 문학사의 기술과정[2]이나 50년대 시를 전반적으로 개관한 글[3]에서 단편적으로 언급되었다. 특히 50년대라는 공시적 영역 속에 놓이는 송욱에 비해 풍자시인으로서의 그에 대한 문학사적 관심은 거의 없었다고 해도 과언이 아니다. 기존의 연구성과를 간략하게 살펴보면 주로 기법적 측면에 중점을 두고 간략하게 논의되고 있음을 알 수 있다.

먼저 조향은 전영경 시를 백석의 전통을 이은 "쌍소리·잔소리"로 보았다.[4] 그가 지배적으로 채용하고 있는 욕설이 지성의 저급함으로 전락할 위험성이 있음을 경계한 것이다. 반면 최광열은 전영경의 변태추구, 즉 '순수에의 반역'이 오히려 순수하다는 평가를 내렸다.[5] 이것은 전통 서정시나 모더니즘시에 대한 비판적 관점으로 자유분방한 언어구사와 관련된 논의라고 볼 수 있다. 그리고 이재선은 전영경의 시를 아이러니의 요소보다는 지나친 욕설을 담은 신랄한 풍자로 규정한다.[6] 이유식은 대상을 기준으로 전영경 시를 인간에 대한 풍자

---

2) 권영민, 『한국현대문학사』(민음사, 1993), 99~143쪽; 김윤식, 『한국현대문학사』(일지사, 1976), 44~59쪽.
3) 김재홍, 「모국어의 회복과 1950년대의 시적 인식」, 『한국현대시사연구』(김용직 외 여럿, 일지사, 1983); 천이두, 「50년대 문학의 재조명」, 『현대문학』 1985년 1월호; 최동호, 「1950년대의 시적 흐름과 정신사적 의의」, 『韓國現代文學史』(현대문학, 1991); 김윤식, 「해방에서 60년대까지의 시사」, 『한국현대시연구』(민음사, 1989)
4) 조향, 「1959년 시단 총평」, 『조향전집』 2권(김수경 엮음, 열음사, 1994), 58~59쪽.
5) 최광열, 『現代韓國詩批判』 하(예문관, 1969), 26쪽.
6) 이재선, 「諷刺詩論序說」, 『韓國文學의 解釋』(새문사, 1981), 198쪽.

로, 송욱 시를 인생에 대한 풍자로 전범화했다.[7] 그러나 풍자의 주제가 인간에 관한, 인간이 지향하는 모든 것임을 감안한다면 이러한 분류는 타당성이 없다.

대체로 이들 연구는 전영경 시를 전후 현실에 대한 비판적 인식과 풍자로 본다. 그러나 구체적인 작품 분석을 통한 논의라기보다는 문학사적 흐름 속에서 언급하거나 특징적인 기교의 측면만을 지나치게 부각시키고 있어 전체적인 조망을 얻기 힘들다. 또한 풍자가 리얼리즘의 기능으로서 현실비판의 정신을 적극적으로 구현한다고 할 때 그의 시가 가지는 시대적 의미나 내용적인 측면에 관한 논의는 소홀한 편이다.

이 글은 풍자가 지성이라는 현대의 정신사적 특성을 효과적으로 드러내는 창작방법[8]으로서 당대의 사회 역사적 현실과 밀접한 관련이 있다는 점에 주목하여 1950년대에 발표된 세 권의 시집 가운데『金山月女史』와『나의 취미는 고독이다』를 연구대상으로 삼아 전영경 시의 풍자방식과 주제, 작가의식을 고찰하는 데 목적이 있다. 이를 통해 전영경의 시가 김재원, 이상화, 한무학, 김지하, 문병란 들로 이어지는 1960~1970년대의 현실비판적인 시적 경향과 어떤 관련성을 지니는가를 살펴볼 수 있을 것이다.

---

7) 이유식,「戰後의 韓國諷刺詩論」,『현대문학』1963년 6월호.
8) 현대의 문화사가 고도로 지성화되어 간다는 점은 풍자의 객관적인 존재근거가 된다. 왜냐하면 풍자는 지성의 산물이기 때문이다. 서정주는 광복 전의 시와 광복 후의 시의 차이점을 언급하면서, 시정신의 차이 외에 광복 후의 시가 전의 시에 비해 ① 感動의 신선한 점에 있어 많이 회생되었다는 점, ② 현저하게 주지적 경향을 띤다는 점을 들었다. 서정주,「解放前의 詩와 解放後의 詩」,『韓國의 現代詩』(일지사, 1969), 35~37쪽. 이재선도 이와 비슷한 관점에서 광복 전의 시와 후의 시의 차이점을 시인의 태도의 차이, 즉 비평정신에 두었다. 그는 현대시가 "경험의 재창조보다는 '코멘트'하는 것에 더 관련되어 있으며 정서적 충격을 만들어 내는 것보다는 현실적 '쉬뛰아숑'의 知的 인식을 암시하는 것에 더 관련되어 있다"고 했다. 이재선, 앞의 글, 173~180쪽. 그의 말대로 현대시의 이러한 성격은 풍자의 객관적인 성립 조건임은 말할 것도 없다.

2. 상실의 시대와 풍자정신

전후 인간 조건의 황폐화에 대한 인식은 시대적 감성의 일부를 이루며 시인들의 내면세계를 자조와 절망으로 착색하게 했다. 특히 전후세대의 폐허의식은 전전세대와는 달리 전쟁으로 인한 황폐뿐만 아니라 보다 근원적인 존재조건의 황폐를 포함한다.[9] 전영경의 경우도 마찬가지여서 그가 공식적으로는 1955년부터 詩作 활동을 했지만 1951년경 소설에서 시로 전향했다는 전기적 사실로 미루어 볼 때[10] 전쟁체험으로부터 결코 자유로울 수 없었다. 그래서 전쟁체험의 시화는 필연적이었던 것 같다. 전쟁의 상처는 그의 표현을 빌리자면 "끝내 짐승처럼 울"(「半人間」)다가 "형벌과 刑場과 함께 살아 온 목숨들끼리 술잔"(「文化史大系」)을 들게 하거나 "비애를 채집"(「故慶州全氏君變之碑」)하게 했다.

무모한 전쟁이 언제 있었느냐는 듯이 땀을 빼는 대열을 따라, 살을 날리며

고운 상여는 무거운 하늘을 따라 고개를 따라 짐승처럼 울었다.

이끼 낀 나의 마음에도 喪輿는 흐르고, 이끼 낀 너의 마음에도 상여는 흐르

고, 왼통 널려서 죽기도 수태한 싸움과 더부러 이끼 낀 우리들 모두의 마

음에도 상여는 흐르며, 살을 날리어,

---

9) 1950년대 문학작품은 전전세대든 전후세대든 모두 폐허의식을 보여주지만, 전전세대의 황폐의식은 전후세대와는 달리 전쟁으로 인한 황폐한 삶을 의미하는 데 한정된다. 이남호, 「1950년대와 전후세대 시인들의 성격」, 『현대시학』 1994년 6월호, 123쪽.

10) 전영경, 앞의 글, 406쪽.

죽기도 수태한 대열과 더부러,

죽기도 수태한 年輪과 더부러,

—「聖體行列」 가운데서[11]

일요일의 共同墓地는 승지에 돋아난 버섯처럼

일제히 하늘을 향해

抗議를 한다.

(이것이무고한인간의말로올시다)하고.

—「共同墓地」 가운데서[12]

한국전쟁이 남긴 상처는 "즐비진 무덤"과 끝없는 "상여의 행렬"(「聖體行列」)이었다. "술이라도 먹고 죽고 싶은, 사약이라도 먹고 죽고 싶은 생각"(「木石의 絶叫」)은 이 시기의 지배적인 정조였다. 그만큼 전후의 현실은 "마음에도 상여가 흐르고", "피투성이가 된 가슴"(「孤獨에의 虐殺」)에 자학만이 남아 있는 "나무 하나 꽃 하나 없는 무덤"(「遊民의 虛無」) 그 자체였다. 심지어 「半人間」에서는 "세상은 끝난 줄만 알았다"는 종말론적인 인식까지 보이고 있으며, 「新하므래트」에서는 "우리들은 살아 평생에 어찌 보면 먼지, 먼지가 아니면 재"라는 절망적인 인식을 하게 된다.

절망은 진정한 용기나 소망 못지 않게 삶에의 강한 열정에서 오며 그 자체로서 하나의 자기확인이라는 점에서 감상과 구별된다. 그러나 절망의 경험에서 오는 비애나 번민을 스스로의 양식으로 삼아 슬픔이 일종의 자기위안적 경험으로, 나아가 자기 현시적 삶의 방식으로 변질될 때 절망은 타락하여 감상으로 변한다.[13] 박인환을 위시한

---

11) 『先史時代』(수문사, 1956), 27~28쪽.
12) 『先史時代』(수문사, 1956), 70~71쪽.

당대 모더니즘시인들이 죽음이나 허무의 이미지로 착색된 감상의 세계를 보여주었던 반면, 전영경은 이러한 감정의 타락에 빠지지 않았다. 그는 감상적 태도가 파멸을 초래한다는 사실을 자각하고 "시간을 딛고 일어서 머언 후일을 위한 싸움"(「今日의 思考」)에 임한다. 그는 폐허 속에서 모순을 발견하고 그것에 대해 "抗議"(「共同墓地」)하고자 하는 정신을 가지고 있었다. 제2시집 『金山月女史』에서부터 자학이나 비애의 정조가 간혹 나타나긴 하지만 저항과 비판의 목소리가 주류를 이루는 것은 이상한 일이 아니다. 왜냐하면 이 시기의 작품들은 제1기적인 자화상인 동시에 새로운 인간상의 모색 추구를 위한 발판이기 때문이다.[14]

전영경은 전쟁으로 인한 상실의식이 상황의 강제력에 굴복하는 태도임을 자각하고 현실에 대한 균형감각을 회복한다. 이것은 항의의 정신이 "막다른 골목에서 모두 다 미천을 틀고 보면 다 똑같은 책상물림"(「봄 騷動」)이라는 자기풍자로 발전함으로써 구체화된다.[15] 자기풍자의 결과 자기혁신의 방향을 모색하는데, 그는 이것을 "無에의 對決"이라 한다.

인제 남은 것은 가슴도 아닌 時間도 아닌 세계가 아닌 그 아무 것도 아닌 목숨과도 같은 '무에의 對決'과 '무에의 抵抗'과 그렇다. 無意志의 意志뿐이다.[16]

---

13) 김흥규, 「1920년대 初期詩의 歷史的 性格」, 『文學과 歷史的 人間』(창작과 비평사, 1980), 243쪽.
14) 전광용, 「蛇足」, 『先史詩代』(수문사, 1956), 552쪽.
15) 제 1시집 『先史時代』에서 제 2시집인 『金山月女史』로 넘어가는 과도기적 양상을 띠는 작품으로는 「봄 騷動」, 「女性의 證言·1」 들이 있다. 특히 「女性의 證言·1」은 『金山月女史』 연작시편의 성격을 암시하는 역할을 하는 작품이다.
16) 전영경, 「蛇足」, 위의 책, 552~553쪽.

'無'는 전후의 물리적·정신적 폐허를 지칭하고, '무에의 對決', '무에의 抵抗'은 이러한 폐허를 극복하려는 시인의 적극적인 현실인식이다. 이러한 저항정신은 폐허를 폐허로 의식하되 이를 거부하는 화전민의식[17]에 등가되는 것으로 작가의식의 치열성을 가리킨다. 그는 이제 어린 곡물의 싹을 위하여 잡초와 불순물을 제거하는 그러한 불의 작업으로써 출발하는 화전민[18]인 것이다. 화전민의 대결정신은 전영경의 이후 풍자시편에서 특이한 두 가지 풍자양식으로 구현된다.

3. 전영경 시의 풍자 양상

시인은 적합한 화자를 선택하여 상황을 부여하고 교섭하게 함으로써 자신의 관점을 전달한다. 화자는 시인의 관점을 극대화하여 보여줄 뿐만 아니라[19] 작품의 의미와 형식을 주재하는 역할을 한다. 화자에 대한 전통적 관점은 시인과 독자의 관계에 중점을 두고 시인과 화자를 동일시하는 것이 암묵적 관행이었다. 이는 작품 구성요소로서의 화자와 청자의 존재에 의의를 부여하지 않은 견해라고 볼 수 있

---

17) 김윤식은 50년대 폐허에서 돋아나는 전후문학의 3가지 의식으로 화전민의식(이어령), 토착의식(유종호), 죽음의식(고석규)을 들고 있다. 김윤식, 「1950년대 한국문예비평의 3가지 양상」, 『오늘의 문예비평』 1992년 여름호, 29쪽.

18) 이어령은 화전민 의식이 전후세대 문학인들의 정신적 위상이라고 하였다. 이어령, 「火田民 地域 – 오늘의 文學的 條件·A」, 『抵抗의 文學』(경지사, 1959), 9쪽. 전후세대들이 기존의 문학과 전통에 대해 전면적인 부정을 감행한다는 점에서 화전민의식의 발로로 볼 수 있으며, 전영경 시도 이러한 정신의 산물이라고 볼 수 있다. 전후시는 청록파에 대한 반발로부터 시작된다. 전영경의 시는 언어의식면에서 매우 예외적이고 실험적이어서 전통과의 단절의식을 잘 드러내고 있다. 이인석도 이어령과 비슷한 관점에서 파괴적인 요소로 형성되어 있는 인간 사회를 구원할 수 있는 가장 큰 힘은 시정신이라 하여 분단 현실에 놓여 있는 시인이 가져야 할 자세로 보았다. 그는 "現實을 직관하며 肉薄하여 무엇인가 發掘해내야 할 것이다. 새로운 眞實을 發見하고 꿈과 强勤한 生命의 躍動을 불러 일으켜야 할 것이다. 그러한 對決精神이 오늘의 詩精神이어야 할 것이다"라고 주장한다. 이인석, 「現代의 詩精神」, 『동아일보』 1956. 9. 13.

19) 김준오는 화자가 ① 작품의 통일성, ② 객관성, ③ 관점의 극대화, ④ 극적 긴장과 특수성에 기여한다고 본다. 김준오, 『시론』(삼지원, 1991), 198쪽.

다.[20]

　풍자시에서 풍자 대상으로서의 객체와 풍자의 바탕으로서 주체의
양극적 존재는 필수적인 요건이다.[21] 풍자는 객체의 억압과 횡포에
대한 주체의 비판으로 이루어는 셈이다. 이때 시인은 상당히 의식적
으로 화자를 배열한다. 왜냐하면 풍자시인은 그 자신을 화자로부터
분리해내기 때문이다. 풍자방식이 어떻든 간에 시인은 실제로 그가
지니고 있지 않은 태도를 가장한다. 그만큼 풍자시에서 화자는 작가
가 전적으로 공감하지 않은 사상과 시점을 지닌 목소리를 내는 편이
다.

　전영경의 시는 특정한 인물을 내세우는 탈시가 많다. 대체로 부정
적인 인물을 화자로 설정하여 자기의 생각이나 행위의 근거, 가치관
을 말하도록 한다. 탈을 내세운 까닭은 풍자 효과와 밀접한 관련이
있다. 따라서 전영경이 인물에 관심을 기울이는 일은 당연하다. 그는
"작품을 쓰는 데 있어서 상부구조 하부구조 시민사회의 계층 많은 현
대라는 상황의 여러 가지 각도에서 우선 몇몇의 인간 '타입'을 설정
해 놓고 보자는 데 있었다"고 말한다. 그리고 "특종의 인물이거니 가
상의 '타입'이거나 간에 전혀 '모델'이 없다"[22]고 덧붙였다.

　그러나 이 말은 인물의 유형성을 부여하는 근거가 현실에 있지 않
다는 것이 아니다. 왜냐하면 그의 시는 인물을 소재로 하여 삶의 다
양한 양태들을 표현하는 데 바쳐져 있으며, 전후의 혼란상과 맥을 같
이 하기 때문이다. 따라서 그가 특정 화자를 내세운 까닭은 자신의

---

20) 개성론의 관점에서는 화자를 자전적인 것으로 간주하기 때문에 화자의 기능을 확대 해석하
　　는 관점에 대해 회의를 표명한다. 그러나 몰개성론의 시관에서 화자는 제재에 대한 태도를
　　표명하기 위해 창조된 극적 개성이기 때문에 화자를 시인과 엄격히 구분하여 텍스트의 산출
　　자라고 본다.
21) 인권환, 「'토끼傳'의 庶民意識과 諷刺性」, 『판소리의 理解』(조동일·김흥규 엮음, 창작과비평
　　사, 1992), 245쪽.
22) 전영경, 「後記」, 『나의 취미는 고독이다』(현문사, 1959), 131~132쪽.

풍자적 입지를 강화하려는 데 있는 것이다.

전영경의 시는 일인칭 화자의 내적 독백[23]이 주류를 이룬다. 이 화자는 몇 가지 인물 유형으로 나눌 수 있으며, 풍자의 양상은 매우 복잡하게 나타난다. 화자는 자기풍자와 대상풍자를 함께 수행한다. 이 경우 순전히 자기풍자와 대상풍자만 나타나기도 하고, 대상을 풍자하더라도 자기풍자적 요소를 띠는 경우가 더러 있다. 여기서 말하는 자기풍자는 대상풍자를 위한 시인의 전략적 장치이다.

풍자대상은 친일 정치인, 사이비 지식인, 무식한 사장 들의 지배계층과 창녀, 건달 들의 소외계층으로 구분된다. 전자는 존재근거를 상실했다는 점에서, 후자는 사회의 희생양이면서 병적 존재라는 점에서 풍자대상이 되기에 충분하다. 이러한 화자의 설정은 전후사회의 모순뿐만 아니라 그 속에서 비정상적인 삶을 살아가는 지배계층의 허위와 소외계층의 삶의 모습을 분명히 통찰하려는 시인의 전략적인 장치로, 풍자효과를 상승시키는 데 결정적인 역할을 한다.

1) 풍자적 투사의 두 양상

(1) 자기폭로의 아이러니: 지배계층의 경우

자기풍자는 작가가 자신을 해부하고 조소하는 풍자문학의 한 하위 장르이다. 그것은 1930년대 이상 시처럼 자의식이나 자아분열을 통해 나라잃은시대 지식인의 자의식을 냉정한 태도로 관찰한 지적 태도의 산물을 말한다.[24] 이러한 자기풍자의 특징적인 양상은 1950년

---

23) 민현기는 풍자소설의 서술방식을 ① 獨白에 의한 自己暴露, ② 肯定的 인물이 비판하도록 하는 방식, ③ 諷刺作家 自身의 진술, ④ 객관적 위치에서 사건 전개, ⑤ 劇的 變裝의 다섯 가지로 나눈다. 민현기, 「蔡萬植硏究」(서울대 석사학위논문, 1977), 41~44쪽. 그가 작가라고 한 경우는 실제 작가가 아니라 화자이기 때문에 상술한 다섯 가지의 진술방식은 풍자시에도 별 무리 없이 적용할 수 있을 것이다.

대 김수영 시에서도 찾아볼 수 있다. 그러나 전영경 시는 시인이 전략적으로 자기풍자의 형태를 취하고 있지만 시인 자신의 자기성찰의 결과로써 나타나는 최재서의 자기풍자[25]와는 현격한 차이가 있다.

　지배계층에 대한 풍자는 시인이 풍자대상인 일인칭 화자의 허위성에 대해 아무런 논평을 가하지 않고 방조하는 형식을 취한다. 화자가 스스로 자신의 우행과 위선을 폭로하는데, 이는 지배계층의 허위적인 삶을 풍자하는 데 매우 효과적이다.

　— 전체 사원을 모아놓고 무식한 사장이 열변을 토한 것을 시로 엮어 초한 것이다. —

나는 본시 원래 무식은 하지오마는

애국과 애족의 정치 경제인으로 문화와 문명의 선봉으로 기계와 세

멘과 모래를 가지고 철근과 마치로 노동으로 수출과 수입과 밀수로

돈으로 자본으로 예술을 하고 하는데

〔…줄임…〕

세칭 패할 줄 모르는 투우라고 하지오마는

비상한 수완과 관록으로, 김 전무도 아다시피 심 상무도 고 부

장도 아다시피 내 마누라 내 자식놈 내 이웃 친구놈들도 아다시피

---

24) 김준오는 「거울」의 분석을 통해 이상 시의 자의식과 자아분열을 해명하고 있는데, 그는 "自意識의 再歸性"이라는 용어로서 이상문학을 자의식의 문학으로 규정한다. "자의식의 재귀성"이란 자의식이 대상이 바로 자기자신이며, 일상적 자아가 본래적 자아를 인식함으로써 자아를 분열시키고 있는 것을 말한다. 김준오, 「李箱의 「거울」-自意識과 자기모험」, 『한국현대시작품론』(문장사, 1990), 162쪽.

25) 최재서는 풍자문학의 유형을 個人攻擊의 低級한 諷刺, 時代의 政治的 權力을 批判하는 政治的 諷刺, 人類全體를 嘲笑하는 高級한 諷刺, 作家가 作家 自身을 解剖하고 批評하고 嘲笑하고 叱陀하고 辱說하는 自己諷刺의 넷으로 나누었다. 그에 의하면 자기풍자는 자기분열에서 생겨나는 현대의 독특한 예술형식이다. 최재서, 「諷刺文學論-文壇危機의 一打開策으로서」 4·5, 『조선일보』 1935.7.20~7.21. 최재서의 풍자문학론은 W. Lewis의 이론에다 A. Huxley적인 자기풍자를 결합한 것으로 평가된다. 김윤식, 『한국근대문예비평사연구』(일지사, 1990), 250쪽.

비상한 수완과 관록으로 밑도 끝도 상부 하부 중부도 없이 자수성

가로 돈부스러기를 당신들에게 일급이다 월급이다 하고 자선이다 사

업이다 건설이다하고 모자라게 유감하게 어김 없이 지불이지마는 따

분하지마는 조금 미안 참참이지마는

불평 불만 싫으면 나가고 좋으면 있고.

나도 조부는 갑신 정변인가 갑오년에 개혁에 운동에 상투를 깎고

자주와 독립에 벼슬을 했고, 가친은 기미년 만세를 부르고 압록강

을 왔다 갔다 왕래 했고, 왜놈 데놈 무찔렀고, 나도 조부나 가친에

부끄럽지 않게 팔 일오에 육 이오에 자주와 독립에 만세에 자유를

부르고 찾고 기뻐서 정치를 했는데

우리 김 전무, 심 상무도 아다시피 사원 일동도 아다시피 우리 명륜

동 댁도 부산 댁도 삼척 동자도 알지마는

나는 기분파로 애국과 애족과 정치를 몹시 좋아 합니다.

— 「鬪牛」 가운데서[26]

　인용시는 한 인물이 하는 일과 그 자신에 대해서 하는 말[27]에 의해 풍자적 의미가 드러나고 있다. 이처럼 작가가 개입하지 않고 은폐된 채 일인칭 화자의 자기폭로에 의해 풍자가 이루어지기 때문에 고도

---

26) 『나의 취미는 고독이다』(현문사, 1959), 18~21쪽.

27) 폴라드는 인물을 중심으로 풍자적 의미가 나타나는 네 가지 방법을 제시한다. ①한 인물이 하는 일(또는 못하는 일), ②그 인물에 대해서 딴 인물들이 하는 행위 또는 말, ③그 인물이 자신에 대해서 하는 말, ④소설에 있어서는 저자가 그 인물에 대해서 하는 말에 의한 것이다. A.Pollard(송낙헌 옮김), 『풍자』(서울대 출판부, 1986), 34쪽. 이를 풍자 주체의 측면에서 해명한다면 ①과 ③은 인물 자신, ②는 다른 인물, ④는 작가가 풍자대상을 풍자하는 주체가 된다. ①과 ③은 자기풍자로서 화자가 풍자대상이자 풍자주체가 되는 경우이다. 이 계열의 작품으로는 「鬪牛」, 「吳道成牧師」 들이 있다. ②는 대상풍자로서 작중 인물들의 관계에 의해 풍자가 이루어지므로 다분히 소설적이다. ④의 경우 저자를 작가의 관점을 대변하는 화자로 본다면 대상풍자가 된다. 「李間九閣下 · 1-縱과 橫」, 「李間九閣下 · 2-공명정대를 위해서 이건 정말 脅迫」, 「祖國喪失者 · 1-解放」 들의 작품이 이에 속한다. 특히 「祖國喪失者 · 1-解放」의 경우에는 풍자대상인 이간구의 내적 독백과 더불어 논평적 화자가 작품 전면에 나서는 형식을 취하고 있다.

의 풍자 전략이라고 할 수 있다. 이것은 아이러니 양식 중에서 자기폭로의 아이러니에 해당하며, 전영경 시의 지배적인 양상이다. 화자의 위선적인 태도를 독자가 곧바로 인식하도록 하는 풍자적 효과를 갖는 풍자시의 한 기법이라고 할 수 있다. 내적 독백을 통한 자기폭로와 더불어 과장적이고 요설적인 사변체에 의해서 풍자 효과는 더욱 증폭된다.[28]

인용시는 부제에서 밝히고 있듯이 박동국이라는 무식한 사장이 전체 사원을 모아 놓고 연설한 내용이다. 박동국 사장은 전후의 부조리한 사회가 탄생시킨 부도덕한 인물이다. 그는 "애국과 정치 경제사업을 몹시 좋아하"는 기분파로, "족보를 캐면 밀양 박씨에 대대로 대감에 가문이 좋다"는 자신의 내력을 설명한다. 이어서 비상한 수단으로 자신의 욕망을 달성하는 일을 "투우"에 비유하면서 "밀수로 돈으로 자본으로 예술을 하는" 잘난 인물임을 내세운다. 그러나 독자는 화자의 이러한 발언 뒤에 존재하는 작가의 풍자적 의도를 금방 알아차린다.

정치적 지지 기반이 부재했던 이승만 권력이 유지될 수 있었던 실질적인 기반은 미국의 필요에서 나온 반공 이데올로기와 막대한 경제원조이다.[29] 전후 미국은 경제원조를 통해 매판 자본가를 육성했으며, 이들은 이승만 정권의 안정적 지배를 위해 막대한 자금을 정권유지 비용으로 제공하였다. 국가권력과 밀착된 박동국과 같은 매판 자본가가 정치와 예술을 하는 행위는 당연히 풍자의 대상이 된다. 시인

---

28) 반면에 「李間九閣下·1」에서는 "대한제국에 태어나서 조선총독부의 경찰부장을 거쳐 체조 끝에 각하가 되었다"는 일인칭 화자를 직접적으로 비판하는 논평적 화자가 작품 전면에 등장하여 풍자를 수행한다. 「李間九閣下·2」와 「祖國喪失者」에서는 "공명정대를 위해서 협박"하는 논평적 화자의 역할이 너무나 분명하다. 독자들은 사회성 있는 화자의 논평과 그들의 현실을 연관시킨다. 그러나 이 경우 일인칭 화자의 내적 독백에 의한 자기풍자에 비해 풍자효과는 반감된다.
29) 류정임, 「이승만 정권의 권력기반과 성격」, 『한국현대사』 2권(풀빛, 1991), 118쪽.

은 자기폭로의 아이러니를 통해 당대의 지배계층인 "박동국 사장"과 소속 집단에 대한 풍자 효과를 극대화하고 있는 것이다.

이것은 또한 지식인 계층의 허위성을 폭로하는 데서도 알 수 있다.

교단에서 지옥에서

돈 때문에 생활 때문에 자식 새끼들 때문에

마치 어둔 시골 산협 고독한 간이역 역장처럼 신호에 따라서 걸어

서 계단을 밟아서 올라가서 문을 열고.

우둔한 생각만 하고 앉은 교실에서 인제 슬슬 해 볼까.

오늘은 몇장, 제 오장 제 오절 따분한 시간이구나, 이놈아 너는

어느 고등학교에서 왔어 꼭대기에서 피도 마르지도 않은 녀석이 관

상도 제대로 쓰지 못한 자식이 싫으면 밖으로 나가, 가족적 분위기

쌍통을 깨트리누나 적시누나 대갈통을 깨뜨려 버린다.

헤겔 니이체 엘리옷 말로오 진리, 오늘은 이만, 거리로 나간다.

잘못 디딘 발 끝이 사람을 죽이누나, 헐 수 할 수 없다.

관리 국회의원 무역회사 사장 타락한다 가슴에 오는 비는

옛 사랑 찾아오는 비, 가는 비에 흠뻑 젖으면 이럴 때는 종로나 명

동 어느 네거리 한 복판에서 나는 나의 초상화 속에서 신라의 달밤.

피를 토하면서 강으로 가고 바다로 가고, 끝내는 산으로 가야한 하

는 나는 나의 가장 안에서

우선 오늘은 돈 때문에 생활 때문에 자식 새끼들 때문에 에잇 생명

때문에 아침과 같은 사상을 안고 하늘이 되어보는 것이다.

나의 초상화 속에는 무수한 탄혼과.

상처 투성인 영광과 찢기우다 못해 분김에 꾸겨진 세월이 난자하게

가슴을 치면서 대꾸없이 소리 큰 소리 치면서 손찌검으로 욕바 가

지로 구둣발로 거꾸로 모로 되는대로 받고 차고, 박살탕으로 패고

죽이고 싶은 것은

나의 자화상 속에 낙화유수와 같은 세상이 있기 때문이다.

—「詩人金天何氏」가운데서[30]

　인용시는 앞서 살핀 시와 마찬가지로 화자의 자기 폭로에 의해 풍자가 이루어지고 있으며, 독자는 이러한 폭로가 곧 화자 자신의 모욕과 직결된다는 사실을 인식한다. 화자는 교육자의 위치에 서 있으면서도 수업을 "따분한 시간"으로 여기며 반지성적 행위를 하는 인물이다. 이러한 풍자 대상들은 당시 이승만 정권의 정치적 부패와 난맥상, 교단의 무사안일주의가 얼마나 심했는가를 보여주는 것에 해당한다. 특히 첫시집 『先史詩代』의 「蛇足」에서 전영경을 "天何氏"로 명명한 것으로 보아, 인용시는 시인 자신의 풍자적 투사로 볼 수 있겠다.[31]

　이처럼 지배계층에 대한 풍자는 한 개인을 집단적인 인물유형으로 확대시키면서 위선적인 개인의 심리와 허영심, 지식계층의 허위적인 삶의 태도를 폭로할 뿐만 아니라 전후 사회의 현실적 모순을 풍자한 유형이다. 이 인물의 말과 행동은 풍자대상인 동시에 그 자체가 전후 사회의 모순을 내포하고 있다.

(2) 세계환멸의 풍자적 굴절: 소외계층의 경우

　윈담 루이스의 자기풍자론은 타인의 악행이나 우행을 공격하는 행위가 바로 자신의 악행과 우행을 비판하는 행위가 된다는 '풍자적 투사'[32]를 본질로 하고 있다. 즉 시인은 자신의 악덕을 타인에게 투사시

---

30) 『나의 취미는 고독이다』(현문사, 1959), 48~49쪽.
31) 정한모·전광용, 「蛇足」, 『先史時代』(수문사, 1956), 549~552쪽.
32) 김준오, 『한국현대장르비평론』(문학과 지성사, 1990), 242쪽.

켜 실제로는 자신의 내부에 존재하고 있는 악덕을 타인의 입장에서 공격하는 것이다.

그러나 전영경의 시는 특정한 화자를 설정하여 인물풍자와 세태풍자를 실현하고 있는데, 이 경우 화자의 자기풍자는 세계의 유죄성을 전제로 한다. '풍자적 굴절'은 화자가 풍자대상에 대해 비판의식을 가지고 있으면서도 그 비판을 내면화시켜 풍자의 과녁을 자신에게로 돌리는 것을 말한다. 그래서 이 글에서는 '풍자적 굴절'이라는 용어를 풍자적 투사의 변이형식으로 사용하고자 한다.

소외계층의 자기풍자는 "전후 현실의 탁류 속을 헤엄치며 살아 온 하나의 인간상 二十世紀의 나머지 반세기에 접어든 한국의 현실을 추상하여 浮彫해 놓은 한 여인상과 이를 둘러싸고 돌아가는 뭇 군상들이 펼쳐 놓고 있는 현실의 淋漓한 斷面"[33]을 보여 주는 데 치중하고 있다. 특히 『金山月女史』는 시집 한 권 17편이 하나의 연작형태로, 창녀인 여성 화자가 작품의 전면에 나서서 여성의 심리와 전후의 황폐한 삶에 대해 풍자적 굴절을 수행하고 있다. 백수인 남성 화자가 등장하지만 여성의 삶 주변을 묘사하는 과정상의 부산물로 기능할 뿐이다.

버릇없이 꾸며진 얼굴, 입 코 눈 이마 할 것 없이 민주주의, 상탁
이면 하 역시
탁할 수 밖에 없는 여자는 입이 둘.
상은 밥 먹고 말하고, 경우에 따라서는 입맞추는 것이라 하고
그리고 하는 이것 저것 얻어 걸리면 잡수시는 것.
물건이 좋고 나쁘고 크고 길구 가릴 것 없이 느닷없이 대담하게

---

33) 정한모, 「世代의 伯爵」, 『나의 취미는 고독이다』(현문사, 1959), 120쪽.

생긴 입이 하나 아닌 둘이기 때문에

달이 떠도 돈, 해가 떠도 돈, 사실 그래 돈 있고 사람이 있고, 실은

돈벌이 하러 세상에 왔지 무엇하러 왔어, 우선 돈이구 다음에는

옥색 마고자를 입고서 남의 집 귀한 총각을 바람나게 하고

〔…줄임…〕

여자 계집 간나이새끼는 입이 둘, 그래서

망할 간나이새끼는 말이 말이 많다는 말이 말이란 말이다.

—「나비」 가운데서[34]

전영경의 시에는 시의 표제인 김산월 여사 이외에도 많은 여성 화자가 등장한다. 여성을 대상으로 한 대부분의 작품들은 여성들의 자기 삶에 대한 반성적 인식과 냉소, 세계에 대한 풍자가 교차되어 있다. 인용시는 "달이 떠도 돈, 해가 떠도 돈, 돈 있고 사람이 있"는 물질만능주의와 배금주의가 당대 사회의 지배적인 풍조였음을 드러낸다. 그리고 화자는 상부구조의 부패성이 자신의 삶과 밀접한 관련을 맺고 있다는 인식을 한다. 어느 영국기자가 한국의 민주주의를 "쓰레기통에 버려진 장미"라고 한 것처럼 하부구조의 타락성은 당시의 오도된 민주주의에서 기인한다.

"법이 멀고 주먹이 가까운 세상"(「인생은 무엇인가 묻는 주책없는 靑年」)에서 "전쟁에서 시궁창에서 죽지 못해 사는 목숨들"(「양단 치마 저고리와도 같은 抵抗」)의 "웃음에 따르는 고통"(「루바이아트·2-구라파지도」)은 생존 자체가 급선무였던 전후현실에서 오는 것이었다. 화자의 인간 실존과 세계에 대한 인식은 매우 절망적이다.

---

34) 『나의 취미는 고독이다』(현문사, 1959), 50~52쪽.

"사기그릇 같은 가슴"

"개뼉다구 같은 야윈 두 다리"　　　　　　　　　　　　　　—「續·金山月女史」

"숫한 멍이 든 시퍼런 엉뎅이"　　　　　　　　　　　　　—「루바이아트·2」

"파들파들한 육체"　　　　　　　　　　　　　　　　　　　—「女色」

"쓰디 쓴 술잔과 더불어 살아 온 반 평생"

"술잔과 더불어 잔 주름이 간 한 평생"　　　　　　　　—「續·金山月女史」

"비 오듯 눈물이 앞을 가로막는 것은 현실"　　　　　—「續·金山月女史」

"술을 안 먹으면 괴롭기만 한 세상"　　　　　　　　　—「女色」

"산다는 것 자체가 명예롭지 못한 세상"　　　　　　—「李花子·2」

"모든 것이 치사스럽고 메시꼬운 이 세상"　　—「傀儡師·2－自殺俱樂部」

　프라이(N. Frye)에 의하면 풍자적 양식은 힘과 지성에서 우리보다 뛰어나지 못한 인간과 환경이 제시되어 있는 문학이다.[35] 그것은 위에서 드러나듯이 "모든 것이 치사스럽고 메시꼬운 세상"에서 "술잔과 더불어 잔 주름이 간" 창녀의 삶과 그 주변이 제시되어 우리가 그러한 정경을 경멸에 찬 눈초리로 보고 있는 듯한 느낌을 받게 되는 문학이다. 그런 면에서 위의 예들은 당시 소외계층이 전후 사회의 황폐함을 어떻게 인식하고 있었는가를 단적으로 보여주는 목록들이라 할 수 있다. 무엇보다도 인간의 가치가 파괴되고 정상적인 삶이 전도된 매매춘의 비인간적인 정황이 제시되어 있다.

　그들은 "산다는 것 자체가 명예롭지 못한 세상"에서 다만 "고기덩이"에 지나지 않으며, "모든 것 몸버려 마음마저 버려 금이 가고 무너져 깨어져 썩어서 남은 고깃덩이 인간 쓰레기"(「李花子·2」)라는 자조

---

35) N. Frye(임철규 옮김), 『비평의 해부』(한길사, 1991), 51쪽.

와 패배의식을 지니고 있다. 이러한 자조적 엽전의식(葉錢意識)은 나라잃은시대의 체념적인 운명관에 맞닿아 있는 것으로, 전후의 폐허 속에서 일반 대중의 고통스러운 생활을 단적으로 드러내는 것이다. 물론 이러한 세계인식은 화자인 한 개인의 불행을 표상하지만, 당대 소외계층의 삶과 증오의 내용을 대변하는 기능을 수행한다는 점에서 시사적이다. 이러한 의식세계의 표출은 자의식으로의 도피가 아니라 당대의 부정적인 현실을 폭로하는 기능을 수행하는 것이다. 왜냐하면 자학은 세계와의 불화, 즉 세계와 동질화가 불가능하다는 인식에서 자아가 스스로를 부정함으로써 세계를 부인하려는 태도이며, 부조리한 세계에 대한 병적인 응전이자 소극적인 대응이기 때문이다.

화자는 자학적 풍자를 수행하면서도 오히려 자신을 "계집" 혹은 "여성"으로 객관화시키면서 자기부정이라는 의미의 폭을 심화시킨다. 즉 화자는 현실세계의 모순을 인식하면서도 그 모순에 적극적으로 대응하지 못하고 세계 자체를 전면적으로 부정하며, 세계에 대응하는 자기 자신까지도 철저하게 부정하는 풍자적 굴절의 형식을 취한다.

①
여자는 다정하게 솔직하게 사전 통고도 없이 넙적다리 하나를 와
락 쳐 들은 마리린 몬론, 술은 값지고 기분이 나이스의 캐나디안
위스키, 그리고 그리고 잠든 시간만 빼놓고는 진종일 돈벌이 생각과, 그
리고 그리고 돈 앞에서는
개똥도 되고 올챙이도 되고 중뿔도 되고, 그리고 그리고 그리고는

— 「명동伯爵과 종로氏 · 3 - 김산월의 證言」 가운데서[36]

---

36) 『金山月女史』(신구문화사, 1958), 47~48쪽.

②

에이쌍, 계집이란 금테를 둘른 계집이건, 자가용에 무거운 몸을
실은 계집이건, 앞치마를 둘른 계집이건, 유두 분면이건, 바람과
꽃과 달과 에레지, 그리고 그리고 E·A 포우의 이야기를 들려
달라는 계집이건, 그리고 그리고
그리고 계집은 범죄자의 항구, 그리고 그리고 그리고

—「인생은 무엇인가 묻는 주책 없는 靑年」 가운데서[37]

①에서 작가의 도덕적인 전략은 화자를 부정적으로 제시함으로써
타락한 사회의 일면을 고발하는 데 있다. 그러나 화자를 통해 도덕적
타락을 야기시킨 근거를 제시하고자 한 것이 아니라는 점에서 작가
의 사회의식은 내재되어 있다고 보는 편이 타당하다. 풍자의 대상은
"잠든 시간만 빼놓고는 진종일 돈벌이 생각"과 돈 앞에서는 "넙적다
리를 쳐 들은 마리린 몬론"이라 여기는 화자의 도덕적 타락성이다.
또한 돈을 핑계삼아 매매춘에 적극적으로 참여하는 화자의 태도와
관련된 물질적 욕구에의 집착도 풍자의 대상이다. ②에서는 화자가
"계집은 범죄자의 항구"라 하여 ①과는 조금 다른 자기풍자의 양상
을 보이고 있다.

자기풍자는 인생이나 사회에 대한 허무와 무가치적 인식, 개선에
대한 절망감에서 나타나지만 인생의 재출발[38]이라는 의미심장한 의
의를 지닌다. 그러나 소외계층의 자기풍자는 자기성찰을 통한 인생
의 재출발이라는 형태로 나아가지 못하고 있다. 그것은 세계의 폭력

---

37) 『金山月女史』(신구문화사, 1958), 38쪽.
38) "萬一에 人生이나 社會에 對하야 完全히 虛無와 無價値를 늣긴다든가 惑은 改善에 關하
야 아조 絶望한 사람이 잇다면 그는 발서 諷刺의 對象으로서 人類나 社會를 들지 안을 것
이다. 그 代身 諷刺의 메스를 自己自身으로 向한다. 〔…줄임…〕 自己諷刺에 關한 또 한가
지 重大한 動機를 들겟다. 그것은 卽 人生 再出發이라는 것이다." 최재서, 「諷刺文學論」 5,
『조선일보』 1935. 7. 21.

성 앞에 굴복하는 한 개인의 절망적인 인식의 확인에 가깝다. 산월族
의 주변인물인 남성화자의 자기풍자도 같은 맥락에서 이해된다.

> 우리들은 간판도 없고 벼슬도 없고 몽둥이도 없고 그 많은 돈도 빽도
> 구멍도 없고, 그리고 아무것도 없고 보니 금의 한양은 커녕은 우리
> 우리들의 페페는 낮짝이나 처들고 선소리 치면서
> 돌아갈 곳 없는 바지 저고리들올시다.
>
> —「페페 · 르 · 목고」가운데서[39]

"간판도 벼슬도 돈도 빽도 없"는 바지저고리는 못난이에 대한 환유
적 표현이다. 환유는 어떤 사물을 그 속성이나 밀접한 관계가 있는
명칭으로 대신 표현하는 수사법으로, 시대적 의미를 가진다. 풍자가
기법적인 측면에서 무제한적이라는 사실을 감안할 때, 이 시에서 사
용된 환유적 이미지는 시인의 풍자적 의도를 적절하게 구현하고 있
는 셈이다. 특히 화자의 열등의식의 배후에는 세계의 부정성이 내재
되어 있으므로 "바지 저고리"는 세계의 외압 속에서 절망하는 사람들
에 대한 환유소라고 할 수 있다.

열등의식은 1950년대 정신사의 중대한 특징인 엽전의식[40]과 상당
히 밀착되어 있다. 그것은 이조말기와 일본 제국주의의 지배 아래에
서 배태된 사상으로[41], 외세의 침략에 대해 적절히 대처하지 못하고

---

39) 『金山月女史』(신구문화사, 1958), 106쪽.
40) "6 · 25전쟁은 50년대의 한국인으로 하여금 자기보호 본능의 이기주의를 초래하였다. 공무
원과 회사원의 부정이 보편화되고 권력이 남용되고 사기와 절도사건이 빈발하며 지능화되고
소비자를 울리는 악덕 상행위가 일반화되고 서로의 인격을 믿지 못하는 불신풍조가 蔓延되
어 갔다. 한편으로 자기의 불운에 쉽게 屈伏하고 체념해버리는 敗北意識과 自嘲意識이 번
져나갔다. 「朝鮮놈은 별 수 없다」, 「葉錢이 별 수 있나」 하는 유행어가 나타나기 시작한 것
이다. 이것이 50년대의 정신사의 중요한 특징으로 나타난 소위 葉錢意識이다." 김우종, 『한
국현대소설사』, 성문각, 1982, 317쪽.
41) 이동식, 『韓國人의 主體性과 道』(일지사, 1991), 21쪽.

굴복해버린 데서 유래한다. 핵심은 한국인은 못났다는 사고방식이다. 이것은 민족신경증의 증상이기도 하지만 개인신경증과 같은 증상 형성의 과정을 밟는다.

전영경의 시에서 엽전의식은 "하루에도 몇번씩 쥐구멍을 찾는 아버지"(「續 명동백작과 종로氏·1」)로 나타나거나, 아무렇게나 살아 온 그들의 인생이 "버섯, 버섯치고는 독종"이라는 절망적 형태로 형상화된다. 심지어 "하수도 시궁창에 길바닥에 뒹굴고 있는 마음"(「續 나의 마음은 항군가」)을 "수출하"겠다는 역설을 내뱉는다.

> 정신없이 꾸겨서 팽개치다보면 쓰레기통에 버려져 있는 것은
>
> 하수도 시궁창에 길바닥에 뒹굴고 있는 것은
>
> 나의 마음이다 칠부 이자로 빌려줬던 나의 마음이다 술집에서 외상
>
> 으로 매겼던 나의 마음이다, 사랑할 수 없는 너에게
>
> 〔…줄임…〕
>
> 이 거리 저 거리 뒷골목에서
>
> 주워 섬긴 나의 마음이다, 마을에서 도시에서 전선에서 죽었다
>
> 살았다가 남은 나의 마음이다
>
> 나의 마음은 항구, 인제 나의 마음은 수출해야겠읍니다.
>
> ―「續 나의 마음은 항군가」 가운데서[42]

인용시는 김동명의 시 「내 마음은」의 패러디이다. 패러디도 풍자의 대표적 기교이면서 어조이다. 패러디는 과거의 모방이면서 비판이므로 모순과 이중성의 기교라고 할 수 있다. 위 시는 "내 마음"의 비유어인 "호수", "촛불", "나그네", "낙엽"을 통해 사랑의 정열과 애상을

---

42) 『나의 취미는 고독이다』(현문사, 1959), 61~66쪽.

노래한 원전의 주제를 역전시키고 있다. 무엇보다도 "내 마음은 절벽", "쓰레기통에 버려져 있는 나의 마음"이라 하여 당대 삶의 정신적 황폐를 환기하는 기능을 한다.

자기존재에 대한 이러한 인식은 자기부정으로 드러나며, 시인은 정당한 삶을 살 수 없는 부정적 현실에 대한 비판적 시각을 교차시킨다. 전후사회의 구조가 파생시킨 소외계층의 자기반성적 어조는 사회에 대한 비판적 어조로 확대되는 것이다.

2) 대상풍자로서 세계풍자

전영경의 시에는 당대의 부정적인 사회현상에 편승하여 부도덕하게 살아가는 인물들과 소외계층의 삶이 생생하게 부각되어 있다. 물론 자기풍자의 경우에도 문제적인 한 시대에 대한 야유를 근본적으로 내장하고 있다. 이것은 자기풍자의 동기가 당대의 역사적 현실에서 주어졌기 때문이다. 여기에서는 전후의 사회 풍속도가 어떻게 제시되고 있는가를 간략히 살펴 보겠다.

①
인간 세계의 밑바닥, 그 밑바닥에는 경제, 경제 뿐만이 아니라,
어찌 보면 농간과
어처구니 없는 횡포와
폭력이 양의 껍데기를 쓰고 이리 짓 하는
종로나 달디 단 음성이 오고 가는 명동 거리의 어느 처마 처마 밑에서
주검을 강요하던 전쟁도 사내도 마구 간 폐허에서
붉은 입술에 담뿍 웃음을 싣고

—「루바이아트 · 1 - 女獸」 가운데서[43]

②

대체로 하늘이나 우두머리 같은 친구들만이 벼슬깨나 한다는 친

구들만이 돈과 씨름을 하고, 양단 치마 저고리를 두른 계집과

씨름을 하는 이 세상에서

〔…줄임…〕

우정과 의리가 다방 바닥에 떨어진 담배 동강이만도 못한 인생

과 인정이 서글퍼 식은 차를 마시면서

사상, 그것은 새빨간 거짓말. 주의, 그것은 더욱 새빨간 거짓

말. 이상, 그것은 노다지 새빨간 거짓말. 질서, 그것은. 권위,

그것은. 역사, 그것은. 학문, 그것은. 그리고 순수, 그것 역시

새빨간 거짓 말이기 때문에

쓴 웃음을 참다 못해 더럽구 징그럽구 아니꼽구 구찮구 히히 끝

에

그 모든 것이 치사스럽고 메시꼬운 이 세상에서 꽃을 생각하는

우리들은, 우리들 세대의 최후의 백작인가.

—「傀儡師·2－自殺俱樂部」가운데서[44]

전쟁은 "역사", "학문", "질서" 들의 모든 가치체계를 파괴한다. 전
쟁 이전의 세계는 새로운 모습으로 재편되고 다양한 사회현상이 나
타난다. 특히 물적·인적 피해는 생존권의 문제를 제기하면서 인구의
도시집중을 가속화시키고 실업자와 소외계층을 양산한다. 실제로 전
쟁으로 인해 형성된 소외계층이 선택할 수 있는 삶의 방편은 사기,
폭력, 매춘 들로 한정되어 있다.
　인용시에서 화자는 자신의 설 자리를 빼앗겨 버린 소외계층의 삶에

---

43) 『金山月女史』(신구문화사, 1958), 25~26쪽.
44) 『金山月女史』(신구문화사, 1958), 81~84쪽.

대한 문제를 폐허와 폭력의 공간을 빌어 다루고 있다. "폭력이 양의 껍데기를 쓰고 이리 짓 하는" 명동거리는 전후 한국사회의 축도이다. 이 공간이야말로 소외계층이 기거하는 "自殺俱樂部"의 상징이다. 역사와 사회 현실을 망각한 "벼슬깨나 한다는 친구"들만이 득세하는 현실에 대한 화자의 "담배 동강이만도 못한 인생"은 당대 사회의 구조적 측면과 결코 무관하지 않다. ②에서 나타나듯이, 화자는 "인생과 인정이 슬퍼 식은 차를 마시면서" "농간", "횡포", "폭력"으로 말미암아 허물어진 사회구조를 냉연히 내려다보고 있는 것이다.

전후의 혼란상은 시인의 문체를 통해서도 작품에 반영된다. 전영경의 경우에는 문체를 격하시킨다. 풍자가 원래 깎아내리는 문학양식임을 염두에 둘 때 문체의 격하도 풍자의 효과적인 방법이다. 전영경은 시정어나 비속어를 시에 채택하여 자연스러운 어법으로 구사함으로써 시어로서는 충격적인 변화의 계기를 마련했다. 특히 상스러운 일상어의 도입은 소외계층의 정서를 실감있게 전달하는 역할을 한다.

개새끼는 개새끼대로 식칼이 가고, 어깨는 어깨대로 주정뱅이는
주정뱅이대로
다정하게 목침이 날으고, 고함이 오고 가고, 배때기는 배때기대
로 떵따라는 떵따라대로 올챙이는 올챙이대로 미안하게 다급하게
목덜미 위로 두 수 더 떠 보는 요지경 속에서
— 「續 명동伯爵과 종로氏 · 1 - 機械」 가운데서[45]

타락이 일반화된 시대의 언어는 불순하다. 전영경의 시에는 "요강

대가리, 얌생이, 올챙이, 배때기, 새끼, 상판때기, 죽일 놈” 들의 일반
적인 시어를 넘어선 욕설, 비어, 속어 들의 거칠고 직설적인 어조의
표현들이 곳곳에서 발견된다. 그리고 긴요하지 않은 접속어와 조사
를 빈번하게 사용함으로써 의도적으로 시적 긴장감을 이완시키고 있
다. 그의 시를 “精神의 訥辯”, 즉 말을 더듬는다는 뜻이 아니라 인생
과 생활에 대한 절실한 감정을 청산유수처럼 뽑는 요설(饒舌)과 능변
(能辯)[46]으로 본 것도 이러한 관점에서 이해할 수 있다.

　전통 서정장르의 언어절제를 해체한 이러한 요설체는 그의 모든 시
에서 엿볼 수 있는 현상이다. 특히 욕설과 환유적 표현이 많이 채용
되고 있다. 노골적인 욕설과 야유는 본질적으로 부정적인 현실에 대
한 증오를 반영한다. 이재선이 그의 시를 욕설과 비어로 일관된 인간
의 속물성을 풍자한 시[47]라고 한 것처럼 그는 욕설에 민감하다.

　욕설은 대상풍자의 가장 직접적인 방식으로 풍자의 한 어조이다.
욕설은 문학작품 가운데 가장 잘 읽혀지는 형식 중의 하나로 유머 없
는 공격이다.[48] 이는 풍자의 희미한 경계선이기도 하다. 프라이에 의
하면 욕설은 비교적 아이러니가 부족한 풍자이듯이,[49] 거친 욕설은
항상 단순한 현실 비판의 차원으로 전락할 위험을 안고 있다.

　그러나 그의 시에서 사용되는 무수한 욕설들은 비록 경박스러울지
라도 작품에 생동감을 주면서 소외계층의 삶의 현실성을 생생하게
보여주는 효과를 지닌다. 특히 세태풍자의 경우, 욕설의 사용은 화자

---

46) 박목월, 「瘦雲錄」, 『사상계』 1958년 12월호, 334쪽.
47) 이재선, 「諷刺詩論序說」, 『韓國文學의 解釋』(새문사, 1991), 199쪽.
48) N. Frye(임철규 옮김), 앞의 책, 314쪽.
49) 프라이에 의하면 아이러니와 풍자의 주된 차이는 풍자가 공격적인 아이러니라는 점이다. 풍
　자의 도덕적인 규범은 비교적 명료하며, 그 규범에 비추어서 그로테스크한 것과 부조리한 것
　이 측정된다. 그리고 풍자는 구조상 희극에 가까운 아이러니이다. 즉, 한쪽은 제정신이 정상
　적이고, 다른 한쪽은 부조리한 두 사회의 희극적인 싸움이 도덕과 공상이라는 이중의 초점에
　반영되어진다. 반면에 순수한 공상으로 되어 있는 유머는 로맨스에 속한다. N. Frye, 위의
　책, 312~315쪽.

스스로를 격하시키는 역할과 동시에 세계의 격하까지 유도해 낸다는 점에서 풍자적 효과를 획득하는 결정적인 역할을 한다.

시에서 언어선택은 어조에 따라 결정되며, 어조에는 시인의 정신이나 기질, 감성 들이 스며 있다. 시정신이 이러한 어조를 통하여 구체화된다고 볼 때, 전영경 시에는 그의 시정신이나 기질이 잘 드러나 있다고 할 수 있다. 전영경의 시는 거친 욕설과 요설이 작품의 주된 바탕을 이룬다. 이는 무에의 저항, 즉 세계와의 대결에 임하는 시인의 비판적 의지를 강화하려는 책략이다. 그런 만큼 그의 시에서 욕설은 가장 적절한 어조이다. 물론 시인이 직접적으로 고발하는 형태가 아니라 소외계층의 화자를 설정함으로써 이 어조는 풍자성을 배가시킨다.

이러한 어조와 태도는 사회적 함의가 희박한 전통 서정시의 취향을 거부하고, 문학사적으로는 시어의 확대와 더불어 현대시의 한 흐름을 형성한다. 삶에 대한 투철한 반성이 없었던 1950년대의 많은 시인들이 순수시의 기치를 들고서 반공 이데올로기에 순응한 것[50]과는 구별된다.

또한 시어선택이 전후 소외계층의 삶을 형상화하는 것과 맞물려 시적 대상의 확대에 기여했다는 사실도 문학사적 의의를 부여할 수 있다. 특히 1960년대 김수영의 반시론과도 맞닿아 있다는 점에서 시어와 시적 대상의 확대는 1950년대 문학의 독특한 위상으로 자리잡는다.

---

50) 전후문단의 주도적인 세력은 청록파와 생명파의 시인들이다. 이들은 전통 서정시의 창작을 통하여 전쟁이전의 과거세계로 복귀하거나 자연세계로 귀의함으로써 탈이념의 시세계를 구현하였다. 그러나 이는 당시 이승만 독재정권의 문화정책에 일정하게 순응하거나 수렴되는 것이었다.

4. 1950년대 시문학과 전영경 시의 시사적 의의

풍자는 공격성을 본질로 하는 항의의 문학이다. 그 공격은 정면공격이 아니라 측면공격이라는 형태를 취한다. 나라잃은시대와 권위적 독재로 이어지는 한국적 현실에서 볼 때 이 공격의 간접성이야말로 풍자시의 중요한 근거가 된다. 한국전쟁 후 이승만 정권은 전쟁에 대한 공포감과 패배주의, 허무주의 들의 민중의 복합된 감정을 반공 이데올로기로 정형화시켜 정권유지의 수단으로 그것을 전체 사회에 강요하였다. 그리고 정권유지의 물리적인 수단으로서의 경찰과 군부 중심의 국가기구와 청년단체, 이승만 정권의 독단과 전횡을 보조해주는 자유당은 민중의 여론을 올바로 수렴해내지 못했다.

1950년대 풍자시 창작의 직접적인 계기는 바로 이러한 시대 상황에서 주어졌다. 1970년대처럼 민중시를 쓸 여건은 되지 않고, 그렇다고 서정시에 주저앉아 버릴 수도 없다는 작가의 비판적 인식이 풍자시의 창작을 가능하게 했다. 무엇보다도 전영경 시는 상실의식으로 특징지어지는 1950년대의 정신적 풍경과 거리를 유지하는 데서 출발한다. 전영경 시의 시사적 의의를 문학사적 맥락에서 살펴보면 다음과 같다.

첫째, 통시적으로 살펴볼 때 1930년대 최재서의 풍자문학론과의 관련성이다. 최재서의 풍자문학론은 엄밀한 의미에서 장르적 분류는 아니지만 1930년대 신념의 상실로 인한 문단의 위기, 즉 문학의 위기를 극복하기 위한 대안이라는 점에서 일종의 소명적 장르라고 할 수 있다. 그에게 풍자문학은 비평적 태도의 산물이며 리얼리즘 정신의 산물이다. 과도기에 비평적 태도가 요청되듯이 풍자문학은 과도기에 가장 적절한 문학형식인 것이다.

1950년대 역시 광복과 한국전쟁, 4월혁명과 맞물려 송욱의 표현대로 "사상의 전무후무한 공백기"로서 과도기적 양상을 띤다고 볼 때, 이 시기야말로 풍자문학이 본격적으로 요청되는 시기라고 할 수 있다. 전영경의 시를 통해서 알 수 있듯이 전환기적 삶에 대응하는 시인의 대응방식이 비평적 태도의 확보를 통해서 구현된 1950년대의 풍자시는 최재서의 풍자문학론과 인식론적 동질성을 지니고 있다. 물론 최재서가 자기풍자에 중요한 의의를 두었다는 점, 1950년대에서 비평적 태도가 주류적 인식을 이루며 풍자시가 집단적 경향을 형성할 정도는 아니었다는 점에서 1950년대 풍자시가 최재서의 문제의식을 제대로 구현하지 못했다는 부정적 평가를 내릴 수도 있다.

하지만 문학사적 연속성으로 볼 때 1950년대의 시대상황에서 비판정신의 표출이 어려웠었음을 감안하면 1950년대 풍자시는 1930년대 풍자문학이 중요한 이슈로 등장한 것과 무관하지 않다. 모두 상황과 문학적 전개과정의 문제로서 문학사적 의의를 부여할 수 있을 것이다. 즉 1930년대 최재서의 풍자문학론이 지성론의 한 변형으로 창작과 비평 사이의 공론을 거듭하고 있던 당시 문단 전체의 체질 변화를 시도한 논의였던 것처럼, 1950년대 풍자시는 당대 한국시단의 전면적인 부정에서 출발하여 현실 지향성의 강한 지류를 형성하게 하는 계기를 마련하였다. 따라서 1950년대 풍자시는 1930년대 최재서의 풍자문학론의 현실적 의의를 구체적으로 표출한 실례로 볼 수 있다.

둘째, 1960년대 이후 문학과의 관련성이다. 비록 1950년대 풍자시가 몇몇 시인들에 한정되어 일반화되지는 않았지만 1960년대 김수영의 풍자시를 비롯한 1970~80년대 풍자시의 발전적 토대를 마련했다고 볼 수 있다. 두루 알다시피 1960년대는 4월혁명의 경험과 실패에 대응하여 역사적 주체의 자기 동일성을 발견하고 확고하게 다져나가는 시기이다. 4월혁명의 경험은 생생한 체험으로서 문학적 상상력의 원천으로 작용하였다. 따라서 1960년대의 우리 시는 이러한 경험의 다양한 변주로 볼 수 있겠다. 4월혁명의 실패에서 오는 좌절이 한편으로는 허무주의와 패배주의를 심화시키는 계기로 작용하여 현실도피적인 내면탐구의 편향을 가져오기도 했지만, 개인과 사회의 역학 관계에 주목하면서 현실의 근원적인 문제에 비판정신으로 맞서 적극적으로 대응하기도 하였다. 이는 역사적 주체를 정립하는 데 몰두했던 1950년대 후반기 시인들이 보여 준 인식적 경향의 연속선상에서 이해할 수 있는 것이다. 특히 전영경의 언어의식은 시적 진지성이 결여되어 있다는 부정적 평가를 내릴 수 있지만 산문정신과 시의 접맥을 시도하여 일상어의 시적 확대에 기여했다는 긍정적 평가를 내릴 수 있다.

셋째, 공시적으로 살펴볼 때 1950년대 전쟁시와의 관련성이다. 일반적으로 전쟁문학은 적에 대한 선무적 태도나 반전주의에 기초한 휴머니즘의 고취라는 주제의식을 표출한다. 그러나 전반기 전쟁시의 대부분은 보고문학적인 성향을 강하게 내포하면서 가시적인 적에 대한 승전의식을 고취함으로써 애국심의 분발을 촉구하는 데 바쳐지고 있다. 그것은 반공 이데올로기를 의식적으로 앙양하는 결과를 초래하였고, 문학은 관변성을 벗어날 수가 없었다. 그리고 후방지역의 피난문학으로 대표되는 문학적 방황 또한 전쟁 자체의 이데올로기에 대한 인식으로까지 나아가지 못하고 있다는 점에서 전쟁의 상황에 굴복하는 문학형태라고 볼 수 있다.

전시상황에서 창작된 이러한 문학적 성과들이 명백한 목적의식을 전제로 한 것이건 아니건 간에 직·간접으로 분단을 조장하고 민족 정체성의 결집을 와해시키는 결과를 초래하였다. 결과적으로 이승만 정권의 이데올로기적 기반을 강화시키는 데 기여하였다고 볼 수 있다. 유치환의 『步兵과 더불어』(文藝社, 1951), 장호강의 『銃劍賦』(신광사, 1952)·『雙龍高地』(고려사, 1954), 이영순의 『延禧高地』(정민문화사,

1951) 들은 이 시기의 대표적인 전쟁시집이다.

반면 1950년대 전영경의 시는 종군작가단 중심으로 이루어진 전쟁시와는 달리 전쟁 자체를 객관화시킴으로써 간접적이나마 반공 이데올로기의 허구성을 폭로하고 있다. 전쟁과 전후의 상황에 대해 일정한 거리를 유지하면서 반공 이데올로기에 대한 비판적 관점을 견지하고 분단문제를 역사적 시각으로 조망하고 있다. 이는 이승만 정권이 반공 이데올로기를 정치적 편의에서 이용해 왔다는 사실의 자각에서 비롯된 것이다. 이 때문에 1950년대 풍자시는 지배 이데올로기에 대한 저항 이데올로기로서의 역할을 담당하며 관변문학의 한계성을 벗어나고 있다. 특히 1950년대가 정치적 민주화에 대한 어떠한 요구도 차단되던 상황이었음을 생각할 때 이승만 정권에 대한 비판적 관점의 확보는 의미심장한 태도가 아닐 수 없다.

넷째, 전영경의 시와 「후반기」 동인을 주축으로 하는 모더니즘시, 전통 서정시와의 관련성이다. 1950년대 모더니즘시는 광복기의 계몽적 리얼리즘시와 당시 한국시의 주류로 인식되던 청록파 중심의 전통 서정시에 대한 반발에서 출발하였다. 1930년대의 모더니즘시가 퇴폐적인 낭만주의시와 카프 중심의 리얼리즘시에 대한 거부에서 출발하였던 것처럼 1950년대 모더니즘시는 1930년대 모더니즘시의 계승적 의미를 지닌다. 1950년대 모더니즘시는 전쟁에 대한 형이상학적인 물음을 통해 전쟁으로 인해 해체된 인간성의 회복과 새로운 세계의 구축에 중점을 두었다. 그러나 문명비판시를 썼지만 전쟁체험을 통한 내적 사유의 심화과정에서 탈역사적인 측면으로 고착되거나 역사적 현실을 추상화시킨 점은 큰 한계로 남는다.

이러한 한계는 모더니즘시와 대척적인 위치에 놓여 있는 전통 서정시에서도 엿볼 수 있다. 전통 서정시는 외부적 현실보다는 자연세계나 내면세계를 지향함으로써 현실적인 삶의 문제를 희석화하였다.

그들의 탈이념적 지향, 즉 청록파류의 자연과 서정주류의 과거세계
로의 몰입은 결과적으로 당시 이승만 정권의 문화정책에 일정하게
수렴되는 것이어서 현실도피 혹은 체제긍정의 문학이라는 비난을 면
할 수 없다. 이러한 모더니즘시나 전통 서정시에 대한 반성의 계기로
등장한 것이 1950년대 후반의 뚜렷한 시적 지향이었으며, 그 중심에
전영경이 있다. 전영경의 풍자가 자유당 독재의 억압적인 정치현실
에서 예각화되었다는 사실은 시사적 전환의 중요한 계기로서 작용한
다.

　이러한 의의에도 전영경의 풍자시는 일정한 한계 또한 지니고 있
다. 무엇보다도 현실비판 정신과 기법의 조화를 충분히 성취하지 못
했다는 점이다. 대체로 욕설이나 야유로 일관하고 있는데, 풍자 기법
의 단조로움은 풍자 효과를 약화시킬 수 있다. 또한 풍자의 본질인
현상과 본질의 대조라는 이중성이 거의 배제되어 있기 때문에 문학
적 긴장이 부족하다고 볼 수 있다.

5. 마무리

　1950년대 풍자시 창작의 직접적인 계기는 당대의 억압적인 시대상
황에서 주어졌다. '영도의 좌표'로 집약할 수 있는 전후의 현실적 상
황이 풍자적 태도를 유도한 것으로 여겨진다.

　전영경은 전쟁으로 인한 상실의식이 상황의 강제력에 굴복하는 태
도임을 자각하고 1950년대의 역사적 현실을 무(無)로 파악하면서
'무에의 대결'을 구체화하였다. 이어령의 화전민의식에 비견되는 그
의 시의식은 세계풍자의 두 양식인 자기풍자와 대상풍자라는 특이한
두 가지 풍자양식으로 구현되었다.

　풍자적 투사는 지배계층에 대한 풍자와 소외계층에 대한 풍자로 나눌 수 있었다. 지배계층에 대한 풍자는 시인이 풍자대상인 화자의 허위성을 방조하는 형식을 취하고 있었다. 화자가 스스로 자신의 위선을 폭로하게 함으로써 지배계층의 허위적인 삶을 드러내게 하는 자기폭로의 아이러니가 지배적이었다.

　소외계층의 경우에는 화자가 풍자대상을 비판하지고 있으면서도 그 비판을 내면화시켜 풍자의 과녁을 자신에게로 돌리는 풍자적 굴절의 형식을 취하고 있었다. 물론 이러한 자기 반성적 어조는 사회에 대한 비판적 어조로 확대되었다. 세계풍자는 무수한 욕설을 동원함으로써 1950년대의 무질서한 세태의 비판에 초점을 두었다. 전영경의 풍자시는 욕설, 아이러니, 반복, 대비 들의 많은 풍자적 기법을 동원하고 있지만 욕설과 야유가 지배적인 어조를 이루었다.

　전영경의 풍자시는 언어의식 면에서 일상어나 비어, 속어를 자유롭게 구사함으로써 언어의 고상한 취미에 갇힌 전통시에 대한 철저한 거부를 실현하였다. 이러한 시어의 운용은 1960년대 김수영의 시작 활동 속에 활발하게 계승된다는 점에서 주목할 만하다. 그리고 이승만 정권의 이데올로기의 허구성이나 전후사회의 구조적 모순을 폭로하고 있다는 점에서 당대의 전쟁시나 모더니즘시, 전통 서정시와는 상대적인 위치에 놓인다. 물론 집단적인 경향으로서 뚜렷한 흐름을 형성할 정도는 아니었지만, 그의 풍자시는 1960년대 김수영의 풍자시를 비롯한 1970~1980년대 풍자시로 확대·심화되는 토대를 마련하였다.

1. 들머리

1950년대 시의 출발점을 전쟁 체험의 형상화라는 측면에서 볼 때, 한국전쟁의 체험은 당대 문학인들에게는 생생히 살아 있는 원체험으로서 존재한다. 그리고 이후의 문학인들에게는 깊은 정신적 외상으로서 문학적 상상력의 원천으로 작용한다. 그만큼 전쟁체험은 1950년대의 두드러진 시적 지향이었으며, 전후 한국시의 본질을 이해하는 중요한 단서인 셈이다.

지금까지 1950년대 시에 대한 연구는 전후시를 전반적으로 개관한 글[1]을 비롯해 전쟁시 연구[2]와 「후반기」 동인을 중심으로 하는 모더니

---

1) 김재홍, 「모국어의 회복과 1950년대의 시적 인식」, 『한국현대시사연구』(김용직 외, 일지사, 1983); 김재홍, 「1950년대 시」, 『한국근현대문학연구입문』(한길문학 편집위원회 엮음, 한길사, 1990); 천이두, 「50년대 문학의 재조명」, 『현대문학』 1985년 1월호; 최동호, 「1950년대의 시적 흐름과 정신사적 의의」, 『韓國現代文學史』(현대문학, 1991); 김윤식, 「해방에서 60년대까지의 시사」, 『한국현대시연구』(민음사, 1989); 김재홍, 「6·25와 한국의 현대시」, 『현대시와 역사의식』(인하대 출판부, 1988).

즘시에 대한 연구[3]가 주류를 이루었다. 그리고 최근에는 1950년대 문학에 대한 관심[4]이 고조되면서, 개별 작가론을 중심으로 1950년대 시의 성격을 규명하려는 작업[5]이 꾸준히 전개되고 있다. 그러나 1950년대 시사에서 상당한 의의를 지니는 송욱, 전영경, 민재식 들의 풍자시에 관한 연구는 본격화되지 않고 있다.

송욱의 시에 관한 연구는 서평이나 월평, 문학사의 기술에 편입되어 부분적으로 이루어졌다.[6] 구체적인 작품 분석을 통한 본격적인 연구라기보다는 문학사적 흐름 속에서 언급되거나 특징적인 기교나 주제의 측면에서 간단히 언급되어 온 것이 사실이다.

송욱[7]은 시작 초기에서부터 풍자를 시의 중요한 거점으로 삼고 있으며, 풍자적 방법을 통해 현실에 대한 문학적 대응방식을 시 속에 적극적으로 구현한 시인이다. 그래서 송욱 시의 풍자방식과 주제, 시

2) 대표적인 논의로는 김재홍, 『한국전쟁과 현대시의 응전력』(평민사, 1978): 박태일, 「1950년대 한국 전쟁시 연구」, 『경남어문논집』 제5집(경남대 국어국문학과, 1992): 오세영, 「6·25와 한국 전쟁시 연구」, 『한국문화』 제13집(서울대 한국문화연구소, 1992): 한형구, 「1950년대의 한국시 - 전쟁시 혹은 전후시의 전개」, 문학사와 비평연구회 엮음 『1950년대 문학 연구』(예하, 1987): 문선영, 『한국전쟁과 시』(청도거울, 2003) 들이 있다. 『현대시학』 1974년 8월호 특집 '韓國戰爭과 詩 評論'에는 홍신선, 이상훈, 이건청의 소론이 실려 있다.
3) 한계전, 「전후시에 있어서 모더니즘적 특성과 그 가능성」, 『시와 시학』, 1991년 봄·여름호; 김경복, 「1950년대 한국 모더니즘 시론 연구」, 『한국문학논총』 제13집(한국문학회, 1992). ; 문혜원, 「전후 모더니즘 문학의 성격 규명을 위한 試論」, 『관악어문연구』 제16집(서울대 국문과, 1991). 그리고 최근의 본격적인 논의로 허혜정, 「1950년대 '후반기' 동인의 시와 시론」(동국대 석사학위논문, 1993); 윤정룡, 「1950년대 한국 모더니즘 시 연구」(서울대 박사학위논문, 1992)들이 있다.
4) 한국문학연구회 엮음, 『1950년대 남북한 문학』(평민사, 1991); 문학사와 비평연구회 엮음, 『1950년대 문학 연구』(예하, 1991); 한국현대문학연구회, 『한국의 전후문학』(태학사, 1991) 들이 대표적이다.
5) 송하춘·이남호 엮음, 『1950년대의 시인들』(나남, 1994). 이 연구서는 50년대에 등단하여 신인으로써 작품활동을 했던 송욱, 김수영, 민재식 들의 16명의 전후세대 시인들의 작품세계를 정리한 것이다.
6) 전후시를 전반적으로 개관한 것으로는 최동호, 권영민, 김재홍 들의 글이 대표적이다. 송욱에 관한 논의로는 이재선, 「諷刺詩論序說」, 『한국문학의 해석』(새문사, 1981); 구중서, 「宋稶作品解說 - 薔薇」, 『월간문학』 1970년 6월호; 유종호, 「印象 - 八月의 詩」, 『사상계』 1958년 9월호; 이해녕, 「宇宙의 秩序와 生命의 리듬 - 송욱의 詩」, 『현대시학』 1974년 10월호: 오규원, 「詩的 變容과 그 意味 - 宋稶과 高銀의 경우」, 『문학과 지성』 1972년 봄호; 김춘수, 「形態意識과 生命肯定 및 宇宙感覺」, 『세계의 문학』 1978년 겨울호: 정현종, 「말과 自由聯想의 세계」, 『월간조선』 1981년 6월호; 이상섭, 「부끄러운 한국문학과 경이로운 동양사상」, 『문학과 지성』

의식을 심도 있게 고찰할 필요가 있다.

이 글에서는 풍자가 지성이라는 현대의 정신사적 특성을 효과적으로 드러내는 창작방법일 뿐만 아니라 시대적 상황과 문학적 창작원리 사이에는 깊은 상관성이 있다는 점에 주목하여 1950년대 송욱의 시를 웃음의 관점에서 고찰하는 데 목적이 있다. 이를 통해 당대의 사회 문화적 문맥 속에서 송욱의 시가 지닌 의의를 살펴 볼 수 있을 것이다.

2. 비판적 지성과 유희정신

전쟁의 거대한 힘 앞에 그 어떤 지식이나 가치도 의미를 잃은 곳에서 반공 이데올로기로 사상이 막힌 지식인들은 새로운 세계에의 인식을 필요로 하였다. 그것은 허무이며, 자신까지도 부정하는 허무이다.[8] 송욱의 시작 행위의 출발점은 이러한 "虛無와 格鬪"[9]에 있다. 허무의식과의 격투는 한국전쟁의 체험으로부터 현실적 의미를 확보한

---

7) 송욱은 1925년 서울 출생으로, 『文藝』 8호(1950.3)에 서정주의 추천으로 「薔薇」를 발표하면서 문단에 데뷔하였다. 그는 『何如之鄕』(일조각, 1961)을 비롯한 세 권의 시집 —『誘惑』(사상계사, 1954), 『月精歌』(일조각, 1971), 『나무는 즐겁다』(민음사, 1978) — 과 네 권의 문학비평서 『詩學評傳』(일조각, 1963), 『文學評傳』(일조각, 1969), 『韓龍雲 詩集 「님의 沈默」 全篇解說』(과학사, 1974), 『文物의 打作』(문학과 지성사, 1978) — 를 출간하였다. 그리고 그의 사후 일기와 시작노트를 묶은 유고집 『詩神의 住所』(일조각, 1981)이 간행되었다. 이로 미루어 보아 송욱의 문학활동은 50년대 중반부터 70년대 후반까지 걸쳐 있음을 알 수 있다. 그가 시와 비평을 병행한 이유는 "사상의 전무후무한 공백기"였던 전후 한국비평의 문제점을 인식하고, 새로운 방법론의 수립이라는 명제와 직결되어 있는 것으로 보인다. 특히 『何如之鄕』을 내면서 독자들이 시집만 읽어서는 잘 모르기 때문에 독자의 이해를 돕기 위하여 『詩學評傳』을 출간(『文物의 打作』, 69쪽)했다는 것으로 보아, 그의 비평이 작가, 작품, 독자 사이의 매개가 되어 의사전달과 이해를 돕는 데 주력했음을 알 수 있다. 특히 송욱이 시론의 연구에 몰두하게 되는 이유는 시작 과정상의 한계점을 스스로 인식한 데서 비롯된다. 그것은 말놀이를 동반한 풍자가 더 이상의 비판적 대안일 수 없다는 것과 시인의 자기 반성의 결과가 외국시론에 대한 검토의 필요성을 가져왔다는 점이다. 그러나 이 글의 목적이 송욱의 비평세계를 전반적으로 다루는 것이 아니기 때문에 비평에 대한 논의는 단편적일 수 밖에 없다.

8) 전기철, 「불안의식의 수용과 내재화 과정」, 『한국 전후 문예비평 연구』(서울, 1993), 74쪽.

9) 송욱, 「序言」, 『何如之鄕』(일조각, 1961), 3쪽.

다. 한국전쟁의 체험은 송욱이 현실을 뒤돌아보고, 무엇보다도 존재에 대한 인식을 심화시키는 계기가 되었다.[10]

물론 그의 시에는 전쟁체험을 직접적으로 재현한 경우는 드물다. 하지만 전후 인간 실존이 겪어야 했던 절망과 불안의식이 작품 곳곳에 스며들어 있다. 초기시에는 이러한 시인 자신의 실존적 고뇌가 암울한 형태로 드리워져 있으며, 심지어 관능적 서정의 세계가 자학적인 증상을 담고 있는 것으로 평가된다.[11] 그러나 시인의 실존적 고뇌를 유발한 진원지가 허무와 죽음에 있다면, 초기시에서 보이는 이러한 경향은 존재의 모순, 나아가 세계의 모순에 대한 인식을 심화시키는 과정으로 이해할 수 있다.

모순에 대한 인식은 그의 존재의 참모습이면서 시작 원리이며 시적 인식의 원리이다.[12] 그것은 또한 허무를 극복할 수 있는 대안이다. 그러므로 그의 시에서 보이는 관능의 세계는 도피의 형식이 아니라 전쟁체험과 연관지어 볼 때 생명성의 긍정이라는 시적 인식과 맞닿아 있다. 많은 평자들이 이러한 시적 경향을 대표하는 작품으로 지적하고 있는 「薔薇」는 1950년대의 역사적 현실을 비판적 지성을 통해 파악하려는 작가의식이 잘 드러나 있다.[13]

이후 송욱은 당대의 시적 발상과 방법에 실험적인 도전을 하면서

---

10) "「소크라테스」가 한 말과 黃眞伊가 부른 노래, 그리고 動亂 때 거리에서 본 屍體는 나에게 꼭 같은 重要性을 띠운 것이다. 혹은 歷史의 이 고비에 韓國에서 營爲되고 있는 生命이 무엇보다도 重大한 것처럼 느낄 때도 있다" 송욱, 앞의 글, 2쪽.
11) 김유중, 「부활에의 꿈」, 『현대문학』 1991년 7월호, 365쪽.
12) 김현, 「말과 우주」, 『나무는 즐겁다』(민음사, 1982), 20쪽.
13) 비교적 시형식에 대한 세심한 배려를 하고 있는 「薔薇」는 『何如之鄕』의 맨 앞에 실려 있는 작품으로, 초기시의 주조를 형성하고 있다. 1연에서 "붉은 꽃잎"과 "푸른 잎"을 대비시켜 장미가 가지는 모순적 속성을 드러내고 있는데, 이는 시인의 실존적인 고뇌와 무관하지 않다. 즉 "벌거숭이"의 몸을 던져 "가시마다 살이 묻"어나는 춤을 통해 피어나는 장미는 시인의 실존적 의식이 투영된 존재이다. 시인은 장미를 인간존재의 영역으로 끌어들이면서 강인한 생명력으로 승화시킨다. 이것은 세계와 맞서 치열한 싸움을 하는 삶의 과정을 표현하는 것과 다를 바 없다. 이러한 시적 발상의 근저에는 존재의 치열성이라는 시인의 세계인식이 자리잡고 있다.

언어 실험을 지속적으로 전개한다. 언어와 지성의 긴밀한 유대를 꾀함으로써 역사적 현실을 통찰하는 적극적인 차원으로 나아가는데, 「何如之鄉」 연작시들은 이러한 태도와 맞닿아 있다.

송욱에게 언어는 허무와 죽음에 대결하는 가장 효율적인 도구이다. 그는 언어의 가능성을 극대화함으로써 세계인식과 태도를 구체화시킨다. 한국어에 대한 실험은 초기시 『誘惑』에서부터 두드러진다.

> 나는 韓國語의 無限한 可能性을 믿는다. 나의 母國語는 어떤 외국어에도 못지 않다고 생각한다. 이에 대한 根據는 별로 없다. 다만 韓國語는 나의 藝術의 唯一한 表現手段이기 때문에 그렇게 믿는 것이다. 〔…줄임…〕 韓國語는 나의 또 하나 다른 肉體이다. 나는 이 육체로서, 보고 듣고 생각하고 웃고 울려고 한다. 나의 母國語는 나의 法神이다. 한국어는 나의 祖國이다.[14]

광복은 모국어의 회복이라는, 언어에 대해 새롭게 자각하는 계기가 되었다. 송욱은 광복이 되자 우리말로 시를 쓸 수 있다는 것이 가장 기뻤다고 한다. 영문학 자체를 위해서가 아니라 한국말로 시를 쓰는 데 도움을 얻기 위하여 영문학을 선택했다[15]는 점도 시어로서의 한국어의 지평을 넓히려는 그의 노력을 뒷받침하는 근거이다. 그는 시를 자연만이 알아듣는 사투리이자 서울말, 서양말, 한문을 거쳐야 아는 사투리로 알았다.[16] 그리고 모국어를 "法神"이라고 믿는 태도 속에서 한국어의 가능성을 극대화하려는 그의 신념을 읽을 수 있다.[17] 그가 파악한 1950년대는 "사상의 전무후무한 공백기"[18]였으므로 서구문화

---

14) 송욱, 「序言」, 앞의 책, 2~3쪽.
15) 송욱, 「외래문학 수용상의 문제점」, 『文物의 打作』(문학과지성사, 1978), 68~69쪽.
16) 송욱, 『詩神의 住所』(일조각, 1981), 134쪽.

의 유입 속에서 한국어의 가능성을 최대한 활용하면서 방법적인 글쓰기를 했다는 것은 그 자체로 큰 의의를 지닌다.

언어의 새로움에 대한 추구는 모더니즘시의 중요한 특징으로서, 한국시사에서 송욱만큼 그것을 효율적으로 수행한 시인도 드물다. 그는 시인의 존재 이유를 모국어의 새로운 능력과 아름다움을 드러내는 것[19]이라고 보아 한국어를 다양하게 실험하였다. 즉 언어의 가능성을 극대화하는 방법을 통해 현실비판을 수행하고 있는데, 대부분 말놀이로 나타난다. 그의 시에서 심미감의 부재가 진실로 보상받는 것이 아니라 방법론으로 보상을 받는다[20]고 지적하듯이, 말놀이는 고도의 지성에 의해 통제되는 시어의 배열과 조작을 통해 의미의 다층화를 노리는 시의 방법론이자 시의 구성원리이다. 특히 소리와 의미의 자질을 함께 활용하는데 무엇보다도 이질적인 언어 사이의 논리적 결속력이 두드러진다. 그의 시는 초현실주의시처럼 논리성을 상실한 이미지의 비약이 아니라 논리성을 확보하고 있는 이미지들로 연결되어 있다. 이러한 이미지는 대체로 현실적인 의미를 획득함으로써 가치의 전도를 유발시킨다.

말놀이의 근본정신이 동질성의 회복이나 현실의 재편성의 욕구에 있다[21]고 보면, 송욱은 허무와의 대결을 수행하는 구체적인 방법으로

---

17) "모국어를 法身"으로 여길 만큼 송욱의 '말'에 대한 집착은 유고집 『詩神의 住所』 도처에서 읽을 수 있는 현상이다. 일례를 들면 "말에서 개평뗀다 韻을 뗀다/말머리가 가슴이 꽁무니가 열린다/말과 말이 마음껏 껴안는다, 벌거숭이로……/말에서 딱지뗀다 꼭지뗀다/말을 혀끝 바닥으로 만지락거리다가는/끝내 배알게 마련이다……/왜 잠자코 있지 않는가?/말과 말이 주고받는 tongue to tongue kiss ! /말에서 만짐새 앉음새를 만져본다 쓰다듬는다/말이 만질만질 몽글몽글 망실망실하다가는/급기야 화다닥 후다닥 훨헐 나르고 만다 ! /말이 어찌 무뚝뚝하랴?"(「말은 造物主」, 18쪽), "詩와 노동자나 농민의 관계가 어떠하든지 간에 詩는 母國語의 眞髓를 무지개처럼 빛내야 한다"(99쪽), "말에는 뜻이 있고 소리가 있고/法이 있지만 그 사이에서/메아리치는 헤아릴 수 없는 얼굴이 있다/詩人은 소경처럼 말을 더듬는다/그러며는 千里眼처럼 말이/觀相을 드러낸다 ! /아니 千里馬처럼 달린다……"(「말은 무엇일까?」, 123쪽). 송욱, 『詩神의 住所』, 18쪽, 99쪽, 123쪽.
18) 송욱, 「外來文學 收容上의 문제점」, 앞의 책, 73쪽.
19) 송욱, 「現代詩의 世界」, 『文物의 打作』(문학과지성사, 1978), 87쪽.
20) 오규원, 「詩的 變容과 그 意味 – 宋稶과 高銀의 경우」, 『文學과 知性』 1972년 봄호, 143쪽.

서 말놀이에 집착한 것으로 보인다. 1950년대의 역사적 현실에 대한
비판은 이러한 말놀이를 통하여 구체화된다. 풍자적 기법들 가운데
서 주로 말놀이를 동반한 그의 풍자시는 대체로 당대의 부정적인 역
사적 현실과 지식인의 나약함에 대한 비판으로 이루어져 있다.

3. 송욱 시의 풍자 양식

1) 말놀이와 세계풍자

　송욱 시의 출발점을 허무와의 대결의식에서 찾을 때, 그가 선택한
풍자적 기법들은 허무의식을 극복하기 위한 수단이다. 허무에 대한
인식이 존재의 모순에 대한 인식과 동궤에 놓인다면, 『何如之鄕』의
곳곳에 보이는 말놀이는 세계의 모순에 대한 인식을 내포하고 있다.

> "솜덩이 같은 몸뚱아리에/쇳덩이처럼 무거운 집을/달팽이처럼 지고"
> "허허 虛脫이냐 解脫이냐"　　　　　　　　　　　　　　　—「何如之鄕·貳」
> "月賦와 賦役 사일/〈데모〉하는 아아 〈데모크라시〉"
> "世上은/陸上/海上/腹上死"　　　　　　　　　　　　　　—「何如之鄕·拾壹」
> "才談과 肉談과 私談을 하다/感傷과 中傷과 外上을 거쳐"
> "民主/主義(칠！)"　　　　　　　　　　　　　　　　　　—「何如之鄕·六」
> "孤獨이 梅毒처럼" "痴情 같은 政治家"
> "現金이 實現하는 現實 앞에서"　　　　　　　　　　　　—「何如之鄕·五」

---

21) 윤정룡, 「1950년대 한국 모더니즘 시 연구」(서울대 박사학위논문, 1992), 127쪽.

말놀이는 어느 한 단어의 이중적인 의미나 뜻이 다른 두 개의 단어와 어군의 동음 혹은 유사음을 이용하는 수사적 기법이다. 위트가 넘치는 유머의 대부분은 이 말놀이가 지니는 긴장완화의 효과에 의존하고 있다.[22] 특히 "才談과 肉談과 私談", "現金이 實現하는 現實" 들은 여러가지 어형변화의 단계에서 같은 단어를 반복해 쓰고 있는 동어반복법으로, 유음중첩법[23]의 일종이다.

송욱 시의 말놀이는 유음중첩 뿐만 아니라 음성상징이나 동음이의어, 직유 들의 다양한 형태로 실현되고 있다. 이러한 말놀이는 동음이의어나 고유명사의 자의(字意)를 활용한 이중자의를 통해 풍자효과를 거두고 있는 김삿갓의 시[24]와 국권회복기 시가[25]에서 두루 발견할 수 있는 현상이다. "政治"를 "痴情"에 비유함으로써 부패한 정권에 통속적인 흥미까지 부여하는 말놀이의 적절한 운용은 독자의 유추 해석을 요구한다.

말놀이는 송욱 시의 전 작품에서 엿볼 수 있는 현상이다. 대체로 유사한 음의 교차나 비약적인 행 구분 들을 통해 현실 비판을 적절하게 수행하면서도 시의 리듬을 강화시키는 역할을 한다. 풍자의 본질이 현상과 본질의 대조에 있듯이, 말놀이적 풍자는 현상의 참모습을 나

---

22) 볼프강 카이저(김윤섭 옮김), 『언어예술작품론』(시인사, 1988), 169쪽.
23) 유음중첩법은 동음과 유사음을 지니는 단어들의 중첩을 말한다. 볼프강 카이저, 위의 책, 169쪽.
24) 물론 김삿갓의 시는 단순한 말놀이에 그치기도 하고 당대의 사회풍조를 완곡하게 혹은 노골적으로 풍자하기도 한다. 「開城人逐客」, 「暗夜訪紅蓮」, 「弄詩」 들은 언어의 중의성에 의해 풍자적 효과가 나타나는 시이다. 함경도 관찰사 조기영의 학정을 신랄하게 풍자하고 있는 다음 시에서 그의 격조 높은 말놀이를 엿볼 수 있다. "교화를 펴야 할 관청에서 도둑정치나 펴고/백성이 즐거워해야 할 정자 아래 눈물 짓는 백성들/함경도 백성들 다 놀라 달아나니/조기영 관찰사 어찌 오래 가겠느냐" 宣化堂上宣火堂/樂民樓下落民樓/咸鏡道民咸驚逃/趙岐泳家兆豈永 ─「落民淚」 7절 全文.
25) 말놀이는 불합리한 사회현실을 풍자하는 데 자주 사용되는데, 국권회복기 시가에서도 마찬가지이다. 다음은 동음이어를 이용하여 특정인을 물고기로 격하시켜 풍자적 효과를 거두고 있는 시이다. "제만흔 송사리, 흐응, 병어준치, 흥/일진을 갈회여, 회쳐서 먹을까, 아./어리화 됴타, 흐응, 知我者됴쿠나 흥". 『대한매일신보』 1909. 2. 16. 송사리, 병어, 준치의 첫음을 따면 송병준이 되므로, 매국노 송병준을 풍자한 시라고 볼 수 있다.

타넘으로써 이상적인 가치를 지향한다고 볼 수 있다.

　다음의 시는 「何如之鄕」으로 넘어가기 직전의 과도기적 양상을 띠는 작품이다. 존재의 모순에 대한 인식이 세계의 모순에 대한 인식으로 심화되고 있음을 보여준다.

　　　紙錢이 불고
　　　空氣가 줄어서
　　　숨이 가쁜듯이
　　　出勤하시고 나서
　　　몽클한 것이 가슴에서
　　　올라오더니
　　　목이 메었어요 슬퍼 마세요.
　　　棺 속에서 잠깐 머물다가
　　　불꽃 속으로 뛰어 들겠어요.
　　　조상군들 사이에서
　　　개잠들어
　　　그리시던 女人을 만나신 것을
　　　부끄러워 마세요. 어미를 여윈
　　　아들과 딸자식이
　　　미움처럼 눈물처럼
　　　앞을 가릴텐데
　　　새 세상 보실텐데
　　　새 세상 보실텐데
　　　들먹이는 가슴이 거짓은 아니지만
　　　시방 울지 마세요.
　　　〔…줄임…〕

이승에서도 原子彈 그늘처럼
未安하고 不安하게 살아 왔는데
저승에 가도 어떻게 되겠지요
저에게는 아니
이미 이승이 저승입니다.
薄俸에 三日葬이
무슨 말씀입니까.

— 「서방님께」 가운데서[26)]

　　인용시의 화자는 독백의 형태를 취하여 "紙錢이 불"어나는 경제적 현상과 "空氣가 줄어서 숨이 가쁘게 되"는 서민생계의 곤란을 제시하고 있다. 그러나 무엇보다도 전후 사회의 도덕적 타락을 단적으로 드러낸다. 풍자대상은 죽은 아내에 대한 비애감이나 엄숙함 없이 장례식에서조차 "그리시던 여인"을 생각하는 불경스러운 남편의 도덕적 타락이다. 화자가 "어미를 여읜 아들과 딸자식이 미움처럼 눈물처럼 앞을 가려도 새세상 볼"거라며 남편을 위로하는 근저에는 가정에 불충실한 남편에 대한 풍자의 화살이 숨겨져 있다고 할 수 있다.

　　이 시에서 특히 주목되는 것은 아이러니의 시적 기능이다. 두루 알다시피 아이러니는 풍자의 세련된 어조이다. 표층구조와 심층구조가 대립되어 있는 이 시에서 자살한 아내의 전언으로 이루어져 있는 표층구조는 거부되어야 할 현상이며, 당위적 현실을 암유하고 있는 심층구조는 시인의 시점과 일치한다.

　　풍자의 자연스러운 형태가 야유와 욕설을 동반한 신랄한 풍자임을 감안한다면, 이 시는 화자가 남편의 도덕적 타락을 너무나 점잖게 욕

---

26) 『何如之鄕』(일조각, 1961), 87~89쪽.

하는 정관적 풍자에 해당한다. 공격의 신랄함은 결여되어 있지만 남편의 비도덕성을 정면으로 공격하지 않고 심각한 역설을 통해 비판하는 화자의 태도는 너무나 묵중하다. 그래서 독자는 비난받아야 할 남편의 도덕적 타락을 매우 역설적으로 인식하게 된다. 심지어 "박봉에 삼일장이 무슨 말씀이냐"는 여유를 내비치며 "들먹이는 가슴이 거짓은 아니지만 시방 울지 마"라는 동정적 태도는 주목할 만한 아이러니의 미학이다. 풍자의 가장 미묘하고 교묘한 필치가 점잖게 욕하는 데 있다고[27] 했듯이, 화자의 부도덕한 남편에 대한 비판은 아이러니의 어조로 인해 단순한 비난이나 신세한탄의 차원으로 전락하지 않는다.

송욱은 1950년대 이 땅의 현실을 "어찌된 나라인가(何如之鄕)"[28]라는 의문의 형식으로 제기한다. 당대의 역사적 현실에 회의를 가지고, 그것을 극복할 수 있는 방법으로 언어실험을 감행하고 있는 것으로 여겨진다. 그가 시를 "문화의 표정"[29]이라고 했듯이, 풍자적 방법은 사상의 공백기에 맞서기 위한 하나의 대안으로 간주된다.

그러므로 우리는 諷刺詩가 훌륭한 경우에는 憎惡와 否定만을 노리는 것이 아니라, 오히려 主題에 대한 뜨거운 사랑이나 혹은 간곡한 관심이 그 바탕을 이룬다는 사실도 잊지 말아야 한다. 平面的이며 一方的인 부정과 冷笑만으로 훌륭한 예술품을 마련하기 어려운 노릇이다 ! 우리는 諷刺詩

---

27) 드라이든(Dryden)은 사람을 깡패나 악한이라고 부르기는 쉬우며, 그것도 아주 재치있게 할 수 있으나 머저리나 악당, 돌대가리라는 말을 쓰지 않고 사람을 그렇게 보이게 묘사하는 것이 얼마나 어려운가를 인식하고 풍자의 교묘한 필치를 강조한다. A.Pollard(송낙헌 옮김), 『풍자』(서울대출판부, 1986), 68쪽.
28) '何如'는 代詞로서 의문을 나타내고, 상황·성질을 묻거나 가부를 물으며, 항상 謂語나 定語가 된다. '왜', '어떤', '무엇' 등으로 해석되지만 '何如之鄕'에서는 '어떤'의 의미로 사용되었다. 공재석 감수·김원중 엮어지음, 『虛詞辭典』(현암사, 1989), 143쪽. 그리고 之는 連詞로서 응대나 병렬관계를 나타내고, 語氣를 강조하는 기능을 하며(위의 책, 575쪽), 鄕은 鄕歌에서도 알 수 있듯이 나라라는 뜻으로 사용되었다.
29) 송욱, 「現代詩의 世界」, 앞의 책, 87쪽.

에서도 표현이라는 표면 밑에 은밀히 숨어 있는 「깊이」를 알아야 한다.[30]

시인에게 풍자는 "정신적 부활"을 실현하는 구체적인 방법이다. 무엇보다도 풍자가 일방적인 부정과 냉소만으로는 존재의의를 확보할 수 없기 때문에 표현 뒤에 은밀히 숨어 있는 깊이, 즉 풍자미학에 대해 섬세하게 고려한다. 풍자의 방법론 뒤에 존재하는 "깊이"는 "주제에 대한 뜨거운 사랑이나 혹은 간곡한 관심"으로 풍자의 인간주의적인 관점을 의미한다. 송욱은 당대의 상황을 고려하여 언어에 대한 실험과 풍자정신의 필요성을 절감했던 것 같다.

이러한 판단 아래 쓴 시가 「何如之鄕」 연작시편이다. '何如之鄕'은 「경기하여가」의 '何如'와 이방원의 「하여가」의 패러디이다. 이러한 의문의 형식 속에는 1950년대가 이런들 어떠하며 저런들 어떠한, 즉 어찌할 수 없는 현실이라는 의미가 내포되어 있다.

①
둥진 法律과 律法사일
허깨비처럼 짐승처럼 가야만 하리
도는 돈을
運命을 쥐고
〈아니〉가 〈네네〉같은 앉은뱅이라.
외마디를 마디마다
强姦 姦通 輪姦하는 사람 사이를
鐘路를 물결처럼
〈自然〉이 啞然하게 밟고 오소서.

<hr>

30) 송욱,「本質的 純粹와 經驗的 非純粹」, 『詩學評傳』(일조각, 1963), 355쪽.

아아 사랑이여 修羅場이여!

—「何如之鄕·四」가운데서[31]

②

才談과 肉談과 私談을 하다
感傷과 中傷과 外上을 거쳐
資本을 빌려 타고 가고 싶은데
當分間 今明間이 꼭 붙잡고
〔…줄임…〕
民主
主義(칠!)
내일은 정녕 얼떨떨하고
歷史보다 野談을
사랑하는
사랑하는 그대만
진정 아름다워?

—「何如之鄕·六」가운데서[32]

③

長이 永遠이다.
따라서 따라가면
우리는 事大와 黨爭의 子孫!

—「何如之鄕·七」가운데서[33]

---

31) 『何如之鄕』(일조각, 1961), 149~150쪽.
32) 『何如之鄕』(일조각, 1961), 158~160쪽.
33) 『何如之鄕』(일조각, 1961), 166쪽.

송욱은 1950년대를 "돈과 권력과 피 땀으로 메꾸어도 발 밑이 아득한 靈魂을 판 時代"(「何如之鄕·五」)이거나 "정치·경제의 뒷받침이 없는 허깨비와 같은 類似近代"[34]로 파악했다.

①은 법조차도 등진 "修羅場"에서 "아니"와 "네네"라는 상반된 가치가 공존하고 있는, "開化한 廢墟"(「何如之鄕·六」)로 인식되는 당대 현실을 풍자하고 있다. "法律-律法, 强姦-姦通-輪姦, 自然-啞然"은 유음중첩형으로 사회와 시대상황에 대한 비판적 의미를 그 자체로 드러내는 역할을 한다. ②또한 "才談-肉談-私談, 感傷-中傷-外上, 當分間-今明間" 들에서 보듯이 어형변화의 단계에서 동어를 반복한 유음중첩형 말놀이라고 볼 수 있다. 특히 "外上"은 앞 단어 傷을 염두에 둔다면 外傷이 되어야 한다. 하지만 다음 행의 자본과 결합 가능한 이중적인 통사구조를 가짐으로써 복합적인 의미를 드러낸다. 그만큼 "外上"이라는 단어에는 작가의 전쟁체험이 내면화되어 있는 것이다. 이때 "外上"은 개인단위의 感傷과 민족단위의 中傷, 즉 분단의 상처를 상징하는 重傷을 포괄하는 의미로 확대된다.

이러한 상처는 심각한 것이어서 1950년대 이 땅의 민주주의를 허위의식으로 파악하는 데서도 알 수 있다.[35] 이승만 정권이 내세웠던 표면적인 이데올로기는 자유민주주의지만, 실제로는 철저한 반공주의에 기초하고 있었다.[36] 전후 한국에서 이데올로기의 인식은 반공의식에서 출발한다고 볼 수 있으며, 그것은 정권과 민중을 분리하는 결과를 초래하였다.

---

34) 송욱, 「作家精神과 歷史意識」, 『文物의 打作』(문학과지성사, 1978), 63쪽.
35) 마르크스에 의하면 지배계급은 그 사회의 물질적 정신적 힘을 지배하며 자신의 사상을 그 사회의 보편적 사상으로 제시한다. 이러한 지배계급의 사상이 사회의 모순관계를 은폐시킬 때 이데올로기로 기능하며, 피지배계급의 허위의식으로 나타난다.
36) 이승만이 인식하고 있는 자유 민주주의의 구체적인 내용은 철저한 반공의식, 시급한 독립국가의 수립, 통일을 이룩하는 것으로 요약할 수 있다. 진덕규, 「이승만시대 권력구조의 이해」, 『1950年代의 認識』(김대환 외, 한길사, 1981), 14쪽.

지배 이데올로기를 허위의식으로 매도하는 일은 정치시에서 일반화되어 있다. 이 시에서는 "主義(칠!)"라는 벽보를 인유하여 지배체제의 억압과 허구를 풍자한다. "칠! 주의"라는 경계의 의미를 담고 있는 민주주의의 실체는 일반 대중들의 의견을 수렴해내지 못하는 것으로 인식된다. 「何如之鄕·拾壹」에서 "〈데모〉하는 아아 〈데모크라시〉!"라 한 것도 같은 맥락에서 이해할 수 있다. 그리고 "歷史보다 野談을 사랑하는", 즉 일상적 삶에만 탐닉하는 행위 자체가 체제순응이 된다는 점에서 현실도피적인 태도를 야유하고 있는 시인의 통찰력은 날카롭기 그지 없다.

③에서는 "長"이라는 漢字는 길다는 "永遠"과 결합할 수 있는 의미이다. 또한 "長"과 "永遠"의 연속적인 의미에 힘입어 "따라가"다 보면 우리의 부끄러운 역사가 존재한다. "長"은 지속성을 의미하므로 집권의 "長"을 위해 당파싸움을 벌였던 위정자들의 권력욕을 환기한다. 그것은 부끄러운 역사적 과오이기도 하지만 1950년대 정권 연장을 위해 정치적 부정 행위를 저질렀던 이승만 정권의 권력욕이나 음모와도 맞닿아 있다. 그리고 「何如之鄕·拾貳」는 4월혁명의 의식이 투영되어 있는 시로 정권의 부패와 더불어 일반 대중의 항쟁과 좌절이 잘 형상화되어 있다.

이러한 언어의 교묘한 배치는 송욱 시의 구성원리를 이루며, 풍자적 효과를 거두는 데 결정적인 역할을 한다. 그래서 송욱의 시는 묵독(黙讀)을 위한 것이 아니라 문자를 음성으로 환원시켜야 의미파악이 가능하다.[37] 따라서 그의 시는 언어의 자유를 최대한 활용하여 소리에 기대 의미를 산출하는 시라고 해도 무방하다. 동음중첩형 말놀이에서도 드러나듯이 기존의 신성시되는 가치체계나 언어의 체계에

---

37) 박목월은 송욱의 시가 소리를 내어 읽지 않으면 "모르는 呪文"에 불과하다고 하였다. 박목월, 「瘦雲錄 - 1958年度 詩文學 總評」, 『사상계』 1958년 12월호, 332~333쪽.

대한 저항이라는 의의를 가진다.

2) 지식인의 자폐의식과 자기풍자

송욱은 "現金이 實現하는 現實"에서 삶을 "낭떠러지"(「何如之鄕·五」)로 인식하면서도 현실 극복의 통로를 모색하지 못하는 지식인의 무력함을 비판하기도 한다. 지식인이 사회 역사적 상황의 압박 속에서 적극적인 비판을 수행하지 못하고 내면지향의 유폐 공간으로 함몰하는 일은 1920년대의 시에서 자주 엿볼 수 있는 현상이다. "안개 같은 지평선 뿐"이라는 존재론적 불안의식은 삶을 외면한 내면세계의 풍경을 드러내는 시적 정황인 것이다.

> 솜덩이 같은 몸뚱아리에
> 쇳덩이처럼 무거운 집을
> 달팽이처럼 지고
> 먼동이 아니라 가까운 밤을
> 밤이 아니라 트는 싹을 기다리며
> 아닌 것과 아닌 것 사이에서
> 줄타기하듯 모순이 꿈틀대는 뱀을 밟고 섰다.
> 눈 앞에서 또렷한 아기가 웃고
> 뒤통수가 온통 피 먹은 백정이라
> 아우성치는 子宮에서 씨가 웃으면
> 亡種이 펼쳐가는 萬物相이여!
> 아아 구슬을 굴리어라 琉璃房에서
> 輪轉機에 말리는 新聞紙처럼
> 內藏에 印刷되는 나날을 읽었지만

그 房에서는 배만 있는 남자들이
그 房에서는 목이 없는 여자들이
허깨비처럼 천장에 붙어 있고
거미가 내려와서
계집과 술 사이를
돈처럼 뱅그르르
돌며 살라고 한다.
이렇게 자꾸만 좁아들다간
내가 길이 아니면 길이 없겠고,
안개같은 지평선 뿐이리라.

—「何如之鄕·壹」가운데서[38]

이 시는 "먼동→밤→밤(열매)→트는 싹", "아닌 것과 아닌 것 사이 줄타기 모순이 꿈틀대는 뱀"의 자유연상에 의한 전형적인 말꼬리 잇기의 형식을 취하고 있다. 송욱의 시는 대체로 말이 말을 무화시킴으로써 새로운 시적 의미를 산출한다. 따라서 무엇보다도 말놀이에 의한 시인의 풍자적 의도를 파악하는 일이 필요하다.

인용시에서도 알 수 있듯이 1950년대 한국사회는 "모순이 꿈틀대는", "亡種이 펼쳐가는 萬物相"으로 모든 가치체계가 전도되어 있다. "모순이 꿈틀대는" 세계, 그러니까 계집과 술과 돈에서 헤어나지 못하는 향락적이고 일회적인 세태는 풍자가의 도덕적 이상에 비추어 볼 때 개혁해야 할 현상들이다. 그러나 당위적 현실에 대한 아무런 전망도 제시하지 못하는 지식인은 자기유폐의 공간으로 침잠할 수밖에 없다. 이것은 "아닌 것과 아닌 것 사이"에 존재한다는 불안의식에

---

38) 『何如之鄕』(일조각, 1961), 132~133쪽.

서 촉발된 것이다. 즉 세계를 완벽하게 "사형틀"(「失辯」)로 인식하는 시인의 불안의식이 "琉璃房에서 구슬을 굴리는" 지적 유희로 표출된 셈이다.

"솜덩이 같은 몸뚱아리에 쇳덩이처럼 무거운 집을 진 달팽이"는 가혹한 현실에 눌린 지식인의 위축된 삶을 단적으로 드러내는 표지이다. 그리고 "유리방"은 현실도피의 자족적 공간이자 지식인의 유폐공간이며, "구슬"은 정신적 유희의 도구로 시인의 의식세계를 드러내는 이미지이다. 이러한 세계로의 퇴행은 인간이 "허깨비" 같은 존재로 전락하는 현실 속에서 긍정적 전망을 제시하지 못하는 지식인의 소극적인 행위의 결과인지도 모른다. 그러므로 "내가 아니면 길이 없겠고 안개같은 지평선 뿐"이라는 인식은 물질주의와 향락주의가 판을 치는 현실에 대한 비판적 자각이라고 볼 수 없다. 이것은 시인의 현실대응 자세가 적극적이라기보다는 소극적이고 내면적이라는 사실을 환기할 뿐이다.

> 그대가 죽은 뒤에 돈을 알다니 !
> 그 나라에는 열매가 있고 나무가 없다.
> 그 나라에선 손아귀에 제풀로
> 모든 것이 쥐어진다.
> 깜깜나라에선
> 바보가 어느듯
> 바보 똘똘이
> 똘똘이가 어느 새
> 똘똘이 바보
> 職業을 단벌 옷처럼 입고
> 떨어진 良心을

양말처럼 신었지만

언제나 원망을 들어가면서

언제나 민망하게 지내야 겠다.

〔…줄임…〕

不滅이냐 너의 沈默!

허허 虛脫이냐 解脫이냐

無腸公子냐

—「何如之鄕·貳」 가운데서[39]

앞에서 살펴 본 것처럼 현실의 모순을 극복하려는 시도는 적극적인 현실대응에서 이루어지는 것이 아니라 다만 지적 사변성으로 표출되고 있다. 인용시 또한 같은 맥락에서 이해할 수 있다.

모든 가치체계가 전도되어 있는 "깡깜나라"에 대한 화자의 인식은 현실에 대한 비판으로 나아가지 못하고 현실 초월적인 태도로 일관하고 있다. 물론 "바보 똘똘이―똘똘이 바보"라는 의미의 반전을 통해 현실의 모순과 비리에 대한 시인의 비판적 시각을 읽을 수 있다. 그러나 이는 왜곡된 세계 속에서 "민망하게 지내야 하는" 존재를 더욱 부각시키려는 배경의 역할을 할 뿐이다. "원망―민망", "虛脫―解脫"에서 동일한 음의 운율적 반복을 통해 이러한 존재의 유약함을 잘 드러내고 있다.

"無腸公子"는 담력이나 기개가 없는 사람의 환유적 표현이자 섬약한 지식인에 대한 비유이다. 세계 속에서 자신의 존재를 자각하면서도 왜곡된 현실을 도피하려는 지식인의 병약한 의지를 표상하는 이미지이다. 결국 이 시는 1950년대를 "하늘이 물구나무 선 땅", "깡깜

---

39) 『何如之鄕』(일조각, 1961), 138~139쪽.

나라"로 인식하지만, 이를 정면으로 맞서지 못하고 "虛脫"과 "解脫"
의 초월적 경지만을 추구하는 나약한 지식인의 좌절을 잘 형상화하
고 있는 셈이다.

4. 마무리

송욱은 1950년대의 시대적인 모순을 드러내는 적절한 장치로 말놀
이를 적극적으로 운용하고 있었다. 이를 통해 도덕적 가치의 결함과
사회의 부조리를 비판하고 새로운 가치와 질서를 수립하고자 했다.
두루 알다시피 1950년대는 지식인이 자신의 역할에 대한 무력감을
느낄 만큼 억압적인 상황이었다. 송욱 시의 풍자 대상은 주로 가치가
전도된 1950년대의 한국사회와 그러한 현실에 적극적으로 대응하지
못하는 나약한 지식인이었다. 이처럼 섬약한 면모와 병약한 의지는
당대 지식인의 일반적인 초상이었는지도 모른다.
그러나 송욱의 시는 말놀이의 독창성을 드러내고 있지만 리얼리티
를 확보하는 데는 크게 기여하지 못하고 있었다. 표면적으로는 풍자
기법의 단조로움에서 비롯되었지만, 무엇보다 그의 시가 구체적인
사회현실을 희석화하고 있기 때문이었다. 그래서 작품은 재미있더라
도 말놀이에 의해 주도되는 까닭에 그의 풍자시는 그야말로 단편적
비평의 차원으로 떨어질 위험을 안고 있었다. 따라서 시작의 출발점
이 허무와의 대결에 있었다 하더라도 그것이 지적 사변성에 의해 얼
마나 적절하게 수행되었는지는 의심스러웠다. 왜냐하면 현실비판의
치열성 못지않게 현실 도피적인 성향을 부분적으로 노정하고 있었기
때문이다.
송욱 시가 지닌 이러한 한계에도 불구하고, 그가 웃음의 전략으로

채택한 말놀이는 1950년대 시단에서 다분히 문제적인 양상을 띠고 있었다. 전통 서정시나 모더니즘시와는 달리 그의 풍자시는 당대 지배 이데로기에 대한 저항 이데올로기로서의 '역할을 담당했다는 점에서 의미심장한 태도라 할 수 있을 것이다.

제4장

민재식론

1. 들머리

최근 현대시의 연구 영역이 1950년대와 그 이후의 시기로 확장되면서 연구 대상 또한 이전과는 달리 세분화되는 양상을 띠고 있다. 특히 1950년대의 우리 시 연구는 모더니즘시, 전통시로 손쉽게 분할하여 연구하던 단순한 흐름에서 벗어나 전후의 사회 역사적 경험 속에서 1950년대 시의 다양한 자리를 살피는 방향으로 나아가고 있다. 그만큼 문학사의 빈자리를 다양한 눈길로 채우려는 노력이 더해지고 있는 셈이다.

두루 알다시피 1950년대의 시는 어떤 식으로든지 전쟁과 전쟁으로 인한 영향을 형상화하고 있다. 그러나 1950년대 시의 대부분을 한국전쟁 체험의 다양한 변주로 보더라도 전쟁 체험의 문학적 수용이 언제나 동일한 양상으로 나타나는 것만은 아니다. 전쟁 체험은 당대 문학인들에게 일제 식민지 체험 이상으로 허무주의와 패배주의를 심화시키는 계기가 되었으며, 역사와 현실, 개인과 사회의 역학 관계에서 다양한 응전방식을 취하도록 만들었다. 풍자와 비판이라는 적극적인 대응방식을 취하거나 혹은 회피, 외면, 망각, 폐쇄적인 내면세계로의 침잠 들의 다양한 개인적 편차를 만들어냈다. 그만큼 전쟁문학으로 대표되는 전쟁기 시와 후반기의 시는 저항성이나 주제, 형상화 방법, 현실대응 태도에서 확연히 구별되는 셈이다.

전쟁기의 시는 전쟁체험이 삶의 전체상과 민족 공동체의 차원으로 결부되면서 작품상에 표면화되었다.[1] 비시적인 메시지의 전달 위주로 애국심과 민족혼을 고취하거나 반공 이데올로기를 주류화시켜 적과 맞서 싸우는 이념 투쟁의 형식을 띠었다. 또한 반전성 혹은 인간성 옹호로서의 휴머니즘을 강조하거나 전쟁으로 삶의 의미와 가치를 상실한 좌절의식과 죽음의 증언으로 일관하고 있다.

그러나 1950년대 후반기는 전반기의 열악한 상황이 완화되었고, 전쟁 체험은 작품을 구성하는 감추어진 원리로서 작용하거나 시인의 내면세계와 밀착되어 나타난다. 물론 전쟁을 객관화할 수 있는 시간적 여유는 충분하지 않았다. 하지만 이 시기에 한국전쟁의 체험을 형상화하는 일은 근본적으로 자기상실을 진단하는 작업이었다고 볼 수 있다.

또한 1950년대 후반기는 신춘문예의 부활과 각종 문예지의 창간으로 많은 신인이 등단하여 폭넓은 시단을 형성하였고, 주제나 형상화 방법의 탐구가 전쟁기에 비해 훨씬 다양해진다. 무엇보다도 이 시기

---

1) 전반기의 문학활동은 대체로 종군작가단 중심으로 이루어졌다고 볼 수 있다. 이들은 뚜렷한 목적의식을 가지고 직접 종군하여 전장의 상황을 사실적으로 기술하거나 시국강연회, 벽시운동, 시화전, 시낭독 들을 통해 1950년대 전반기의 시문학을 주도하면서 종군시단을 형성하였다. 한국문인협회 엮음, 『解放文學 20年』(정음사, 1971), 78~111쪽. 특히 오세영은 전쟁시를 세 가지 유형으로 나누었다. ①선전선동시－찬가·격시·기원시·결의시·애도시, ②전쟁기록시－전장 기록시(독전 기록시·반전 기록시)·후방에 관한 기록시, ③전쟁 서정시－인간을 대상화한 것·생활을 대상화한 것·자연을 대상화한 것·사물을 대상화한 것. 오세영, 「6·25와 한국 전쟁시 연구」, 『한국문화』 제13집(서울대 한국문화연구소, 1992)

의 두드러진 시적 특징은 사회·역사적 현실의 발견에 있으며 현실의 부조리에 대한 강렬한 비판정신이 주축을 이루고 있다.[2]

특히 한국전쟁 후 이승만 정권이 전쟁에 대한 공포감과 패배주의, 허무주의를 반공 이데올로기로 정형화시키면서 억압체계를 강화했을 때, 전영경, 송욱, 민재식 들이 지배 이데올로기에 대한 저항으로서 풍자시를 창작했다는 사실은 시사적으로 매우 중요하다. 억압구조의 한국 사회에서 간접화된 공격은 풍자의 중요한 존재 근거이기 때문이다.

이 글은 민재식[3]의 시를 대상으로 우리 시의 중요한 자리를 담당했던 1950년대 풍자시의 양상과 의미를 살피는 데 목적을 둔다. 1960년대의 풍자시가 1950년대 후반의 시적 성과와 연속성을 지니고 있는 것으로 보아 풍자성을 두드러지게 표출한 『贖罪羊』을 논의의 대상으로 삼는다. 이를 통해 당대의 사회 문화적 맥락 속에서 민재식의 풍자시가 지닌 의의를 고찰할 수 있을 것이다.

2. 속죄양과 역사의식

1950년대 문학의 기본율은 광복과 분단이라는 두 개의 큰 사회적 변동의 반영이다. 이 시기의 문학을 이해하기 위해서는 한국전쟁이 당대의 문학 전반을 관류하는 원체험이었던 만큼 그 영향력을 충분

---

2) 이외에도 1950년대 후반기는 서구시와 시론의 번역, 시론과 비평의 활성화, 현대시조의 부흥, 여류시인들의 등장이라는 측면에서 시사적으로 매우 중요하다. 김재홍, 앞의 글, 75~79쪽.
3) 민재식은 전남 화순 출생으로 1955년 『文學藝術』 9월호에 조지훈의 추천으로 「贖罪羊」을 발표하면서 문단에 나섰다. 주로 『문학예술』을 통해 작품활동을 했으며, 1960년에는 시집 『贖罪羊』(사상계사)을 간행하였다. 『贖罪羊』은 전쟁과 분단에서 촉발된 전후 사회의 구조적 모순에 대한 지식인의 지적 설움이 응집되어 있다.

하게 검토해야 한다. 무엇보다도 시인이 한국전쟁을 어떠한 관점으로 바라보고 있는가를 고찰하는 작업이 잇따라야 한다. 이것은 1950년대의 시를 역사적 관점에서 파악하고자 하는 경우 매우 중요한 문제이다.

전쟁은 역사이다. 전쟁과 일상성의 충돌 속에서 후자는 압도당한다. 수백 만의 사람에게 익숙한 생활의 리듬이 끝장나는 것이다.[4] 한국전쟁은 도처에 "철모에 인광이 타는"(「贖罪羊·Ⅱ」·2) "가마귀만 남은 지대"(「贖罪羊·Ⅱ」·4)를 남겼다. 조지훈이 전쟁상황을 "죽은 자도 산 자도 다 함께 안주의 집이 없고 바람만 부는"(「다부원에서」) 상황으로 표현한 바 있듯이, 그 누구도 죽음의 공포로부터 자유로울 수 없었다. 그리고 전후의 상황은 "千으로 헤아릴 수 없는 무덤마다 쥐구멍이 열려", "萬으로 헤아릴 수 없는 구멍마다 개미가 나도"(「贖罪羊·Ⅳ」·1)는 폐허만을 안겨 주었을 뿐이다. 비록 허무주의적인 색채를 배제할 수는 없지만 "모든 논리를 등지고 〈아아 50년대 ! 〉라는 불치의 감탄사로서 말하지 않으면 안된다"[5]는 말은 전쟁이 남긴 상처가 전쟁의 논리 이전의 문제임을 환기한다. 이를 통해 당대 시인들의 인식태도가 다분히 허무주의적 속성을 띠고 있음을 알 수 있다. 이러한 상실의식이 실존적 불안으로 이어지는 것은 당연한 결과이다.

민재식은 전쟁체험을 내면화시키는 과정에서 전후의 상황을 상실의 시각으로만 조망하지 않는다. 그의 시는 전쟁이 남긴 절망과 허무로부터 훨씬 벗어나 전쟁의 논리와 비정성, 그리고 전후의 부정적 현실을 잘 묘사하고 있다. 이것은 전쟁을 이데올로기의 차원으로 인식한 데서 구체적으로 드러난다. 그는 전쟁을 "포유동물의 지리한 싸움"(「廢墟·2」)으로 파악하였으며, 전쟁의 논리를 "위대한 이름을 위

---

4) Karel Kosik(박정호 옮김), 『구체성의 변증법』(거름, 1985), 68쪽.
5) 고은, 「아아 1950년대」, 『1950년대』(정하, 1989), 19쪽.

한 피의 잔치"(「贖罪羊 · Ⅳ · 3」)라 하여 이데올로기로 인식하였다. 「贖罪羊 · Ⅳ · 1」에서는 인간성 옹호로서의 휴머니즘과 반전의식을 드러내는가 하면 「贖罪羊 · Ⅰ」처럼 제국주의의 이데올로기에 대한 풍자를 수행함으로써 이데올로기를 비판의 대상으로 삼았다.

민재식의 시적 관심이 당대의 역사적 현실에 집중되어 있다는 사실은 '속죄양'의 의미를 통해서도 알 수 있다. 현대의 속죄양 의식은 대리인을 희생시키기 때문에 이데올로기적인 의미를 강하게 담고 있다.

> 贖罪羊은 남의 罪를 짊어지고 죽었다. 죽어야할 아무런 罪도 짓지 안했다. 스스로 지은 罪도 없이 죽는 것, 그것은 확실히 不合理한 것이다. 우리는 이러한 不合理 가운데서 살고 있고, 그래서 우리는 贖罪羊인 것이다. 어느 時代고 괴롭지 않았던 時代는 없었다. 그러나 우리의 時代처럼 괴로운 時代는 없었다. 〔…줄임…〕 우리의 意志를 남의 結論에 뜯어맞추어야 하는 忍耐의 甘受 - 이런것으로 해서 우리는 個人으로서, 國家로서, 民族으로서, 잘못 딛어 온 歷史의 贖罪羊이다.[6]

민재식은 인간의 원죄의식과 이를 대속(代贖)해 죽은 그리스도의 속죄의식을 연관시켜 "아무런 죄도 짓지 안했"지만 "남의 結論에 뜯어 맞추어야 하는 우리의 意志"를 설명하고 있다. 속죄양이 내포하는 의미가 희생임을 전제로 할 때 강대국들의 이익을 위해 희생된 한국을 인간의 죄를 대속해서 죽은 예수의 운명에 비유한 것은 일견 타당해 보인다.

그러나 예수의 죽음으로 구원받는 인간과 한국의 희생으로 인한 강

---

6) 민재식, 「跋」, 『贖罪羊』(사상계사, 1960), 348쪽.

대국들의 구원은 직결될 수가 없다. 즉 한국의 대속이 곧 강대국의 속죄라는 등식은 쉽게 성립하지 않는다. 왜냐하면 민재식은 "잘못 디디려 온 역사", 20세기 한국사의 속죄양으로서 개인을 포함한 국가를 상정하고 있기 때문이다. 또한 속죄의 주체인 역사(강대국)는 한국을 속죄의 제물로 바치지도 않았으며, 그렇게 해서 역사의 과오가 청산되지도 않았기 때문이다. 더구나 한국이 속죄의 제물로 바쳐졌다는 사실을 인정할 때도 "잘못 디디려 온 역사"가 올바로 자리매김되었다고 볼 수 없다. 오히려 강대국은 더 많은 희생을 강요했으며, 그들의 입장에서 볼 때 한국을 속죄의 제물로 삼았다는 발상 자체가 모순일지도 모른다. 이는 강대국이 자국의 이익을 추구하려는 제국주의적 전략을 포기하지도 않았으며, 한국전쟁 후 한국경제가 원조경제로 치닫고 있다는 사실을 통해서도 알 수 있다.

결국 민재식이 속죄양이라는 비유를 쓴 까닭은 당대가 이념과 권력을 신으로 섬겼다[7]는 사실을 강조하기 위한 것이다. 즉 『贖罪羊』은 신격화된 이데올로기 속에 내재된 병폐에 대한 비판인 동시에 이데올로기의 희생양인 전후 한국의 역사적 상황에 대한 풍자의 의도를 담고 있다.[8] 김춘수가 폭력·이데올로기·역사의 삼각관계를 도식화하여 역사 허무주의에 빠지고 끝내는 역사를 부정[9]하는 지경에 이른 것과 비교하면 민재식은 역사적 수난의식을 문학적으로 형상화하고 있는 셈이다.

---

7) 이창민, 「한국 현대사의 비판과 풍자」, 『1950년대의 시인들』(송하춘·이남호 엮음, 나남, 1994), 386쪽.
8) 민재식 시의 이러한 성격은 엘리어트의 영향을 받은 것 같다. 그가 엘리어트에 관한 석사 학위논문을 썼다는 사실 이외에 엘리어트의 문명비평의 정신적 기저를 이루는 역사의식, 전통의식,.카톨리시즘이 그의 시의 정신적 배경으로서 시편 곳곳에 묻어나는 데서 알 수 있다. 물론 엘리어트와의 영향관계는 자세히 고찰할 필요가 있겠지만, 1930년대 김기림의 시가 엘리어트의 이론과 사상을 충분히 소화하지 못하고 표면적인 사회비판에 머물렀던 것에 반해,민재식은 명확한 사상적 관점을 지니고 풍자시를 창작했다고 볼 수 있다.

3. 민재식 시의 풍자 양식

1) 냉전논리와 세계풍자

「贖罪羊」 연작시편은 기독교적 세계관에 바탕을 둔 시가 아니라 제국주의와 전후의 한국 현대사에 대한 풍자시이다. 민재식은 전쟁과 전쟁 상처를 객관화시키면서 전쟁의 참혹성과 더불어 세계사적 의미를 탐색하는 역사적 관점을 취한다. 이러한 태도는 그가 반제국주의의 관점을 가지고 한국전쟁을 민족분단이라는 정치적 문제로 인식했기 때문이다. 자신을 포함한 민족단위를 역사의 '속죄양'이라고 본 인식의 근저에는 20세기의 역사를 주도해 나가는 거대한 힘들에 대한 지적 통찰력이 깔려 있다.

그 사람에게서 더러운 귀신들이 나와
도야지에게로 들어가니 거진 이천마리나
되는 떼가 바다를 향하여 비탈로 내리달아
몰사하더라
       〈마가福音五章四節〉

繡놓은 한 여름 목장풍경 위에
만국지도가 어지러웁다.

부딪치는 두 나라 사이
베에링海峽엔 버큼이 인다.

---

9) 김춘수, 「장편 연작시 '처용단장' 시말서」, 『현대시사상』 1991년 가을호.

아라스카의 손은 몹씨 여위었구나.

캄챠카의 서슬 돋친 뿔이어.

게다가 불쑥 내미는 山東半島의 붉은 코가 무서워

祖國 잊혀지지 않는 노래로 흘러나오는

祖國은 한사코

太平洋 울목 구석지로 구석지로만 움츠러든다.

〔…줄임…〕

지꺼려도 따져도 結論없는 이야기

문서는 미결함 속에 차복 쌓여 있고

잘난 나라의 잘난 백성들끼리

우리의 結論을 흥정하고 있다.

자랑 많은 나라에 태어났어도

우리가 이룩한 자랑은 무엇이냐.

가슴은 熱帶인데 結論이 없고

아아 화제가 다해버린 날의 슬픈 청년들.

祖國은 개펑꺼리냐

우리는 贖罪羊이냐.

창을 젖히고

모두다 바라보는 하늘가에는

훨 훨 날아가는 구름이 한폭

제 무게도 없는 구름이 한폭만 떠 있다.

— 「贖罪羊 · I」 가운데서[10]

인용시는 20세기 중반의 한국적 상황이 강대국들의 이익 분배에 따른 "개평꺼리냐"(「贖罪羊·Ⅰ」)는 발상을 전제로 전후의 현실에 대한 시인의 비판과 반성적 인식이 교차되어 있는 작품이다. 시인은 약육강식의 비극적 논리에 희생된 1950년대 한국의 역사적 현실과 제국주의에 대한 풍자를 시의 주요 책략으로 삼고 있다.

인유로 채용된 부제는 마가복음 5장 1절에서 13장까지의 내용을 요약적으로 제시한 것으로, 시의 주제를 암시한다. "더러운 귀신"은 "군대"를 의미하므로[11], 시인은 예수의 권능으로 군대귀신을 몰살시키는 비유를 통해 제국주의의 횡포에 대한 풍자를 수행한다. 특히 예수가 군대귀신이 들린 사람을 구원하는 방법으로 "들어 온 귀신아 그 사람에게서 나오라", "네 이름이 무엇이냐"라는 권위있는 명령을 한 것은 예수의 권능 이전에 고대 문화의 풍자방식과 상당히 유사하다고 볼 수 있다.[12]

또 시인은 구체적인 나라 이름을 예시하고 있지 않지만 1950년대 세계 속의 한국의 역사적 상황을 드러내는 시적 기교로 비유의 방법을 사용한다. 이 때문에 강대국들의 특징들이 희화화됨으로써 두드러지게 야유의 어조를 띤다. 시인은 세계의 정세를 "목장풍경 위의 만국지도"에 비유함으로써 풍자적 거리를 확보한 다음, 강대국의 특징들을 "여윈 손", "서슬 돋은 뿔", "붉은 코"로 희화화함으로써 풍자 효과를 달성한다. 여기서 "아라스카의 여윈 손", "캄차카의 서슬 돋

---

10) 『贖罪羊』(사상계사, 1960), 7~10쪽.
11) William Barclay(문경식 옮김), *The Gospel of Mark*(기독교문사, 1971), 162~166쪽.
12) 원시 문화권에서는 저주·보복하겠다는 위협·악담같은 것에 "말로써 사람을 죽여버리는 주술의 힘"이 있다고 믿어 왔다. 에스키모인들이 분쟁을 해결하는 방법으로 적에게 치욕감을 주는 조롱조의 노래를 짓고 빈정대면서 싸움을 한 것이나 초기 아일랜드의 음유시인들이 신비스런 마력으로 쥐건 사람이건 죽음으로 몰고 가는 시를 지었던 것처럼 풍자는 실제로 벌어지는 전투에서 죽음을 부르는 흉기와 같았다. Alex Preminger·T.V.F.Brogan(co-ed.), *The Prinston Encyclopedia of Poetry and Poetics*(Prinston Universty Press, 1993), p.1114. 우리의 상대 시가 가운데서 「龜旨歌」나 「海歌」에도 "말의 주술적인 힘"이 적절하게 드러나 있다.

은 뿔", "산동반도의 붉은 코"는 각각 미국, 소련, 중국에 대응된다.

Worcester에 의하면 희화(Caricature, 漫畵)도 풍자의 한 방법이다.[13] 희화는 대상의 특징이나 특별한 면모를 익살스럽게 과장한 것이다. 하지만 이 시에서 강대국들에 대한 희화는 엄밀히 말해서 그로테스크한 희화에 가깝다. 왜냐하면 희화적 과장의 일정한 규범, 즉 비정상이라는 규범을 넘어서고 있기 때문이다. 이 경우 희화는 괴물적인 영역에 다가서고 있기 때문에 단순히 우스꽝스러울 뿐만 아니라 더 나아가 역겹거나 두려운 것이 된다.[14] 그리고 이 시는 방법 면에서 고대의 Hegemon과 Nikochares가 썼던 파로디아에 가깝다.[15]

결국 희화적 방법은 제국주의의 풍자라는 명백한 목적을 달성하기 위해 의도적으로 채택되고 있으며, 독자는 우스꽝스럽다고 생각하는 동시에 분노를 느끼게 된다. 그 분노는 후반부에서 강대국들이 "우리의 결론을 흥정하고 있는 잘난 나라의 잘난 백성"이라는 야유를 동반하게 되며, 궁극적으로 "잘난/못난 백성"이라는 이분법적 인식을 해체시킨다.

그리고 "베에링 海峽"을 사이에 둔 미국과 소련의 "버큼 이는" 대결에 "불쑥 내미는" 중국의 개입은 한국전쟁에 대한 세계사적 시각을

---

13) A.Pollard(송낙헌 옮김), 『풍자』(서울대출판부, 1986), 6쪽. 그리고 희화(戱畵)는 과장과도 구별된다. 즉 인간에 대한 유머러스한 묘사를 '우호적 샤르쥬(Charge;과장)'라고 부르는 반면 풍자적 묘사는 '캐리커쳐'라고 부른다. 전자를 우호적이라 부르는 것은 그것이 어떤 선한 사람, 나아가 때로는 위대한 사람의 작은 결점을 웃음거리로 만들고 있으며, 그로 인해 언제나 따뜻함과 진정한 우의를 유지하기 때문이다. 반면에 캐리커쳐는 삶의 반동적 현상들을 특히 정치의 영역에서 폭로한다. 풍자 일반이 그러하듯이 캐리커쳐는 모든 잔재와 사멸하는 것들을 冥府의 세계로 쫓아내는 데 사용되는 것이다. M.S.Kagan(진중권 옮김), 『미학강의』 Ⅰ(새길, 1989), 209쪽.

14) 희화와 그로테스크는 독자의 반응과 과장의 정도, 희화화되는 대상이나 특색이 표현되고 있는 방식에 있어 상당한 차이가 있다. P.Thomson(김영무 옮김), 『그로테스크』(서울대출판부, 1986), 53~56쪽.

15) 파로디아란 고의적인 과장이나 어울리지 않는 의상이나 배경을 통하여 어떤 사물이나 인간의 특징을 희화화(戱畵化)하는 수법, 또는 이러한 수법을 사용한 시를 말한다. 그리고 보잘 것 없는 사물을 장중한 시어체로 그리는 것 역시 파로디아의 특징이다. Aristotle(천병희 옮김), 『詩學』(문예출판사, 1987), 30쪽.

제공하는 것이다. 이를 통해 분단 문제가 냉전구도 속에서의 영역 분할이라는 현상으로 제기된다.

분할주의·배상주의를 양대 분계로 하는 세력균형의 원리는 근대 국제정치를 지배하는 가장 중요한 질서원리이다.[16] 그것은 기본적으로 제국주의적 성격을 띠며, 한국과 같은 약소국에는 가혹한 희생을 강요하였다. "제 무게도 없이 떠 있는 구름"은 이 시의 핵심적 이미지인 "만국지도"와의 관련성을 고려할 때, 강대국의 희생양인 전후 한국의 역사적 현실을 표상하는 이미지이다. 제국주의의 정치 경제적 도박에 "개펄꺼리"와 같은 한국은 "울목 구석지로만 움츠러드는" 냉전체제의 부산물에 불과하다.

여기서 시인은 풍자 대상으로서 "우리의 結論을 흥정하고 있는 잘난 나라의 잘난 백성들인" 제국주의와 그들의 정치 경제적 이데올로기의 실체를 드러내 보임으로써 분단현실을 객관적으로 인식할 수 있는 시각을 확보한다. 비유의 방법을 통한 역사주의적 사유로 나아가는 것은 분단의 불합리한 조건을 극복하겠다는 의지로 볼 수 있다.

시인은 또 풍자 주체를 집단적 화자인 "우리"로 확대하여 역사적 현실에 대한 반성적 인식을 담은 자기풍자를 수행하고 있다. 자기풍자는 모든 기존의 진리가 허위로 판명되었을 때나 그렇다고 새로운 진리를 떠올릴 수 없을 때, 현대인이 자기 자신의 모습을 드러내 묘사하는 자아탐구의 한 형식이다.[17] 민재식 시의 자기풍자는 전쟁과 분단의 원인에 대한 깊은 통찰에서 오는 자기 반문이며, 민족 주체성의 회복을 위한 통과제의적 성격을 지닌다. 그것은 근본적으로 "結末을 짓지 못한 빚진 몸"(「未完成失題·2」)이라 여기는 부채의식에서 기

---

16) 남궁곤, 「1950년대 지식인들의 냉전의식 -『사상계』에 나타난 국제질서관을 중심으로」, 『1950년대 한국사회와 4·19혁명』(이종오 외, 태암, 1991), 133쪽.
17) 김윤식, 『韓國近代文藝批評史研究』(일지사, 1990), 251쪽.

인한다. 즉 전쟁과 분단이 민족의 주체적인 결단에 의한 것이 아니라 제국주의에 의해 일방적으로 주어졌다는 점은 결정적으로 "海牙事件 훨씬 이전부터 억울하게"(「壁畵·2」) 전개되어 온 역사에 연유한다. 민재식이 개인과 민족의 차원에서 역사의 속죄양이라 한 것도 이와 같은 맥락에서 이해할 수 있다. 분단극복에 대한 기대는 "1953년의 허망한 결산"(「壁畵·2」)으로 다가서고, 역사의 속죄양인 우리는 "시체없는 꿈 같은 喪主들"(「壁畵·2」)이자 "몸뚱이만 건강한 톨루쏘"(「不協和音·2」)인 것이다.

「贖罪羊」이라는 제목이 상징적으로 보여주듯이, 시인은 한국을 제국주의의 정치 경제적 도박에 따른 "개평꺼리"에 불과한 존재이자 더 나아가 "우리의 결론" 조차도 남에게 의지하는 자랑할 것 하나 없는 존재로 인식한다. 더욱이 제국주의의 침략 논리와 욕망에 의하여 분단현실을 살아가는 화자의 어조는 지극히 냉소적이다. 그러나 이러한 냉소는 체념으로 그치는 것이 아니라 제국주의의 논리에 순응할 수 없다는 비판적 인식을 수반한 웃음으로 역사의 진실을 고지시키려는 내재적 의미가 담겨 있다.

그리고 인용시는 약육강식의 제국주의 논리를 군사력으로 표출한 20세기 초반의 세계 정세와 1930년대의 시대적 고통을 풍자한 김기림의 장시 「氣象圖」의 패러디라는 의심이 갈 정도이다.[18] 그것은 제국주의의 횡포를 "暴風"에 비유하여 전쟁의 위기의식이 감도는 아시아의 정세를 지도위의 사건, 즉 "亞細亞의 地圖"가 "戰慄"(「暴風警報」)하는 것으로 표현한 것이나, 전쟁을 태풍 발생의 필연적인 요소로 삼아 제국주의 이데올로기를 풍자하는 데서 짐작할 수 있다.

---

18) 「氣象圖」는 시의 제재로 현대와 전세계를 취하면서 자연현상으로서의 태풍과 세계정세, 정신세계의 혼란상을 상징적으로 드러내고 있다. 태풍의 발생 전, 발생, 활동, 소멸, 미래라는 순행적 구조를 통하여 세계의 혼란에서 희망적인 미래로 나아가고자 하는 작가의 소박한 인생관을 담고 있는 작품이다.

1950년대 전쟁시는 대부분 전쟁의 발생 원인과 역사적 배경에 대한 객관적 인식을 결여한 채, 선무적 태도나 휴머니즘적 태도를 취함으로써 민족사적 의미를 간과하였다. 그리고 이러한 경향이 전후시의 정신사적 기반을 형성하는 주요한 흐름이라면, 민재식의 전쟁과 분단에 대한 객관적 인식은 대부분의 전쟁시와는 변별되는 민족적 관점을 견지하고 있다고 여겨진다.

민재식의 이러한 전쟁과 분단인식은 전후 대외 의존 경제구조로 심화되는 파행적 경제성장과 역사를 망각하는 일상적인 삶의 태도에 대한 비판적 시각을 동반하게 된다.

①
종일
타이피스트의 어깨너머
金屬活字가 고무 롤러를 두들기는 소리

品種別 리스트
價格別 리스트
導入月別 리스트
援助物資를 積載한
리버티型
빅토리型
머리이너型
거무첩첩한 貨物船들이
거만한 제수추어처럼
윈치를 휘두르고

碇泊時間
계집들은
선원들의 밀수약속을 믿으며
麥酒를 딴다.

次期 國際競爭入札에도
일본상인들이 교활한 조건을 내세울까요?

눈치로 커가는 나라
괄새와 원조와 장담으로 커가는 나라

一五〇 마일의 戰線은
防禦線으로만 지킬 것이냐?

부르자
콘 후오코
「전우의 시체를 넘고 넘어」
「길이 보전하세」
부르자
콘 후오코

—「未完成失題·3」[19]

②
네나 내나 코발트 하늘 밑서 자라난

___

19) 『贖罪羊』(사상계사, 1960), 37~39쪽.

네나 내나 손가락 같은 半島에서 자라난

오랜 歷史의 보잘 것 없는 民族

釜山과 「베니스〉에 定期航路는 없어도

援助物資를 실은 貨物船들이 이따금 오가는

누나야 우리는 비둘기에 모이나 주자야

— 「美國에서 만난 西歐女人像 –〈레지나 B · 매그리스〉夫人」 가운데서[20]

한국전쟁의 직접적인 결과는 생산력의 막대한 파괴로 나타났고, 전후 복구를 위해서는 미국의 경제원조가 불가결한 조건이었다.[21] 이로 인해 한국은 정치 · 경제 · 군사적으로 미국에 거의 완전하게 예속되었다.

①은 직접적인 세계풍자로 두 가지 비판 대상이 교차되어 있다. 시인은 미국을 자유와 승리라는 이름으로 "거무첩첩한 화물선"들을 앞세우고 들어오는 "거만한 윈치를 휘두르는" 시혜국이라 말하고 있다. 물론 미국의 경제원조로 생산력을 재건하고 전후복구사업을 원활하게 추진할 수 있었던 것은 사실이다. 그러나 경제원조는 정치 · 경제 면에서 매판 자본가의 성장 기반을 마련하여 자유당 정권을 강화하는 데 기여하였으며 한국경제의 종속성을 심화시키는 계기가 되었다. 그리고 사회 · 문화 면에서 퇴폐적인 양키문화의 유입을 초래하고 3연에서처럼 타락한 사랑을 양산한다.[22]

---

20) 『贖罪羊』(사상계사, 1960), 111쪽.
21) 김대환, 「1950년대 韓國經濟의 연구 –工業을 중심으로」, 『1950年代의 認識』(박현채 외, 한길사, 1981), 173쪽. 미국은 휴전협정이 체결된 이후 한국의 경제재건을 위해 막대한 양의 원조를 투입하였으며, 원조의 목적을 군사면에 두고 국방비 부담을 보전하기 위해 원조를 제공하였다. 미국의 대한원조는 방위지원원조, 개발증여, 잉여농산물 원조와 개별차관으로 구성되어 있었지만, 군사 혹은 준군사원조가 80% 이상을 차지하였다. 경제원조가 군사적 성격을 띤 것은 미국의 대한정책의 일차적인 목적이 '반소 반중국 첨단반공기지' 건설이라는 군사적 측면이 강했기 때문이다. 정창현, 「1950년대 미국의 대한정책」, 『한국현대사』 2권(한국역사연구회 현대사연구반, 풀빛, 1991), 79쪽.

이처럼 시인은 경제원조를 전쟁과 마찬가지로 이 땅의 정신적 황폐화와 구조적 모순을 심화시키는 수난의 과정으로 인식한다. 한 가지 주목할 만한 사실은 경제원조의 연장선상에서 1965년 한일협정 이후 대일 기술종속으로 구체화되는 전 단계인 전후 일본의 경제전략에도 비판적 시각을 확보하고 있다는 점이다.[23]

그래서 시인은 휴전선을 "防禦線으로 지킬 것이냐"는 문제를 제기함으로써 "열정적으로"(Con Foco) 군가와 애국가를 부르자는, 분단극복과 민족 주체성의 회복에 대한 의지를 드러낸다. 결국 ①은 제국주의의 정치논리가 경제논리로 전환되면서 신식민지화되어 가는 이 땅의 현실에 대한 비판으로 볼 수 있다. 이와 유사한 경향으로 「未完成 失題 · 4」에서는 경제개발 계획의 허상성, 즉 "화려한 도시계획"의 이면에 있는 "실업자"의 문제를 제기하고 있다.

②에서 시인은 1950년대 한국의 역사적 현실을 미국의 "괄새" 앞에 "눈치와 원조로 커가는 나라"로 인식하고, 우리를 "오랜 歷史의 보잘 것 없는 民族"이라 여긴다. 이러한 인식은 현실에 대한 적극적 대응의 자세가 결여되어 있는 일상적인 행위로 귀착된다. 이는 전쟁과 분단이 초래한 사회 역사적 의미에 대한 거부의 몸짓이라기보다는 당대 민중들의 의식의 나약성을 드러내는 풍자적 투사에 가깝다.

깎아내리기(dimination)도 부풀리기(exaggeration)와 마찬가지로 흔히 사용하는 풍자의 방법이다. 원래 깎아내리기는 인간을 동물이나 곤충의 크기로 축소하여 묘사함으로써 인간의 오만을 조롱하는 기교이다.[24] 하지만 ②에서는 현실의 의미를 유보하고 "비둘기에 모이나

---

22) 전후의 물질주의적 경향과 허무주의는 미국의 경제원조가 낳은 정신적 질환의 한 양상이다. 김윤식 · 김현, 『韓國文學史』(민음사, 1989), 232쪽.
23) 한국전쟁은 일본에도 지대한 영향을 끼쳤는데, 미 · 일 안보체제의 성립으로 일본은 아시아 반공진영의 핵이 되었다. 또한 한국전쟁은 일본 경제부흥의 결정적인 계기로 작용하여 1950년에서 1953년까지의 미군장비 및 보급품의 발주총액이 23~24억에 달했다. 박명림, 「해방, 분단, 한국전쟁의 총체적 인식」, 『解放前後史의 認識』 6권(신형기 외, 한길사, 1989), 74쪽.

주자"는 체념적인 화자를 통해 상황의 심각성을 축소하고 있다. 이러한 축소에 의해 현실의 심각성과 사소한 일상적 삶이 대조적으로 제시되어 일상적인 세계로의 후퇴가 곧 역사의식의 결함을 노정한 삶의 태도라 비판한다. 이것은 전쟁과 분단의 역사적 의미를 망각하고 일상적 삶에 안주하려는 태도에 대한 풍자로 구체화된다.

> 하루에 한번 쯤
> 소낙비가 오면
> 戀愛의 메모가 달라질 것을 생각하며
> 시민들은 강변으로 몰려 간다.
> 彼岸에의 最短距離에 걸쳐진
> 콩크리-트 다리 밑
> 제 각기 소중한 여성을 모시고
> 뽀오트를 젓는 거룩한 친구
> 〔…줄임…〕
> 노아의 홍수에도
> 떠내려 가지 않은 것을 아십니까?
> 河床에 못박힌 하이얀 바둑 알
> 기억을 새롭히는 것은 잔인할까요?
> 무엇을 두려워하는지 묻는 것은 실례일까요?
>
> 과거는 여자의 웃음에 삭아버린다.
> 여자는 참 좋은 것이군요,
> 世代의 활기를 증강합시다.

---

24) 김활, 「풍자의 수사법」, 『모더니즘 문학론과 그 질서』(한신문화사, 1993), 406쪽.

시간은 참 좋은 것이군요,

자

망각의 혜택을 찬송합시다.

—「未完成失題·1」가운데서[25]

인용시는 시인의 시점이 표면에 드러나지 않고 감추어져 있는 반어적 어조를 취하고 있다. 시인은 "망각의 혜택을 찬송하"자는 표면적 화자를 가면으로 사용하고 있다.

"노아의 홍수에도 떠내려가지 않은 바둑알"은 노아의 방주에 등가되는 것으로 전쟁의 폐허와 상처에 대한 비유이다. 여기서 "노아의 홍수"라는 성경적 인유는 전쟁의 기억과 현실적인 고통을 쉽게 잊을 수 없다는 심층적 화자의 전언을 심화시키는 구실을 한다. "어굴하던 어제"(「續 廢墟·二」·2)를 망각하려는 태도는 "逃避의 哲學"(「(續) 廢墟·一」)이다. 그것은 전쟁과 분단의 사회 역사적인 의미를 차단하는 태도로, 자칫 역사 허무주의에 함몰될 위험성을 내포하고 있다. 결국 이 시는 역사의 희생양이면서도 그것을 인식하지 못하거나 아예 잊으려고 하는 당대의 세태, 그러니까 당대 민중들의 역사의식의 부재에 대한 풍자인 셈이다.

2) 이데올로기 비판과 반문명적 전망

광복 후 정치체제의 선택과 한국전쟁의 발생 배후에는 미국과 소련의 이데올로기와 국가 이익이 작용하고 있었다. 그것은 결과적으로

---

25) 『贖罪羊』(사상계사, 1960), 31~33쪽.

민족의 주체적인 결단이 무시당하는 상황을 초래했기 때문에 민족적
전망은 불투명할 수 밖에 없었다.

　민재식은 분단에서 시작된 이러한 역사적 상황 속에서 지식이나 이
데올로기가 결코 민족의 삶을 보장할 수 없다고 본다. 그래서 그는
인간이 만들어낸 논리적 조작물로서의 이념이나 논리의 허구적 성격
을 비판하고 현재의 위치에서 긍정적 전망을 모색한다.

　①

　한나절 코스모스의 실 그림자를 지키는 感性

　장미의 비유를 처음 써보던 하찮은 추억,

　위대하다고 이르는 것에 대한 지식 나부래기

　이것을 가로지른 서투른 論理위에

　간신히 매달린 自我의 모습

　그것이 바로 그것이 그나마

　한순간 허망한 소리로 끝날 것을 생각하며

　살아서 기어가는 기어서 닥아가는

　가마귀의 審判 이외에는

　모험이 없습니다.

―「贖罪羊 · Ⅲ · 2」 가운데서[26]

　②

　언제 우리가 論理의 은총을 입어보았읍니까?

　언제 우리가 行動의 秩序를 보장받았읍니까?

　〔…줄임…〕

---

26) 『贖罪羊』(사상계사, 1960), 20쪽.

당신이 스스로 웃음을 봉쇄해 버리고

로댕의 작품 모양 웅크리고 있으면

그 거창한 사색이 구원이 될 것입니다.

— 「未完成失題·2」 가운데서[27]

시인은 한국전쟁이 "위대한 이름을 위한 피의 잔치"(「贖罪羊·Ⅳ」·
3)였던 것처럼, "지식 나부래기"나 "서투른 논리"에 의지하는 구원은
"한순간 허망한 소리로 끝날 것"임을 알고 있다. 그래서 "지식에도
구원은 없다"(「未完成失題·4」)라고 말한다. 이는 본질적으로 한국전쟁
이 이데올로기의 대립이었으며, 우리가 "논리의 은총"을 받았던 수혜
자가 아니라 희생자로서 "先史의 죄에 이바지되는 젊은 재웅들"(「壁
畵·2」), 즉 역사의 속죄양이라는 시각에서 연유한다.

　한편 민재식의 시에서는 전쟁으로 피폐된 현실을 초월하려는 욕망
이 매우 특징적으로 나타난다. 그는 1950년대의 역사적 현실을 비판
적으로 형상화하면서도 당위적 세계에 대한 긍정적 전망을 제시한
다. 현실 초월의지는 과거와 미래를 넘나들며 "요단강 건너 마을"이
나 "원생대"로 표상된다. 이것은 이데올로기에 대한 회의에서 촉발되
었다는 점에서 반역사적 태도라 볼 수 없다.

①

초롱초롱 빛나는 별마다

내 손모으는 그림자 한잎씩을 사면으로 재끼면

나는 온연 靑百合 꽃술이 되어 이슬에 젖는다.

---

27) 『贖罪羊』(사상계사, 1960), 34~35쪽.

요단강

건

너

가

만나리.

—「贖罪羊 · Ⅳ · 2」가운데서[28]

②

강건너 마을에는

그 이상 겪어야 할 아무것도 없겠읍니다.

사무치게 기다릴 아무것도 없고

목놓아 부를 이름도 없고

그 위대한 이름을 위한

피의 잔치도 없겠읍니다.

강건너 마을에는 길이 없겠읍니다.

모든 것이 선택을 초월해 있기 때문입니다.

얻을 것도 잃을 것도 없이 의도도 결과도 없이

아무 것도 없으나 모든 것이 있겠읍니다.

〔…줄임…〕

얄리 얄리 얄랑성 얄라리 얄라.

—「贖罪羊 · Ⅳ · 3」가운데서[29]

---

28) 『贖罪羊』(사상계사, 1960), 25쪽.
29) 『贖罪羊』(사상계사, 1960), 26~27쪽.

③

눈보라,

原生代를 다스리던 눈보라야 휘몰아 쳐라.

그릇된 문명이면

原始의 자유론 아나키 로 가리라.

잘못 딛어 온 역사면

原始의 자유론 아나키 로 가리라.

廢墟

절리는 감관처럼 아픈 廢墟를 눈보라야 휘몰아 쳐라.

발목 진 눈 위에

허리 진 눈 위에

나야 고드름 되어 서서

滅하여 가는 文明의

　즐거운 喪主가 되리라.

—「廢墟」 가운데서[30]

　인용시는 단순히 기독교적 정서에 밀착되어 있거나 과거의 자유로
운 삶을 추구하는 작품이 아니다. "백합의 골짜기"를 어려움 없는 삶
의 과정을 비유하는 성경적 인유로 보면[31], ①에서 "나"를 "靑百合
꽃술"로 은유한 것은 상징적 의미가 내포되어 있다. 즉 성경적 인유
로는 볼 수 없으나 "靑百合 꽃술"은 고통스러운 현실을 벗어나고자

---

30) 『贖罪羊』(사상계사, 1960), 76~77쪽.
31) 양왕용, 「한국 현대시와 미국의 기독교 사상」, 『語文敎育論集』 제13·14 合集(부산대 국어
　　교육과, 1994), 167쪽.

하는 시인의 의지가 투사된 존재이다. 또한 장례집례 때 부르는 찬송가[32] 후렴구의 패러디는 종교적 초월을 심화시키는 기능을 한다.[33] 통사적으로 한 음절을 한 행으로 처리한 형식에 대한 배려는 이러한 효과를 증폭시킨다.

②에서 시인은 「청산별곡」 후렴구를 패러디함으로써 당위적 현실에 대한 지향을 적절히 구현하고 있다.[34] 물론 「청산별곡」의 한 구절을 재현하고 있는 인용으로 볼 수 있으나 주제의식 면에서 선행 텍스트를 모방적으로 재현하고 있으므로 패러디이다. 「청산별곡」이 당대의 고통스러운 삶을 반영하면서 청산이라는 이상적인 공간에 살고 싶은 민중의 집단적 욕구를 표출했듯이[35], ②는 전쟁과 이념 대립이 없는 공간에 살고 싶은 시인의 의도가 시의 표면에 드러나 있다.

②에는 표면적으로 드러나 있지 않지만 "피의 잔치"가 자행되고 있는 이 땅의 역사적 현실과 그러한 대립이 소멸된 화해의 공간이 대립

---

32) "날 빛 보다 더 밝은 천국 믿는 맘 가지고 가겠네/믿는 자 위하여 있을 곳 우리 주 예비해 두셨네/며칠 후 며칠 후 요단강 건너가 만나리/며칠 후 며칠 후 요단강 건너가 만나리" 「날 빛 보다 더 밝은 천국」 1절. 이 찬송가에는 죽음을 앞둔 자의 담대하고 선취적인 신앙자세와 "가겠네"라는 의지적 용어로서 미래지향적이고 초월적인 신앙이 화연하게 드러나 있다. 「찬송가」 291장. 『라이프성경』(기독지혜사, 1989).

33) 민재식의 시에서 성경적 비유나 인유는 몇몇 작품에서 부분적으로 채용되고 있다. 그것은 그가 시집의 표제로 '贖罪羊'이라는 비유를 사용한 것과 마찬가지로 전적으로 기독교적 세계관을 형상화하는 데 바쳐지지는 않는다. 「贖罪羊·Ⅲ·3」에서는 예수를 부인하는 베드로의 비겁을 인유하여 영원성과 구원에 대한 회의를 표명하였다. 또 「金曜日」에서는 예수가 십자가 위에서 비장하게 외친 七言 가운데서 가장 인간적인 발언이라고 할 수 있는 'Eli Eli lama sabachtani?'(主여, 主여 어찌하여 저를 버리셨나이까) 『신약성경』 「마태복음」 27장 46절을 부제로 인유하여 부활에 대한 회의를 암시하고 있다. 이 시는 "가고 나면 돌아오지 못할 길"(「金曜日」)에서 알 수 있듯이, 1950년대 한국의 구원에 대한 회의와 직결된다.

34) 김종길은 이 부분과 더불어 "淚線은 끊어진 퓨즈"(「贖罪羊·Ⅱ·2」)와 같은 고도한 상징이 김기림의 "「氣象圖」에서는 볼 수 없는 것"이라 하여 민재식의 시가 김기림보다도 엘리어트의 영향을 많이 받았다고 보았다. 김종길, 『詩論』(탐구당, 1965), 70~71쪽. 그리고 조지훈이 그의 시를 "英詩의 깊이를 활용하여 우리 古歌의 멋에 融合시킬 정도로 그의 서구적 지성과 민족적 감성은 이미 하나가 되어 있"는 "현대의 靑山別曲"이라 한 것도 같은 맥락에서 이해할 수 있다. 조지훈, 「序」, 『속죄양』(사상계사, 1960), 3~4쪽.

35) 송희복, 「고려가요의 집단적 삶의식 양상」, 『고려가요의 문학사회학』(김열규·신동욱 엮음, 경운출판사, 1993), 22쪽. 그러나 「靑山別曲」을 현실세계에서 삶을 누리고 싶어 하나 타의에 의해 현실세계로부터 쫓겨나 청산과 바다로 헤매는 사람의 노래로 보는 시각도 있다. 박노준, 「靑山別曲의 再照明」, 『高麗時代의 가요문학』(김열규·신동욱 엮음, 새문사, 1992), 196쪽.

되어 있다. 여기서 "강 건너 마을"(「贖罪羊·Ⅳ」·2)이나 "원생대"는 이념의 선택과 현대문명의 폐해가 존재하지 않는 이상적인 세계이다. 그것은 초월적 환각이 아닌 작가의 현실 극복의지가 투영된 공간이기도 하다. 그러므로 이 세계에서는 현실의 "마음의 폐허"(「續 廢墟·一」)와 "미덥잖은 成文과 맹서"가 모두 "제 구실로 고분히 돌아" 가게 되는 것이다.

다만 "강 건너 마을"로 표상되는 이상향의 추구는 다분히 관념적 지향으로서 현실적 행동은 결여되어 있다. 그러나 민재식 시의 과거나 미래 지향이 현실에 바탕을 두고 있다는 점에서 당대 서정주의 『新羅抄』(1960)의 시세계와는 현격한 차이가 있다.[36] 그것은 이상적 세계가 역사의 망각에서 오는 게 아니라 역사의 발자취를 남기며 "WALT WHITMAN의/OPEN ROAD"(「壁畵·3」)를 꾸준히 걸어갈 때 주어지기 때문이다.

민재식의 시에서 전쟁과 분단인식은 시의 중요한 문맥을 형성하고 있다. ③의 "그릇된 문명"은 전쟁을 암시한다. 전쟁은 우리의 삶을 "아픈 폐허"로 만든 "그릇된 문명"이 극단적으로 표출된 형태이기 때문이다. 그래서 화자는 "그릇된 문명"과 "잘못 딛어 온" 20세기 한국사의 치유를 "원시의 자유로운" 아나키 상태를 추구하는 데서 찾는다. 그것은 추상적인 그리움이 아니다. "허리 진 눈 위에 고드름 되어서서 滅하여 가는 文明의 즐거운 喪主가 되리라"는 욕망으로 표현된 현실에 뿌리를 둔 그리움이다. 결국 민재식은 전쟁과 분단을 넘어서는 이상적 공간을 상정하면서 약자도 강자도 없는, 이념의 선택을 초월하는 평등과 화해의 삶을 추구해야 한다는 역사적 당위성을 강조하려고 하였다.

---

36) 서정주의 시는 신라정신. 즉 사랑 지상주의와 정신적 영원주의를 추구함으로써 당대의 현실과 사회문제를 희석화하였다.

4. 마무리

민재식은 전쟁과 분단으로 인한 상실의식을 이데올로기의 차원으로 심화시키며 1950년대의 민족적 현실을 시화한 시인이다. 그가 파악한 민족사는 나라잃은시대부터 한국전쟁과 분단에 이르는 제국주의에 의한 수난의 역사였다. 그는 당대의 정치 경제적 현실의 모순을 뚜렷하게 자각하고 미래에 대한 역사적 전망을 모색하였다.

대체로 민재식의 시는 제국주의와 1950년대 이 땅의 역사적 현실에 대한 인식을 예각화한 비판과 풍자가 주류를 이루고 있었다. 이것은 시인의 비판적인 역사의식에서 비롯된 것으로, 이념이나 논리에 대한 회의로 발전하고 있었다. 이러한 역사의식의 결과로 나타나는 그의 정치풍자는 비유나 상징을 통하여 제국주의의 정치·경제적 이데올로기에 대한 비판과 분단현실을 극복하는 데 초점을 맞추고 있었다. 역사를 망각하는 삶의 태도뿐만 아니라 개인을 포함한 민족 단위의 부채의식에서 비롯된 당대의 비주체적인 민족현실이 풍자의 대상이었다.

그런데도 그의 풍자시는 풍자시로 느껴지지 않을 만큼 점잖은 문체의 정관적 풍자가 주류를 이루는데, 우리 시사에서 매우 예외적인 유형이 아닐 수 없다. 두루 알다시피 1950년대의 풍자시는 전통 서정시나 모더니즘 시와는 달리 역사적 현실을 올바로 파악하려는 리얼리즘의 산물이다. 따라서 1950년대 후반기 민재식의 시를 통해 1950년대의 시문학의 현실 응전력을 엿볼 수 있을 것이다.

1. 일차 자료

고정희, 『광주의 눈물비』, 동아, 1990.

김달진 엮어옮김, 『韓國禪詩』, 열화당, 1985.

김수영, 『거대한 뿌리』, 민음사, 1974.

김영승, 『몸 하나의 사랑』, 미학사, 1994.

김영승, 『반성』, 민음사, 1987.

김영승, 『車에 실려가는 車』, 우경, 1988.

김영승·장정일, 『심판처럼 두려운 사랑』, 책나무, 1989.

김지하, 『황토』, 한얼문고, 1970.

김진경, 『우리 시대의 예수』, 실천문학사, 1985.

김춘수, 『꽃의 素描』, 삼중당, 1977.

김춘수, 『處容』, 민음사, 1974.

김춘수, 『打令調·其他』, 문화출판사, 1969.

문병란, 『무등산』, 청사, 1986.

민재식,『贖罪羊』, 사상계사, 1960.

박남철,『러시아집패설』, 청하, 1991.

박남철,『반시대적 고찰』, 나경문화, 1991.

박남철,『용의 모습으로』, 청하, 1990.

박남철,『地上의 人間』, 문학과지성사, 1984.

박상배,『잠언집』, 세계사, 1994.

박서원,『난간위의 고양이』, 세계사, 1995.

박중식,『집도 절도 주민등록증도 없이』, 들꽃세상, 1992.

박태일 가려뽑음,『크리스마스 시집』, 양업서원, 1999.

서정주,『떠돌이의 詩』, 민음사, 1976.

서정주,『西으로 가는 달처럼……』, 문학사상출판부, 1980.

서정주,『질마재 神話』, 일지사, 1975.

서정주,『팔할이 바람』, 혜원출판사, 1988.

석지현 엮어옮김,『禪詩』, 현암사, 1975.

세광출판사 편집국 엮음,『한국동요전집』1~5, 세광출판사, 1981.

송욱,『月精歌』, 일조각, 1971.

송욱,『誘惑』, 사상계사, 1954.

송욱,『何如之鄕』, 일조각, 1961.

신경림 엮음,『한국전래동요집』1~2, 창작과비평사, 1981.

오규원,『가끔은 주목받는 生이고 싶다』, 문학과지성사, 1987.

유하,『武林일기』, 세계사, 1995.

이규호,『꽃집 食口의 첫 事件』, 현대문학사, 1973.

이규호,『惡魔集』, 한국문학사, 1977.

이상화,『金石 李相和 作品과 그 生涯』, 경화당, 1985.

이상화,『늪의 寓話』, 선명문화사, 1969.

이상화,『石人像』, 수서원, 1984.

이상화,『여름산』, 사초, 1981.

이성복,『뒹구는 돌은 언제 잠깨는가』, 문학과지성사, 1981.

이수화,『暮窓史悲曲』, 성안당, 1982.

이어령 외 엮음,『韓國戰後問題詩集』, 신구문화사, 1964.

전영경,『先史時代』, 수문사, 1956.

전영경,『金山月女史』, 신구문화사, 1958.

전영경,『나의 취미는 고독이다』, 현문사, 1959 초판.

전영경,『나의 취미는 고독이다』, 현문사, 1960 재판.

전영경,『先史時代』, 수문사, 1956.

전영경,『어두운 다릿목에서』, 일조각, 1964.

조태일,『식칼론』, 시인사, 1970.

한무학,『北南西東』, 평문사, 1975.

한무학,『새로운 秒의 速度』, 전국문화단체총연합회인천지부, 1953.

한무학,『市民은 目下 入院中』, 신조문화사, 1970.

한무학,『地震에 떠는 氣象臺』, 평문사, 1956.

함민복,『우울氏의 一日』, 세계사, 1990.

황지우,『새들도 세상을 뜨는구나』, 문학과지성사, 1983.

『52人詩集』,『現代韓國文學全集』18권, 신구문화사, 1968.

『創作과 批評』,『文學과 知性』,『詩人』,『現代詩』,『新年代』,『新春詩』,『現代
文學』,『文學藝術』,『文學思想』,『現實』,『다리』,『思想界』 외 각종 잡지와 동
인지들

2. 낱책

강만길,『고쳐 쓴 한국현대사』, 창작과비평사, 1994.

강태근,『韓國現代小說의 諷刺』, 삼지원, 1992.

고은,『1950년대』, 청하, 1989.

고현철,『현대시의 패러디와 장르 이론』, 태학사, 1997.

광주민학회,『욕, 욕을 살립시다』, 광주민학회 창립 10주년 기념 욕대회 자
　　　료집, 1996. 10.

국제 P.E.N.한국본부 엮음,『동서문학의 해학』, 국제 P.E.N한국본부,

1970.

국제문화재단 엮음,『韓國文學의 諧謔』, 시사문화사, 1982.

권기호,『禪詩의 世界』, 경북대출판부, 1991.

권영민,『한국현대문학사』, 민음사, 1993.

김활,『모더니즘 문학론과 질서』, 한신문화사, 1993.

김대성,『문화유산에 담긴 한국인의 미소』, 대한교과서, 1997.

김대행,『詩歌詩學研究』, 이화여대출판부, 1991.

김만수·최동현,『일제강점기 유성기 음반 속의 대중희극』, 태학사, 1997.

김선풍,『한국육담의 세계관』, 국학자료원, 1997.

김승환·신범순 엮음,『분단문학비평』, 청하, 1987.

김열규,『욕, 그 카타르시스의 미학』, 사계절, 1997.

김열규,『韓國人의 유머』, 중앙일보, 1978.

김영수,『한국문학 그 웃음의 미학』, 국학자료원, 2000.

김영수,『한국문학의 맥락』, 일지사, 1988.

김영수교수화갑문집간행위원회,『웃음과 세월의 풍경화』, 혜진서관, 1993.

김영화,『분단상황과 문학』, 국학자료원, 1992.

김용범,『웃음』, 문학아카데미, 1992.

김용옥,『아름다움과 추함』, 통나무, 1992.

김용직 외 여럿,『한국현대시사의 쟁점』, 시와시학사, 1991.

김용직,『한국현대시사연구』, 일지사, 1983.

김우종,『한국현대소설사』, 성문각, 1982.

김우창 외 여럿,『미당 연구』, 민음사, 1994.

김욱동,『탈춤의 미학』, 현암사, 1994.

김윤식 외 여럿,『한국현대시연구』, 민음사, 1989.

김윤식,『한국현대문학사』, 일지사, 1976.

김윤식·김현,『韓國文學史』, 민음사, 1989.

김재홍,『한국전쟁과 현대시의 응전력』, 평민사, 1978.

김재홍,『현대시와 열린 정신』, 종로서적, 1987.

김종길,『詩論』, 탐구당, 1965.

김주연 외 여럿, 『現代韓國文學의 理論』, 민음사, 1982.

김주완, 『아름다움의 가치와 시의 철학』, 형설출판사, 1998.

김준오 외 여럿, 『한국현대시론사』, 모음사, 1992.

김준오 외 여럿, 『한국현대시와 패러디』, 현대미학사, 1996.

김준오, 『가면의 해석학』, 이우출판사, 1987.

김준오, 『도시시와 해체시』, 문학과 비평사, 1992.

김준오, 『詩論』, 삼지원, 1991.

김준오, 『한국현대장르비평론』, 문학과지성사, 1990.

김지원, 『해학과 풍자의 문학』, 문장, 1983.

김진균 외 여럿, 『한국사회연구』, 한길사, 1985.

김진균 · 조희연 엮음, 『한국사회론』, 한울, 1990.

김창식 외 여럿, 『한국문학과 性』, 불휘, 2000.

김춘수, 『意味와 無意味』, 문학과지성사, 1976.

김치수, 『문학사회학을 위하여』, 문학과지성사, 1985.

김흥규, 『朝鮮後期의 詩經論과 詩意識』, 고려대민족문화연구소, 1988.

남송김영수박사화갑기념논문집간행위원회 엮음, 『韓國文學의 滑稽 硏究』,
    태학사, 1993.

문선영, 『한국전쟁과 시』, 청동거울, 2003.

문학사와 비평연구회 엮음, 『1950년대 문학 연구』, 예하, 1991.

민족문학사연구소 현대문학분과, 『1970년대 문학연구』, 소명출판, 2000.

박명림 외 여럿, 『解放前後史의 認識』, 한길사, 1989.

박숙자 외 엮음, 『가족과 성의 사회학 : 고전사회학에서 포스트모던 가족론
    까지』, 사회비평사, 1995.

박이도, 『한국 현대시와 기독교』, 종로서적, 1987.

박현채 외 여럿, 『1950年代의 認識』, 한길사, 1988.

반재식, 『만담백년사』, 만담보존회, 1997.

비교민속학회, 『한국의 민속과 性』, 지식산업사, 1997.

서정주, 『韓國의 現代詩』, 일지사, 1973.

성우석, 『웃음으로 푸는 한국인의 성』, 도서출판 창, 1999.

송영규,『프랑스의 풍자문학』, 중앙대출판부, 1995.

송욱,『文物의 打作』, 문학과 지성사, 1978.

송욱,『文學評傳』, 일조각, 1969.

송욱,『詩神의 住所』, 일조각, 1981.

송욱,『詩學評傳』, 일조각, 1963.

송하춘·이남호 엮음,『1950년대의 시인들』, 나남, 1994.

신동욱,『韓國現代文學論』, 박영사, 1972.

신윤상,『한국인의 웃음』, 태창문화사, 1981.

신윤상,『한국인의 유모어』, 영진사, 1962.

염무웅,『민중시대의 문학』, 창작과 비평사,1984.

유종호,『非純粹의 선언』, 신구문화사, 1963.

윤가현,『성문화와 심리』, 학지사, 1998.

이환,『프랑스 근대 여명기의 거인들, 1.-라블레』, 서울대출판부, 1997.

이가원,『滑稽雜錄』, 일신사, 1982.

이강엽,『바보이야기, 그 웃음의 참뜻』, 평민사, 1998.

이상근,『해학 형성의 이론』, 경인문화사, 2002.

이상일,『祝祭의 정신』, 성균관대출판부, 1998.

이어령,『抵抗의 文學』, 경지사, 1959.

이은상 외 여럿,『웃음의 철학』, 새밭사, 1979.

이정탁,『한국풍자문학연구』, 반도출판사, 1979.

이종오 외 여럿,『1950년대 한국사회와 4·19혁명』, 태암, 1991.

이지엽,『한국 전후시 연구』, 태학사, 1997.

이창식,『韓國의 遊戱民謠』, 집문당, 1999.

임헌영,『문학의 시대는 갔는가』, 평민사, 1988.

임헌영,『韓國現代文學思想史』, 한길사, 1988.

전기철,『한국 전후 문예비평 연구』, 서울, 1993.

전현종,『숨과 꿈』, 문학과 지성사, 1982.

조건상,『한국전후문학연구』, 성균관대 출판부, 1993.

조동일,『한국문학 이해의 길잡이』, 집문당, 1996.

조태일, 『한국문학의 현단계』 Ⅳ, 창작과 비평사, 1985.

최길성, 『한국인의 울음』, 밀알사, 1994.

최동호 외, 『韓國現代文學史』, 현대문학, 1991.

최동호, 『현대시의 정신사』, 열음사, 1985.

최창선, 『笑天笑地』, 신문관, 1918.

편집부 엮음, 『미학사전』, 논장, 1988.

한국문인협회 엮음, 『解放文學 20年』, 정음사, 1971.

한국문학연구회 엮음, 『1950년대 남북한 문학』, 평민사, 1991.

한국문화교류연구회, 『해학과 우리』, 시공사, 1998.

한국산업사회연구회 엮음, 『한국사회와 지배이데올로기』, 녹두, 1991.

한국역사연구회 현대사연구반 엮음, 『한국현대사』, 풀빛, 1991.

한국정신문화연구원 현대사연구소 엮음, 『한국현대사의 재인식』1~6, 오름,
        1998.

韓國펜클럽 엮음, 『諷刺와 寓話』, 한진출판사, 1978.

한국현대문학연구회, 『한국의 전후문학』, 태학사, 1991.

홍기삼, 『狀況文學論』, 동화출판공사, 1975.

홍사중 엮음, 『性的 人間』, 태극출판사, 1978.

홍용희, 『김지하 문학 연구』, 시와시학사, 1999.

황인덕, 『한국기록소화사론』, 태학사, 1999.

3. 낱글

공개·김지하 시인이 김준태 시인에게 보낸 편지(1969.10~1970.4), 「비애와
        폭력의 결합」, 『사회문화리뷰』 1996년 9월호, 광주:사회문화원, 1996.

곽종원, 「韓國現代文學에 나타난 諧謔의 諸樣相」, 『월간문학』 1970년 5월호

구상, 「한국의 해학」, 『한국청소년』 1984년 봄·여름호, 한국청소년연맹,
        1984.

구인환, 「역사의식과 풍자」, 『한국근대소설연구』, 삼영사, 1977.

구인환, 「작가정신과 현실의 조응」, 『광장』 1989년 2월호.

구현정, 「유머 담화의 구조와 생성 기제」, 『한글』 제248호, 한글학회, 2000.6.

권영민, 「풍자문학론의 실상과 그 허상」, 『소설문학』 1983년 4월호

김현, 「테로리즘의 文學」, 『문학과 지성』 1971년 여름호.

김대행, 「터무니없음 : 類似性 創造의 文化的 意味」, 『국어교육연구』 제1호, 서울대 국어교육연구소, 1994.

김동리, 「文學을 通해서 본 韓國人의 傳統的 美意識의 特質」, 제9회 『아시아 예술심포지움논문집』, 대한민국 예술원, 1980.

김동욱, 「韓國文學에 있어서의 諧謔」, 『월간문학』 1970년 5월호

김열규, 「韓國文學에 있어서의 諧謔」, 『국어국문학』 제51호, 국어국문학회, 1971.

김영수, 「韓國의 滑稽文學」, 『현대문학』 1962년 5월호

김영수, 「諧謔比較論」, 『현대문학』 1970년 7월호

김영택, 「韓國 近代小說의 諷刺性 硏究」, 인하대 박사학위논문, 1989.

김용성, 「諷刺小說論」, 『韓國小說과 時間意識』, 인하대출판부, 1992.

김우종, 「藝術과 諧謔」, 『예술계』 1970년 여름호

김윤식, 「諷刺의 方法과 리얼리즘」, 『현대문학』 1968년 10월호

김종엽, 「웃음의 해석학, 화용론적 수사학, 행복의 정치학」, 『사회과학과 정책연구』 제13권 제1호, 서울대 사회과학연구소, 1991. 10.

김종우, 「諧謔과 文學」, 『경남공론』 제46호, 경상남도 공보과, 1957.

김중하, 「諷刺文學論序說」, 『국어국문학』 제12집, 부산대 국어국문학회, 1975.

김진만, 「東西文學의 諧謔과 그 價値」, 『월간중앙』 1970년 4월호

김진악, 「한국골계문학형성론」, 『국어교육』 제44·45합병호, 한국국어교육연구회, 1983.

김창현, 「미적 범주에 대하여」, 『도남학보』 제17집, 도남학회, 1998.

김춘수, 「意味에서 無意味까지 – 나의 作詩 歷程」, 『문학사상』 1973년 9월호

남송우, 「한국현대시에 나타난 예수 이미지」, 『크리스찬문학』 제3집, 크리스

찬문학가협회, 1994.

문선영, 「패러디와 문화비평」, 『한국현대시와 패러디』, 김준오 외 여럿, 현대
　　　미학사, 1996.

문혜원, 「전후 모더니즘 문학의 성격규명을 위한 試論」, 『관악어문연구』 제
　　　16집, 서울대 국문학과, 1991.

민영, 「1950년대 시의 물길」, 『창작과 비평』 1989년 봄호.

민현기, 「諷刺小說의 理論」, 『한국근대소설론』, 계명대 출판부, 1984.

박동근, 「‘웃음표현 흉내말’의 의미 기술」, 『한글』 제247호, 한글학회,
　　　2000.3.

박명진, 「즐거움, Pleasure., 저항, 이데올로기」, 『사회과학과 정책연구』 제
　　　13권 제2호, 서울대 사회과학연구소, 1991. 12.

박종석, 「송욱 문학 연구」, 동아대 박사학위논문, 1998.

박지영, 「1950년대 후기 시 연구」, 성균관대 석사학위논문, 1994.

박철희, 「韓國詩와 6·25체험」, 『시문학』 1986년 1월호.

박태일, 「1950년대 한국 전쟁시 연구」, 『경남어문논집』 제5집, 경남대 국문
　　　학과, 1992.

박호영, 「1950~60년대 시전문지의 현황」, 『현대시학』 1989년 4월호.

방민호, 「전후소설에 나타난 알레고리 연구」, 서울대 석사학위논문, 1993.

백철, 「諧謔의 이것과 저것」, 『월간문학』 1970년 5월호

서경석, 「6·25전쟁문학 남과 북이 어떻게 다른가」, 『역사비평』 1990년 겨
　　　울호.

서라사, 「文學에 있어서의 웃음의 槪念」, 『국어국문학』 제51호, 국어국문학
　　　회, 1971.

소재영, 「韓國 諷刺文學의 樣相」, 『고전문학을 찾아서』, 김열규 외 엮음, 문
　　　학과지성사, 1991.

손세모돌, 「유머 형성의 원리와 방법」, 『한양어문』 제17집, 한양어문학회,
　　　1999.

송백헌, 「쌔타이어의 反省」, 『현대문학』 1975년 6월호

신동욱, 「諷刺小說考 －『馬鹿列傳』에 발단하여」, 『문학과 지성』 1971년 여

름호.

신진숙, 「전후시의 풍자 연구」, 경희대 석사학위논문, 1994.

아시아예술심포지움논문집, 『한국인의 전통적 미의식의 특질』, 예술원, 1980.

안함광, 「'諷刺文學論' 批判」, 『조선중앙일보』 1935.8.7.~8.11.

엄국현, 「시에 있어서의 사물인식」, 부산대 박사학위논문, 1990.

엄국현, 「한국고대가요와 어릿광대의 세계」, 『한국현대시와 패러디』, 김준오 엮음, 현대미학사, 1996.

오세영, 「6·25와 한국 전쟁시 연구」, 『한국문화』 제13집, 서울대 한국문화 연구소, 1992.

오양호, 「전후 35년의 한국시」, 『시문학』 1985년 11월호.

원명수, 「滑稽의 槪念과 體系에 대한 考察 - 戲曲을 中心으로」, 『한국학논집』 제25집, 계명대 한국학연구소, 1998.

유병관, 「풍자의 개념에 대한 몇 가지 문제」, 『반교어문연구』 제6집, 반교어 문학회, 1995.

유병관, 「한국 현대시의 풍자성 연구」, 성균관대 박사학위논문, 1998.

윤정룡, 「1950년대 한국 모더니즘 시 연구」, 서울대 박사학위논문, 1992.

이교창, 「現文壇의 정신적 상황」, 『思想界』 1958년 12월호.

이남호, 「1950년대와 전후세대 시인들의 성격」, 『현대시학』 1994년 6월호.

이도영, 「유머 텍스트의 웃음 유발 장치」, 『텍스트언어학』 제7집, 한국텍스 트언어학회, 1999.

이두현, 「韓國文學의 諷刺」, 『국어국문학』 제51호, 국어국문학회, 1971.

이명섭, 「영국인의 우호적 유머와 그 이론」, 『현대비평과 이론』 제15호, 한신 문화사, 1998.

이병주, 「유모어論 序說」, 『신동아』 1970년 7월호.

이상원, 「1950年代 韓國 戰後小說 硏究」, 부산대 박사학위논문, 1993.

이순욱, 「1950년대 한국 풍자시 연구」, 부산대 석사학위논문, 1995.

이순욱, 「전영경의 풍자시 연구」, 『國語國文學』 제31집, 부산대 국문학과, 1994.

이순욱, 「풍자와 패러디」, 『한국현대시와 패러디』, 김준오 외 여럿, 현대미학사, 1996.

이순욱, 「한국 현대시와 웃음의 시학」, 부산대 박사학위논문, 2002.

이승하, 「한국 현대시에 나타난 풍자성 연구」, 중앙대 박사학위논문, 1995.

이어령, 「諧謔의 美的 範疇」, 『思想界』 1958년 11월호.

이운곡, 「諷刺文學의 길」, 『東亞日報』 1937.7. 10~7. 14.

이유식, 「戰後의 韓國諷刺詩論」, 『現代文學』 1963년 6월호.

이재선, 「諷刺詩論序說」, 『韓國文學의 解釋』, 새문사, 1981.

이주홍, 「諧謔 속의 韓國文學」, 『월간문학』 1970년 5월호.

이지호, 「판소리의 웃음과 그 의미」, 『국어교육연구』 제3호, 서울대 국어교육연구소, 1996.

이형기, 「50年代 後半期의 詩人들」, 『심상』 1975년 8월호.

임선묵, 「文字遊戲攷」, 『동양학』 제17집, 단국대 동양학연구소, 1987.

임선애, 「유모어 소설의 성격과 의의 – 1930년대 작품을 대상으로」, 『영남어문학』 제26집, 영남어문학회, 1994.

정병호, 「恨과 해학의 二重構造」, 『문학사상』 1981년 10월호.

정양모, 「너그러움과 익살」, 『문학사상』 1981년 10월호.

정인섭, 「해학의 사상적 배경과 수사학」, 『월간문학』 1970년 5월호.

정창범, 「韓國女性의 諧謔」, 『新女像』 1970년 4월호.

정한숙, 「諧謔의 變異 – 金裕貞文學의 本質」, 『인문논총』 제17집, 고려대 문과대학, 1972.

조동일, 「美的 範疇」, 『韓國思想大系』Ⅰ, 성균관대 대동문화연구원, 1972.

조동일, 「韓國文學에 있어서의 滑稽」, 『국어국문학』 제51호, 국어국문학회, 1971.

진순애, 「宋稶 詩의 隱喩 硏究」, 성균관대 석사학위논문, 1993.

천이두, 「50년대 문학의 재조명」, 『현대문학』 1985년 1월호.

최동호, 「諷刺文學의 變形」, 『문예중앙』 1984년 여름호.

최일수, 「우리의 익살과 西歐의 諷刺」, 『월간문학』 1970년 5월호.

최일운, 「諧謔美의 生理」, 『현대문학』 1974년 12월호.

최재서, 「諷刺文學論」, 『조선일보』 1935.7.14~7.21.

최지현, 「우스갯소리에서 제삼자의 위치」, 『국어교육연구』 제1호, 서울대 국
　　　어교육연구소, 1994.

최진양, 「韓國 現代詩의 에로스詩論 試考」, 부산대 석사학위논문, 1985.

특집, 「한국 현대시와 웃음」, 『시와 사상』 1995년 봄호

하강진, 「太平閑話滑稽傳에 나타난 閑의 의미」, 『어문교육논집』 제11집, 부
　　　산대 국어교육과, 1991. 2.

한식, 「諷刺文學에 對하여」, 『東亞日報』 1936. 2. 21~2. 27.

한계전, 「전후시에 있어서 모더니즘적 특성과 그 가능성」, 『시와 시학』, 1991
　　　년 봄·여름호.

한원균, 「宋穉文學硏究」, 경희대 석사학위논문, 1992.

허혜정, 「1950년대 '후반기' 동인의 시와 시론」, 동국대 석사학위논문,
　　　1993.

현혜경, 「〈於于野譚〉 所載 滑稽譚의 웃음 創出 技法과 의미」, 『고전문학연
　　　구』 제17집, 한국고전문학회, 2000. 6.

홍기삼, 「諷刺와 間接話法 - 蔡萬植의 作品論」, 『문학사상』 1973년 12월호.

황병익, 「눈물 속의 웃음, 한국 해학의 전통」, 『우암어문논집』 제11호, 우암
　　　어문학회, 2001.

4. 외국논저

Alastair Fowler, *Kind of Literature*, Harvard University Press, 1982.

Alex Preminger·T. V. F.Brogan, co‑ed., *The·Princeton Encyclopedia
　　　of Poetry and Poetics*, Princeton Universty Press,
　　　1993.

Alison Rieke, *The Senses of Nomsense*, the University of Iowa Press,
　　　1992.

Arthur Pollard(송낙현 옮김), 『풍자』, 서울대출판부, 1986.

Avner Zis(연희원·김영자 옮김),『마르크스의 미학 강좌』, 녹진, 1987.

Champfleury(정진국 옮김),『풍자 예술의 역사 - 고대와 중세의 패러디 이미지』, 까치글방, 2001.

D. C. Muecke(문상득 옮김),『아이러니』, 서울대출판부, 1984.

D. S. Likhachev,「고대 러시아의 웃음세계」,『러시아 기호학의 세계』, I.M.Lotman 외 지음, 민음사, 1993.

Daniel A. Kister,「諧謔과 喜劇論 : 韓國 巫俗劇에 나타나는 유우머」,『문학의 해석』, 이재선 외, 서강대출판부, 1988.

G. Lukacs 외(황석천 옮김),『현대리얼리즘론』, 열음사, 1986.

G. Lukacs(김혜원 옮김),「풍자의 문제」,『루카치 문학이론』, 세계, 1990.

Gerhard M. Martin(김문환 옮김),『축제와 일상』, 한국신학연구소, 1985.

Harvey Cox(김천배 옮김),『바보祭』, 현대사상사, 1973.

Henri Bergson(김진성 옮김),『웃음』, 종로서적, 1989.

Henri Lefebvre(박정자 옮김),『현대세계와 일상성』, 세계일보사, 1990.

J. A. Cuddon, *A Dictionary of Literary Terms and Literary Theory*, Blackwell Publishers, 1991.

J. Larrain(한상진·심영희 옮김),『현대 사회이론과 이데올로기』, 한울, 1992.

J. Myers·M. Simms, *The Longman Dictionary of Poetic Terms*, Longman, 1989.

J. T. Shipley, *Dictionary of World Literary Terms*, Boston Publishers, 1970.

Jean Duvignaud(류정아 옮김),『축제와 문명』, 한길사, 1998.

Joseph A. Dane, *Parody*, University of Oklahoma Press, 1988.

K. Clark·M. Holquist(이득재·강수영 옮김),『바흐친』, 문학세계사, 1993.

Karel kosik(박정호 옮김),『구체성의 변증법』, 거름, 1985.

Leon Guilhamet, *Satire and The transformation of Genre*, University of Pennsylvania Press, 1989.

Linda Hutcheon(김상구·윤여복 옮김),『패로디이론』, 문예출판사, 1992.

M.H.Abrams, *A Glossary Literary Terms*, Harcour Brace Jovanovich

College Publishers, Sixth Edition, 1995.

M. S. Kagan(진중권 옮김), 『미학강의』 Ⅰ, 새길, 1989.

Michele Hannoosh, *Parody and Decadence*, Ohio State University Press, 1989.

Mikhil Bakhtin(이덕형·최건영 옮김), 『프랑수아 라블레의 작품과 중세 및 르네상스의 민중문화』, 아카넷, 2001.

Moelwyn Merchant(석경징 옮김), 『喜劇』, 서울대출판부, 1982.

Morton Gurewitch, *Comedy*, Cornell University Press, 1974.

N. Frye(임철규 옮김), 『비평의 해부』, 한길사, 1991.

N. Hartmann(전원배 옮김), 『美學』, 을유문화사, 1989.

Norman Cousins(이정식 옮김), 『희망, 웃음과 치료』, 범양사, 1992.

P. Thoson(김영무 옮김), 『그로테스크』, 서울대 출판부, 1986.

Patricia Waugh(김상구 옮김), 『메타픽션』, 열음사, 1989.

Paul E. Mcghee and Jeffrey H. Goldstein ed., *Handbook of Humor Research*, Springer–Verlag New York Inc, 1983.

Paul Hernadi(김준오 옮김), 『장르론』, 문장, 1983.

R. Baker·F. Elliston(이일환 옮김), 『철학과 性』, 홍성사, 1982.

Richard G. Cote(정구현 옮김), 『웃음의 신학』, 가톨릭대학교출판부, 2001.

Ronald Paulson(김옥수 옮김), 『풍자문학론』, 지평, 1992.

Susanne Langer 외(송옥 외 여럿 옮김), 『비극과 희극, 그 의미와 형식』, 고려대출판부, 1995.

Udo Müller(봉원웅 옮김), 『戱曲과 詩 入門』, 도서출판 반, 1992.

Victor Raskin, *Semantic Mechanisms of Humor*, D.Reidel Publishing Company, Dordrecht, Holland, 1985.

W. Kayser(김윤섭 옮김), 『언어예술작품론』, 시인사, 1988.

Wayne C. Booth, *A Rhetoric of Irony*, the University of Chicago Press, 1974.

William Cole, *The Fireside Book of Humorous Poetry*, Simon and Schuster, New York, 1959.

羅香林(신상웅 옮김),「中國文化에 나타난 諧謔」,『예술계』1970년 여름호.

木下榮藏(설영환 옮김),『웃음의 과학』, 하남출판사, 1989.

司馬遷(최인욱·김형수 옮김),『史記列傳』Ⅱ, 동서문화사, 1975.

徐居正(이래종 역주),『太平閑話滑稽傳』, 태학사, 1998.

船戶英夫 엮음(안동림 옮김),『英國人의 웃음』, 범서출판사, 1977.

新田博衛(이기우 옮김),『詩學序說』, 동천사, 1987.

유협(최동호 옮겨엮음),『文心雕龍』, 민음사, 1994.

유약우(이장우 옮김),『中國詩學』, 명문당, 1994.

임어당(이편길 옮김),『임어당의 웃음』, 선영사, 1998.

천푸칭(오수형 옮김),『중국우언문학사』, 소나무, 1994.

찾아보기

1. 용어

ㄱ

골계 16, 24, 183, 188
관습적 성 89, 95, 97, 99
광고시 135, 220
그로테스크 66, 123, 289
기지 23, 174, 195
깎아내리기 29, 31, 33, 183, 221, 295,

ㄴ

낙서 80, 130
낙서시 130
넌센스 18, 21, 29, 31, 37, 38, 127, 158, 159,
    161, 165, 170, 174, 182, 188
넌센스시 158, 160, 165, 169, 175, 180, 189
넌센스의 유형 32, 160
농담 23, 29, 31, 34, 87, 99, 103, 150, 187

ㄷ

단어 넌센스 32, 160
대조론 33
돌발성 35, 36, 80, 86, 169, 184
동음이의어 60, 106, 266

ㅁ

말놀이 21, 27, 28, 29, 31, 33, 34, 43, 97, 106,
    108, 141, 152, 178, 183, 217, 264
무의미시 160
무협시 220

문맥 넌센스 32, 160
문체의 격하 140, 250
미문주의(美文主義) 19
민족 특유의 웃음 38

ㅂ

반복 31, 33, 62, 66, 100, 209, 225, 258, 266,
    277
반전의 수사학 140, 188
부(賦) 203
부조리 20, 29, 31, 36, 66, 112, 125, 160, 181,
    197, 238, 278, 281
부풀리기 29, 31, 33, 62, 183, 221, 295
불일치 25, 34, 36, 169, 184
불일치론 35
비(比) 203
비속어 19, 28, 42, 53, 72, 83, 106, 140, 143,
    152, 156, 164, 178, 250
비평시 216

ㅅ

상황 넌센스 32, 160
상황의 아이러니 168
생리적 웃음 26
선시(禪詩) 162, 163
성 고정관념 87, 88, 91, 95, 187
성 정체성(sexual identity) 88
성적 웃음 38, 87, 99, 103, 105, 107, 108, 119,
    187
성적 웃음의 유형 99

성적 풍자 87, 105, 124, 179
수수께끼 170
수수께끼 구조 162, 170
수용시학 213
숭문주의(崇文主義) 17, 32, 159, 189
승화 108
신소리 183

ㅇ

아어주의(雅語主義) 42, 180
아이러니 17, 30, 37, 57, 66, 178, 183, 195, 200,
          209, 217, 221, 228, 238, 251, 258,
          268
알레고리 220
어휘 넌센스 32, 160
억압 웃음 27
에고(ego) 108
에로티시즘 179
영화시 220
오도성 170
외설 28, 105, 124, 152
욕설 19, 27, 28, 34, 42, 49, 66, 83, 110, 146,
          178, 199, 228, 251, 257, 268
우스갯소리 18, 28, 35, 80, 184
우언(寓言) 203
우월론 33
우화 29, 34, 183
웃음 15, 24, 40, 99, 195, 261, 291
웃음 기제 27, 183
웃음 지표 29, 31
웃음 치료 146, 147, 188
웃음의 구조 22, 34, 36, 183
웃음의 시학 17, 27, 180
웃음의 유형 20, 37, 183
웃음의 전략 28, 30, 32, 74, 183, 278
위트 17, 21, 24, 27, 30, 200, 217, 266
유머 16, 18, 23, 26, 28, 29, 31, 34, 36, 37, 125,

          135, 142, 155, 169, 179, 182, 195, 206,
          251
유음중첩형 말놀이 45, 272
유희 27, 32, 159, 276
유희성 32, 38, 159, 178
유희의 시학 22, 158, 185, 188
유희정신 33, 180, 181
윤리적 웃음 26
이데올로기 41, 46, 53, 62, 74, 87, 176, 185,
              188, 225, 228, 238, 252, 272, 281,
              290, 297, 304
이드(id) 108
이상한 웃음 26
이완 이론 36
익살 17, 24, 26, 124
일상 세태 41, 68, 186

ㅈ

자기풍자 67, 178, 232, 235, 241, 245, 254, 257,
              290
자기풍자론 240
자기해소 35
전도 29, 33, 208, 217, 225, 264
정치적 웃음 38
조소 21, 48, 74, 199, 235
종교 세태 41, 77, 80
주관적 골계 194

ㅊ

창의적 성(plastic sexuality) 97, 98, 142

ㅋ

카니발 128, 195, 221
쾌락원칙 88

ㅌ

탈승화 108, 150